KB161309

JUNGLE TALES OF TARZAN

타잔: 전설의 시작

초판1쇄 인쇄 2016년 6월 24일
초판1쇄 발행 2016년 6월 28일

지은이 에드거 라이스 버로스
옮긴이 손수지

펴낸이 박대일
편집 이문영 · 임유리 · 신지연 · 전보라
교정 서연우
마케팅 송재진 · 임유미
디자인 박현주
일러스트레이션 조성헌

펴낸곳 새파란상상(파란미디어)
출판등록 2004년 9월 14일 제313-2004-00214호

주소 121-897 서울시 마포구 성지1길 32-36(합정동)
전화 02.3141.5589(영업부) 070.4616.2012(편집부)
팩스 02.3141.5590
전자우편 paranbook@gmail.com
카페 http://cafe.naver.com/paranmedia
페이스북 http://www.facebook.com/paranbook

ISBN 978-89-6371-316-8(03840)

타잔

전설의 시작

에드거 라이스 버로스 지음 | 손수지 옮김

JUNGLE TALES OF TARZAN

새파란상상 클래식 0031

차례

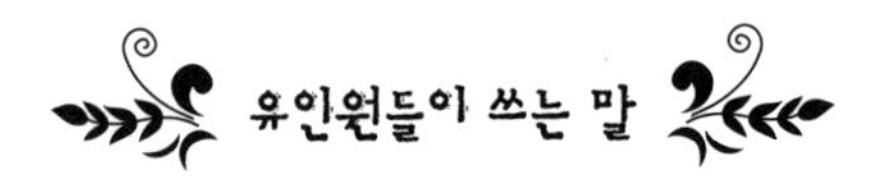

누마	사자	**파코**	얼룩말
세이버	암사자	**팜바**	쥐
댕고	하이에나	**마누**	원숭이
시타	표범	**볼가니**	고릴라
탄토	코끼리	**타맹가니**	백인
호타	멧돼지	**고맹가니**	흑인
바라	사슴	**맹가니**	유인원
와피	영양	**김라**	악어
고르고	들소	**히스타**	뱀
부토	코뿔소	**고로**	달
두로	하마	**쿠두**	해

1. 타잔의 첫사랑

열대림의 짙은 녹음 아래 티카가 길게 기지개를 켰다. 그녀는 가장 매혹적인 젊은 여성의 사랑스러움 그 자체를 보여주는 표상인 듯했다. 적어도 타잔에게는 그렇게 보였다. 타잔은 낮게 늘어져 흔들거리는 나뭇가지에 엎드려 그녀를 내려다보고 있었다. 초록 이파리들 사이로 눈부시게 비쳐 드는 적도의 태양이 구릿빛으로 그을린 그의 피부에 얼룩덜룩한 그림자를 그려 냈다. 사색에 잠긴 보기 좋은 두상, 지적인 잿빛 눈동자, 헌신의 대상을 꿈꾸는 듯 바라보는 시선, 거대한 정글 숲의 늘어진 가지에 늘씬한 몸을 우아하게 늘어뜨린 그의 모습은 마치 신화 속 반신半神의 환생인 듯했다.

그가 아기 때 흉측한 털북숭이 유인원의 젖을 먹고 자랐으며, 정글이 끝나는 곳에 자리한 내륙 항구의 작은 오두막에서 부모가 죽은 이래로 그를 돌봐 줄 이라고는 유인원 커첵 부족의 음울한 수컷들과 으르렁거리는 암컷들 말고는 아무도 없었다는 사실은 그 누구도 짐작조차 하지 못할 것이다.

지금 그의 기민하고 건강한 두뇌 속을 스쳐 지나가는 생각이라고는 티카의 모습이 불러일으키는 간절한 열망뿐이라는 것 또한 이 야생 인간의 진정한 근본을 믿기 어렵게만 하리라. 그런 생각만 놓고 본다면 그가 상냥한 영국인 숙녀와 유서 깊은 영국 귀족 가문의 신사 사이에서 태어났다는 사실을 어찌 짐작이나 할 수 있겠는가.

타잔은 자신의 진정한 뿌리를 알지 못했다. 자신이 영국의 상원에 의석을 갖고 있는 그레이스토크 경, 존 클레이턴이라는 사실을 과거에도 몰랐고, 지금도 모른다. 아마 이해할 수도 없을 것이다.

그렇다. 티카는 정말이지 아름다웠다!

케일라도 아름다웠지만—누구에게나 어머니는 아름다운 법이니까— 티카의 아름다움은 그녀만의 독특한 것으로, 이제 막 모호하고 막연하게 그것을 느끼기 시작한 타잔으로서는 말로 표현하기가 어려웠다.

수년간 타잔과 티카는 놀이 친구였고, 또래의 수컷들이 급속히 무뚝뚝하고 음울한 어른으로 변해 가고 있는 지금에도 둘은 여전히 어울려 놀곤 했다. 타잔이 이 문제를 좀 더 깊이 생각해 보았다면 아마도 그녀에 대해 새삼스럽게 커져 가는 이 애착은 그저 놀이 친구로 둘이서 뛰놀던 예전 같은 시절을 유지하고 싶은 욕망에서 비롯한 것임을 이해했을 것이다.

그러나 지금 타잔은 새삼스레 티카의 아름다운 용모와 몸매를 다시 보고 있었다. 그녀와 함께 낮은 산비탈을 민첩하게 달리며 술래잡기나 숨바꼭질—타잔의 창의력 넘치는 두뇌를 발달시켜 준 원시적인 놀이들이다—을 하던 때에는 전혀 의식하지 못한 것들이었다. 타잔은 동그란 머리와 소년 같은 얼굴을 뒤덮은 헝클어진 머리칼 깊숙이 손을 넣어 긁적이면서 한숨지었다.

새로 발견한 티카의 아름다움은 그를 갑작스러운 절망에 빠트렸다. 타잔은 그녀의 온몸을 뒤덮은 근사한 털가죽이 부러웠다. 그는 자신의 부드러운 갈색 가죽을 경멸하고 조소하고 증오했다. 몇 년 전까지만 해도 언젠가는 자신도 모든 형제자매들 같은 털가죽을 갖게 되리라고 바라기도 했다—하지만 요즘에 와서 그 매혹적인 꿈을 버리지 않을 수 없었다. 무엇보다, 그 굉장한 이빨이라니! 물론 수컷들의 것만큼 크지는 않지만, 티카의 이빨은 그의 연약하고 하얀 이에 비하면 강력하고 근사했다. 또, 툭 튀어나온 눈썹과 넓고 평평한 코 그리고 그녀의 입! 타잔은 종종 입으로 작고 동그란 원을 만들고 눈을 빠르게 깜빡거리면서 볼을 볼록하게 만드는 연습을 해 보곤 했다. 하지만 티카가 하는 것처럼 귀엽고 매력적인 방식으로는 결코 할 수 없었다.

그렇게 타잔이 티카를 지켜보면서 생각에 빠져 있을 때였다. 천천히 부패해 가는 식물군이 깔린 늪지 아래쪽, 가까운 나무뿌리에서 먹을 것을 찾으러 돌아다니던 젊은 수컷 유인원이 티카 쪽으로 어색하게 다가왔다. 커첵 부족의 다른 유인원들은 열대 정글, 한낮의 열기 속에 무기력하게 어슬렁거리거나 편안하게 늘어져 있었다. 때때로 그들 중 한둘이 티카 가까이로 지나가기도 했지만 타잔은 신경 쓰지 않았다. 그런데 타그가 티카 곁에 멈춰 서서 쪼그리고 앉는 것을 본 순간, 그의 눈썹이 수축하고 근육이 긴장했다.

타잔은 언제나 타그를 좋아했다. 어린 시절 내내 그들은 좋은 놀이 친구였다. 나란히 물가에 쪼그리고 앉아 기다리고 있다가, 타잔이 물 표면에 던져 놓은 곤충에 이끌려 올라온 물고기 피자—차갑고 깊은 물에 사는 경계심 많은 토착생물이었다—를 아귀힘 좋은 손가락을 재빨리 내뻗어 잡기도 했고, 함께 투블랫을 골탕 먹이기도 했다. 사자 누마의 약을 올린 적도 있었다. 그러면 왜, 타그가 티카 가까이에 앉았다는 것만으로 목덜미의 짧은 털이 곤두서는 게 느껴졌을까?

타그가 더 이상 과거의 장난꾸러기 어린 유인원이 아니라는 것은 사실이었다. 거대한 송곳니를 드러내고 으르렁거리는 근육질의 그를 보면 누구도 타잔과 함께 전투놀이를 하며 뛰고 구르던 명랑한 그의 모습을 상상하지 못할 것이다. 지금의 타그는 털빛이 검고 거대한 덩치를 지닌 무뚝뚝하고 험악한 수컷 유인원이었다. 하지만 그와 타잔은 아직 다툰 적도 없었다.

타잔은 타그가 티카 뒤쪽에서 천천히 접근하는 것을 한동안 지켜보았다. 그러나 두툼한 그의 손이 티카의 어깨를 거칠게 쓰다듬는 것을 본 순간, 고양이처럼 땅으로 미끄러져 내려와 둘에게 다가갔다. 타잔의 윗입술이 말려 올라가고, 송곳니가 드러나며, 가슴 깊은 곳에서 육식동물의 그르렁거리는 소리가 울려 나왔다.

타그가 고개를 들고 올려다보았다. 티카도 반쯤 몸을 일으키고 타잔을 보았다. 그녀가 타잔이 동요한 이유를 짐작했을까? 누가 알겠는가? 어쨌든 그녀는 암컷이었고, 그래서 그저 위로 손을 뻗어 타그의 작고 평평한 귀를 긁어 주었다.

그 모습을 본 순간, 타잔은 티카가 더 이상 한 시간 전의 그 어린 놀이 친구가 아님을 알게 되었다. 그녀는 불가사의한—세상에서 가장 불가사의한— 존재였다. 그가 목숨 걸고 쟁취해야 할 대상이었고, 그녀가 자기 것이라는 데 감히 의문을 제기하는 자가 있다면 타그든 다른 누구든 싸워서 지켜 내야 할 존재였다.

타잔은 도사리듯 어깨를 웅크려 근육을 딱딱하게 굳히고 타그를 향해 비스듬히 몸을 돌린 채로 천천히 옆걸음질 쳐 다가갔다. 몸은 비스듬히 움직이고 있었지만 그의 날카로운 잿빛 눈은 타그의 시선을 결코 놓치지 않았다. 그렇게 다가가면서 점점 더 깊은 울림으로 점점 더 크게 으르렁거리고 있었다.

타그가 짧은 두 다리로 뻣뻣하게 몸을 곧추세웠다. 그도 날카로운 송곳니를 드러내고 옆걸음 치면서 으르렁거리기 시작했다.

"티카는 타잔 거야."

타잔이 목 깊은 곳에서 울려 나오는 낮은 목소리로 말했다.

"티카는 타그 거다."

타그가 받아쳤다.

그들이 으르렁거리는 소리를 들은 세카와 넘고와 건토가 반쯤은 무감각하게, 반쯤은 흥미를 느끼며 올려다보았다. 그들은 몹시 졸렸지만 싸움의 기운을 그냥 넘길 수는 없었다. 단조로운 정글의 삶을 지배하는 무료함을 깨 주는 일이 일어날지도 몰랐다.

타잔의 어깨에는 풀을 꼬아 만든 긴 밧줄이 감겨 있었고, 손에는 오래전에 죽은 정체도 모르는 아버지의 사냥칼이 들려 있었다.* 타그의 조그만 뇌는 타잔이 그 반짝이는 날카로운 금속 조각을 너무나도 능숙하게 사용한다는 것에 상당한 존경심을 품고 있었다. 타잔은 그것으로 사나운 양아버지 투블랫을 죽였고, 고릴라 볼가니를 죽였다. 타그도 그 일들을 알고 있었기 때문에 더욱 경계심을 돋운 채, 공격의 기회를 엿보며 옆걸음질로 다가갔다. 특히 볼가니의 경우를 생각해 보면, 비슷한 전략을 쓴다 해도 덩치도 더 작고 타고난 무력도 열등한 그로서는 조심스러울 수밖에 없었다.

한동안 그들의 싸움은, 부족원 사이에 의견 차이가 생겼을 때 대부분 그렇듯이, 어느 한쪽이 흥미를 잃고 다른 일을 찾아

---

* 타잔은 어린 시절에 우연히 아버지가 만든 오두막에 들어가 그곳을 자신의 아지트로 삼았다. 책을 보면서 스스로 글자를 깨치고 사냥칼을 찾아내서 호신용 무기로 사용하게 되었다.

자리를 뜨거나 하는 식으로 이어지는 것 같았다. 그렇게 끝나는 편이 본격적인 싸움이 벌어지는 것보다 나을 터였다. 하지만 티카는 두 젊은 수컷들이 자신 때문에 싸우려 한다는 것과 그로 인해 자신이 주목의 대상이 되었다는 사실에 우쭐해졌다. 그런 일은 티카의 짧은 생애에서 한 번도 일어난 적이 없었던 것이다. 그녀는 부족의 수컷들이 다른 암컷, 그녀보다 나이 많은 암컷들 때문에 싸우는 모습을 여러 번 보았고, 그 조그만 야생의 심장 깊숙한 곳에 언젠가는 정글의 대지가 자신을 차지하기 위해 목숨을 건 전투로 붉게 물드는 것을 보고 싶다는 갈망을 품게 되었다.

그래서 티카는 엉덩이를 깔고 쪼그려 앉아 두 숭배자를 공평하게 욕하기 시작했다. 그들의 비겁함을 조소하고, 뱀 히스타나 하이에나 댕고와 다를 바 없다며 절대 용납할 수 없는 욕을 퍼부었다. 그녀는 멈가를 부르며 저들을 꾸짖고 막대기로 때려 주라고 소리쳤다. 멈가는 너무 늙어서 나무에 오르지도 못하고 이가 없어서 바나나와 땅속 애벌레만 겨우 파먹고 사는 암컷이었다.

그들을 지켜보고 있던 유인원들이 그 소리를 듣고 웃어 댔다. 그러자 화가 난 타그가 갑작스럽게 타잔에게 돌진했다. 하지만 타잔은 재빨리 한쪽으로 뛰어 피하고 고양이처럼 민첩하게 몸을 돌려 다시 가까이로 돌아왔다. 그러면서 사냥칼을 들어 올려 타그의 목을 노리고 난폭하게 휘둘렀다. 타그는 몸을 굴려 간신히 무기를 피해 냈고, 그 날카로운 칼날은 어깨를 스치는 상처만 냈을 뿐이다.

붉은 피가 솟구치자 티카가 날카로운 기쁨의 비명을 질렀다. 아, 충분히 그럴 만한 가치가 있었다! 그녀는 다른 이들도 자신 때문에 벌어진 이 유혈의 광경을 보았는지 곁눈질로 슬쩍 살폈다. 트로이의 헬레네도 이 순간의 티카보다 자랑스러움을 느끼지는 못했으리라.

티카가 그토록 허영에 가득 차 눈앞의 광경에 몰두해 있지만 않았더라도 그녀 위쪽의 가지가 부스럭거리는 소리를 들었을지도 모른다. 그 소리는 바람이 일으킨 소리가 아니었다. 그곳엔 바람 한 점 불고 있지 않았으니 말이다. 그리고 그녀가 고개를 들어 보았더라면 거의 바로 위에 쪼그리고 앉은, 윤기 있는 몸뚱이와 탐욕스러운 시선으로 자신을 노려보는 사악한 노란 눈동자를 보았을지도 모른다.

그러나 티카는 아무 소리도 듣지 못했고, 위를 올려다보지도 않았다.

상처를 입은 타그가 끔찍하게 으르렁거리며 뒤로 물러났다. 타잔은 칼을 휘둘러 그를 위협하고 욕을 퍼붓고 괴성을 지르며 쫓아갔다. 티카도 두 결투자를 가까이서 보려고 나무 아래로 움직였다. 그녀를 지켜보던 놈이 시야를 맞추느라 움직이자 그녀 위의 가지가 구부러지고 약간 흔들렸다.

타그는 이제 물러나던 것을 멈추고 새로운 자세를 준비하고 있었다. 입술 밖으로 새어 나온 거품이 딱딱하게 굳어지고, 턱살을 타고 침이 흘러내렸다. 머리를 낮추고 서서 팔을 밖으로 뻗은 채 언제라도 갑작스럽게 돌진할 수 있는 자세였다. 그의 강력한 손이 저 부드러운 갈색 피부에 닿을 수만 있다면 싸움은 그의 것이었다. 타그는 타잔의 싸움 방식이 공정하지 못하다고 생각했다. 타잔은 절대로 거리를 내주지 않았다. 그의 근육질 손가락이 닿는 범위 밖에서만 민첩하게 움직이고 있었다.

타잔은 아직 수컷 유인원과 진짜 힘을 겨뤄 본 적이 없었다. 그저 싸우는 놀이만 했을 뿐이다. 제아무리 위험한 놀이라 해도 몸을 지키기 위한 한계가 있기 마련이니 생사를 가르는 싸움처럼 근육을 시험해 볼 일은 없었다. 두렵지는 않았다. 사실 타잔은 두려움이 뭔지 몰랐다. 자기 보존의 본능이 그를 신중하게 만들었을 뿐이다. 그게 다였다. 그는 꼭 필요할 때만 위험을 감수했고, 그럴 때는 전혀 주저하지 않았다.

타잔만의 싸움 방식은 그의 체구와 무력에 가장 걸맞은 것이었다. 공격 무기로서 그의 이는 날카롭긴 했지만 유인원들의 강력한 송곳니에 비하면 볼품없으리만치 약했다. 그는 상대의 사정거리 밖에서만 움직임으로써 길고 날카로운 사냥칼로 상대에게 끊임없이 상처를 입힐 수 있었고, 반대로 상대의 손에 고통스럽고 위험한 상처를 입어 사로잡히게 되는 지경을 피할 수 있었다. 그래서 타그가 고함을 지르며 황소처럼 돌진했을 때도 타잔은 가볍게 몸을 이리저리 움직이면서 상스러운 정글식 욕을 퍼부어 도발하고 간간이 칼로 상처를 입히는 전략을 택했던 것이다.

이제 둘은 마주 보고 선 채 숨을 헐떡이고 있었다. 새로운 공격을 생각해 내면서 힘을 모으느라 잠시 소강상태가 찾아온 것이다. 어느 순간, 무심코 타잔의 뒤편으로 시선을 던진 타그의 표정이 바뀌었다. 상대에 대한 분노 대신 공포가 피어올랐다.

타그는 모든 유인원들이 알아들을 수 있는 경호성警號聲을 울리며 몸을 돌려 달아났다. 의문의 여지가 없었다. 그의 경고는 그들의 오랜 숙적 표범 시타가 근처에 나타났음을 의미하는 것이었다.

타잔도 부족의 다른 이들처럼 안전한 곳을 찾아 달리기 시작했다. 하지만 그때, 표범의 울부짖음과 섞여 암컷 유인원의 두려움에 찬 비명이 들려왔다. 타그도 그 소리를 들었다. 그러나 도망을 멈추지는 않았다.

타잔은 달랐다. 그는 부족의 누군가가 맹수의 먹잇감으로 쫓기고 있지 않은지 확인하기 위해 뒤를 돌아보았고, 그의 시야를 가득 채운 광경은 공포 그 자체였다.

티카가 시타를 피해 간발의 차이로 도망치면서 겁에 질려 울부짖고 있었다. 시타는 우아한 도약 한 번이면 티카를 잡을 수 있었지만 서두르지 않았다. 그의 먹잇감은 확실한 것이었다. 설령 쫓고 있는 먹잇감이 그 앞의 나무에 도달할 수 있다 해도, 그에게 잡히기 전에 나무를 타고 오르지는 못할 것이기 때문이었다.

타잔도 저대로는 티카가 죽는다는 것을 알았다. 그는 티카를 도우러 가야 한다고 다른 수컷들에게 소리쳤다. 동시에 맹수를 쫓아 달려가면서 어깨에서 밧줄을 끌어 내렸다. 타잔은 일단 유인원들이 흥분하면 그 어떤 정글의 생명체도, 심지어 사자 누마라 할지라도 그들의 송곳니를 가벼이 여기지 못한다는 것을 알고 있었다. 그리고 오늘처럼 함께 있던 부족원 모두가 공격한다면 대형 고양잇과 짐승도 꼬리를 감추고 목숨을 구하기 위해 도망치리라는 것을 의심치 않았다.

타잔의 외침을 타그도 들었고, 다른 부족원들도 들었다. 그러나 누구도 타잔을 돕거나 티카를 구하기 위해 돌아서지는 않았다.

그사이 시타는 먹잇감과의 거리를 점점 좁혀 가고 있었다. 타잔은 크게 소리를 지르며 시타를 쫓아 달렸다. 맹수가 티카 대신 자신을 쫓도록, 아니면 적어도 티카가 놈이 감히 오르지 못할 만큼 높은 가지로 안전하게 피할 시간을 벌도록 주의를 끌기 위해 입에서 나오는 대로 온갖 상스러운 욕을 퍼부었다. 할 수 있으면 이리 와서 대신 자신과 싸워 보라고 도발했다. 그러나 시타는 이제 거의 다 잡은 감미로운 한입 거리 먹잇감을 향해 차근차근 다가가기만 할 뿐이었다.

타잔은 아직 멀리 떨어져 있었다. 거리를 좁히고는 있었지만 저 육식동물이 티카를 덮치기 전에 따라잡을 수 없을 것 같았다. 그는 계속 달려가면서 오른손을 들어 밧줄을 머리 위로 돌렸다. 밧줄 전체 길이가 시타와 그 사이의 거리와 거의 비슷했다. 실수하고 싶지 않았지만, 연습 때를 제외하고는 한 번도 던져 본 적 없을 만큼 먼 거리였기 때문에 성공을 장담할 수가 없었다. 그러나 더 이상 달리 어찌해 볼 길이 없었다! 맹수가 티카를 잡기 전에 놈에게 가까이 갈 수도 없을 터였다. 어찌 되건 던져 봐야 했다.

티카가 거대한 나무의 낮은 가지로 몸을 날리고, 시타가 그녀 뒤에서 길고 유연한 도약을 시도한 바로 그 순간, 길고 가는 선을 그리며 공기를 가르고 날아간 타잔의 밧줄 끝 올가미가 맹수의 머리 위로 내려앉았다. 그리고 타잔이 줄을 잡아채자 시타의 황갈색 턱이 제대로 걸려들었다. 타잔은 밧줄을 잡은 손을 비틀어 올가미가 조여들게 당기면서 시타의 공격이 가해 올 충격을 대비했다.

밧줄이 팽팽하게 걸리고 시타가 갑작스럽게 멈추자, 티카의 윤기 있는 털북숭이 엉덩이는 간발의 차이로 잔인한 갈고리발톱을 벗어났다.

시타는 밧줄에 턱이 걸리고 뒤로 휙 당겨졌지만, 번득이는 눈으로 꼬리를 탁탁 치더니 곧장 턱을 벌리고 격노와 실망의 울부짖음을 내뿜으며 일어섰다. 그는 자신을 이 지경으로 만든 유인원 꼬마가 십 미터 남짓한 거리에 있는 것을 보았다. 그리고 사냥감을 바꾸어 돌진했다.

티카는 이제 안전했다. 타잔도 그녀가 안전하게 나무에 오르는 모습을 곁눈질로나마 확인했다. 하지만 이제 시타가 곧바로 그를 향해 돌진해 오고 있었다. 얻을 게 아무것도 없는 불공정한 싸움을 멍청히 기다리다가 목숨을 거는 건 무익한 일이었다. 그러나 저 격노한 고양잇과 짐승과의 싸움을 피할 수는 있을까? 만약 저놈과 싸워야만 한다면 살아남을 확률은 얼마나 될까?

타잔은 자신이 처한 상황이 결코 바람직하지 않음을 인정할 수밖에 없었다. 적절한 시간 안에 시타에게 벗어나 안전한 곳까지 도달하기에는 주변의 나무들이 너무 멀었다. 저 끔찍한 맹수의 돌진을 마주하고 서 있는 수밖에 없었다. 타잔은 오른손의 사냥칼을 더욱 단단히 그러쥐었다. 시타의 강력한 턱에 줄지어 늘어선 날카로운 이빨들과 두툼한 앞발 속에 숨겨진 날카로운 갈고리발톱들에 비교하면 보잘것없는 무력의 헛된 저항일지도 몰랐다. 그러나 젊은 그레이스토크 경은 센락 언덕의 헤이스팅스 전투*에서 결사 항전한 두려움 모르는 선조들과 같은 용기 있는 결단력으로 무장한 채 적을 맞았다.

숲의 안전한 영역으로 몸을 피한 유인원들은 시타를 향해 증오에 찬 괴성을 지르고 타잔에게는 싸움에 대한 충고를 던지면서—인류의 조상들이 갖고 있었던 것과 같은 여러 가지 특성들이 그들에게도 있었다— 그들을 지켜보고 있었다. 티카가 공포에 질려 수컷들에게 타잔을 도우러 가라고 소리쳤다. 하지만 수컷들은 그저 충고를 던져서 체면을 세우는 정도에 그칠 뿐이었다. 어쨌든 타잔은 진짜 맹가니**가 아니었다. 왜 자신들

---

* 1066년 10월 14일, 노르망디 공국의 정복왕 윌리엄과 잉글랜드 국왕 해럴드의 군대가 헤이스팅스에서 십 킬로미터 북쪽에 위치한 센락 언덕에서 맞붙은 전투를 말한다. 정복왕 윌리엄의 승전으로 노르만 왕조가 성립되었다. 버로스는 타잔의 선조인 그레이스토크 경이 등장하는 역사소설 《The Outlaw of Torn》(1912)을 발표한 바도 있다.

** 맹가니는 유인원, 타맹가니는 하얀 유인원으로 백인, 고맹가니는 검은 유인원으로

이 그를 보호하기 위해 목숨을 걸어야 한단 말인가?

이윽고 시타가 그 유연한 벌거숭이 몸에 거의 육박했다. 하지만 타잔을 잡지는 못했다. 타잔은 이 대형 고양잇과 짐승만큼이나, 아니, 그보다 더 빨랐다. 그는 시타의 갈고리발톱이 거의 지척에 이르는 순간 한쪽으로 뛰어올랐고, 시타가 그가 있던 자리를 헛되이 스치고 지나는 순간에는 가장 가까이 있는 나무를 향해 달리고 있었다.

표범은 거의 즉시 자세를 회복하고 몸을 돌려 다시 먹잇감을 쫓기 시작했다. 턱에 걸린 타잔의 밧줄이 바닥에 늘어져 끌려왔다. 타잔을 쫓아 낮은 관목 숲으로 들어서면서도 밧줄을 떨쳐 낼 수는 없었다. 시타 정도 크기와 무게의 동물에게 관목 숲은 그냥 길이나 마찬가지였다. 앞으로 나아가는 데 문제가 있을 리 없었다. 턱에 매달린 밧줄을 끌고 가는 것이 아니라면 말이다. 하지만 시타는 그런 밧줄에 제약을 받았고, 타잔을 잡으려고 다시 한 번 도약한 순간, 관목 사이에 얽혀 든 밧줄 탓에 뚝 멈추고 말았다.

그사이 타잔은 시타가 추적할 수 없는 높은 가지 사이에 안전하게 올라섰다. 거기 편하게 걸터앉은 그는 아래쪽의 표범에게 잔가지를 꺾어 던지며 욕을 퍼부었다. 곧 부족의 다른 이들도 그 공세에 참여해서, 손에 잡히는 대로 껍질이 단단한 과일이며 죽은 가지를 내던지면서 시타를 조롱했다.

흑인을 의미하는 유인원 언어이다.

시타는 밧줄을 떨쳐 버리려고 미친 듯이 몸부림쳤고 결국은 그 가닥을 끊어 내는 데 성공했다. 유인원들이 공격을 멈추고 조용해지자, 표범은 눈을 빛내며 선 채로 고문자들을 하나하나 노려보았다. 하지만 마지막으로 한차례 포효를 내질렀을 뿐, 슬그머니 정글의 뒤얽힌 미로 사이로 도망쳐 버렸다.

그로부터 반시간쯤 후, 부족은 다시금 땅 위에 흩어져 있었다. 유인원다운 엄숙한 둔감함을 방해할 만한 일은 아무것도 일어나지 않았다는 듯 태평하게 돌아다니거나 뭔가를 먹고 있었다. 타잔은 밧줄 대부분을 되찾았지만 시타가 끊어 먹은 부분을 대신할 새로운 올가미를 만드느라 바빴다. 티카는 자신의 선택이 결정되었음을 알리듯이 그의 뒤쪽 가까이에 쪼그려 앉아 있었다.

타그가 그들을 뚱한 얼굴로 바라보았다. 그가 가까이 가려 하자 티카가 송곳니를 드러내며 으르렁거렸고, 타잔 역시 윗입술을 말아 올려 흉측한 인상으로 송곳니를 드러냈던 것이다. 하지만 타그는 싸움을 걸지 않았다. 티카를 얻기 위한 싸움에서 패했다는 표시로 암컷의 결정을 받아들임으로써 종족의 관습을 따르는 듯했다.

얼마 후, 타잔은 밧줄 수리를 마치고 사냥감을 찾으러 숲으로 들어갔다. 타잔은 또래들보다 고기를 더 원했다. 그래서 또래들이 별 노력 없이도 찾을 수 있는 과일과 약초, 벌레들로 만족하고 마는 때에도 그는 동물 사냥감을 쫓으며 상당한 시간을 보냈다. 위장의 탐욕을 채워 주고, 부드럽고 말랑한 그의 구릿빛 가죽 아래 자리 잡은 근육에 나날이 강력한 힘을 키워 줄, 양분을 보유한 살코기가 필요했던 것이다.

타그는 타잔이 떠나는 것을 지켜보았다. 그리고 우연히 먹을 것을 찾는 척 티카를 향해 조금씩 다가갔다. 마침내 그녀에게서 몇 발자국 떨어진 지점에 이르자 그는 티카에게 은밀한 눈길을 보냈다. 그녀는 그를 평가하듯 뜯어보기만 했을 뿐, 분노의 기색은 전혀 드러내지 않았다. 자신감을 얻은 타그는 가슴을 크게 부풀리고 짧은 다리를 구르며 낮게 으르렁거리는 소리를 냈다. 그리고 입술을 말아 올리며 이빨을 드러냈다.

오, 맙소사! 그는 얼마나 멋지고 아름다운 송곳니를 가졌는가! 티카는 그것들에 눈길을 빼앗기지 않을 수 없었다. 그녀는 또 튀어나온 타그의 눈썹과 짧고 강건한 목에 경탄의 시선을 보냈다. 그는 정말이지 멋진 수컷이 아닌가!

타그는 감출 수 없는 경탄의 빛이 티카의 눈에 보이자 우쭐해서는 자만과 허영에 가득 찬 공작처럼 거들먹거리며 다가갔다. 그러면서 저도 모르게 자신의 자산 목록을 라이벌의 것과 비교하고 있었다. 하지만 이내 불만을 담아 그르렁거리고 말았다. 도대체 비교할 게 없었기 때문이다.

자신의 윤기 있고 아름다운 검은 털가죽과 타잔의 흉측하게 민숭민숭한 갈색 가죽을 어찌 비교할 수 있단 말인가! 자신의 넓은 콧방울을 보고 난 다음에 타맹가니의 빈약한 코에서 그 어떤 아름다움을 찾을 수 있겠는가! 타잔의 눈은 또 어떤가! 붉은 기운이라고는 전혀 없이 하얗기만 한 눈자위의 흉측함이라니! 타그는 물웅덩이에서 물을 마시면서 그 표면에 반사된 자신의 모습을 본 적이 있었다. 그래서 붉게 충혈된 자신의 눈이 얼마나 아름다운지 잘 알고 있었다.

타그는 티카 곁으로 더 다가가 마침내 그녀를 마주하고 쪼그려 앉았다.

타잔이 사냥에서 돌아온 직후 본 것은 티카가 자신의 라이벌의 등을 만족스럽게 긁어 대고 있는 모습이었다. 그는 역겨움을 느꼈다. 타그도 티카도 그가 숲에서 공터로 들어서는 것을 보지 못했다. 타잔은 잠시 그대로 서서 그들을 바라보았지만, 이내 슬픔으로 얼굴을 일그러뜨린 채 돌아섰다. 그리고 방금 떠나온 숲, 이파리 무성한 가지와 이끼로 뒤덮인 미궁 속으로 천천히 걸어 들어갔다.

그는 가슴이 무너지는 듯한 이 통증의 원인으로부터 가능한 한 멀어지고 싶었다. 엉망이 되어 버린 첫사랑의 격렬한 고통을 참기가 힘들었다. 타잔은 뭐가 문제인지 아무래도 알 수가 없었다.

처음에는 자신이 타그에게 화가 났다고 생각했다. 하지만 그렇다면 자신의 행복을 파괴한 자와 목숨을 건 전투를 벌이는 대신 왜 달아나고 있는 것인지 이해할 수 없었다.

다음으로는 티카에게 화가 났다고 생각했다. 하지만 그녀의 아름다운 모습이 끈덕지게 머릿속에 달라붙어서 사랑에 빠진 그의 눈에는 결점이라고는 없는 매혹적인 존재로밖에 보이지 않았다.

타잔은 애정을 갈망했다. 아기였던 그를 발견한 순간부터 쿨룽가의 독화살에 가슴을 관통당해 죽음을 맞기까지 어머니 케일라는 이 영국 소년에게 유일한 사랑의 대상이었다.

겉으로 보이는 표현 방식이 정글에 사는 야수에게서 기대할 만한 것보다 특별히 더 위대하지는 않았다 할지라도 케일라는 자신만의 야생의 방식으로 양아들을 몹시 사랑했다. 타잔도 그 사랑에 보답하기는 했지만, 어머니에 대한 자신의 애정이 얼마나 깊은 것이었는지를 깨달은 것은 그녀를 잃고 나서였다. 그때까지는 우러러보기만 했기 때문이다.

타잔은 잠시나마 티카에게서 케일라를 대체할 존재—자신을 위해 싸우고 사냥해 줄 누군가, 자신에게 다정하게 대해 줄 누군가—를 보았다. 그러나 이제 그의 꿈은 산산조각 났다. 그의 내부에서 무언가가 크게 상처를 입었다. 타잔은 가슴에 손을 얹고 대체 자신에게 무슨 일이 일어난 것일까 생각했다.

막연한 느낌이지만 그 고통은 티카 때문인 것 같았다. 마지막으로 보았을 때 티카가 타그를 애무하던 모습을 떠올리자 가슴속에 더욱 강렬한 아픔이 느껴졌던 것이다. 타잔은 머리를 흔들고 낮게 으르렁거렸다.

그는 계속해서 비틀비틀 정글 깊은 곳으로 들어갔다. 하지만 시간이 지날수록 자신의 잘못된 점만 연달아 생각났고, 돌이킬 수 없는 여성 혐오의 길로 빠져드는 것만 같았다.

그로부터 이틀 후에도 타잔은 여전히 몹시 침울하고 불행한 상태로 혼자서 사냥을 하고 있었다. 그는 절대로 부족에게 돌아가지 않겠다고 결심했다. 티카와 타그가 언제나 함께하는 모습을 본다는 생각만으로도 견딜 수가 없었던 것이다.

거목의 가지에 매달려 건너던 타잔은, 거대한 수사자 누마와 암사자 세이버가 아래쪽으로 나란히 지나가는 모습을 보았다. 세이버가 누마에게 몸을 기울이고 장난스럽게 그의 뺨을 깨물었다. 반쯤 애무 같은 몸짓이었다. 타잔은 한숨을 내쉬고 그들에게 나무 열매를 집어 던졌다.

그날 더 늦게, 그는 머봉가 부족의 흑인 전사들을 보았다. 그리고 그들 중 하나의 목에 올가미를 떨어뜨리려는 참에, 전사의 동료들이 조금 멀리 떨어져 있는 것을 보았다. 그 야만족*이 무슨 짓을 하고 있는지 흥미를 느낀 타잔은 올가미를 던지는 대신 그들을 지켜보기로 했다.

흑인 전사들은 길에 우리를 만들고, 그 위에 이파리 많은 가지들을 덮고 있었다. 그들이 작업을 마치자 우리는 거의 보이지 않게 되었다. 타잔은 그것의 용도가 무엇인지, 왜 그것을 만들었는지 궁금했다.

전사들이 마을로 돌아가는 것을 보고 타잔도 길을 따라 그들 마을로 향했다.

* 〈타잔〉 시리즈는 20세기 초 제국주의 시대에 쓰인 작품으로 곳곳에 인종차별과 성차별적인 묘사가 들어있다. 흑인을 야만족이라고 부르는 것 역시 그런 제국주의적 시각의 반영이다. 이런 묘사에 대해서는 독자의 비판적인 글 읽기가 필요하다.

타잔이 머봉가 부족의 마을에 가 본 지도 한참이나 시간이 흘렀다. 한동안 그는 마을의 말뚝 울타리 위로 늘어진 거목의 가지 위에 몸을 숨기고 케일라의 살해자를 찾기 위해 놈들의 모습을 염탐하곤 했다. 타잔은 그들을 증오했지만, 마을 안에서 그들의 일상을 지켜보는 것은 상당한 오락거리가 되었다. 특히 그들의 춤이 그랬다. 흑인들은 밤에 모닥불을 피워 놓고 전투를 흉내 내며 뛰어오르고 돌아서고 몸을 비트는 춤을 추었다. 모닥불 빛을 받아 벌거벗은 그들의 몸이 반짝거리는 그 광경은 흥미로웠다.

타잔이 흑인 전사들을 쫓아 마을로 가면서 다시 그런 춤을 보게 되리라 기대한 것은 아니었지만, 결국은 조금 실망할 수밖에 없었다. 그날 밤에는 춤이 없었기 때문이다.

대신, 전사들 몇몇이 조그만 모닥불을 둘러싸고 앉아 그날의 사건에 대해 이야기를 나누었다. 타잔은 나무 위에 안전하게 몸을 숨긴 채 그들을 바라보았다. 마을의 더 어두운 구석에서는 따로 한 쌍의 남녀가 이야기를 주고받으며 웃고 있었다. 언제나 그렇듯 젊은 남녀였다.

타잔은 머리를 한쪽으로 기울이고 생각에 잠겼다. 그날 밤 잠들기 전까지, 머봉가 마을 거목의 갈라진 가지에 몸을 말고 누운 타잔의 머릿속을 가득 채운 것은 오직 아름다운 티카의 모습이었다. 그녀의 모습은 꿈속에도 나타났다. 그녀와 젊은 흑인 남자가 젊은 흑인 여자와 이야기를 나누며 웃는 꿈이었다.

타그는 혼자 사냥을 하다가 다른 부족원과 조금 멀리 떨어지게 되었다. 그는 코끼리 길을 따라 천천히 나아가고 있었다. 갑자기 길이 관목으로 가로막혔다. 어른이 된 타그는 지나치게 성질이 급하고 잔인무도한 야수였다. 뭔가 가로막는 것이 있으면 오직 야수적인 힘과 흉포함으로 그것을 뚫고 나갈 뿐이었다. 이제 앞을 가로막는 것이 나타났으니 당연히 뚫고 나가야 했다.

타그는 사나운 몸짓으로 이파리에 가려진 막을 찢어발겼고, 이내 자신이 이상한 굴 속에 들어와 있음을 알았다. 앞을 완전히 가로막은 장벽을 물어뜯고 잡아 흔들고 난폭하게 내리쳐 보기도 했지만 끔찍한 분노에만 빠져들 뿐이었다. 더 이상은 앞으로 나아갈 수 없었다.

결국 타그는 돌아가야 한다고 생각하게 되었다. 하지만 몸을 돌렸을 때 또 다른 장벽이 보였고 더욱 분노하고 말았다. 그가 앞에 있는 장벽을 깨부수려고 난리 법석을 피우는 사이에 뒤쪽으로 새로운 장벽이 떨어져 내렸던 것이다. 타그는 덫에 걸렸다!

그는 지쳐 나가떨어질 때까지 장벽을 상대로 격렬하게 싸웠다. 그러나 아무 소용도 없었다.

아침이 되자 머봉가 마을에서 한 무리의 흑인들이 전날 쳐놓은 덫을 향해 출발했다. 그들 위쪽에서 나무를 타고 따라가는 타잔은 새삼 야생의 것들에 대한 호기심으로 가득 차 있었다. 타잔이 지나가는 것을 본 원숭이 마누가 깍깍거리며 수다를 떨었다. 그는 평생의 친구인 타잔의 익숙한 모습에 두려워하지 않고 다가와 그의 구릿빛 몸뚱이를 껴안았다. 타잔도 그를 보고 반가이 웃었다.

하지만 타잔의 웃음은 갑작스레 얼굴에 그늘이 지면서 깊은 한숨과 함께 멈추고 말았다. 날개가 화사한 새 한 마리가 가지에 내려앉더니 더 거무스름한 빛깔의 짝이 감탄의 눈길을 보내는 가운데 으쓱거리며 종종걸음 치는 모습을 본 것이다. 정글에 사는 모든 것들이 작당을 하고 짝을 지어, 자신이 티카를 잃었음을 상기시키려는 것만 같았다. 그는 일생 동안 그런 모습을 보았지만 한 번도 그런 생각을 떠올려 본 적 없음에도 말이다.

흑인들이 덫에 도착하자, 타그는 다시 화가 나서 난리를 피웠다. 자신을 가둔 감옥의 창살을 잡고 미친 듯이 흔들며 끔찍하게 울부짖고 으르렁거렸다. 흑인들은 의기양양했다. 그들이 덫을 놓은 것은 이 털북숭이 유인원을 잡기 위해서가 아니었기 때문에 이 포획은 더욱 기뻤다.

유인원의 목소리를 들은 타잔이 귀를 쫑긋 세웠다. 그는 재빨리 몸을 돌리고 덫이 있는 방향에서 바람을 타고 들려오는 소리를 정확히 포착할 때까지 귀를 기울였다. 그리고 공기 중에서 냄새 흔적을 찾기 위해 코를 킁킁거렸다. 얼마 지나지 않아 그의 민감한 콧구멍이 익숙한 냄새를 잡아냈다. 그 냄새 흔적은 사로잡힌 자의 정체가, 눈으로 보듯 한 치의 틀림도 없이,

타그임을 알려 주었다. 그렇다, 그것은 타그였다. 그리고 그는 혼자였다.

타잔은 빙그레 웃고는, 흑인들이 죄수에게 무슨 짓을 하려는지 알아보려고 다가갔다. 분명 그들은 타그를 도륙할 것이었다. 타잔은 다시금 미소를 지었다. 티카는 이제 자신의 차지가 될 수 있었다. 그녀에 대한 자신의 권리에 반박하는 이는 아무도 없을 터였다.

타잔이 그렇게 지켜보고 있는 동안, 흑인 전사들은 이파리 달린 막을 치워 버리고 우리에 밧줄을 단단히 묶었다. 그리고 우리를 끌고 자기네 마을 쪽으로 길을 잡았다. 타그는 여전히 철창을 두드리며 분노와 위협을 담아 으르렁거리고 있었다. 타잔은 라이벌이 눈앞에서 사라질 때까지 지켜보았다. 그런 후에야 몸을 돌리고 자기 부족, 티카를 찾아 재빠르게 나무를 타고 건너갔다.

돌아오는 길에 타잔은 무성하게 자란 숲 속의 공터에서 시타와 그의 짝을 보았다. 그 거대한 고양잇과 맹수는 땅바닥에 몸을 납작하게 늘이고 누워 있었다. 그의 짝은 한쪽 앞발을 시타의 살벌한 얼굴에 가로질러 올려놓고는 목덜미 근처의 부드러운 하얀 털을 핥고 있었다.

타잔은 숲을 완전히 벗어날 때까지 속도를 높였다. 커첵 부족을 만난 것은 그로부터 얼마 지나지 않아서였다. 타잔은 그들이 그를 보기 전에 먼저 그들을 보았다. 정글의 모든 주민들 가운데 타잔보다 조용히 움직이는 것은 없었기 때문이다. 그는 카마와 그의 짝이 나란히 앉아 서로 몸을 비비면서 털북숭이 아기에게 젖을 먹이는 것을 보았다. 그리고 티카가 혼자서 뭔가를 먹고 있는 모습도 보았다. 혼자 먹고 있는 그녀의 모습이 외로워 보였기에 타잔은 그들 가운데 땅으로 훌쩍 뛰어내렸다.

타잔이 무리를 놀라게 하는 바람에 갑작스러운 웅성거림과 분노의 울음, 겁에 질린 그르렁거림 등 한바탕 소란이 일었다. 그 소란에는 목덜미 털이 쭈뼛 서는 정도의 단순한 신경질적인 놀람 이상의 뭔가가 있었다. 그것은 그들이 갑자기 나타난 이의 정체를 확인하고 난 후에도 한참 동안 남아 있었다.

타잔은 과거에도 이와 같은 일을 몇 번이나 경험했다. 그가 갑자기 나타나면 언제나 유인원들 사이에 신경질적인 긴장감을 흘렀고, 그 긴장이 풀리기까지 상당한 시간이 흘러야 했다. 그들 모두는 그가 진짜 타잔임을 몇 번이나 냄새로 확인하고 나서도 쉽게 진정하지 못했다. 한동안은 그런 긴장감을 유지할 필요가 있다고 느끼는 것 같았다.

타잔은 자신의 정체를 확인하려 드는 유인들을 밀치고 나아가며 티카 쪽으로 향했다. 하지만 티카 역시 그가 다가갈수록 슬금슬금 멀어졌다.

"티카, 나야. 타잔이야. 너는 타잔 거잖아. 나는 너를 찾으러 왔어."

타잔이 좀 더 가까이 가자, 티카는 그를 주의 깊게 바라보다가 거듭 확인하며 냄새를 맡았다.

"타그는 어디 있어?"

그녀가 물었다.

"고맹가니가 잡아갔어. 그들이 타그를 죽일 거야."

그렇게 대답한 타잔은 타그가 어떻게 되었는지 말해 주었다. 그의 이야기를 듣는 동안, 티카의 눈에 아쉬워하는 빛이 어리고 그녀의 얼굴에 슬픔을 담은 괴로워하는 표정이 떠올랐다. 그녀가 조용히 다가오더니 그의 품을 파고들었다. 그레이스토크 경, 타잔은 팔을 둘러 그녀를 안았다.

그 순간, 타잔은 처음으로 깨달았다. 사랑하는 티카의 검은 털북숭이 가죽 위로 드리워진 자신의 부드러운 구릿빛 피부가 이상한 부조화를 이루고 있다는 것을.

그는 시타의 얼굴을 가로질러 놓여 있던 그 짝의 앞발을 떠올렸다. 거기에 부조화는 없었다. 심지어 화사한 날개를 뽐내며 으스대던 수컷 새조차도 조용한 짝과 상당히 닮은 모습이었다. 북슬북슬한 갈기를 가진 누마도 세이버와 거의 완벽한 짝이었다. 암컷과 수컷은 다르다. 그것은 진리다. 그러나 타잔과 티카 사이에 존재하는 것 같은 다름은 아니었다.

타잔은 당혹스러움에 사로잡혔다. 뭔가 잘못되었다. 팔이 티카의 어깨에서 미끄러져 내렸다. 그는 천천히 그녀에게서 떨어졌다. 티카가 머리를 한쪽으로 기울이고 그를 바라보았다.

타잔은 완전히 똑바로 서서 주먹으로 가슴을 두들겼다. 그리고 하늘을 향해 얼굴을 쳐든 채 입을 벌렸다. 폐 속 깊은 곳에서부터 승리감에 취한 유인원의 사납고 기묘한 고함이 솟아올랐다.

부족원들이 호기심을 담은 눈으로 그를 돌아보았다. 타잔은 아무것도 죽이지 않았으며, 주변에 흉포한 고함으로 경고할 적도 없었다. 타잔의 고함을 설명할 만한 이유는 아무것도 없었다. 그래서 그들은 등을 돌리고 각자 하던 일로 돌아갔다. 하지만 저 타잔이 또 갑작스럽게 마구 날뛰는 것은 아닌지 확인하려는 듯 경계를 늦추지 않았다.

그들이 보지 않는 듯 보고 있는 동안, 타잔은 가까운 나무로 뛰어올라 정글 속으로 사라져 갔다. 그제야 유인원들은 마음 놓고 타잔을 잊었다. 심지어 티카까지도.

머봉가 부족 전사들은 우리를 끌고 가느라 힘이 들어 땀을 뻘뻘 흘리고 있었다. 종종 멈추어 쉬기도 했기 때문에 마을로 향하는 전진은 느리기만 했다. 우리로 흉포한 야수를 사로잡아 운반해 갈 때면 야수는 창살을 두드려 대고 입에서 침을 흘리며 끊임없이 으르렁거리곤 했다. 야수가 내는 소리는 끔찍했다.

여정은 거의 끝나 가고 있었다. 그들은 마을이 위치한 공터로 나아가기 전 마지막 휴식을 취했다. 몇 분만 있으면 숲을 벗어날 것이고 이번 사냥은 그것으로 끝이었다.

하지만 그들의 머리 위에서 조용한 형체가 나무 사이로 움직이고 있었다. 날카로운 눈이 우리를 꼼꼼히 살펴보고, 전사들의 숫자를 헤아렸다. 기민하고 대담한 두뇌는 계획의 성공 확률을 계산하고 있었다.

타잔은 그늘 속에 널브러지듯 앉아 있는 흑인들을 지켜보았다. 다들 지친 상태였고, 그들 중 몇몇은 어느새 잠들어 있었다. 타잔은 더 가까이 기어가 그들 바로 위에서 멈추었다. 그렇게 은밀히 움직이는 동안 나뭇잎 한 장 바스락거리지 않았다. 타잔은 맹수의 무한한 인내심으로 기다렸다.

이윽고 깨어 있는 전사는 둘밖에 남지 않았다. 그나마 한 명은 졸고 있었다.

타잔은 마음을 가다듬었다. 그사이 잠들지 않은 쪽의 전사가 일어나 우리 뒤쪽으로 돌아 지나갔다. 타잔은 그자의 머리 바로 위에서 따라갔다. 전사를 눈으로 좇던 타그가 낮게 으르렁거렸다. 타잔은 그 소리가 잠든 전사들을 깨울까 봐 식겁을 했다. 전사의 귀에는 들리지 않을 속삭임으로 그는 타그를 불렀다. 그리고 조용히 있으라고 주의를 주자, 타그의 으르렁거림이 멈추었다.

흑인 전사가 우리로 다가가 문이 잘 잠겨 있는지 확인했다. 그 순간, 타잔은 그의 등을 노리고 나무에서 뛰어내렸다. 강철 같은 손가락이 목을 움켜쥐자 질식해서 숨넘어가는 소리가 겁에 질린 전사의 입술 사이로 튀어나왔다. 강력한 이빨이 그의 어깨를 콱 물고 힘센 두 다리가 그의 상반신을 감싸듯 죄었다.

공포심에 광분한 전사가 자신에게 달라붙은 조용한 무언가를 떼어 내려고 몸부림쳤다. 그래도 떨어지지 않자 땅바닥에 몸을 던져 굴렀다. 그러나 강력한 손가락은 점점 더 살을 파고들었고 죽음의 순간을 향해 조여들기만 했다. 흑인의 입이 크게 벌어지고 부어오른 혀가 늘어졌다. 눈도 눈구멍을 빠져나올 듯이 튀어나왔다. 그러나 끈질긴 손가락은 계속해서 압력을 높일 뿐이었다.

타그는 조용히 그 싸움을 지켜보고 있었다. 그의 미개한 조그만 뇌는 무엇이 타잔으로 하여금 저 고맹가니를 공격하게 했는지 궁금해 하는 게 분명했다. 타그는 얼마 전 타잔과 싸웠던 것과 그 싸움의 이유를 아직 기억하고 있었다. 그때, 고맹가니가 갑자기 사지를 축 늘어뜨렸다. 발작적인 경련이 잠시 일었지만 이내 고요해졌다.

타잔이 전사의 목을 놓고 불쑥 일어나더니 우리의 문 쪽으로 달려왔다. 그리고 날렵한 손가락으로 문을 걸고 있는 끈을 재빨리 풀었다. 타그는 그저 지켜보고만 있었다. 그 부분만큼은 그도 도울 수 없었다. 타잔이 문을 밀어서 들어 올리자, 그가 재빨리 기어 나왔다. 타그는 잠들어 있는 흑인 전사들을 돌아보았다. 복수심을 풀 겸 쳐 죽일 수 있는 기회였다.

그러나 타잔이 허락하지 않았다. 대신에 그는 목을 졸랐던 전사를 질질 끌어다가 우리 안에 넣고 철창에 기대 놓았다. 그리고 문을 내린 다음 앞서처럼 끈을 조여 묶었다. 그러는 동안 그의 얼굴은 행복한 미소로 빛나고 있었다. 그것은 사실 타잔이 머봉가 마을 흑인들을 사냥할 때 쓰는 주요한 주의 분산 전략 중 하나였다. 그는 흑인들이 깨어났을 때 동료의 시체가, 몇 분 전만 해도 유인원을 단단히 붙잡아 가둬 두었던 바로 그 우리 안에 갇혀 있는 것을 보고 공포에 사로잡힐 광경을 상상할 수 있었다.

타잔과 타그는 함께 나무를 타기 시작했다. 원시림 빽빽한 정글을 나란히 뚫고 가는 동안, 흉포한 유인원의 털가죽이 영국인 소공자의 매끈한 피부를 부드럽게 쓸었다.

타잔이 말했다.

"티카에게 돌아가라, 타그. 티가는 네 거다. 타잔은 티카를 원하지 않는다."

"타잔이 다른 암컷을 찾았나?"

타그가 물었다.

타잔은 어깨를 으쓱해 보이고는 말했다.

"고맹가니에게는 다른 고맹가니가 있다. 수사자 누마에게는 암사자 세이버가 있고, 시타에게는 자기 종족의 암컷이 있지. 사슴 바라에게도, 원숭이 마누에게도, 정글에 사는 모든 야수와 새에게 자기만의 짝이 있다. 오직 타잔에게만 아무도 없다. 타그는 맹가니다. 티카도 맹가니지. 티카에게 돌아가라, 타그. 타잔은 다르다. 타잔은 혼자다."

2. 사로잡힌 타잔

흑인 전사들은 숨 막히는 정글의 습한 열기 속에서 힘들게 일하고 있었다. 그들은 전투용 창으로 두껍고 검은 양토와 부패해 가는 초목의 깊은 층을 헤집은 다음, 굵은 손톱이 달린 손가락으로 오래된 사냥 길 한가운데 헤쳐진 흙을 파냈다. 가끔씩 일을 쉬고 자신들이 파던 구덩이 가장자리에 쪼그려 앉아 쉬거나 잡담을 주고받으며 웃음을 터트리기도 했다.

흙을 파내는 동안은 근처 나무줄기에 전투 창과 두꺼운 들소 가죽으로 만든 길고 둥근 방패를 기대 놓았다. 전사들의 부드러운 흑단 같은 피부를 타고 번들거리며 흘러내리는 땀, 그 밑에서 유연하게 꿈틀대는 힘센 근육은 오염되지 않은 자연의 완벽한 건강함을 보여 주는 듯했다.

물을 따라 조심스럽게 다가온 황색 영양이 갑작스럽게 터져 나온 웃음소리에 귀를 쫑긋 세우고 멈춰 섰다. 한순간 동상처럼 서 있던 녀석의 민감한 콧구멍이 벌렁거렸다. 다음 순간, 영양은 무서운 인간의 존재를 피해 소리 없이 도망쳤다.

그로부터 백 미터 밖, 뚫고 지날 수 없을 만큼 뒤얽힌 정글 깊은 곳에서 수사자 누마가 육중한 머리를 들어 올렸다. 누마는 동틀 녘까지 배불리 먹고 잠을 청했다. 그를 깨워 일으키려면 더 큰 소음이 울려야 할 터였다. 하지만 주둥이를 들고 공기의 냄새를 맡은 누마는 매캐한 황색 영양의 냄새 흔적과 함께 인간의 진한 체취를 잡아냈다. 그는 배가 부르고 졸렸지만, 역겨운 기분을 담아 한차례 으르렁거리고는 몸을 일으켜 천천히 멀어져 갔다.

밝은색 깃털을 가진 새들이 요란스럽게 지저귀며 나무들 사이를 쏜살같이 날아갔다. 작은 원숭이들은 잔소리 같은 수다를 떨면서 흑인 전사들 위로 늘어진 가지를 통해 이리저리 건너다녔다. 그러나 그들 모두는 홀로였다. 무수히 많은 생명체들로 우글거리는 정글에서 그들 하나하나는 거대도시의 북적이는 거리에서나 마찬가지로 신의 위대한 우주에서 가장 외로운 한 점, 한 점에 불과했다.

그러나 그들이 정말 홀로일까?

그들의 머리 위, 이파리 무성한 나뭇가지에 가볍게 균형을 잡고 선 잿빛 눈의 젊은이가 그들의 움직임 하나하나를 강렬한 집중력으로 지켜보고 있었다. 타잔은 흑인들이 하는 짓의 목적이 무엇인지 알고 싶다는 뚜렷한 욕망 아래 증오의 화염이 부글부글 끓는 것을 느꼈다. 저들의 무리 중 한 놈이 그가 사랑하는 케일라를 살해했다. 복수를 끝낸 후에도 그들에 대한 증오심은 사라지지 않았다. 하지만 타잔은 저들을 더 오래 관찰하고 인간의 방식에 대해 더 많은 지식을 얻고 싶었다.

거대한 구멍이 길 너비로 입을 벌릴 때까지 구덩이는 점점 커지고, 깊어졌다. 이제 구덩이는 한 번에 여섯 명이 들어가 땅을 팔 수 있을 만큼 거대했다. 타잔은 그렇게 공들인 대역사의 목적을 짐작도 할 수 없었다. 그들이 긴 말뚝을 잘라 끝을 날카롭게 다듬은 다음 구덩이 바닥에 간격을 두고 세웠을 때도 그의 놀라움은 커지기만 했다. 흑인들은 구덩이 위에 엇갈리게 엮은 가벼운 막대기를 설치하고 나뭇잎과 흙을 조심스럽게 덮어 완성한 작품을 완벽하게 숨기고 나서야 비로소 만족했다. 일을 다 끝내고 다시 한 번 자신들의 수작업을 꼼꼼히 점검하는 그들은 분명 만족한 모습이었다.

타잔도 자기 눈으로 점검했다. 하지만 그의 숙련된 눈에도 이 고대부터 존재한 이 오래된 사냥 길에 어떤 식으로든 훼손된 흔적은 거의 보이지 않았다.

타잔은 숨겨진 구덩이의 목적이 무엇인지 골똘히 생각하느라 평소처럼 머봉가 부족을 골탕 먹이는 것—그에게는 복수의 수단이었고 고갈될 줄 모르는 기쁨의 원천이었으며, 그를 공포의 대상으로 만들어 주는 일이었다—도 잊었고, 흑인들이 자기네 마을 쪽으로 떠나는 것도 놓치고 말았다.

그러나 아무리 열심히 궁리해 봐도 숨겨진 구덩이의 비밀은

풀 수가 없었다. 흑인들의 방식은 타잔에게 여전히 낯선 것이었다. 그들이 정글의 삶에 끼어든 것은 그리 오래되지 않았다. 하지만 그들은 오래전부터 정글에 보금자리를 틀고 살아온 야수들의 패권에 도전한 첫 번째 종족이기도 했다. 수사자 누마에게도, 코끼리 탄토에게도, 고등 유인원이나 하등 유인원에게도, 난폭한 야생의 무수한 생명체 모두에게 인간의 방식은 새로웠다. 야생의 존재들은 똑바로 서서 뒷다리로 걷는 검고 털 없는 이 존재들에게 배울 것이 많았다. 그 배움은 느리고 고되었으며, 매번 슬픔을 불러일으켰다.

흑인들이 떠나고 잠시 후, 타잔은 가볍게 구덩이를 건너 내려섰다. 그리고 미심쩍다는 듯이 코를 킁킁거리며 구덩이 가장자리를 한 바퀴 돌았다. 그는 엉덩이를 깔고 쪼그려 앉아 흙을 조금 긁어내고 가로 막대 중 하나를 들어낸 다음, 냄새를 맡아 보고 만져 보기도 했다. 머리를 한쪽으로 기울인 채 몇 분 동안이나 진지하게 생각에 잠겨 있던 타잔은 조심스럽게 흙을 다시 덮고 흑인들이 해 놓은 것처럼 말끔하게 되돌려 놓았다. 그러고나서 나뭇가지 사이로 다시 휙 올라가 자신의 털북숭이 동료들, 커첵 부족을 찾아 나무들을 건너갔다.

한번은 누마의 길을 지나가다가 잠시 멈추어 부드러운 과일을 사자의 으르렁거리는 얼굴에 던지며 썩어 가는 고기나 먹는 놈, 하이에나 댕고의 형제라고 조롱하고 욕하기도 했다. 누마는 강렬한 증오의 빛으로 활활 타오르는 황록색 눈알을 굴리며 자신의 위에서 까불거리고 춤추는 형체를 노려보았다. 무거운 아래턱을 울려 낮게 으르렁거리고 날카로운 채찍의 움직임처럼 꼬리를 휘둘러 엄청난 분노를 드러냈다. 하지만 이미 과거의 경험으로 먼 거리에서 타잔과 언쟁을 벌여 봤자 소용없음을 알고 있는 그는 이내 몸을 돌리고 고문자가 보지 못하도록 뒤얽힌 관목 숲으로 사라져 버렸다. 상대해 줄 적이 떠나 버리자 타잔은 유인원처럼 얼굴을 찡그리며 마지막으로 한바탕 정글식 욕을 퍼붓고 가던 길을 계속 갔다.

일 킬로미터쯤 더 가자 바람이 바뀌어 그의 예민한 코가 톡 쏘는 듯한 냄새를 맡았다. 다음 순간 어두운 잿빛의 거대한 덩치가 정글 길을 따라 천천히 나아가는 모습이 나뭇잎 사이로 어렴풋이 보였다. 타잔은 작은 나뭇가지를 잡았다가 부러뜨렸다. 그 갑작스러운 소리에 육중한 형체가 걸음을 멈추었다. 거대한 귀가 앞으로 펄럭이고 길고 유연한 코가 적의 체취를 찾아 앞뒤로 재빨리 흔들렸다. 그사이 두 개의 연약하고 작은 눈은 의심을 담아 사방을 둘러보았지만 자신의 평화로운 걸음을 방해한 소리의 주인을 찾는 데는 실패했다.

타잔은 웃음을 터트리며 그 거대한 후피 동물의 머리 가까이에 대고 소리쳤다.

"탄토, 탄토! 사슴 바라도 너보다는 겁이 없을 거야! 너는 탄토잖아! 내 손가락과 발가락만큼 많은 수의 누마들이 모여도 상대하기 어려울 만큼 강력한, 위대한 정글의 주인이라고. 거대한 나무도 뿌리째 뽑을 수 있는 탄토가 나뭇가지 부러지는 소리에 겁을 먹는단 말이야?"

위로 들린 코와 아래로 내린 귀, 평상시처럼 늘어뜨린 꼬리와 함께 우르릉거리는 소리가 탄토의 반응이었을 뿐이다. 그것은 경멸의 표시인 동시에 안도의 한숨이었다. 하지만 그의 눈은 여전히 타잔의 모습을 찾아 방황하고 있었다. 다음 순간, 타잔이 오래된 친구의 넓은 머리 위로 가볍게 떨어져 내렸다. 그렇게 타잔의 위치를 확인하고 나서야 탄토는 긴장을 풀었다. 타잔은 네 활개를 펴고 누워 맨발로 두꺼운 가죽을 두들기면서 손가락으로 코끼리의 거대한 귀 아래 부드러운 피부를 긁적였다. 그는 이 거대한 야수가 자신의 말을 이해하기라도 하는 듯이 탄토에게 말을 걸고 정글의 소문들을 들려주었다.

잿빛의 거대한 덩치는 야생의 삶에 대한 사소한 이야기들을 거의 이해하지 못했지만, 그저 눈을 깜빡이며 선 채로 코를 부드럽게 흔들면서 타잔의 말 한마디 한마디를 마치 가장 날카로운 인식력으로 흡수하는 듯이 듣고 있었다. 사실 그가 즐기는 것은 유쾌하고 친근한 친구의 목소리와 귀 뒤를 부드럽게 만져주는 손길이었다. 그러고 있노라면 탄토는—제 가슴을 가득 채우고 있는 것과 같은 다정함이 거대한 후피 동물의 가슴에도 가득하리라 믿는 조그만 아기 타잔이 겁 없이 그의 등을 타고 올랐던 그날 이래로— 항상 좋은 벗이었던 이가 아주 가까이 있다는 사실을 안심하고 즐길 수 있었다.

탄토와 수년 동안 벗으로 지내면서 타잔은 이 강력한 친구를 이리저리 움직이게 할 수 있는 불가해한 능력을 가지게 되었다. 탄토는 아무리 멀리 있어도, 그의 예민한 귀가 타잔이 내지르는 꿰뚫는 듯한 소환의 소리를 감지할 수만 있다면 반드시 달려왔다. 또 타잔이 머리에 올라앉으면 탄토는 그가 명령하는 곳 어디든 정글을 뚫고 쿵쿵거리며 나아갔다. 그것은 야생을 압도하는 인간 정신의 능력이었으며, 마치 둘 다 그 힘의 근원을 충분히 이해하고 있는 듯이 효과적으로 작용했다. 실제로는 둘 다 아니었지만 말이다.

반시간 동안 타잔은 탄토의 등에 사지를 펼치고 누워 있었다. 그들에게 시간은 아무 의미도 없었다. 그들이 보기에 삶이란 주로 배를 채우는 일의 연속이었다. 그래서 타잔에게보다는 탄토에게 고된 일이었는데, 타잔은 위가 작고 잡식성이어서 음식을 얻기가 그다지 어렵지 않았기 때문이다. 쉽게 얻을 수 없는 것이 있긴 했지만 언제든 그의 굶주림을 채워 줄 다른 것들이 많이 있었다. 특정 종류의 나무껍질과 어떤 종류의 목재—한 해의 특정 계절에만 달리는 이파리만 먹는 나무 같은—만 먹는 탄토와 달리 타잔의 식성은 까다롭지 않았다.

탄토는 강력한 근육들을 쓰는 시간보다 거대한 위장을 채우는 데 들이는 시간이 훨씬 더 많이 필요했다. 아마도 이것은 그보다 낮은 수준의 생명체 모두—음식을 찾거나 소화시키는 과정에 너무 집중해서 다른 일에는 거의 쓸 시간이 없는—에게 해당되는 문제일 것이다. 분명 이런 제약이, 그들로 하여금 다른 일에 생각할 시간을 더 많이 투자할 수 있는 인간만큼 급속히 진화하지 못하도록 만들었으리라. 하지만 타잔은 그런 문제로 크게 괴로워하지 않았고, 탄토의 경우는 전혀 괴로워하지 않았다.

타잔은 그저 코끼리 친구와 함께하는 것이 행복했다. 왜인지는 몰랐다. 그 자신이 정상적이고 건강한 사람이며 뭔가 살아 있는 생물에게 애정을 아낌없이 베풀고자 하는 욕망이 있기 때문임을 자각하지 못했다.

커책 부족 유인원들 가운데 그의 놀이 친구들은 이제 거대하고 무뚝뚝한 야수들이 되어 있었다. 그들은 뭔가에 고무되지도 않았고 애정을 느끼지도 않았다. 어린 유인원들과는 타잔도 아직 가끔씩 놀곤 했다. 그 나름의 야만적인 방식으로 타잔은 그들을 사랑했다. 그러나 그들은 만족스럽고 편안한 동반자와는 거리가 멀었다.

탄토는 고요하고 침착하며 안정적인 거대한 산이었다. 그의 정수리 위에 사지를 펴고 드러누워 잘 듣고 있음을 알려 주듯 육중하게 앞뒤로 펄럭이는 귀에 대고 희망과 열망을 쏟아 놓다 보면 타잔은 평온함과 만족스러움을 느꼈다. 케일라를 잃은 이래 탄토는 정글의 모든 주민들 가운데 타잔이 가장 사랑하는 이였다. 때때로 타잔은 탄토 역시 자신을 그렇게 사랑할지 궁금했다. 그러나 그것만은 알기 어려웠다.

타잔이 마침내 나무로 돌아가 먹을 것을 찾으러 떠난 것은 위장의 호소—정글의 삶에서 가장 절박하고 끈질긴 요청—때문이었다. 탄토는 반대쪽으로, 중단되었던 길을 다시 열어 갔다.

타잔은 한 시간 동안이나 먹을 것을 찾아다녔다. 높은 곳의

둥지는 따뜻하고 신선한 수확물을 내놓았다. 굳이 찾으려 애쓰지 않아도 각종 열매들, 딸기류, 부드러운 플랜틴*은 마주칠 때마다 식단에 올렸다. 하지만 고기, 고기, 고기! 타잔이 찾는 것은 언제나 고기였다. 때때로 고기가 그를 피해 다녔지만 말이다.

오늘처럼 정글을 이리저리 배회하는 동안에는 그의 왕성한 정신이 사냥뿐 아니라 다른 주제들에 대해서도 바쁘게 생각하곤 했다. 타잔은 전날이나 몇 시간 전에 있었던 일들에 대해 회상하는 습관이 있었다. 그는 탄토와 만났던 일을 되새겼다. 구덩이를 파던 흑인들을 생각했고, 그들이 남기고 간 기묘하게 생긴 구덩이를 생각했다. 구덩이의 목적에 대해서는 몇 번이고 거듭해서 생각했다.

타잔은 언제나 자신이 인식한 것들을 비교하고 평가했다. 그리고 결론을 이끌어 내기 위해 다시 평가들을 비교했다. 언제나 옳은 결론에 도달하는 것은 아니었지만, 적어도 신이 의도한 목적대로 두뇌를 쓰고 있는 것은 분명했다. 그는 간접 경험에 제약을 받지 않았기 때문에 그런 식으로 생각을 이어가는 것이, 그를 둘러싼 주변의 다른 이들보다 어렵지 않았다.

숨겨진 구덩이에 대해 골몰해 있는 동안, 갑자기 타잔의 머릿속에 정글 길을 따라 육중하게 쿵쿵거리며 걷는 거대한 잿

* 바나나처럼 생겼으나 요리해서 먹는 열매로 아프리카와 아시아 일부에서 주식으로 쓰인다.

빛 덩치가 아른거렸다. 그는 그 이미지가 암시하는 충격에 굳어지고 말았다. 타잔의 인생에서 판단과 행동은 보통 거의 동시에 일어났다. 그래서 구덩이의 목적에 대한 깨달음이 마음속에 완성되기도 전에 그는 이파리 무성한 가지들을 뚫고 달리고 있었다.

타잔은 이 가지에서 저 가지로 몸을 날리면서, 나무들이 점점 더 빽빽해지는 산비탈 중턱으로 나아갔다. 땅으로 내려와 속도를 올린 그는 빠른 전진을 가로막는 뒤얽힌 덤불들을 만났을 때만 나무 위로 다시 뛰어오르면서 조용하고도 가벼운 걸음으로 썩어 가는 수풀 위를 나아갔다.

무거운 불안감이 신중함을 날려 버렸다. 그의 인간다운 마음가짐에 타고난 야수의 조심성도 압도당하고 말았다. 언제나 그렇듯이 앞에 뭔가 있을지도 모른다고 경계하고 주의하는 대신, 아무 생각 없이 거대한 공터로 들어섰다.

그가 나아가는 길 몇 미터 떨어진 곳의 길게 자란 풀들 사이로 재잘거리는 산새들이 솟아오른 것은 타잔이 반쯤 공터를 가로질렀을 때였다. 그는 즉시 한쪽으로 몸을 돌렸다. 정글 주민들의 방식을 잘 알았기 때문에, 그 작은 파수꾼들의 존재가 의미하는 바가 뭔지를 알았던 것이다.

거의 동시에 코뿔소 부토가 짧은 두 다리로 미친 듯이 돌진해 왔다. 부토의 돌진은 막무가내였다. 그는 눈이 나빠서 짧은 거리조차 제대로 보지 못했다. 게다가 그 정신없는 돌진이 공포로 인한 공황 상태에서 도망치는 것인지, 널리 알려진 대로 화를 잘 내는 성미에 때문에 냅다 달리는 것뿐인지는 판단하기 어려웠다. 어느 쪽이든, 부토의 돌진을 마주하는 순간에는 문제가 되지 않았다. 그와 부딪쳐 받히기라도 한다면 그 이후의 일은 관심거리도 되지 않을 것이기 때문이다.

오늘 부토는 곧장 타잔을 향해 돌진하고 있었다. 몇 미터 정도 되는 그들 사이에는 무릎 높이까지 자란 풀들만이 있을 뿐이었다. 일은 타잔 쪽에서 시작되었다고 할 수도 있었다. 부토의 시력 나쁜 눈이 아무런 전조도 없이 공터로 뛰어든 타잔을 적으로 포착했기 때문이다. 그는 코를 킁킁거리더니 곧바로 타잔을 향해 쇄도했다. 조그만 코뿔소 새들이 거대한 주인 주위를 선회하며 퍼덕거렸다. 공터 가장자리의 나무들 가지 사이에서 스무 마리 남짓한 원숭이들이 꺅꺅거리며 떠들다가 성난 야수가 쿵쿵거리며 달리는 요란한 소리에 놀라 산비탈 위쪽으로 허둥지둥 달아났다.

오직 타잔만이 무심하고 평온해 보였다. 그는 부토의 돌진 방향 한복판에 서 있었다. 하지만 공터 너머의 나무들로 안전하게 도망칠 여유도 없었고, 부토 때문에 자신이 가던 길을 늦출 생각도 없었다. 타잔은 이 우둔한 짐승을 전에도 만난 적이 있었고 놈을 심히 경멸하고 있었다.

마침내 부토가 육중한 머리를 낮추고 타잔을 향해 길고 무거운 뿔을 겨눈 채 대자연이 부여한 역할대로 끔찍한 일을 해치우기 위해 달려왔다. 하지만 그가 들이받듯 머리를 위로 쳐들었을 때, 뿔은 허공만을 긁었을 뿐이다. 위협적인 뿔을 피해 고양이처럼 공중으로 가볍게 뛰어오른 타잔은 코뿔소의 널찍한 등판을 살짝 디디고 다시 한 번 뛰어올라 야수 뒤쪽의 땅에 내려앉은 다음 사슴처럼 나무들을 향해 달려갔다.

사냥감이 요상하게 사라져 버리자 부토는 화가 나고 혼란스러웠지만 곧 몸을 돌리고 또 다른 방향으로 미친 듯이 달리기 시작했다. 다행히 타잔의 도주 방향이 아니었다. 타잔은 안전하게 나무들 사이에 도착했고, 숲 속으로 향하는 빠른 행보를 이어갈 수 있었다.

그로부터 약간 떨어진 거리, 탄토는 잘 다져진 코끼리 길을 따라 꾸준히 걸어가고 있었다. 그의 앞쪽에는 흑인 전사 하나가 쪼그리고 앉은 채 통로 중앙에 주의 깊게 귀를 기울이고 있었다. 그는 곧 그토록 바라던 소리—코끼리가 다가옴을 알리는 무언가 깨지고 부서지는 소리—를 들었다.

그의 좌우로 정글의 여러 지점에서 다른 전사들도 통로를 지켜보고 있었다. 사냥감이 다가오는 먼 곳에서부터 시작된 나지막한 신호가 이쪽저쪽으로 전달되었다. 길을 향해 재빨리 모여든 전사들은 탄토가 다가올 것이 분명한 쪽에서 바람을 등지고 나무들 사이에 자리 잡았다. 그들은 조용히 기다렸고, 이윽고 기다림에 대한 보상처럼 거대한 코끼리가 길고 육중한 상아를 세운 채 나타났다. 그들의 탐욕스러운 심장이 맹렬히 고동쳤다.

코끼리가 그들이 숨어 있는 위치에 아주 가까워지자 그들은 은신처에서 기어 나왔다. 그들의 고요는 얼마 가지 않았다. 길에 도착하자마자 그들은 손뼉을 치고 소리를 질러 댔다. 탄토가 코와 꼬리를 들어 올리고 거대한 귀를 쫑긋 세운 채 멈춰 섰다. 그리고 다음 순간 길을 따라 몸을 돌리더니 허둥거리며 달아나기 시작했다. 바닥에 날카로운 말뚝이 박힌 위장된 구덩이를 곧바로 향해서였다.

전사들이 고함을 지르며 코끼리가 습성대로 땅을 조심스럽게 탐색하지 못하도록 도망치는 걸음을 급박하게 몰아갔다. 탄토는 몸을 돌려 단번의 돌진으로 적들을 흩어 버릴 수 있음에도 불구하고 겁에 질린 사슴처럼 도망쳤다. 끔찍하고 고통스러운 죽음을 향한 도주였다.

그 모든 상황 저편에서 타잔이 정글의 밀림을 뚫고 다람쥐처럼 민첩하고 재빠르게 달려오고 있었다. 그는 전사들의 고함을 들었고 당장 그들을 막아야 한다는 것을 알았다. 타잔은 일단 정글 전체를 관통하여 울리는 날카로운 고함을 내질렀다.

그러나 공포로 공황 상태에 빠진 탄토는 듣지 못했다. 아니, 들었다 해도 질주를 멈추지는 못했으리라. 이제 거대한 후피동물은 앞길에 숨겨진 죽음의 덫을 겨우 몇 미터만 남겨 두고 있었다.

성공을 확신한 흑인 전사들이 고함을 지르고 춤을 추면서 코끼리의 흔적을 뒤따랐다. 하지만 그들은 전투 창을 흔들고 사냥감이 지닌 멋진 상아와 그날 밤 터지도록 배를 채워 줄 코끼리 고기를 얻게 될 것을 미리 축하하면서 기쁨을 분출하는데 지나치게 몰두해 있는 바람에, 머리 위로 은밀하게 지나가는 야생 인간의 존재를 전혀 눈치 채지 못했다.

탄토도 마찬가지였다. 타잔이 멈추라고 소리쳤지만 그는 듣지도, 보지도 못했다.

몇 발짝만 더 가면 탄토가 날카로운 말뚝 위로 뛰어들고 말터였다. 타잔은 달리는 코끼리를 따라잡을 때까지 상당한 거리를 나무를 타고 건너갔다. 그대로 탄토를 지나친 그는 구덩이 가장자리에서 길 한복판 땅으로 내려섰다. 탄토가 빈약한 시력으로 오랜 친구를 알아본 것은 그 직전이었다.

"멈춰!"

타잔이 소리쳤다. 거대한 야수가 코를 들어 올리며 딱 멈추었다. 타잔은 돌아서서 구덩이를 감추고 있는 덤불을 걷어찼다. 탄토는 보자마자 이해했다.

타잔이 으르렁거리듯 말했다.

"싸워, 탄토! 놈들이 곧바로 뒤따라올 거야!"

그러나 탄토는 덩치만 커다란 겁쟁이였고, 지금은 공포로 반쯤 정신이 나간 상태였다. 그의 앞에는 구덩이가 아가리를 벌리고 있었고, 그 거리가 얼마나 될지도 알 수 없었다. 좌우로는 누구의 발길도 닿지 않은 울창한 원시림만 펼쳐져 있었다.

탄토가 갑자기 새된 소리를 내지르더니 오른쪽으로 몸을 돌리고 그 이전에 누구의 접근도 허용치 않았던 삼림의 견고한 벽으로 뛰어들어 소란스러운 길을 열었다.

타잔은 구덩이 가장자리에 서서 탄토의 채신머리없는 도주를 바라보면서 빙그레 웃었다. 곧 흑인들이 들이닥치리라. 그도 자리를 뜨는 게 최선이었다. 타잔은 구덩이 가장자리로부터 한 걸음 떼었다. 그리고 왼발에 체중을 실으려는 순간, 땅이 허물어졌다. 그는 괴력을 다해 몸을 앞으로 던졌지만 너무 늦고 말았다. 타잔은 등을 아래로 한 채 구덩이 바닥의 날카로운 말뚝을 향해 떨어져 내렸다.

잠시 후, 흑인들이 다가왔을 때, 그들은 먼 거리에서도 탄토가 덫을 피해 달아났음을 알 수 있었다. 구덩이에 생긴 구멍이 코끼리의 거대한 덩치가 낸 것이라고 보기엔 너무 작았던 것이다. 처음에 그들은 사냥감이 구덩이에 한 발을 빠뜨렸다가 위험을 느끼고 물러난 것이라 생각했다. 그러나 구덩이 가장자리로 다가가 안을 들여다본 그들의 눈이 놀람으로 커졌다. 구덩이 바닥에 하얀 거인이 조용히, 꼼짝도 않고 누워 있었다.

그들 중 몇몇은 이 숲의 신을 전에 스쳐 지나듯 본 적이 있었다. 그래서 겁에 질려 물러났다. 한동안 타잔이 악마의 경이로운 권능을 지녔다고 믿어 왔기에 그를 본 순간 두려움을 느꼈던 것이다. 그러나 또 다른 이들은 적을 잡았을 뿐이라고 생각하며 단호하게 밀어붙였다. 그들은 구덩이 속으로 뛰어내려 타잔을 들어냈다.

타잔의 몸에는 상처가 없었다. 날카로운 말뚝들은 하나도 그의 몸을 뚫지 못했다. 오직 부상의 원인을 알려 주듯 머리 아래쪽이 부어올라 있었다. 타잔이 뒤로 떨어지면서 말뚝의 한쪽에 머리를 부딪쳤고 의식을 잃었던 것이다. 흑인들은 그 사실을 금방 알아챘고, 그가 의식을 되찾기 전에 서둘러 팔다리를 결박했다. 어쨌거나, 털북숭이 나무 사람들과 어울려 지낸다는 이 이상한 야생 인간은 극도로 경계하는 편이 안전하다는 것을 알고 있었기 때문이다.

그들이 타잔을 들고 나르기 시작한 지 얼마 지나지 않아 그의 눈꺼풀이 부르르 떨렸다. 눈을 뜬 타잔은 잠시 어리둥절해서 주변을 보았다. 그리고 완전히 의식이 돌아오자 자신이 처한 곤경이 심각한 것임을 깨달았다. 거의 태어난 순간부터 오직 스스로 일을 처리하는 데 익숙했기 때문에, 타잔은 누군가에게 도움을 청할 생각은 하지 않았다. 그저 처해 있는 상황에서 자신의 힘으로 도망칠 가능성만 두고 궁리했을 뿐이다. 흑인들에게 실려 가는 동안에는 감히 얼마나 단단히 묶였는지를 확인할 생각도 하지 않았다. 저들이 자신의 상태를 알아채고 결박을 더할까 염려스러웠기 때문이다.

이윽고 흑인들도 타잔이 의식을 찾았음을 알게 되었다. 정글의 열기 속에서 무거운 남자를 계속 들어 나르고 싶지는 않았기에 그들은 타잔을 두 발로 서게 하고 앞으로 밀었다. 창으로 이따금 그를 찌르기도 했지만 그에 대해 품고 있는 미신적인 경외감을 완전히 감추지는 못했다. 창으로 쿡쿡 찔러도 타잔이 고통스러워하는 기색을 전혀 보이지 않자, 그들의 경외감은 더욱 커졌다. 결국 그들은 이 이상한 하얀 거인이 고통에 면역된 초자연적인 존재라고 반쯤 믿으며 찌르기를 그만두었다.

마을이 가까워짐에 따라 그들은 사냥에 성공한 전사의 승리의 함성을 크게 질러 댔다. 그들이 춤추고 창을 흔들며 마을 어

귀에 도착했을 무렵에는 이미 그 소리를 들은 마을 사람들이 그들을 반겨 맞고 모험담을 듣기 위해 기다리고 있었다.

마을 사람들의 눈이 타잔에게 향한 순간, 그들은 놀라움과 불신으로 입을 크게 벌리고 흥분해서 날뛰었다.

몇 달 동안 그들은 이 기묘한 하얀 악마—스쳐 지나듯 본 사람조차 별로 없고, 자세히 묘사할 만큼 살아 있는 사람도 거의 없는—에 대한 끊임없는 공포 속에 살았다. 전사들은 마을이 거의 빤히 보이는 길에서 갑자기 사라졌고, 여럿이 함께 가는 중에 마치 땅이 삼켜 버리기라도 한 듯 완벽하게 사라져 버리기도 했다. 그리고 밤이 되면 그들의 시체가 마치 하늘에서 던져진 듯 마을길로 떨어져 내렸다. 이 무시무시한 존재는 밤에 마을의 오두막에 나타나 사람들을 죽이고 사라지기도 했다. 마치 묘한 유머 감각을 과시하듯 기묘하고 끔찍한 증거로 머리만 남겨 두곤 했다.

그러나 이제 그는 자신들의 수중에 있었다! 더 이상 그는 누구도 공포에 떨게 할 수 없으리라!

그러한 깨달음이 그들 가운데 서서히 번져 갔다. 한 여자가 비명을 지르며 달려 나와 타잔의 얼굴을 들이받았다. 마을 사람들이 차례로 그녀의 뒤를 따랐고, 타잔은 덤비고 할퀴고 고함치는 폭도에게 둘러싸이고 말았다.

그렇게 한참이 지나자 추장 머봉가가 나타났다. 그는 사람들의 어깨 위로 창을 들어 무겁게 내리누르며 타잔에게서 사람들을 떼어 놓았다. 그가 말했다.

"밤이 올 때까지 놈을 살려둔다."

정글 저 멀리에서 탄토는 첫 번째 공황 상태를 가라앉히고 귀를 쫑긋 세운 채 코를 구부리며 서 있었다. 그의 야생의 뇌 주름을 뚫고 지나간 것은 무엇이었을까? 그는 타잔을 찾을 수 있을까? 타잔이 그를 위해 해 준 일을 기억하고 그에 대한 판단을 내릴 수 있을까? 그 부분에 있어서는 의심의 여지가 없다. 그러나 그가 고마움을 느꼈을까? 친구가 맞닥뜨린 위험을 알아채고 타잔을 구하기 위해 자기 목숨을 걸 수 있을까? 여러분은 의문을 느낄 것이다. 코끼리에 대해 잘 아는 사람이라면 누구나 그러하리라.

인도에서 코끼리 사냥을 많이 해 본 영국인이라면 인간이 종종 코끼리의 좋은 친구가 되긴 하지만 위험에 처한 인간을 돕기 위해 코끼리가 나섰다는 얘기는 들어 본 적도 없다고 얘기해 줄 것이다. 그러니까 탄토가 타잔을 구하기 위해 애쓰는 과정에서 흑인들에 대한 본능적인 공포를 극복하려 했으리라는 가정에는 의문의 여지가 있다.

격노한 마을 사람들이 지르는 괴성이 그의 민감한 귀에 흐릿하게 들려왔다. 탄토는 즉시 몸을 돌렸다. 깜짝 놀라서 도망갈 생각을 했던 것이다. 그러나 뭔가가 그를 붙들었다. 탄토는 다시 돌아섰다. 코를 들어 올리고 새된 울음소리를 터트렸다.

그리고 그대로 서서 귀를 기울였다.

멀리 있는 머봉가 마을에 고요와 질서가 회복되었다. 탄토의 울음은 흑인들에게 거의 들리지 않았다. 그러나 타잔의 날카로운 귀는 그 울음을 들었고, 그는 울음이 전하는 메시지를 알아챘다. 흑인들이 그를 가두어 둘 오두막으로 데려가고 있었다. 그들은 경비를 세워 지키다가 밤의 잔치가 시작되면 지독한 고문 끝에 그를 죽일 터였다. 탄토의 울음을 들은 순간, 타잔은 걸음을 멈추었다. 고개를 들고 무시무시한 괴성을 토해냈다. 미신적인 흑인들은 차가운 오한을 느꼈고, 그를 지키던 전사들은 심지어 그의 두 손이 뒤쪽에서 단단히 묶여 있음에도 불구하고 저도 모르게 펄쩍 물러났다.

타잔이 가만히 서서 귀를 기울이고 있는 동안 전사들은 창을 들고 그의 주위를 서성거렸다. 저 먼 곳으로부터 다시 대답의 울음이 희미하게 들려왔다. 타잔은 만족한 웃음을 띤 채 몸을 돌리고 자신이 갇힐 오두막을 향해 조용히 걸어갔다.

오후가 저물었다. 타잔은 주변에서 잔치를 준비하는 부산스러운 소리를 들었다. 오두막 앞문을 통해 여인이 조리용 불을 피우고 흙으로 구운 큰 솥을 물로 채우는 모습도 보았다. 하지만 그 모든 소음을 넘어 정글을 향해 타잔은 귀를 기울이고 있었다. 탄토가 다가오는 소리를 듣기 위해서였다.

사실 타잔조차도 탄토가 오리라고는 절반쯤밖에 믿고 있지 않았다. 그는 탄토 자신보다도 탄토를 더 잘 알았다. 그 거대한 덩치 속에 숨겨진 소심함도 알고 있었고, 고맹가니의 냄새가 그의 가슴에 불러일으키는 공포에 대해서도 알고 있었다. 밤이 내리면 희망이 사라지고 언제나 그렇듯 야생의 냉정한 고요 속에서 자신을 기다리고 있는 운명을 만날 터였다.

오후 내내 타잔은 두 팔의 결박을 끊기 위해 애쓰고 애쓰고 또 애썼다. 아주 서서히 결박이 느슨해졌다. 어쩌면 저들이 도살하러 오기 전에 팔을 풀어 낼 수도 있을 것 같았다. 그렇게만 된다면……. 타잔은 기대감으로 입술을 핥으며 차갑고 음산한 미소를 지었다. 그는 손가락 아래 느껴지는 부드러운 살의 감촉과 하얀 이가 적의 목덜미에 파고드는 감각을 상상할 수 있었다. 저들이 자신을 제압하기 전에 자신의 분노를 저들에게 맛보게 해 줄 터였다!

마침내 그들이 왔다. 그들은 물감 칠과 깃털 장식으로 본래보다 훨씬 흉측한 모습을 꾸며내고 있었다. 타잔에게 다가온 그들이 그를 일으켜 밖으로 끌고 나갔다.

타잔이 공터로 나서자 줄줄이 모여선 마을 사람들이 사나운 고함으로 그를 반겨 맞았다. 흑인들은 준비해 놓은 말뚝으로 그를 끌고 가 거칠게 밀어붙였다. 이제 거기에 그를 묶어 둔 채 말뚝을 둘러싸고 죽음의 춤을 출 터였다.

타잔은 근육을 단단히 긴장시켰다. 그리고 두 팔을 단번에 강하게 떨치자 헐거워진 결박이 끊어졌다. 팔이 자유로워졌다. 그는 머릿속으로 계속 생각했던 대로 곧장 가까이 있는 전사들 사이로 뛰어들었다. 한 방에 한 놈을 땅바닥에 누인 그는 으르렁대면서 다른 놈의 가슴을 향해 달려들었다. 적의 목덜미에 박아 넣은 송곳니가 화끈하게 달아올랐다.

쉰 명은 되는 흑인들이 일제히 덤벼들어 그를 때려눕히려 했다. 타잔은 싸웠다. 치고, 할퀴고, 때리고, 부러뜨리고, 양부모가 가르쳐 준 싸움법 그대로 싸웠다. 구석에 몰린 야수처럼 싸우고 또 싸웠다. 그의 힘과 민첩함과 용기와 지능, 모두가 그 육박전에서 대여섯 명의 흑인을 거뜬히 대적할 수 있게 해 주었다. 그러나 타잔이라고 해도 쉰 명이나 되는 전사들을 당해낼 수는 없었다.

비록 스무 명 남짓이 지독한 부상을 당해 피를 흘렸고 두 명은 발에 짓밟혀 땅에 누워 있었으며 이리저리 굴러 몸을 피한 자들도 있었지만, 그들은 서서히 타잔을 제압해 갔다.

하지만 일단은 타잔을 제압한다 해도 그를 묶을 때까지 그 상태로 붙들어 놓을 수 있을까? 반시간쯤 절망적인 사투를 벌인 끝에 흑인들은 그럴 수 없으리란 걸 깨달았다. 그래서 머봉가가 나섰다. 모든 훌륭한 지도자가 그렇듯 안전하게 뒤쪽에서 있던 그는 전사 하나를 불러, 타잔을 죽이라고 명령했다.

명령을 받은 전사가 타잔을 향해 창을 겨누고 나아갔다. 떼를 지어 싸움을 벌이는 자들을 헤치고 표적 가까이로 다가간 그는 창을 머리 위로 들어 올린 채 서서 타잔이 몸의 취약한 부분을 드러내는 순간을 기다렸다.

아직은 흑인들 중 누구도 위험에 처해 있지 않았다. 전사는 몸싸움을 벌이는 다른 전사들의 움직임을 따라 조금씩 조금씩 자세를 바꾸었다. 타잔이 으르렁거리는 소리는 전사의 척추에 서늘한 오한을 일으켰다. 임무를 완수하려면 첫 번째 공격에 반드시 성공해야 했기에 전사는 더욱 조심스러워졌다. 실패하는 순간 저 무자비한 이빨과 강력한 손에 그대로 당하고 말 터였다.

마침내 전사가 타잔의 빈틈을 발견했다. 그는 창을 더 높이 들어 올리고 번쩍거리는 검은 피부에 감싸인 근육을 긴장시켰다. 그때, 말뚝 울타리 너머 정글로부터 천둥이 우는 듯한 충격음이 들려왔다. 창을 든 전사의 손이 멈추었다. 그는 소음이 들려온 쪽을 흘끗 보았다. 타잔을 제압하는 데 몰두해 있던 이들을 제외하고는 다른 흑인들도 마찬가지였다.

타오르는 빛 속에서 장벽 위로 솟은 거대한 덩치가 보였다. 말뚝 울타리가 불룩해지더니 안쪽으로 밀려들었다. 울타리가 지푸라기로 만든 것인 양 터져 나갔다. 그리고 다음 순간, 거대한 후피 동물이 천둥처럼 그들을 향해 쇄도했다.

탄토는 돌진하면서 뿌우우 격노한 울음을 내뿜었다. 한 덩이로 엉켜 있는 전사들 바로 앞에 멈춘 그는 민감한 코를 그들 사이로 내저었고, 바닥에 깔린 채 피투성이가 되고서도 아직 싸우고 있는 타잔을 찾아냈다. 전사 하나가 난장판에서 고개를 들고 위를 쳐다보았다. 조그만 눈에 번쩍거리는 모닥불 빛을 담은 거대한 덩치의 코끼리가 기이하고 무시무시한 탑처럼 서 있었다. 전사는 비명을 질렀다. 탄토의 구불구불한 코가 그를 휘감아 높이 들어 올리더니 도망치는 마을 사람들 위로 던져 버렸다. 탄토는 한 놈 두 놈 전사들을 타잔으로부터 떼어 내 좌우로 내던졌다. 던져진 자들은 끙끙거리거나 그대로 조용히 드러누워 있었다. 죽음이 서서히 오고 있거나 즉각적으로 찾아왔던 탓이다.

좀 떨어진 곳에서 머봉가가 전사들을 불러 모았다. 그의 탐욕스러운 시선은 탄토의 거대한 상아에 붙박여 있었다. 처음의 공황 상태가 진정되자 그는 전사들을 내보내 무거운 코끼리 사냥용 창을 들고 공격하게 했다. 그러나 그들이 다가가자 탄토는 타잔을 자신의 널찍한 머리 위에 던져 올리고 몸을 돌리더니 좀 전에 자신이 찢어발긴 울타리 쪽으로 달려가 정글을 향해 쿵쿵거리며 달아나 버렸다.

코끼리가 인간을 위해 뭔가를 하지는 않을 거라는 사냥꾼들의 단언이 맞을지도 모른다. 그러나 탄토에게 타잔은 그냥 인간이 아니었다. 함께 정글을 살아가는 동료였다.

이처럼 탄토가 타잔에 대한 의무를 다함으로써, 구릿빛 꼬마 타잔이 적도의 별빛 아래 달빛에 물든 정글을 뚫고 탄토의 거대한 등에 올라탄 그날 이래로 그들 사이에 존재했던 우정은 더욱 굳건하고 단단해졌다.

3. 발루를 위한 싸움

티카가 어머니가 되었다. 타잔은 강렬하게 흥미를 느꼈다. 사실, 아버지인 타그보다도 더 큰 흥미를 느꼈다.

타잔은 티카를 아주 좋아했다. 커첵 부족의 암컷들이 성숙하여 무뚝뚝한 근엄함을 갖추게 되는 나이에 이르러서도, 심지어 곧 어머니가 되리라는 걱정거리를 안게 되었을 때조차도 티카는 속 편한 젊음의 열정을 완전히 잠재우지 못해서 그의 좋은 놀이 친구로 남아 있었다. 그녀는 타잔의 창의력 넘치는 인간 정신을 일깨워 주었던 술래잡기나 숨바꼭질 따위의 원시적인 놀이에서도 여전히 천진난만한 기쁨을 느끼곤 했다. 나무 꼭대기를 건너다니며 하는 술래잡기는 무척 흥분되고 고무되는 오락거리였다. 타잔은 그런 놀이에서 기쁨을 느꼈지만 어린 시절 친구들인 수컷 유인원들은 이미 그런 유치한 놀이를 그만 둔 지 오래였다. 오직 티카만이 아기가 태어나기 전까지 그와 함께 놀아 주었다.

그러나 첫아이가 태어나자 티카마저도 달라졌다. 그런 변화의 증거에 타잔은 몹시 놀랐고 상처받기도 했다. 어느 아침 그는 티카가 낮은 가지에 쪼그리고 앉아 털북숭이 가슴에 무언가를 꼭 끌어안고 있는 모습을 보았다. 아주 조그만 그 무언가는 꼼지락거리기도 하고 꿈틀거리기도 했다. 미생물의 단계를 훨씬 넘어서 진보한 두뇌를 가진 생명체라면 모두가 그렇듯 타잔도 호기심을 느끼고 다가갔다.

그의 위치에서 보기에 티카는 꿈틀거리는 진드기를 아주 가까이에서 보려고 꼭 붙잡고 눈을 굴리고 있는 것 같았다. 타잔은 더 가까이 다가갔다. 티카가 물러나며 송곳니를 드러냈다. 타잔은 어찌할 바를 몰랐다. 티카와 함께한 세월 동안, 장난으로 그런 것을 빼면 그녀가 그에게 송곳니를 드러낸 적은 한 번도 없었다. 그러나 오늘 그녀는 장난을 치려는 것처럼 보이지도 않았다.

타잔은 갈색 손가락으로 숱 많은 검은 머리칼을 긁적이며 고개를 한쪽으로 기울인 채 그녀를 바라보았다. 그러다가 살짝 더 가까이 가 티카가 안고 있는 것이 무엇인지 보기 위해 고개를 길게 뺐다. 티카가 다시 윗입술을 당겨 경고 조로 으르렁거렸다. 타잔은 손 하나만 내밀어 티카가 안고 있는 것을 조심스럽게 건드렸다. 그러자 티카가 그 쪽으로 몸을 돌리더니 사납게 으르렁거렸다. 그리고 타잔이 손을 거둘 사이도 없이 그녀의 이빨이 그의 팔에 깊숙이 박혀 들었다. 그녀는 타잔이 허둥지둥 나무 사이로 도망칠 때까지 잠깐 그를 쫓아왔다. 하지만 아기를 안고 있었기에 그를 따라잡지는 못했다.

안전한 거리까지 멀어지자 타잔은 걸음을 멈추고, 이전까지의 놀이 친구를 기대하며 놀란 얼굴로 돌아보았다. 다정한 티카에게 도대체 무슨 일이 일어난 것일까? 그녀가 아기를 너무나 꼭 끌어안고 있어서 타잔은 그때까지 그게 무엇인지 눈으로 확인하지 못했다. 그러나 티카가 그를 쫓기 위해 몸을 돌리자 아기가 보였다. 통증과 분함을 느끼면서도 타잔은 미소를 지었다. 전에도 젊은 아이어머니를 본 적이 있었기 때문이다. 며칠만 지나면 티카도 덜 경계하게 되리라.

하지만 타잔은 이해할 수 없었다. 다른 누구도 아니고 티카가 자신에게 두려움을 느껴서는 안 되었다. 대체 그가 왜 티카와 그녀의 발루—아기를 부르는 유인원의 말이다—에게 해를 입힌단 말인가! 그리고 이제 다친 팔의 고통과 상처 입은 자존심을 넘어서 타그의 새 아기를 가까이서 살펴보고 싶은 강렬한 욕망이 솟아났다.

아마도 여러분은 강력한 전사 타잔이 짜증 난 암컷 유인원의 공격에 도망쳐야만 했을까, 호기심을 만족시키기 위해 돌아가는 것을 주저해야만 했을까, 의문스러울 것이다. 새끼를 낳은 지 얼마 되지 않아 약해진 암컷은 쉽게 물리칠 수 있을 텐데도 말이다. 그러나 궁금해할 것 없다. 당신이 유인원이라면, 오직 미쳐 날뛰는 수컷만이 암컷을 부드럽게 달래기보다는 막무

가내로 대한다는 것을 알 것이기 때문이다. 인간들 중에는 자기 짝이 작고 약하다는 이유로 두들겨 패는 예외적인 몇몇도 있긴 하지만.

타잔은 다시 젊은 어머니를 향해 다가갔다. 안전하게 도망칠 수 있는 퇴로를 열어 놓은 채 조심스럽게. 하지만 티카가 또다시 사납게 으르렁거렸다. 타잔은 항의하듯, 그러면서도 간절히 청했다.

"타잔은 티카의 발루를 해치지 않아. 발루를 보여 줘, 티카."

"저리 가! 안 가면 죽일 거야!"

티카가 명령하듯 말했다.

"발루를 보여 줘."

타잔이 사정했다.

"저리 가! 타그가 오고 있어! 타그가 타잔을 쫓아 버릴 거야! 타그가 타잔을 죽일 거야! 이건 타그의 발루야!"

뒤에서 들려온 사나운 으르렁거림에 타잔도 타그가 근처에 있음을 알았다. 그것은 타그가 짝의 경고와 위협 소리를 들었으며, 그녀를 구하기 위해 오고 있음을 의미했다.

티카뿐 아니라 타그도 수컷들이 여전히 놀고 싶어 하는 나이까지는 타잔의 놀이 친구였다. 한번은 타잔이 그의 목숨을 구해 준 적도 있었다. 그러나 유인원의 기억은 오래가지 못하고, 본디 고마운 마음이란 부모의 본능을 넘어서지 못하기 마련이었다.

타잔과 타그는 서로 힘을 겨뤄 본 적도 있었고 타잔이 이겼다. 타그는 그 일을 여전히 기억하고 있을지도 몰랐다. 하지만 그렇다고 해도, 그럴 마음만 든다면 첫아기를 지키기 위해 또 다른 패배를 기꺼이 감수하려 할 수도 있었다.

흉측한 으르렁거림이 커지고 강도가 세지는 걸로 짐작하건대 타그는 충분히 그럴 기분인 모양이었다. 타잔은 타그에 대해 아무런 두려움도 느끼지 않았고, 정글의 법칙상 어떤 수컷과의 전투에서도 도망가야 할 필요는 없었다. 순전히 개인적인 이유로 마음을 쓰지 않는 한 말이다.

하지만 타잔은 타그를 좋아했다. 그에 대해 아무런 악감도 없었다. 게다가 타잔의 인간 정신은 유인원의 정신으로는 결코 추론해 낼 수 없는 것을 알려 주었다. 타그의 태도는 증오를 의미하는 것이 아니었다. 그것은 오직 자기 암컷과 새끼를 보호하려는 수컷의 본능적인 욕구였다.

타잔은 타그와 싸우고 싶은 마음이 전혀 없었지만, 그의 영국인 조상의 피는 도망친다는 생각을 달갑게 여기지 않았다. 타그가 돌진해 왔을 때 타잔은 민첩하게 한쪽으로 피하기만 했다. 하지만 그에 고무된 타그가 몸을 돌려 미친 듯이 공격해 왔다. 어쩌면 과거에 타잔의 손에 패했던 기억이 그를 자극한 것일지도 몰랐다. 아니면 티카가 거기 앉아서 지켜보고 있다는 사실이 눈앞의 타잔을 패퇴시키고 싶은 욕망을 불러일으켰을 수도 있었다. 정글에 사는 모든 수컷의 가슴에는, 이성이 보는 앞에서 대담한 행동으로 자기를 과시하고 싶은 지독한 자기중심성이 있으니까 말이다.

타잔의 어깨에는 긴 밧줄—과거에는 장난감에 불과했으나 이제는 무기가 된—이 감겨 있었다. 타그가 두 번째로 돌진했을 때, 타잔은 미끄러지듯 그의 목에 밧줄을 걸었다. 그리고 움직임이 어색한 타그를 민첩하게 피하면서 다시 교묘하게 밧줄을 흔들어 올가미를 움직였다. 타그가 돌아서기 전에 타잔은 위쪽 나뭇가지 사이로 몸을 날렸다. 타그는 이제 미친 듯한 격노에 사로잡혀 그를 뒤쫓았다.

티카가 고개를 들고 그들을 주의 깊게 지켜보았다. 그녀가 흥미를 느끼는지는 알기 어려웠다.

타그는 타잔처럼 재빨리 나무를 타지 못했다. 결국 타잔이 이른 높이까지 무거운 타그는 감히 오르지 못했고 그래서 타잔을 따라잡을 수 없었다. 높은 곳에 멈춘 타잔은 타그를 내려다보면서 그를 조롱하고 창의력 넘치는 인간의 두뇌가 생각해 낼 수 있는 온갖 욕을 퍼부었다. 타그가 분노로 거품을 무는 지경이 되어 타잔과 가까운 아래쪽 구부러진 가지에 위태로이 올라섰다. 그 순간, 타잔은 갑자기 손을 뻗어 느슨하게 만든 올가미를 재빨리 공중으로 던졌다. 그것을 휙 잡아채자 타그가 무릎을 꿇었고, 다시 한 번 잡아채자 올가미가 타그의 털북숭이 다리를 꽉 죄었다.

타그는 둔감하게도 타잔의 의도를 너무 늦게 알아챘다. 그가 벗어나려고 몸부림을 쳤지만 타잔은 밧줄을 사정없이 당겼고 타그는 올라섰던 가지에서 떨어지고 말았다. 다음 순간 타그는 흉포하게 울부짖으며 땅 위 십 미터쯤에 머리를 아래로 한 채 대롱대롱 매달려 있었다.

타잔은 밧줄을 나무둥치에 단단히 묶은 다음, 가까이로 가서 그를 내려다보았다.

"타그, 넌 부토만큼이나 멍청해. 하지만 여기 매달려 있다 보면 네 돌머리에도 조금이나마 분별력이 생길지 모르지. 그러니까 여기 좀 있어. 타잔은 티카에게 가서 얘기를 나누고 올 테니까."

타그는 고함을 치고 위협을 해 댔지만, 타잔은 그저 빙그레 웃고는 땅으로 가볍게 뛰어내렸다.

타잔은 다시금 티카에게 다가갔다. 티카는 여전히 송곳니를 드러내며 위협하고 으르렁거릴 뿐이었다. 타잔은 그녀를 달래려고 애썼다. 자신의 우호적인 의도가 전달되기를 간절히 바라며, 그녀의 발루를 보기 위해 고개만 내밀었다. 그러나 티카는 여전히 그의 의도를 알아주지 않았고, 오직 그가 자신의 아기를 해칠 것이라고만 생각했다. 모성은 그녀에게 너무나 새로운 것이었기에 이성이 본능을 전혀 다스리지 못했던 것이다.

타잔을 붙잡거나 꾸짖으려 해 봤자 아무 소용이 없음을 깨닫고 티카는 도망치려 했다. 티카는 땅으로 뛰어내려 부족의 유인원들이 쉬거나 먹을 것을 찾으러 가곤 하는 조그만 공터를 향해 쿵쿵거리며 가 버렸다. 이제는 발루를 가까이에서 살펴봐도 좋다는 허락을 받기 위해 설득을 해 볼 기회마저 놓치게 되었다. 타잔은 그 조그만 것을 만져 보고 싶었다. 녀석의 모습을 보자 그의 가슴속에 이상한 열망이 깨어났던 것이다. 그는 그 기괴하게 생긴 조그만 것을 껴안고 쓰다듬고 싶었다. 그 녀석은 티카에 대한 한때의 젊은 애정이 받아들여지기만 했다면 티카와 타잔의 발루가 되었으리라.

그러나 이제 그의 주의는 타그의 목소리에로 돌려졌다. 타그의 입을 가득 채우고 있던 위협이 애원으로 변해 있었다. 다리에 걸린 올가미가 너무 꽉 조여들어 피가 통하지 않자 고통을 느끼기 시작한 모양이었다. 유인원 몇몇이 근처에 앉아 그가 처한 곤경에 지대한 흥미를 보이고 있었다. 그들은 타그에게 모욕적인 소리를 해 댔다. 그들 하나하나가 타그의 강력한 손힘과 거대한 턱 힘을 느껴 본 적이 있었던 것이다. 그들은 복수를 즐기고 있었다.

티카는 타잔이 나무를 향해 돌아선 것을 보고 공터 한가운데 멈추었다. 거기서 발루를 껴안은 채 주저앉아 여기저기로 의심 가득한 시선을 던졌다. 발루가 태어난 이래로 티카의 태평한 세상은 갑자기 온갖 적들로 가득한 곳이 되어 버렸다. 언제나 최고의 친구로 여겼던 타잔이 이제는 인정사정없는 적으로 보였다. 심지어 반쯤 귀먹고 이가 거의 다 빠져 버려서 쓰러진 통나무 아래나 뒤지며 애벌레를 끈질기게 찾아다니는 가엾은 늙은 멈가마저도 발루의 피에 목말라 하는 마물로 보였다.

티카가 아무런 해 될 것 없는 곳에서 해 될 것들을 의심에 차 살피며 경계심을 돋우고 있는 동안, 공터의 반대쪽 덤불 속에서는 두 개의 사악한 황록색 눈동자가 그녀를 들러붙듯 응시하고 있었다. 그녀는 전혀 알아채지 못했다.

배고픔에 홀쭉해진 시타는 탐욕스럽게 눈을 빛내며 손만 뻗으면 닿을 거리에 있는 군침 도는 고깃덩이를 노려보았다. 다만 그 너머로 보이는 유인원들의 모습이 그를 꼼짝 못 하게 했다.

아! 아기를 안고 있는 저 암컷 유인원이 아주 조금만 더 가까이 있었더라면! 단 한 번 재빠른 도약이면 저것들을 잡아채 수컷들이 막으려 들기 전에 달아날 수 있을 것만 같았다. 시타의 황갈색 꼬리 끝이 돌발적으로 휙 움직였다. 그의 턱이 아래로 늘어지고 붉은 혀와 누런 송곳니가 드러났다.

그러나 티카는 그를 보지 못했다. 그녀 주위에서 뭔가를 먹거나 쉬고 있는 다른 유인원들도 마찬가지였다. 타잔도, 나무 위의 유인원들 역시 보지 못했다.

무력하게 매달린 타그에게 퍼부어지는 유인원들의 조롱을 듣고서, 타잔은 재빨리 그들 가운데로 기어갔다. 그들 중 하나가 매달려 있는 타그에게 닿으려고 나뭇가지 가장자리까지 나아가 몸을 밖으로 기울였다. 그는 지난번에 타그에게 상처를 입은 기억을 떠올리고 꽤나 화가 나 있었고, 이제 분을 풀 기회가 온 것이다. 일단 대롱거리는 타그를 붙잡자 그는 턱이 닿는 곳까지 그를 재빨리 끌어당겼다.

타잔은 그 모습을 보고 격노했다. 그는 공정한 싸움을 좋아했다. 그 유인원이 하려는 짓은 혐오감을 주었다. 털북숭이 손이 이미 무력한 타그를 붙들었을 때, 분노한 타잔이 항의의 으르렁거림과 함께 공격한 유인원 옆의 가지로 뛰어올랐다. 그리고 강력한 한 방으로 놈을 앉아 있던 가지에서 쓸어 버렸다.

놀라고 화가 나긴 했지만 그 수컷은 옆 가지로 떨어져 내리면서도 필사적으로 버둥거려 의지할 데를 붙잡았다. 그리고 기민하게 움직인 덕분에 몇 미터 아래의 다른 가지에 내려설 수 있었다. 거기서 그는 손잡을 만한 데를 찾아 재빨리 몸을 세우고 타잔에게 복수하기 위해 위로 기어오르기 시작했다.

그러나 타잔은 이미 다른 일에 몰두해 있어서 방해받으리라고는 생각도 하지 않았다. 그는 자신이 타그나 다른 어떤 유인원보다 얼마나 더 강력하고 대담한지, 타그의 무지가 얼마나 깊은지를 다시금 지적하고 있었다. 결국 그는 타그를 풀어 주기로 했다. 물론 타그가 자신의 열등함을 완전히 인정한 후긴 했지만 말이다.

하지만 다음 순간, 미친 듯이 화난 수컷이 뒤쪽에서부터 다가왔다. 타잔은 장난치기 좋아하는 젊은이에서 즉시 사나운 야수로 돌변했다. 두개골을 따라 머리칼이 곤두서고 윗입술이 당겨지며 전투용 송곳니가 드러날 채비를 했다. 타잔은 그 수컷이 가까이 올 때까지 기다리지 않았다. 공격자의 모습이나 그 목소리 안의 무언가가 타잔 내면의 부인할 수 없는 호전적인 적대감을 불러일으켰던 것이다. 그는 인간의 것이라고는 여겨지지 않는 괴성을 지르며 공격자의 숨통을 노리고 곧바로 덤벼들었다.

그 동작의 격렬함과 체중을 실은 육중한 돌격에 수컷은 타잔을 꽉 붙잡고 매달리며 이파리 무성한 아래쪽 가지로 물러나고 말았다. 오 미터쯤 아래까지 떨어져 내리는 동안, 타잔은 적의 숨통에 이빨을 박아 넣었다. 굵은 가지가 그들의 추락을 잠시 멈추었다. 수컷은 갈라진 가지에 등허리를 부딪치고 타잔을 가슴에 태운 채로 거기 매달려 있다가 다시 땅으로 곤두박질쳤다.

타잔은 나뭇가지에 걸린 육중한 충격을 느낀 순간, 깔고 앉은 수컷의 몸이 즉시 이완되는 것 느꼈다. 그리고 놈의 몸이 완전히 뒤집혀 지상으로 떨어지기 시작하자, 앞으로 손을 뻗어 제때에 가지를 붙잡음으로써 추락을 면할 수 있었다. 그사이 수컷은 나무둥치까지 곤두박질치듯 떨어져 내렸다.

타잔은 잠시 아래쪽으로 시선을 둔 채 적대자가 죽어 고요히 쓰러져 있는 모습을 바라보았다. 그러고 나서야 몸을 펴고 일어섰다. 그는 가슴 깊은 곳까지 숨을 들이켜 부풀린 다음, 주먹을 꽉 쥐고 가슴을 두드리며 승리한 수컷 유인원의 기묘한 괴성으로 포효했다.

작은 공터 가장자리에서 튀어 나갈 순간을 위해 웅크리고 있던 시타까지도 정글을 꿰뚫고 울리는 그 기묘한 비명에 불안한 듯 몸을 움직이고 말았다. 시타는 도주로를 다시 한 번 확인하며 신경질적으로 좌우를 살폈다.

"나는 타잔이다!"

타잔이 자랑스럽게 소리쳤다.

"나는 강력한 사냥꾼, 강력한 전사 타잔이다! 온 정글에 타잔만큼 위대한 자는 없다!"

그러고 나서야 타그 쪽으로 돌아갔다.

티카는 나무에서 일어난 일을 다 지켜보고 있었다. 위쪽 가지에서 벌어지는 모든 일을 더 가까이서 잘 지켜볼 수 있도록 심지어 자신의 소중한 발루를 풀밭에 내려놓기까지 했다. 그녀의 마음 깊숙한 곳에는 아직도 부드러운 가죽 타잔에 대한 경탄이 자리 잡고 있었을까? 타잔이 수컷 유인원을 이기는 모습을 지켜보면서 그녀의 야생의 가슴이 자부심으로 부풀어 올랐을까? 티카에게 물어봐야 할 것이다.

시타는 암컷 유인원이 새끼를 풀밭에 내려놓는 것을 보았다. 그는 다시 꼬리를 획 움직였다. 이 정도로 가까운 거리라면 단박에 뛰어들어 먹잇감을 낚아채 올 수 있지 않느냐고, 사그라진 용기를 자극이라도 하려는 듯한 움직임이었다. 승리감에 취한 타잔의 함성이 마치 주문처럼 그의 신경을 긁어 놓고 있었다. 유인원을 향해 돌진하려면 용기를 모으기 위해 몇 분은 더 걸릴 것 같았다.

그렇게 시타가 힘을 모으고 있을 때, 타잔은 타그 곁에 도착해 그의 발목을 붙들어 맨 밧줄 끝이 있는 지점까지 기어올랐다. 그리고 밧줄을 풀어, 흔들거리던 타그가 가지를 붙잡을 때까지 천천히 아래쪽으로 내려 주었다.

타그는 재빨리 몸을 당겨 안전하게 자세를 잡고 올가미를 떨쳐 냈다. 미친 듯이 격노한 그의 심장에 타잔에 대한 감사의 여지는 전혀 없었다. 그는 오직 타잔이 자신에게 고통스러운 치욕을 주었다는 사실만을 떠올렸다. 타그는 복수하고 싶었다. 그러나 두 다리에 감각이 없고 머리가 어질어질해서 복수의 만족감은 뒤로 미뤄야만 했다.

타잔은 밧줄을 감으면서 타그에게 빈약한 힘으로 자신보다 신체적, 지적으로 우월한 상대에게 덤비는 것은 쓸데없는 일이라며 설교를 늘어놓았다. 티카가 나무 아래로 가까이 다가와 위쪽을 주의 깊게 지켜보고 있었다.

시타는 은밀하게 앞으로 나아가기 위해 땅바닥에 배를 깔고 준비했다. 다음 순간 덤불 속에서 뛰쳐나가 재빨리 티카의 발루를 덮쳐 숨통을 끊고 퇴각할 준비였다.

그때, 타잔이 무심결에 눈을 들어 공터를 훑었다. 그 즉시 선하고 다정하던 태도도, 거만하고 뽐내는 듯한 태도도 사라졌다. 타잔은 조용하고도 신속하게 땅으로 떨어져 내렸다. 그가 내려오는 것을 본 티카가 자신이나 자신의 발루를 노리는 것이라 생각하고 털을 곤두세우며 싸움을 준비했다. 그러나 타잔은 빠르게 그녀를 지나쳐 갔고, 그의 모습을 좇던 티카도 타잔이 갑자기 나무를 내려와 공터를 재빨리 가로지르는 원인이 된 존재를 보았다.

시타가 완전히 모습을 드러내고 몇 미터 떨어진 풀밭 한가운데 누워 조그맣게 바동거리는 발루를 향해 은밀하고도 천천히 다가가고 있었다. 티카는 공포와 경고의 새된 비명을 지르며 타잔의 뒤를 좇아 달렸다.

시타는 타잔이 다가오는 것을 보았다. 그는 자기 앞에 있는 암컷 유인원의 새끼를 보며 타잔이 자신의 먹잇감을 훔치러 오는 것이라고 생각했다. 분노로 으르렁거리며 시타가 몸을 날렸다.

티카의 경고성을 들은 타그는 그녀를 돕기 위해 쿵쿵거리며 달려갔다. 공터 쪽의 수컷들도 으르렁거리고 괴성을 질렀지만 그들은 발루와 시타가 있는 지점에서 타잔보다 훨씬 더 멀리 떨어져 있었다. 그래서 티카의 어린것에게 거의 동시에 도착한 것은 타잔과 시타뿐이었다. 둘은 그 조그만 것을 사이에 두고 마주 서서 송곳니를 드러내며 으르렁거렸다.

시타는 발루를 덮치기가 조심스러워 타잔에게 공격의 여지를 주었다. 타잔도 시타의 먹이를 가로채려다가 아기에게 해를 입히고 말까 봐 주저했다. 하지만 그가 주저하는 기색을 보인 탓에 시타는 먹이를 향해 덤벼들기로 했다.

그들이 그렇게 대치해 있는 동안 티카가 공터를 가로질러 왔다. 시타 근처에 이르자 그녀의 걸음이 서서히 느려졌다. 모성애마저도 종의 천적에 대한 본능적인 공포심을 극복하지는 못했던 것이다.

티카의 뒤쪽으로 조심스럽게 그리고 더 멈칫거리고 더 크게 고함을 지르면서 타그가 나타났다. 마지막으로 그의 뒤에서 다른 수컷들이 사납게 으르렁거리고 기묘한 도발의 말을 던지며 나타났다.

타잔에게 고정된 채 끔찍하게 번들거리던 시타의 황록색 눈이 타잔을 지나 자신을 향해 다가오는 커첵 부족의 유인원들을 흘끗 보았다. 타고난 맹수의 신중함이 그에게 돌아서서 도망갈 것을 재촉했다. 하지만 배고픔과 풀밭 위에 누운 먹음직한 한 입 거리가 너무나 가깝다는 사실이 도주를 막았다. 그는 티카의 발루를 향해 앞발을 내밀었다.

순간, 타잔이 나직하게 으르렁거리며 그 앞으로 다가들었다. 시타는 뒷다리로 서서 타잔의 공격에 맞섰다. 그가 타잔의 얼굴을 노리고 사납게 앞발을 휘둘렀지만, 타잔은 머리를 숙여 그 공격을 피하고 한 손에 사냥칼을 단단히 쥔 채 더 가까이 접근했다. 그 칼은 죽은 그의 아버지, 그로서는 정체도 모르는 아버지의 유물이었다.

이 순간, 시타는 발루를 잊어버렸다. 오직 강력한 갈고리발톱으로 적의 살을 갈가리 찢어 버리고 타잔의 부드럽고 무른 가죽에 길고 노란 송곳니를 박아 넣을 생각뿐이었다. 그러나 타잔은 갈고리발톱을 휘두르는 정글의 야수들과 전에도 싸워 본 적 있었다. 송곳니를 가진 것들과도 싸워 보았고 늘 무사히 싸움을 끝낸 것은 아니었다. 그는 자신이 감수하려는 위험을 알고 있었다. 타잔은 고통과 죽음에 단련되어 있었고, 그런 것에 위축되거나 그런 것을 두려워하지도 않았다.

시타의 일격을 피해 몸을 숙인 즉시 짐승의 뒤쪽으로 도약한 그는 황갈색 등을 타고 올라 시타의 목에 이빨을 박아 넣고 한 손으로 목덜미의 털을 쥔 채 다른 손으로 시타의 옆구리를 따라 칼을 훑어 내렸다. 시타가 풀밭 위를 데굴데굴 구르며 으르렁거리고 울부짖었다. 발톱으로 할퀴고 물어뜯었지만, 타잔의 몸에 이빨이나 발톱을 박아 넣기는커녕 그를 떼어 낼 수도 없었다.

타잔이 시타에게 덤벼든 순간, 티카는 재빨리 달려가 자신의 발루를 낚아챘다. 이제 그녀는 안전하게 높은 가지 위에 앉은 채 털북숭이 가슴에 어린것을 껴안고서 공터에서 벌어지는 사투를 지켜보고 있었다. 그녀는 사나운 목소리로 타그와 다른 수컷들에게 싸움판으로 뛰어들라고 재촉했다.

결국 수컷들이 마지못해 흉측한 아우성을 높이며 싸움판 가까이 다가갔다. 그러나 시타는 당장의 싸움 상대에게 충분히 몰두해 있어서 그들의 소리를 듣지도 못했다. 그는 타잔을 등에서 약간이나마 떼어 냈다. 타잔은 그 끔찍한 갈고리발톱 앞에 노출되었고, 이전의 자세를 회복하기 전 그 잠깐 사이에 휘둘러진 뒷발의 발톱에 엉덩이부터 무릎까지 할퀴이고 말았다.

아마도 싸움판을 에워싼 수컷 유인원들을 움직이게 한 것은 그 유혈 낭자한 광경과 피 냄새였을지도 모른다. 그러나 그들이 벌인 짓은 실제로 타그에게서 비롯되었다.

타그는 싸움판 가까이 다가가 섰을 때만 해도 타잔에 대한 격노로 가득 차 있었다. 그는 붉게 충혈된 눈을 사악하게 빛내며 타잔과 시타의 싸움을 지켜보았다. 그의 미개한 두뇌에 떠오른 것은 무엇이었을까? 조금 전까지만 해도 자신을 고문하던 타잔이 지금은 전혀 부럽지 않은 입장에 처한 것에 대해 고소해하고 있었을까? 시타의 살벌한 송곳니가 타잔의 부드러운 목 줄기에 박히는 모습을 보고 싶었을까? 아니면 타잔으로 하여금 목숨을 걸고 티카의 발루—즉, 타그 자신의 발루—가 처한 위험에서 구하기 위해 달려가게 만든 용기와 이타심을 깨달았을까?

감사하는 마음은 인간만의 것일까, 아니면 하등한 존재들에게도 있는 것일까?

타잔의 피가 쏟아진 순간, 타그는 그런 질문들에 행동으로 대답했다. 그는 흉포한 괴성을 지르며 육중한 체중을 실어 시타에게 덤벼들었다. 그의 긴 송곳니가 시타의 하얀 목 줄기에 묻혔다. 그의 강력한 두 팔은 시타의 몸통을 때리고 할퀴었다. 부드러운 표범의 털이 정글의 순풍에 휘말려 흩어졌다.

다른 수컷들도 타그의 본보기를 따라 돌진했다. 그들은 시타의 배를 물어뜯고 숲 전체를 야생의 전투 함성으로 가득 채웠다.

아! 그것은 놀랍고도 감격스러운 광경이었다. 원시 유인원과 고등 유인원, 즉 야생 인간이 힘을 모아 태고의 숙적 시타에 맞서 싸운 전투였던 것이다.

미칠 듯한 흥분 속에서 티카가 육중한 팔다리를 흔들며 당당히 춤을 추기 시작했다. 그녀의 춤은 타카, 멈가, 카마에게 이어져 커첵 부족의 수컷들과 다른 암컷들 모두를 고무시켰고 이제 정글은 대혼란에 더해진 그들이 내지르는 새된 함성과 사나운 울부짖음으로 가득 찼다.

물어뜯고 뜯기고, 찢어발기고 찢기고, 시타는 목숨을 걸고 싸웠다. 그러나 승산이 없었다. 심지어 수사자 누마조차도 이런 숫자의 커첵 부족 수컷을 마주했다면 공격을 주저했으리라. 사실 이 야수의 왕은 오백 미터쯤 떨어진 곳에서 흉포한 전투의 끔찍한 소리를 듣고 한낮의 꿈에서 깨어나 불편한 듯 더 깊은 정글 속으로 슬그머니 도망쳤다.

시타는 찢기고 피투성이가 된 몸으로 대전투의 끝을 맞이했다. 이내 그의 몸도 딱딱하게 굳어져 발작적으로 경련을 일으키다가 완전히 움직임을 멈췄다. 그러나 수컷 유인원들은 그의 아름다운 털가죽이 누더기가 될 때까지 계속해서 난자했고, 마침내 지쳐 나가떨어질 때가 되어서야 그만두었다.

피투성이가 된 몸들 사이에서 선홍색으로 전신을 물들인 타잔이 화살처럼 똑바로 일어섰다. 그는 시타의 사체에 한 발을 올리고 적도의 푸른 하늘을 향해 피로 얼룩진 얼굴을 쳐든 채 수컷 유인원의 무시무시한 승리의 고함을 내질렀다.

커첵 부족의 털북숭이 동료들도 하나둘 그를 따랐다. 암컷들 또한 안전하게 피해 있던 나뭇가지에서 내려와 시타의 사체를 걷어차며 욕을 퍼부었다. 어린것들은 어른들의 전투를 흉내내기도 했다.

티카가 타잔 가까이로 다가왔다. 타잔은 몸을 돌려 발루를 털북숭이 가슴에 꼭 끌어안고 있는 그녀를 보고는, 그녀가 이를 드러내고 덤벼들 것을 예상하면서도 어린것을 받기 위해 손을 내밀었다. 하지만 티카는 순순히 그의 팔에 발루를 안겨 주고는 더 가까이 다가와 끔찍한 그의 상처들을 핥기 시작했다.

타잔에 비하면 가벼운 상처만 입은 타그도 타잔 곁으로 다가와 쪼그려 앉았다. 그리고 아기 발루와 놀고 있는 타잔을 지켜보다가 결국 몸을 숙이고 티카를 도와 타잔의 상처를 씻고 핥아 주었다.

4. 타잔의 신

육지로 둘러싸인 항구 근처 작은 오두막에 있는 죽은 아버지의 책들 중에는 타잔의 덜 여문 두뇌를 어리둥절하게 만드는 것들이 많았다. 굉장한 노력을 기울이고 무한한 인내심을 동원한 끝에 타잔은 누구의 도움도 없이 책장 위에서 마구 날뛰는 조그만 벌레들의 용도를 알아냈다. 그는 자신이 알아낸 것들을 무수한 방식으로 조합해서 그 벌레들이 소리 없는 언어로 말하는 것들, 낯선 언어로 말하는 것들임을 배웠다. 그렇게 야생 소년으로서는 절대로 이해할 수 없는 것을 배운 그는 책을 통해 호기심을 불러일으키고 상상력을 자극하고 더 많은 지식에 대한 갈망으로 영혼을 가득 채웠다.

수년 동안 지치지도 않고 애쓴 끝에 글자의 용도와 사용법의 미스터리를 풀었을 때, 사전은 그 자체로 놀랄 만한 정보의 보고가 되어 주었다. 타잔은 사전에서 일종의 놀이 같은 것을 만들어 냈다. 어떤 새로운 생각이 떠오르면 각각의 단어를 찾아보고 다시 그에 뒤따르는 많은 정의들의 미로를 통해 원래의 생각을 쫓아가는 것이었다. 그것은 정글 속에서 먹잇감을 추적하는 것과 비슷했다. 즉, 사냥과 마찬가지였으며 타잔은 포기할 줄 모르는 끈덕진 사냥꾼이었다.

물론 어떤 단어들은 다른 것들보다 더 큰 호기심을 불러일으켰다. 그런 단어들은 이런저런 이유로 그의 상상력을 흥분시켰다. 예를 들면 그 의미를 파악하기가 무엇보다 어려운 단어가 있었다. 그것은 '신God'이라는 단어였다. 타잔은 처음에 그 단어가 다른 무엇보다 짧다는 것과 대문자 'G'로 시작한다는 점—그는 남성형은 대문자로, 여성형은 소문자로 시작되는 줄 알고 있었다—에 끌렸다. 이 단어에 끌렸던 또 다른 이유는 정의상 남성형으로 표현되는 경우—최고 신Supreme Deity, 창조자Creator, 온 우주의 후원자Upholder 등등—가 많다는 사실이었다. 이 단어는 굉장히 중요한 것이 틀림없다고 생각한 타잔은 더 자세히 찾아보아야 했다. 하지만 그렇게 했음에도 불구하고, 몇 달이 지나도록 생각하고 연구해 봐도 그 단어는 여전히 그를 당혹스럽게 했다. 도저히 이해할 수가 없었다.

그러나 타잔은 지식의 보고를 늘여 가는 놀이가 된 이 이상한 탐사에 몰두하는 것을 시간 낭비로 여기지 않았다. 각각의 단어와 각각의 정의는 끊임없이 새로운 장소, 새로운 세계로 그를 데려가 주었다. 그는 가는 곳마다 점점 더 자주 그 익숙한 얼굴을 만났다. 그리고 그때마다 지식 창고에 새로운 내용을 더해 갔다.

그러나 신의 의미는 타잔에게 아직도 불확실했다. 한번은 이해했다고 생각한 적—신은 모든 맹가니의 왕, 강력한 족장이다—도 있었다. 하지만 그렇다면 신이 자신보다 강력하다는 의미가 되기 때문에 확실치가 않아졌다. 정글에 자신과 같은 존재는 없다는 것을 알고 있는 타잔으로서는 수긍할 수 없는 정의였다.

한편, 신은 위대하고 전능한 존재라는 믿음을 확인한 적은 많지만 그가 가진 책에는 신의 모습이 나와 있지 않았다. 신이 숭배되는 장소의 그림은 있었지만 그 어떤 신의 흔적도 없었다. 결국 그는 신이 자신과 같은 형태일지도 모른다고 생각하고 그를 찾아 나서기로 결심했다.

그는 우선 멈가에게 물어보았다. 그녀는 아주 늙었고 그렇게 오래 살아오는 동안 이상한 것들을 많이 보았기 때문이다. 그러나 유인원에 불과한 멈가는 사소한 것들을 기억하는 능력밖에 없었다. 그녀가 셀 수도 없이 목격했던, 신의 위대함을 드러내는 그 모든 징후보다는 건토가 쐐기벌레를 딱정벌레인 줄 착각했을 때 같은 일들이 멈가에게는 더 큰 인상을 남겼다. 물론 신의 위대함 같은 것은 보고도 이해하지 못했지만 말이다.

타잔의 질문을 어깨너머로 들은 넘고가 벼룩 잡기에서 간신히 주의를 떼고 번개와 비와 천둥을 만드는 힘은 달, 고로에게서 나온다는 의견을 내놓았다. 그는 유인원들의 밤의 축제가 언제나 고로의 빛 아래 열리기 때문에 그런 사실을 알고 있다고 말했다. 넘고는 그러한 추론에 만족했지만 타잔은 납득하지 못했다. 그러나 새로운 방향으로 조사를 계속해 나갈 토대가 되어 주긴 했다. 타잔은 달에 대해 알아보기로 했다.

그날 밤, 타잔은 정글에서 가장 큰 나무 꼭대기까지 올라갔다. 마침 거대하고 눈부신 적도의 보름달이 휘영청 떠올라 있었다. 타잔은 호리호리한 두 팔을 똑바로 쳐들고 흔들면서 은빛 구를 향해 구릿빛 얼굴을 들어 올렸다. 하지만 그가 닿을 수 있는 한 최고의 높이에 올랐는데도 고로가 땅에서 보았던 것보다 훨씬 멀리 있음을 발견하고는 깜짝 놀라고 말았다. 그는 고로가 자신을 피하는 것이라고 생각했다.

"나와라, 고로!"

타잔이 소리쳤다.

"타잔은 너를 해치지 않아!"

그러나 달은 여전히 냉담했다.

"말해 봐. 네가 엄청난 소리와 강력한 바람을 만들고, 날이 어두워지고 추워질 때 정글의 주민들에게 비를 내리는 번개 아라를 보낸 위대한 왕인가? 말해 봐라, 고로! 너는 신인가?"

물론 타잔은 여러분이나 나처럼 신을 발음하지는 않았다. 타잔은 영국인 선조들의 구어를 전혀 몰랐기 때문이다. 그러나 그는 알파벳으로 이루어진 조그만 벌레들 각각에 자기만의 이름을 붙였다. 그저 자기가 알고 있는 것들의 머릿속 이미지만으로 만족하는 유인원들과 달리 타잔은 그 각각을 묘사하는 단어들을 갖고 있었다. 그리고 글을 읽으면서 그런 단어들을 온전하게 배워 나갔다.

하지만 아버지의 책에서 배운 단어들을 말할 때는, 새로운 벌레를 만날 때마다 자기가 붙인 이름에 따라 발음했다. 그리고 대개 성별 접두어를 앞에 붙이곤 했다.

그렇게 타잔은 신에 대한 생각을 담은 단어를 만들어 냈다. 유인원의 남성 접두어는 '부BU'이고 여성 접두어는 '무MU'이다. G를 타잔은 '라LA'라고 불렀고, O는 '투TU'로 발음했으며, D는 '모MO'였다. 그러니까 신이란 단어는 '부라무투무모BULAMUTUMUMO'가 되었다. 즉 영어로 하면 '남성형G여성형O여성형D'인 것이다.

비슷하게 그는 자신의 이름도 이상하면서도 놀라운 철자로 만들어 냈다. 타잔은 두 개의 유인원 말 '타TAR'와 '잔ZAN'으로부터 의미를 유추해 냈다. 즉, '하얀 피부'였다. 그것은 유인원 양어머니 케일라가 지어 준 이름이었다. 타잔이 처음 자기 종족의 글자를 썼을 때는 아직 사전에서 '하얗다'와 '피부'를 보지 못했었다. 그러나 앞서 백인 소년의 모습을 본 적은 있었기 때문에 자기 이름을 'BUMUDE–MUTOMURO', 즉 '남자–소년'이라고 썼다.

타잔의 이상한 철자법을 따르는 것은 무익할 뿐 아니라 수고로운 일이다. 따라서 지금껏 그랬듯이 앞으로도 학교 습자책에서 배운 대로 익숙한 철자법을 따르기로 하겠다. '도DO'는 B를, '투TU'는 O를 '로RO'는 Y를 의미한다는 것을 기억하기란 지치는 일일 것이다. 이를테면 소년he-boy을 말하려면 전체 단어 앞에 남성 유인원에 붙이는 소리 '부BU'를 놓고 소년boy을 이루는 각 소문자 앞에 여성에 붙이는 소리 '무MU'를 놓아야만 한다. 이런 식으로 하다가는 당신도 지칠 것이고 나로서는 언더파*로 라운드를 끝내는 것만큼 어려운 일이 될 것이다.

타잔은 그렇게 달을 향해 열변을 토했지만 고로가 응답하지 않자 점점 더 격노했다. 그는 가슴을 부풀리고 전투 송곳니를 드러낸 채 죽은 위성을 향해 수컷의 도발을 내질렀다.

"너는 부라무투무모가 아니다!"

타잔은 소리쳤다.

"너는 정글 주민들의 왕이 아니다. 너는 강력한 전사이자 강력한 사냥꾼 타잔보다 위대하지 않다. 타잔보다 위대한 자는 없다. 만약 신이 있다면 타잔은 그를 죽일 수 있다! 겁쟁이 고로, 당장 내려와서 타잔과 싸우자! 타잔이 너를 죽일 것이다! 나는 죽이는 자 타잔이다!"

그러나 달은 타잔의 자기자랑에 아무런 대응도 하지 않았다. 구름 한 조각이 다가오자 얼굴을 감추었을 뿐이다. 타잔은 고로가 정말로 두려워서 모습을 감춘 것이라 생각하고, 나무에서 내려와 멈고를 깨웠다. 그리고 타잔이 얼마나 위대한지—자신이 어떻게 고로를 겁줘서 하늘에서 사라지게 했는지—를 이야기해 주었다. 타잔은 달을 '그'라고 말했는데, 유인원들에게

* under par : 골프에서, 18홀을 기준 타수인 파 이하로 한 바퀴 도는 일을 말한다.

있어 거대하고 경외감을 불러일으키는 존재는 모두 수컷이기 때문이었다.

넘고는 별로 감명을 받지 않았다. 그저 너무나 졸려서 타잔에게 저리 가 버리라고, 늙은이를 좀 내버려 두라고 말했다.

"이제 어디 가서 신을 찾지?"

타잔은 끈질기게 물었다.

"너는 아주 늙었잖아. 신이 있다면 너는 만나 봤을 게 분명해. 그는 어떻게 생겼지? 어디서 살지?"

"내가 신이다. 이제 그만 방해하고 가서 자라!"

넘고가 대답했다.

타잔은 모양 좋은 머리를 딱 바라진 어깨 사이로 살짝 당기고 네모난 턱을 앞으로 내민 채 윗입술을 당겨 하얀 이를 드러내면서, 넘고를 몇 분이나 찬찬히 바라보았다. 그러다가 낮게 그르렁거리며 덤벼들어 힘센 손가락으로 넘고의 두꺼운 목을 꽉 붙든 채 어금니를 털북숭이 어깨에 박았다. 그대로 늙은 유인원을 두 번 흔든 다음, 물었던 이를 놓았다.

"네가 신이라고?"

타잔이 따지듯 물었다.

"아니다!"

넘고가 울부짖었다.

"나는 그냥 늙고 불쌍한 맹가니일 뿐이다. 날 내버려 둬라. 신이 어디 있는지는 고맹가니한테나 가서 물어봐라. 그들은 너처럼 털이 없고 아주 지혜롭다. 그들이 알 거다."

타잔은 넘고를 놓아주고 돌아섰다. 흑인들에게 가서 물어본다는 건 괜찮은 생각 같았다. 머봉가 부족 사람들과 그의 관계는 전혀 우호적이지 않았지만, 적어도 증오하는 적을 염탐하고 그들이 신과 소통하고 있는지 아닌지 알아낼 수는 있을 것이다.

그래서 타잔은 초월적인 존재, 만물의 창조자를 발견하게 되리라는 흥분에 가슴 설레며 나무들을 뚫고 흑인들의 마을로 향했다. 가는 길에 자신의 무기—사냥칼의 상태, 화살의 개수, 활줄의 신선함 등—도 마음속으로 점검했다. 그는 한때 머봉가 부족 흑인 전사의 자랑이었던 전투 창의 무게를 가늠해 보았다. 신을 만나려면 준비가 필요했다. 낯선 적을 맞아 가장 효과적으로 쓰이게 될 것이 밧줄인지 전투 창인지 아니면 독화살인지는 누구도 알 수 없었다.

타잔은 꽤 만족스러웠다. 만약 신이 싸우고 싶어 한다면 그 싸움의 결과는 분명했기 때문이다. 우주의 창조자에게 묻고 싶은 것이 너무나 많았다. 그래서 그는 신이 호전적인 존재가 아니기를 바랐다. 하지만 그의 인생 경험과 자연의 법칙이 가르쳐 준 바에 따르면, 공격과 방어를 수단으로 하는 생명체는 적절한 분위기만 된다면 공격할 가능성이 상당히 높았다.

타잔이 머봉가 마을에 도착했을 때는 사방이 캄캄했다. 그는 말뚝 울타리 위로 가지를 늘어뜨린 거목 한가운데 익숙한 은신처로 밤 그림자처럼 고요하게 스며들었다. 아래쪽 마을길에 여자들과 남자들이 보였다. 남자들은 평소보다 더욱 흉측하게 물감 칠을 하고 있었다. 그들 가운데 기묘하고 괴기스러운 형체가 움직이고 있었는데, 키가 큰 그것은 두 다리로 선 인간 형체에 들소의 머리를 하고 있었다. 뒤로는 긴 꼬리가 발목까지 늘어져 있었으며 한 손에 얼룩말의 꼬리를, 다른 손에 한 다발의 조그만 화살을 들고 있었다.

타잔은 전율을 느꼈다. 신을 지켜볼 기회가 이렇게나 빨리 온 것이란 말인가? 그 존재는 분명 인간도 아니고 짐승도 아니었다. 그렇다면 우주의 창조자 이외에 다른 무엇일 수 있겠는가? 타잔은 그 낯선 존재의 동작 하나하나를 지켜보았다. 그 존재가 가까이 가면 흑인 남녀가 마치 그의 신비로운 힘에 두려움을 느끼기라도 한 듯 뒤로 물러났다.

이윽고 신의 말소리가 들려왔고, 모두들 그의 말을 침묵 속에 경청하는 것이 보였다. 타잔은 고맹가니의 심장에 경외감을 불러일으킬 수 있는 존재, 화살이나 창의 도움 없이도 그들의 입을 그토록 효과적으로 막을 수 있는 존재는 신밖에 없으리라고 확신했다. 그가 흑인들을 경멸하게 된 것은 주로 그들의 수다스러움 때문이었던 것이다. 작은 유인원들은 말이 많고 적이 나타나면 도망을 쳤다. 커첵 부족의 거대한 수컷들은 별로 말이 없고 아주 사소한 도발에도 싸움을 벌였다. 사자 누마는 말하는 능력 자체가 없었지만 모든 정글 주민 가운데 그보다 더 자주 싸움을 벌이는 존재는 거의 없었다.

타잔은 그날 밤 이상한 것을 목격했고, 그 어느 것도 이해하지 못했다. 그리고 바로 그 이상함 때문에 자신이 이해할 수 없는 신과 관계된 것임에 틀림없다고 생각했다.

기괴한 주술사가 초자연적이고 경외감을 불러일으키는 분위기를 성공적으로 만들어 낸 그 의식에서 세 명의 젊은이가 첫 번째 전투용 창을 받았다. 타잔은 극도로 흥미를 느끼며 혈맹 의식의 의례로 세 젊은이가 팔을 칼로 긋고, 추장 머봉가와 피를 섞는 것을 지켜보았다. 주술사가 물이 담긴 솥에 얼룩말 꼬리를 담그고 그 위로 마법의 길을 연 다음, 춤을 추고 펄쩍펄쩍 뛰며 그 주위를 돌면서 신참자들 각각의 가슴과 이마에 그 마법의 액체를 뿌렸다.

그러한 행위의 목적이 적에게 공격을 받지 않고 어떤 위험을 마주하더라도 두려움을 느끼지 않게 해 주는 것임을 알았더라면 타잔은 마을길로 뛰어내려 얼룩말 꼬리와 솥에 든 마법의 약을 빼앗았을 것이 틀림없다. 그러나 그는 자신이 본 것이 무엇인지는 물론이고 등줄기를 타고 흐르는 이상한 감각의 정체가 무엇인지 알지 못했고, 그저 궁금하기만 했다. 그러한 감각은 분명 경외감으로 굳어져 그 의식을 지켜보던 흑인들이 발작적인 격동을 일으키게 한 최면적인 영향력에 의해 생겨난 것이었다.

의식을 지켜보면 볼수록 타잔은 자신이 신을 눈으로 보고 있다고 점점 더 확신하게 되었다. 결론을 내리자 그는 신과 이야기를 나눠 보겠다고 마음먹었다. 타잔에게 있어 생각은 곧 행동이었다.

머봉가 사람들은 발작적인 흥분의 정점에 있었다. 그들은 주술사의 무시무시한 가면극이 일으킨 팽팽한 긴장감으로 인해 쌓인 압력을 조금 풀어 줄 필요를 느꼈다.

그때 갑자기 말뚝 울타리 바깥쪽 가까이에서 사자가 포효했다. 흑인들은 일제히 침묵에 빠져 불안한 듯 두리번거리며 너무나도 익숙하면서도 언제나 공포스러운 그 소리가 반복되는지 귀를 기울였다. 주술사조차도 복잡한 춤을 멈추었다. 그는 그렇게 굳어진 채로 동상처럼 서서 청중의 상태와 이 시기적절한 방해에서 어떤 이득을 취할 수 있을지 교활한 머리를 굴려 생각했다.

이미 그날 저녁은 주술사에게 상당히 유익한 시간이었다. 정식으로 전사 훈련에 돌입하게 될 세 명의 젊은이들을 위한 입문 의식에 염소 세 마리가 바쳐질 것이고, 그를 존경하고 두려워하는 군중에게서 구리 조각을 포함해서 곡물과 구슬 같은 몇 가지 선물을 받게 될 터였다.

누마의 포효는 여전히 팽팽한 긴장감을 타고 울리고 있었지만, 한 여인의 꿰뚫는 듯한 새된 웃음소리와 함께 마을의 고요가 산산이 조각나 버렸다. 타잔이 나무에서 마을길로 가볍게 떨어져 내린 것은 바로 그 순간이었다. 피의 숙적들 한가운데에서도 그는 두려움 없이 똑바로 섰다. 타잔은 대부분의 머봉가 전사들보다 머리 하나는 더 컸고, 그들의 가장 반듯한 화살만큼이나 반듯했고, 수사자 누마처럼 근육질이었다.

그는 한동안 그렇게 서서 주술사를 똑바로 바라보았다. 모든 시선이 그에게 모였지만 누구도 손 하나 까딱하지 않았다.

공포가 그들을 마비시킨 것이다. 어느 순간, 타잔은 머리를 한 번 흔들고 들소 머리 아래의 흉측한 인물을 향해 똑바로 걸음을 옮겼다.

그러자 흑인들의 신경은 더 견딜 수 없게 되었다. 몇 달 동안이나 저 이상한 하얀 정글 신에 대한 공포에 사로잡혀 있던 그들이었다. 그들은 마을 한복판에 보관해 둔 화살들을 도둑맞았고, 정글 길에서 쥐도 새도 모르게 살육당했으며, 밤이면 기묘하게도 마을길 허공에서 죽은 자들의 사체가 떨어져 내렸다.

한두 명이 이 새로운 악마의 모습을 스쳐 지나가듯 목격했고, 그들이 거듭해서 묘사한 것을 들은 마을 사람들은 이윽고 타잔을 자신들에게 일어난 온갖 재난을 저지른 장본인으로 생각하게 되었다. 다른 상황 그리고 한낮이었다면 거의 틀림없이 전사들이 그를 공격하기 위해 덤벼들었으리라. 하지만 지금은 밤, 그것도 이미 주술사의 초자연적인 연출로 인해 신경이 두려움으로 물들어 있는 상태였으니, 그들은 그저 공포로 무기력할 따름이었다. 타잔이 앞으로 나서자 그들은 하나같이 몸을 돌려 각자의 움막으로 도망가 버렸다. 한동안 자리를 지킨 것은 오직 한 사람뿐이었다. 주술사였다. 스스로의 사기꾼 짓에 대한 믿음으로 반 이상 자기 최면에 빠진 그는 아주 오래된 데다 수익성 좋은 자신의 직업 기반을 흔들고 위협을 가해 온 새로운 악마를 마주하고 섰다.

"당신은 신인가?"

타잔이 물었다.

주술사는 그의 말이 무슨 뜻인지 전혀 알지 못했기 때문에 몇 발짝 이상한 스텝으로 춤을 추고 공중으로 뛰어올라 한 바퀴 완전히 돈 다음, 두 다리를 쩍 벌리고 구부정한 자세로 서서 타잔을 향해 머리를 불쑥 내밀었다. 그리고 그 상태로 가만히 있다가 크게 소리쳤다.

"워어이!"

분명 타잔을 위협해서 쫓아 버리려는 의도를 담은 행동이었다. 그러나 실제로 효과는 없었다. 타잔은 멈추지 않았다. 그는 더 가까이 접근해서 신을 관찰했다. 세상 그 무엇도 그의 발길을 막지는 못했으리라. 자신의 괴상한 짓이 이 침입자에게 아무런 효능도 발휘하지 못하는 것을 보고 주술사는 또 다른 주술을 시도했다. 그때까지 한 손에 쥐고 있던 얼룩말 꼬리에 침을 뱉고 다른 손에 쥐고 있던 화살들로 그 위에 원을 그렸다. 그러면서 얼룩말 꼬리의 털 달린 끝부분에 대고 은밀하게 중얼거리며 조심스럽게 타잔으로부터 물러났다.

그러나 이 주술도 효력이 부족한 게 분명했다. 신인지 악령인지 모를 존재는 계속해서 거리를 좁혀 왔다. 주술사가 그리는 원이 점점 줄어들고 원을 그리는 속도가 점점 빨라졌다. 이윽고 완전히 손을 멈춘 그는 주로 경외감을 불러일으키려 할 때 쓰는 자세를 취했다. 그리고 얼룩말 꼬리를 앞으로 흔들며 자신과 그 사이에 가상의 선을 그었다.

"너는 이 선을 넘지 못한다. 나의 주술이 강력하기 때문이다!"

주술사가 소리쳤다.

"멈춰라. 그러지 않으면 네 발이 여기 닿는 순간 그 자리에서 죽으리라. 내 어머니는 부두족이며 내 아버지는 뱀이다. 나는 사자의 심장과 표범의 내장을 먹고 산다. 나는 아기들을 아침으로 먹고 정글의 악령들은 나의 노예들이다. 나는 이 세상에서 가장 강력한 주술사다. 나는 죽지 않으니 아무것도 두려워하지 않는다. 나는……."

그러나 그는 더 이상 말을 잇지 못했다. 타잔이 주술의 선을 넘고도 멀쩡히 살아 있는 걸 보았기 때문이다. 그는 즉시 몸을 돌려 달아났다.

주술사가 도망치자 타잔은 거의 화가 폭발할 뻔했다. 그것은 신이 할 짓이 아니었다. 적어도 타잔이 신에 대해 알고 있는 개념과 일치하는 행동은 전혀 아니었다.

타잔은 소리쳤다.

"돌아와! 돌아와라, 신! 나는 너를 해치지 않는다!"

그러나 주술사는 최대한 높이 뛰어 요리 솥과 마을 사람들의 움막 앞에서 조그만 연기를 피우고 있는 잉걸불을 넘어 완전히 도망가 버렸다. 공포에 자극받은 그는 평소와 다른 속도로 자신의 움막으로 곧장 달려갔다.

그러나 그의 노력은 아무 소용도 없었다. 타잔이 사슴 바라의 속도로 그를 향해 돌진했던 것이다. 주술사는 자신의 움막 입구에서 따라잡혔다. 육중한 손이 그의 어깨를 잡아 뒤로 끌어당겼다. 들소 가죽 부분을 잡혔기 때문에 그가 뒤집어쓰고 있던 탈이 벗겨졌다. 타잔이 본 것은 움막 안 어둠 속에 몸을 숨긴 벌거벗은 흑인이었다.

그래, 이것이 내가 생각했던 신이란 말인가?

타잔은 윗입술을 말아 올리고 분노로 으르렁거리며 겁에 질려 굳어진 주술사를 쫓아 움막 안으로 뛰어들었다. 어둠 속 한 구석에 웅송그리고 앉은 남자를 찾아낸 타잔은 그나마 빛이 있는 달빛 아래로 그를 끌고 나왔다.

주술사가 그를 물고 할퀴며 도망치려고 발버둥 쳤다. 그러나 머리를 몇 대 얻어맞자 저항해도 소용없음을 깨닫게 되었다. 달빛 아래서 타잔은, 다리를 후들거리며 매달려 있는 남자를 향해 소리쳤다.

"그래, 네가 신이라고? 네가 신이라면 타잔은 신보다 위대하다!"

그리고 또 흑인의 귀에 대고 소리쳤다.

"나는 타잔이다! 온 정글과 그 위 하늘, 흐르는 물과 고여 있는 물, 큰 물과 작은 물을 아울러 타잔보다 위대한 자는 없다. 타잔은 맹가니보다 위대하다. 타잔은 고맹가니보다 위대하다. 타잔은 두 손으로 누마와 시타를 해치웠다. 타잔보다 위대한 자는 없다. 타잔은 신보다도 위대하다. 봐라!"

타잔은 흑인의 목을 콱 틀어쥐고 비틀었다. 고통에 겨워 비명을 지르던 주술사는 타잔이 바닥에 내팽개치자 기절해 버렸다.

나뒹구는 주술사의 목에 발을 얹은 타잔은 달을 향해 고개를 쳐든 채 길고 날카로운 승리의 괴성을 내질렀다. 그리고 의식을 잃은 주술사의 힘없이 늘어진 손에서 얼룩말 꼬리를 낚아챈 다음, 뒤 한 번 돌아보지 않고 마을을 가로질러 숲으로 향했다.

몇몇 움막의 문간에서 공포에 질린 눈들이 그를 지켜보았다. 추장 머봉가도 그들 중 하나였다. 그는 주술사의 움막 앞을 지나가는 타잔을 지켜보고 있었다. 머봉가는 굉장히 걱정스러웠다. 늙고 현명한 족장답게 그는 주술사를 절반쯤밖에 믿지 않았다. 적어도 나이를 먹으면서 더욱 현명해진 이후로는 그랬다. 하지만 추장으로서 그는 부족을 지배하는 수단으로 주술사를 자신의 오른팔처럼 의지하고 있었고, 종종 주술사를 통해 사람들에게 미신적인 공포를 불러일으켜 자기 목적에 맞게 이용하곤 했다. 머봉가와 주술사는 함께 일하고 그 혜택을 나누었다. 그러나 그가 본 것을 다른 이들도 봤다면 이제 주술사의 위신은 영원히 사라진 거나 마찬가지였다. 아마도 이 세대에는 누구도 더 이상 주술사를 믿지 않을 터였다.

머봉가는 주술사를 굴복시킨 숲의 악령이 불러올 나쁜 영향을 상쇄시킬 만한 뭔가를 해야만 했다. 그는 무거운 창을 들고 야생 인간의 흔적을 좇아 조용히 자신의 움막을 나섰다.

타잔은 무장한 적들로 가득한 마을이 아니라 커첵 부족의 친근한 유인원들에게 둘러싸여 있기라도 한 듯이 짐짓 무심한 척 마을길을 걷고 있었다. 외견상 무심해 보였을 뿐, 그의 잘 훈련된 감각은 경계를 세우고 주의를 기울이고 있었다.

예리한 귀를 가진 교활한 사냥꾼 머봉가는 완벽한 고요 속에 움직이고 있었다. 귀가 좋은 사슴 바라조차도 소리로는 그가 곁에 있음을 짐작할 수 없을 터였다. 그는 바라가 아니라 인간을 추적하고 있었기에 오직 소음에만 주의했다.

머봉가는 천천히 걷고 있는 타잔에게 점점 가까이 다가갔다. 그리고 전투 창을 들어 올리며 오른쪽 어깨를 뒤로 당겼다. 이 한 번의 공격이면 자신과 부족 사람들을 위협하는 저 끔찍한 적을 영원히 제거할 수 있을 터였다. 잘못 던져서는 절대로 안 되었다. 그는 아주 신중하게 조준하고 저 악령을 영원히 끝내 버릴 수 있을 만큼의 강력한 힘으로 창을 던졌다.

머봉가 스스로는 틀림없다고 생각했겠지만, 사실 그는 계산을 잘못했다. 아마 그는 그저 인간을 추적하고 있다고 믿었으리라. 하지만 그 인간이 더 하등한 존재의 민감한 감각 능력을 가지고 있다는 것은 알지 못했다. 타잔은 적들을 등지고 돌아섰을 때, 머봉가로서는 인간을 사냥할 때 고려할 점으로 생각도 해 본 적 없을, 바람에 주의했다. 바람은 타잔이 나아가는 방향으로 불고 있었기 때문에 그의 뒤쪽에서 풍기는 냄새들을 그의 예민한 코에 그대로 전달해 주었다. 그래서 타잔은 자신이 추적당하고 있음을 알아챘다. 그의 불가사의한 능력은 심지어 아프리카 마을의 무수한 악취 가운데에서도 냄새 각각을 구별할 수 있었고, 각 냄새의 발원지까지 믿기지 않을 만큼 정확하게 찾아낼 수 있었다.

그는 누군가 자신을 따라오고 있으며, 점점 더 가까워지고 있음을 알았다. 그의 판단력이 사냥꾼의 목적을 경고해 주었다. 그리하여 머봉가의 창의 사정거리 안에 들어섰을 때 타잔은 갑작스럽게 휙 몸을 돌렸다. 그의 움직임이 너무나 갑작스러웠기 때문에 머봉가는 의도했던 것보다 조금 서둘러 창을 던지고 말았다. 창은 살짝 겨냥이 높았고, 몸을 굽혀 창을 머리 위로 흘려보낸 타잔은 즉시 추장에게 덤벼들었다.

그러나 머봉가는 반격을 기다리지 않았다. 대신에 몸을 돌려 가장 가까운 움막의 어두운 문간으로 도망치면서 부족의 전사들에게 이방인을 공격해 죽이라고 소리쳤다.

머봉가가 도움을 청하는 비명을 지른 것은 정말 잘한 짓이었다. 젊고 발 빠른 타잔이 돌진하는 수사자처럼 엄청난 속도와 힘으로 둘 사이의 거리를 지워 버렸으니 말이다. 그는 또한 정말 누마처럼 으르렁거리고 있었다. 머봉가는 그 소리를 들었고 피가 사늘하게 식는 걸 느꼈다. 정수리 털이 쭈뼛 서고 척추를 따라 따끔거리는 냉기가 올라왔다. 마치 죽음이 다가와 차가운 손가락으로 등을 훑는 느낌이었다.

마을의 다른 이들도 저마다 움막의 어둠 속에서 듣고, 보았다. 그들은 흉측하게 물감 칠을 하고 무거운 전투 창을 가볍게 손가락으로 다루는 대담한 전사들이었다. 상대가 누마였다면 그들도 두려움 없이 덤벼들었을 것이다. 자신들의 수보다 몇 배나 많은 적이었다 해도 추장을 보호하기 위해 나섰으리라.

그러나 저 기묘한 정글의 악령은 그들의 마음을 두려움으로 가득 채워 놓았다. 악령의 가슴 깊은 곳으로부터 울려 나오는 야성의 으르렁거림은 결코 인간의 것이 아니었다. 드러난 송곳니도, 소리 없는 도약도, 인간의 것은 아니었다.

머봉가 부족 전사들은 겁에 질렸다. 너무도 두려워서 야수

인간이 자신들의 늙은 추장을 뒤에서 덮치는 광경을 지켜보면서도, 안전하게 느껴지는 각자의 움막을 떠나지 못했다.

머봉가는 공포의 비명을 지르며 엎어졌다. 너무나 두려워 스스로를 방어하려는 시도조차 하지 못했다. 그저 적에게 깔린 채 공포로 굳어져 폐가 터져라 비명을 지를 뿐이었다.

타잔은 반쯤 일어나 추장의 등을 무릎으로 찍어 눌렀다. 그리고 머봉가를 뒤집어 얼굴을 마주 보고 목을 드러나게 한 다음, 길고 날카로운 사냥칼—그레이스토크 경 존 글레이튼이 수년 전 영국에서 가져온 바로 그 칼—을 뽑았다. 그는 머봉가의 목 위로 칼을 들어 올렸다.

늙은 흑인이 겁에 질려 훌쩍거렸다. 그는 타잔이 이해할 수 없는 언어로 살려 달라고 빌었다. 그때, 타잔은 처음으로 추장의 모습을 가까이서 보았다. 추장은 그저 늙은이였다. 앙상한 목 줄기에 주름투성이 얼굴을 한 아주 늙은 남자였다. 마른 양피지 같은 그 얼굴은 타잔이 아주 잘 아는 몇몇 작은 원숭이들과 닮아 있었다.

타잔은 늙은이의 눈에서 공포를 보았다. 지금껏 그 어떤 동물의 눈에서도 본 적 없는 공포였다. 그 어떤 존재의 얼굴에서도 자비를 바라는 그런 가련한 호소는 본 적이 없었다.

무언가가 일순 타잔의 손을 멈추게 했다. 그는 무엇이 자신을 주저하게 만드는지 궁금해졌다. 왜 자신이 죽이기를 주저하는지 궁금했다. 그는 지금껏 한 번도 이렇게 망설인 적이 없었다. 노인은 그의 눈 아래 쪼그라들어 뼈와 가죽만 남은 것 같았다. 공포에 사로잡혀 너무나도 약하고 무기력해 보여서 엄청난 경멸감만 느껴졌다. 그러나 뭔가 다른 것이 더 있었다. 타잔이 적에 대해 느껴 본 적 없는 새로운 감각이었다.

그것은 바로 연민이었다. 겁에 질린 불쌍한 노인에 대한 동정심이었다.

타잔은 추장 머봉가를 해치지 않은 채 그대로 두고 일어나서 돌아섰다. 머리를 높이 들고 마을을 걸어 나온 그는 방책 위에 늘어진 나무의 가지로 몸을 날려, 마을 사람들의 시야에서 사라졌다.

유인원들이 사는 곳으로 돌아오는 길 내내 타잔은 자신의 손에 머물렀던 이상한 힘, 머봉가를 죽이지 못하게 한 그 힘에 대한 설명을 찾았다. 마치 자신보다 위대한 누군가가 늙은이의 목숨을 살려 주라고 명령을 내린 것만 같았다. 타잔은 이해할 수 없었다. 무언가가, 누군가가 권위를 갖고서 자신에게 무엇을 해야 한다거나 무엇을 하면 안 된다고 명령하는 것을 상상조차 할 수 없었기 때문이다.

타잔이 커첵 부족이 잠들어 있는 곳으로 돌아와 나무들 사이에서 흔들리는 자신만의 침상을 찾아들었을 때는 늦은 시간이었다. 그는 잠에 빠지는 순간까지도 그 이상한 문제에 대한 해답을 찾고 있었다.

태양이 하늘 꼭대기에 닿은 시간, 타잔은 잠에서 깨어났다. 유인원들은 먹을 것을 찾느라 분주했다. 작은 곤충들과 딱정벌레와 굼벵이를 찾아 썩은 흙을 긁거나 나뭇가지들 사이에서 새알과 새끼 새들, 달콤한 애벌레를 찾고 있는 그들의 모습을 타잔은 그들 위에 길게 누워 지켜보았다. 그의 머리 근처에서 난초가 천천히 꽃잎을 열었다. 섬세한 꽃잎들이 조금 전까지도 그늘진 은신처에 침투하지 못했던 태양의 온기와 열기를 머금기 시작했다. 타잔은 그런 아름다운 기적을 무수히 보았다. 그러나 지금은 더욱 흥미가 솟았다. 그가 지금껏 그저 당연한 것으로만 여겼던 온갖 놀라운 일들에 대해 스스로 질문을 던지기 시작했기 때문이다.

무엇이 꽃을 피어나게 하는가? 무엇이 조그만 봉오리를 활짝 핀 꽃송이로 자라나게 하는가? 대체 왜 그런 일이 일어나는가? 수사자 누마는 어디에서 생겨났는가? 누가 처음으로 나무를 심었는가? 고로는 어떻게 해서 밤하늘로 올라가 무시무시한 밤의 정글에 반가운 빛을 던지게 되었는가? 그리고 태양! 태양은 그저 거기에 있었던 것일까?

정글 속 모든 사람들은 왜 나무들이 아닐까? 나무들은 왜 다른 무엇이 아닌 나무들일까? 왜 타잔은 타그와 다르고, 타그는 바라와 다르며, 바라는 시타와 다르고, 시타는 코뿔소 부토와 다른가? 나무들과 꽃들과 곤충들과 정글의 무수한 생명체들, 도대체 이 모두는 어디서, 어떻게 생겨났단 말인가?

천만뜻밖에도 타잔의 머릿속에 생각이 하나 떠올랐다. '신'의 여러 가지 사전적 정의를 다방면으로 확인하던 중에 그는 '창조하다'라는 단어를 본 적이 있었다. '존재하게 하다', '무에서 뭔가를 만들어 내다'라는 의미의 단어였다. 타잔이 구체적인 어떤 개념에 거의 도달했을 때였다. 멀리서 들려온 울부짖음이 현재와 실재에 대한 이해에 몰두해 있던 그를 일깨웠다. 그 소리는 타잔의 흔들리는 침상에서 그다지 멀지 않은 정글로부터 들려왔다. 그것은 어린 발루의 비명이었다. 타잔은 듣는 즉시 그것이 티카의 발루 가잔—그들이 가잔이라고 이름을 붙인 것은 발루의 부드러운 털이 몹시 붉었기 때문이다. 가잔은 유인원 말로 '붉은 피부'를 의미했다—의 목소리임을 알아챘다.

가잔의 울부짖음이 작은 폐에서 터져 나오는 진짜 공포의 비명으로 변했다. 타잔은 흥분해서 즉시 행동에 들어갔다. 쏜살처럼 소리가 들려온 방향, 숲으로 향한 것이다. 그의 앞쪽에서 암컷 유인원의 사나운 으르렁거림이 들려왔다. 발루를 구하러 가는 티카였다. 위험은 진짜 심각한 것이 분명했다. 분노와 공포가 섞인 음조를 띤 티카의 목소리가 그런 사실을 알려 주었다.

타잔은 사지를 구부려 가며 달리고 나무에서 나무로 건너뛰면서 소리가 들려오는 곳을 향해 산비탈을 넘어갔다. 발루의 소리는 이제 귀청이 터질 듯이 높아져 있었다. 사방에서 커첵 부족의 수컷들이 발루와 그 어미의 울음이 호소하는 바에 반응해 서둘러 움직였고 그들의 함성이 온 숲을 관통해 울렸다. 하지만 타잔이 무거운 동료들보다 재빨랐기에 그들 모두를 훨씬 앞섰다. 현장에 가장 먼저 도착한 것도 그였다. 눈앞의 광경은 그의 거대한 뼈대에 오싹한 한기를 일으켰다. 그 적이 바로, 모든 정글의 주민 가운데 가장 악질적이고 혐오스러운 존재였기 때문이다.

거목을 휘감고 있는 것은 거대하고 육중하고 미끈거리는 뱀 히스타였다. 뱀이 티카의 어린 발루 고잔을 똬리 가운데 가두어 죽일 듯이 죄고 있었다. 정글에서 흉측한 히스타만큼 타잔의 가슴에 공포와 비슷한 무언가를 불러일으키는 존재는 없었다. 유인원들 역시 이 끔찍한 파충류를 혐오했고 그에 대해 시타나 누마보다도 더한 공포감을 느꼈다. 그 모든 적들 가운데 히스타보다 기피당하는 존재는 없었다.

타잔은 티카가 이 조용하고 혐오스러운 적을 특별히 더 두려워한다는 사실을 알고 있었다. 그래서 시야에 현장의 광경이 담겼을 때 그를 가장 놀라게 한 것은 티카의 행동이었다. 타잔이 그녀를 본 순간, 티카가 히스타의 번들거리는 몸뚱이에 덤벼들었다. 히스타의 몸뚱이가 강력한 힘으로 그녀까지 휘감았지만 티카는 도망가려 하지도 않았다. 대신에 비틀리고 있는 히스타의 몸을 붙잡아 비명을 지르는 그녀의 발루에게서 떼어 놓으려는 헛된 시도를 하고 있었다.

타잔은 히스타에 대한 티카의 두려움이 얼마나 뿌리 깊은 것인지 너무나 잘 알고 있었다. 그래서 그녀가 놈의 똬리 속으로 자진해서 달려드는 모습을 보면서도 자기 눈에 보이는 것을 거의 믿을 수가 없었다. 괴물에 대한 티카의 타고난 두려움이 타잔의 것보다 훨씬 더 큰 것은 아니었다. 타잔은 자발적으로 뱀을 만져 본 적이 없었다. 왜인지는 그 자신도 말할 수 없었다. 타잔은 무엇에 대해서도 두려움을 인정하지 않았기 때문이다. 그것은 공포는 아니었다. 그보다는 문명화된 조상들에게 수 세대를 거쳐 물려진 타고난 혐오감 같은 것이었다. 아마도 그 조상들 역시 거슬러 올라가면 무수히 많은 이들이 티카처럼 번들거리는 파충류에 대한 이름 모를 공포를 가슴속 깊이 품고 있었으리라.

그러나 타잔 역시 티카가 그랬던 것처럼 주저하지 않았다. 다만 그는 잡아먹기 위해 사슴 바라를 덮칠 때와 같은 격렬함으로 전속력을 다해 히스타에게 덤벼들었다. 그리고 사정없이 뱀의 몸통을 비틀어 끔찍한 고통을 가했다. 하지만 뱀은 죄고 있던 희생자들을 단번에 풀어 주는 대신 덤벼드는 타잔까지도 차가운 포옹으로 휘감아 버렸다. 이 강력한 파충류는 그들을 으깨 목숨을 뺏으려는 와중에도 아무런 무게도 느끼지 못하는 것처럼 여전히 나무에 매달려 있었다.

타잔은 사냥칼을 뽑아 재빨리 적의 몸통에 찔러 넣었다. 하지만 그들을 휘감고 있는 히스타의 몸뚱이는 그가 치명적인 상처를 입히기도 전에 그의 목숨을 쥐어짜 버릴 것만 같았다. 그러나 지금 그의 싸움은, 이제껏 그랬듯이 자신의 끔찍한 죽음을 피하려는 것이 아니었다. 그의 유일한 목적은 히스타를 죽여서 티카와 그녀의 발루를 풀어 주는 것이었다.

히스타가 아가리를 쩍 벌리고 머리를 들어 올려 타잔 위로 둥글게 원을 그렸다. 토끼나 수사슴 한 마리를 통째로 삼킬 수 있는 신축성 있는 위가 그를 향해 구멍을 열었다. 그러나 히스타는 타잔에게 주의를 집중하느라 그의 사냥칼이 미치는 거리 안에 머리를 들이밀고 말았다. 즉시 갈색 손이 앞으로 튀어나와 히스타의 얼룩덜룩한 목을 쥐었고, 반대쪽 손이 무거운 사냥칼을 자루까지 히스타의 조그만 뇌에 쑤셔 박았다.

히스타는 발작적으로 몸을 떨다가 늘어지고, 다시 굳었다가 늘어지기를 반복하면서 그 거대한 몸통을 휙휙 휘두르고 부딪쳤다. 그러나 더 이상 의식도 없고 감각도 없었다. 히스타는 죽은 거나 마찬가지였다. 하지만 죽음의 극심한 고통 중에도 그는 십여 명의 희생자를 쉽게 죽일 수 있었다. 그래서 타잔은 히스타에게 휘감긴 티카를 끌어내 땅바닥으로 던진 다음, 발루도 구해 내 그 어미에게 던졌다. 히스타는 타잔을 매단 채로 여전히 몸을 휘젓고 있었다. 여러 차례 애쓴 끝에 교묘하게 빠져나오는 데 성공한 타잔은 죽어 가는 히스타의 강력한 몸부림 영역 밖으로 뛰어내렸다.

유인원들은 그 전투의 현장을 둥글게 둘러싸고 있었다. 하지만 타잔이 적으로부터 안전하게 탈출한 순간 조용히 몸을 돌리고 각자 중단되었던 식사를 재개하기 위해 가 버렸다. 티카도 마찬가지였다. 오직 자신의 발루와 뱀의 방해를 받았을 때 그녀가 막 발견했던, 둥지 속에 교묘하게 숨겨진 완벽하게 싱싱한 새알 세 개를 제외하면 모든 것을 다 잊은 듯이 그들과 함께 가 버렸다.

타잔 역시 이미 끝난 싸움에는 무심했다. 여전히 꿈틀대고 있는 히스타의 몸을 힐끗 곁눈질로 보았을 뿐, 이 근방에서 부족이 물을 얻으러 다니는 작은 물웅덩이로 향했다. 이상하게도, 타잔은 히스타를 물리친 것을 두고 승리의 함성을 지르지 않았다. 왜일까? 여러분에게 설명할 수는 없겠지만, 그에게 히스타는 동물이 아니었기 때문이다. 타잔은 조금 특이한 측면에서 다른 정글의 주민들과 달랐다. 그는 그저 자신이 히스타를 증오한다는 것만 알고 있었다.

물웅덩이에서 물을 배불리 마신 타잔은 나무 그늘 아래 풀밭에 사지를 펼치고 드러누웠다. 그의 마음은 히스타와의 전투로 돌아갔다. 티카가 그 끔찍한 괴물의 똬리 안에 몸을 던진 것은 그에게 이상해 보였다. 그녀는 왜 그랬을까? 나는? 나는 대체 왜 그랬을까? 티카는 그의 것이 아니었고, 티카의 발루도 그의 것이 아니었다. 이제 와서 그 문제를 곰곰이 생각해 보니, 대체 자신이 그런 일을 해야만 할 이유는 전혀 없는 것 같았다. 다음 순간, 또 다른 생각 하나가 떠올랐다. 그의 행동은 거의 저도 모르게 나온 것이었다. 마치 늙은 고맹가니를 풀어 주었던 것처럼 말이다.

무엇이 그로 하여금 그런 일을 하게 했을까? 누군가 그보다 강력한 존재가 그에게 시켰음에 틀림없었다.

'전능한…….'

타잔은 생각했다.

'조그만 벌레들은 말했지, 신은 전능하다고. 나에게 그런 일들을 하게 만든 것은 신이 분명해. 나 혼자 그런 일을 한 게 아니니까. 티카를 히스타에게 덤벼들게 만든 것도 신이야. 티카는 자기 의지대로라면 히스타 근처에도 가려 하지 않았을 거야. 신은 전능하기 때문에 온갖 이상한 일들을 해내는 거야. 나는 그를 볼 수 없지. 하지만 그런 일들을 한 것은 신이 분명해. 맹가니도, 고맹가니, 타맹가니도 그런 일을 할 수는 없어.'

그리고 꽃들, 누가 꽃들을 자라게 만들었을까? 아! 이제 모든 것이 설명되었다. 꽃들, 나무들, 달, 해, 타잔 자신, 정글의 살아 있는 모든 존재는 신에 의해 무에서 만들어졌다.

그러면 무엇인가? 신은 어떻게 생겼는가? 그것은 알 수 없었다. 하지만 타잔은 모든 선한 것이 신으로부터 나왔다는 것을 확신했다. 불쌍하고 무력한 늙은 고맹가니를 죽이지 못한 그의 행동도, 죽음의 포옹 속으로 스스로 몸을 던진 티카의 사랑도, 그녀를 살리기 위해 자기 목숨을 위험에 빠뜨린 그의 충성심도, 꽃들도, 나무들도, 좋은 것이고 아름다웠다. 신은 그들을 만들었다. 신은 또 다른 존재들도 만들었는데, 그 각각은 원래 만든 것들이 살기 위해 필요한 식량이 되는 것이리라. 신은 시타가 아름다운 털가죽을 갖도록 만들었다. 누마가 웅장한 머리와 무성한 갈기를 갖도록 만들었고, 바라를 사랑스럽고 우아하게 만들었다.

그렇다. 타잔은 신을 찾았다. 그는 자연의 모든 좋고 아름다운 것들을 신의 덕분으로 여기며 하루 종일을 보냈다. 그러나 한 가지 그를 괴롭히는 것이 있었다. 타잔은 새로 발견한 신의 개념에 그 한 가지를 잘 조화시킬 수가 없었다.

그렇다면 히스타는 누가 만들었단 말인가?

5. 타잔과 흑인 소년

타잔은 거목 아래 앉아 새 밧줄을 꼬고 있었다. 그 옆에는 지금껏 시타의 이빨과 발톱에 찢기고 해어진 예전 밧줄의 자투리가 놓여 있었다. 원래 것의 절반 뿐으로 남은 절반은 시타가 올가미를 목에 걸고 줄을 늘어뜨린 채 달아나면서 덤불 속으로 끌고 가 버렸다.

타잔은 시타가 밧줄에 얽힌 덤불을 떨쳐 버리려고 미친 듯이 화가 나 날뛰었던 것이며, 증오와 공포와 분노가 섞인 무시무시한 포효를 질렀던 것을 떠올리고 미소 지었다. 그는 새 밧줄을 길게 이어 꼬아 가면서 시타의 패주를 되새기고, 언젠가는 새로 만든 올가미를 걸어 주리라 생각하면서 다시 만날 그 날을 기대했다.

타잔은 이번 밧줄을 지금껏 만들었던 것 중 가장 강하고 무겁게 만들 생각이었다. 이 밧줄에 걸려 헛되이 안간힘을 쓸 누마의 모습을 생각하자 흥분이 되었다. 그는 손과 머리가 바쁜 것이 꽤 만족스러웠다. 커책 부족의 동료들이 공터와 그를 둘러싼 나무들에서 먹을 것을 찾으러 다니는 것도 만족스러웠다. 미래에 대한 복잡한 생각으로 마음이 무겁지도 않았고, 이따금 가까운 과거의 회상만 어렴풋이 떠올랐을 뿐이다. 그들은 맛있는 것들로 배를 채우는 일이 주는 일종의 잔인한 만족감을 즐기고 있었다. 그러고 나면 잠을 잘 터였다. 그것이 그들의 삶이었고, 당신과 내가 우리의 삶을 즐기듯 그들도 그들의 삶을 즐겼다. 타잔도 마찬가지였다. 어쩌면 우리보다는 그들 쪽이 더 즐기고 있을지도 몰랐다. 정글의 짐승들이, 낯선 영역들로 끝없는 여행을 떠나고 자연의 법칙을 위반하는 인간들보다 창조자의 목적을 완수하는 데 더 충실하지 않다고 누가 말할 수 있겠는가? 운명을 완수하는 것보다 더 만족스럽고 더 행복한 게 뭐가 있겠는가?

타잔이 일하고 있는 동안, 티카의 발루 가잔이 그의 옆에서 뛰어놀고 있었다. 티카는 공터 반대쪽으로 먹을 것을 찾으러 가고 없었다. 어머니 티카도 아버지 타그도 더 이상 자신들의 첫아이에 대한 타잔의 마음을 의심하지 않았다. 시타의 이빨과 발톱에서 가잔을 구하기 위해 목숨을 걸었던 것이 바로 타잔이었다. 그 어린것을 애지중지 껴안고 다니며 어머니 티카만큼이나 엄청난 애정을 보여 준 것도 타잔이 아닌가. 그들의 두려움은 가라앉았고 타잔은 이제 종종 자신이 이 조그만 유인원의 보모 노릇을 하고 있음을 알았다. 이 새로운 소일거리는 타잔에게 전혀 귀찮지 않았다. 가잔은 마르지 않는 놀람과 즐거움의 원천이었기 때문이다.

어린 유인원은 이제 막 어린 시절 동안 큰 기쁨이 되어줄 나무 위 생활의 즐거움에 익숙해지는 중이었다. 이 시기에는 산비탈 위쪽으로 빠르게 도망치는 것이, 덜 발달된 근육이나 써보지 않은 전투 송곳니보다 훨씬 중요하고 가치 있었다. 가잔은 타잔이 새 밧줄을 만들고 있는 나뭇가지 아래쪽 줄기 오 미터쯤 뒤에서 앞으로 날쌔게 움직이기도 하고, 아래쪽 가지에서 위쪽으로 민첩하게 기어오르기도 했다. 거기서 자신이 이뤄낸 바를 자랑스러워하며 잠깐 쪼그리고 앉아 있다가 다시 바닥에서부터 위로 기어 올라가기를 반복했다. 가잔은 유인원이기 때문에 딱정벌레라든가 애벌레, 조그만 들쥐 등 여러 가지 것들에 때때로, 아니, 사실은 자주 주의를 빼앗겨 그것들을 잡으러 가 버리곤 했다. 애벌레는 언제나 잡았고, 딱정벌레는 가끔씩 잡았으며, 들쥐는 한 번도 못 잡았다.

가잔이 문득 타잔이 작업하고 있는 밧줄 끝을 바라보았다. 그것을 조그만 손으로 잡고 흔들어 보더니, 마치 살아 있는 고무공이라도 된 것처럼 타잔의 손에서 밧줄을 잡아채 공터를 가로질러 달아났다. 타잔은 벌떡 일어나 즉시 쫓아갔다. 하지만 장난꾸러기 가잔에게 밧줄을 놓으라고 소리치는 그의 얼굴에도 목소리에도 성난 기색은 없었다.

가잔은 똑바로 어머니를 향해 달려갔고 타잔은 곧바로 그를 뒤따랐다. 뭔가를 먹다가 고개를 든 티카는 우선 가잔이 도망치고 있음을 알아챘고, 다음으로는 무언가에게 쫓기고 있음을 깨닫고 어금니를 드러내며 으르렁거렸다. 그러나 쫓아오는 것이 타잔임을 보고는 그냥 등을 돌리고 하던 일에 다시 몰두했다. 그녀의 발치에서 타잔이 가잔을 따라잡았다. 타잔에게 붙잡힌 꼬마 녀석이 꺅꺅거리며 발버둥을 쳤지만 티카는 그저 그들 쪽을 힐끗 보았을 뿐이다. 자신의 첫아이를 타잔의 손에 맡겨 놓고도 그녀는 전혀 두려움을 느끼지 않았다. 타잔이 두 번이나 가잔을 구해 주었기 때문이리라.

밧줄을 되찾은 타잔은 자기 나무로 돌아와서 작업을 재개했다. 하지만 그 후로는 장난꾸러기 발루를 조심스럽게 살필 필요가 있었다. 녀석은 '매끈한 가죽' 삼촌이 잠깐이라도 경계를 늦추는 듯 보이기만 하면 밧줄을 훔치려고 들었다. 그런 불편한 상황에서도 마침내 타잔은 밧줄을 완성했다. 그것은 그가 전에 만들었던 그 어떤 밧줄보다 길고 유연하며 강한 무기가 되었다. 예전 것에서 버리는 조각은 가잔에게 장난감으로 주었다. 타잔은 티카의 발루가 자신이 가르치는 것을 받아들일 수 있을 만큼 나이를 먹고 강해지면 자신이 가진 여러 가지를 가르칠 생각이었다. 어린 유인원의 타고난 소질인 흉내 내기라면 타잔의 방식과 무기에 익숙해지는 데 충분할 터였다. 그래서 어린 가잔이 예전 밧줄을 끌고 유치한 즐거움에 빠져 공터를 뛰어다니도록 두고 그는 새 밧줄을 어깨에 감은 채 정글 속으로 나아갔다.

정글을 돌아다니며 먹을 것을 찾는 한편 새로운 무기를 시험해 보기에 충분할 만큼 대단한 사냥감을 탐색하는 동안, 타잔의 마음은 종종 가잔에게 가 있었다. 그는 티카의 발루에 대해 거의 처음부터 깊은 애정을 품고 있었다. 한편으로는 그의 첫사랑 티카의 아기였기 때문이고, 다른 한편으로는 어린 유인원이란 사실 자체 때문이었다. 또한 타잔의 인간다움이 '사랑'이라는, 누구나 타고나는 영혼의 자연스러운 애착을 조금이라도 지적인 존재에게 쏟기를 갈망하고 있었기 때문이었다. 타잔은 티카가 부러웠다. 가잔이 타잔의 애정에 상당한 보답을 해주었으며 심지어 무뚝뚝한 자기 아버지보다 타잔을 더 좋아하는 것도 사실이었다. 그러나 녀석은 아프거나 무서울 때, 지치거나 배고플 때면 반드시 티카를 찾았다. 그럴 때마다 타잔은 세상에 자신만 홀로라는 외로움을 느꼈고, 도움과 보호가 필요할 때 자신을 첫 번째로 찾는 누군가를 절실하게 바랐다.

타그에겐 티카가 있었고, 티카에겐 가잔이 있었다. 커첵 부족의 거의 모든 암컷, 수컷에게 하나 이상의 사랑하는, 사랑받는 이들이 있었다. 물론 타잔은 그런 식으로 해 보겠다는 생각을 한 적이 없었다. 뭔지 모르겠지만 그러지 못하게 막는 게 있었다. 티카와 그녀의 발루 사이에 존재하는 관계로 대표되는 어떤 것이었다. 그래서 그는 티카가 부러웠고 자신만의 발루를 간절히 바랐다.

그는 시타와 그의 짝이 세 가족이 된 것을 보았다. 바위투성이 언덕 위로 내륙 더 깊이 들어가면 튀어나온 바위의 차가운

표면 아래, 덤불숲의 짙은 그늘 속에 한낮의 열기를 피할 만한 장소가 있었는데, 타잔은 거기서 누마와 그의 짝 세이버의 보금자리를 발견했다. 그리고 표범 같은 점이 박혀 있는 장난꾸러기 어린 발루들과 함께 있는 그들을 지켜보았다. 그는 어린 사슴과 함께 있는 바라도 본 적이 있고, 볼품없는 어린것과 함께 있는 부토도 본 적이 있었다.

그에게만 아무도 없었다. 그런 사실을 생각하는 것만으로도 타잔은 슬펐다. 슬프고 외로웠다.

그러나 이내 사냥감의 냄새가 풍겨 오자 타잔의 젊은 가슴에서 다른 모든 생각은 말끔히 사라져 버렸다. 타잔은 이 야생의 세계에 사는 모든 동물들이 물을 마시러 다니는 오래된 물웅덩이로 이어지는 사냥 길 위의 구부러진 가지 끝까지 고양이 걸음으로 기어갔다. 이 거대하고 오래된 가지는 그 위로 깊게 닳은 길이 생길 만큼 오랜 시간 동안 무성한 잎을 펼친 채 피에 목마른 사냥꾼들의 격렬한 움직임을 따라 구부러지곤 했으리라! 야생 인간 타잔도, 표범 시타도, 뱀 히스타도 그 가지를 알고 있었다. 그들 모두가 가지 위쪽의 나무껍질을 부드러워질 만큼 닳게 만들었다.

오늘은 멧돼지 호타였다. 녀석은 오래된 나무 위의 관찰자를 향해 똑바로 달려왔다. 호타는 무시무시한 어금니와 사악한 성미 탓에, 가장 흉포하고 가장 굶주린 대형 육식동물을 제외하면 그를 상대하려 드는 존재가 없었다.

그러나 타잔에게 고기는 고기일 뿐이었다. 먹을 수 있거나 맛있기만 하다면 배고픈 타잔이 도전하거나 공격하지 않고 지나치는 법은 없었다. 싸울 때와 마찬가지로 배고플 때 타잔은 가장 무시무시한 정글 주민들을 넘어설 만큼 사나워졌다. 무언가 이상하고 불가해한 힘이 그의 손을 멈추게 하는 드문 경우가 아니라면 그는 두려움도 자비도 몰랐다. 아마도 그 힘이 불가해한 것은 타잔이 자신의 근본, 그 근본에서 비롯된 정당한 유산인 인도주의와 문명의 온갖 영향력을 모르기 때문일 것이다.

그래서 오늘, 덜 위협적인 먹을 것이 나타나기를 기다리는 대신 타잔은 새로운 올가미를 호타의 목을 향해 떨어뜨렸다. 아직 사용해 보지 않은 올가미를 시험할 좋은 기회였다. 성난 멧돼지가 이리저리 달아나려 했다. 그때마다 새 밧줄이 녀석을 붙잡았고 타잔은 밧줄을 던져 가지 위쪽 나무줄기에 꽉 묶어 놓았다.

호타가 그르렁거리며 돌진해서 강건한 정글의 원로를 강력한 엄니로 들이받았다. 사방으로 나무껍질이 튀어올랐다. 타잔은 호타의 뒤쪽 땅으로 내려앉았다. 그의 손에는 길고 날카로운 사냥칼이 들려 있었다. 오래전 고릴라 볼가니의 몸뚱이에 그 끝을 곧장 찔러 넣어, 찢어지고 피투성이가 되어 죽음이 거의 확실했던 인간 아이의 목숨을 구해 준 이래로 언제나 그의 동반자가 되었던 바로 그 칼이었다. 타잔은 이제 적을 향해 몸을 돌린 호타를 마주하고 다가갔다. 그는 힘세고 근육질이었지만, 호타와 같은 무시무시한 동물을 오직 사냥칼만으로 상대한

다는 것은 정신 나갔거나 어리석은 짓 같았다. 호타에 대해 조금이라도 알고 타잔에 대해 전혀 모르는 이에게는 틀림없이 그렇게 보였으리라.

잠시 호타는 타잔을 마주하고 가만히 서 있었다. 사악하고 움푹 들어간 눈이 분노로 번쩍였다. 그는 머리를 낮게 흔들었다.

"진흙이나 먹는 놈!"

타잔이 조롱했다.

"오물 속에 뒹구는 놈! 네놈은 고기조차 구리지만, 육즙이 넘치고 타잔을 강하게 만들어 주지. 아, 위대한 어금니의 주인아! 내 오늘 네 심장을 먹어 치워, 내 갈비뼈를 마구 두드려 대는 이 심장에 새로운 힘을 더하리라!"

호타는 타잔의 말을 전혀 알아듣지 못했지만, 그럼에도 불구하고 그것 때문에 격노했다. 그는 다만 털도 없고 쓸모없이 움푹 들어간 연약한 어금니에 부드러운 근육을 가진 인간 비슷한 뭔가가 자신의 불굴의 난폭성에 맞서려는 모습을 보았을 뿐이다. 그래서 그는 돌진했다.

타잔은 호타의 사악한 엄니가 허벅지 사이로 들어올 때까지 기다렸다가 그 순간 아주 약간만 한쪽으로 움직였다. 번개가 느리게 느껴질 만큼 재빠른 동작이었다. 그 와중에 몸을 구부리고, 오른팔의 엄청난 힘으로 아버지의 사냥칼을 호타의 심장에 곧장 찔러 넣었다. 그리고 훌쩍 뛰어 놈이 만들어 내는 죽음의 격돌 영역에서 벗어났다. 다음 순간, 피가 뚝뚝 떨어지는 뜨거운 호타의 심장이 그의 손에 쥐어 있었다.

배고픔이 충족되자 타잔은 때때로 그러는 것처럼 몸을 눕힐 만한 잠자리를 찾는 대신 정글 속으로 먹을 것 이상의 모험을 찾아 나아갔다. 오늘 그는 마음이 들뜨고 흥분이 가라앉지 않았기 때문에 흑인 추장 머봉가의 마을로 발길을 돌렸다. 타잔은 추장의 아들 쿨롱가가 케일라를 죽인 이래로 무자비하게 그들을 사냥하곤 했다.

강 하나가 흑인들의 마을을 감싸듯이 흐르고 있었다. 타잔은 그들의 움막이 웅크리고 모여 있는 공터 조금 아래쪽에 도착했다. 강에 사는 존재들의 삶은 언제나 타잔을 매혹시켰다. 그는 하마 두로의 볼품없는 우스운 몸짓을 지켜보는 데서 즐거움을 느꼈고, 햇볕을 쬐고 있는 느림보 악어 김라를 괴롭히면서 강렬한 재미를 느꼈다. 게다가 거기에는 고맹가니 남자들과 여자들, 발루들도 있었다. 타잔은 강가에 쪼그리고 앉아 빨래를 하는 여자들과 조잡한 장난감을 갖고 노는 발루들을 놀라게 하기도 했다.

이날 타잔은 평소보다 훨씬 아래쪽에서 여자와 아이를 만났다. 여자는 강둑 가까이의 진흙 속에 사는 조개류를 찾고 있었다. 서른 살쯤 된 젊은 흑인이었다. 그녀의 이는 날카롭게 갈려 있었는데, 이는 그녀 부족의 사람들이 인간의 고기를 먹기 때문이었다.*

* 아프리카의 식인종이라는 말은 제국주의 시절에 흑인들을 폄하하기 위해 만들어진 신화라는 것이 정설이다. 사람을 식량으로 삼아 생존하는 종족은 존재하지 않는다.

그녀의 아랫입술은 조악한 구리 장식을 지탱하느라 구멍이 나 있었다. 그 장식을 너무 오래 달고 다녀서인지 그녀의 입술은 굉장히 길게 아래로 늘어져 아래턱의 이와 잇몸까지 드러나 보였다. 코에도 마찬가지로 나무 꼬챙이가 꿰여 있었다. 귀에는 금속 장신구가 매달려 있고, 이마와 뺨에도 붙어 있었다. 턱과 콧등에 새겨진 색색의 문신은 시간이 흘러 은은한 빛을 띠었다. 그녀는 허리에 찬 풀로 만든 요대를 제외하면 벌거벗은 채였다. 그 모든 것을 합쳐 그녀는 그녀 자신의 기준에도, 심지어 부족이 다른 머봉가 사람들의 기준으로 보아도 아름다웠다. 그녀는 전리품으로 머봉가 마을 전사들 중 하나에게 순결을 잃고 사로잡혔다.

그녀의 아이는 열 살짜리 소년으로, 유연하고 곧은 몸에, 흑인치고는 잘생긴 얼굴이었다. 타잔은 근처 덤불의 이파리 뒤에 숨어서 그 둘을 올려다보았다. 그는 고함을 지르며 그들 앞으로 뛰어나가려는 참이었다. 그들이 놀라 죽어라 도망가는 모습을 보는 것은 즐거울 터였다. 그러나 갑자기 새로운 변덕이 타잔을 사로잡았다. 거기에 타잔 자신이 그랬듯이 혼자서 삶을 꾸려 가는 발루가 있었다. 물론 녀석의 피부는 검었지만 그게 어떻단 말인가? 타잔은 백인을 본 적이 없었다. 그가 아는 한 자신은 유일하게 이상한 종류의 생명체였다. 흑인 소년은 타잔에게 훌륭한 발루가 되어 줄 터였다. 그에게는 누구도 없으니까. 타잔은 소년을 잘 먹이고 정성스럽게 돌보면서 오직 그만이 할 수 있는 방식으로 보호하고, 썩어 가는 지표의 초목부터 숲의 산비탈 최고 높은 정점까지, 반쯤은 인간의 것이고 반쯤은 짐승의 것인, 입에서 입으로 전해 내려온 정글의 비밀을 가르쳐 줄 터였다.

타잔은 밧줄을 풀어 올가미를 흔들었다. 그 앞의 모자는 가까이에 무서운 존재가 있음을 전혀 모른 채 짧은 막대기로 진흙을 쑤시면서 조개 찾기에 몰두해 있었다.

타잔은 올가미를 늘어뜨린 채 그들 뒤쪽의 정글에서 걸어나갔다. 그가 오른팔을 빠르게 움직이자 올가미가 우아하게 허공을 날아가 아무것도 모르는 어린것의 머리 위를 잠시 맴돌다가 내려앉았다. 그것이 어깨 아래에 이르는 순간 타잔은 밧줄을 짧게 잡아채 소년의 팔까지 조여들게 했다. 공포의 비명이 소년의 입에서 튀어나오자 아이 어머니가 뒤를 돌아보았고 아들과 같은 공포에 휩싸였다. 그녀는 십여 걸음 떨어진 나무의 그늘 아래 똑바로 선 거대한 백인에게 아들이 빠르게 끌려가는 것을 보았다.

공포와 격노의 고함을 내지르며 여자가 타잔을 향해 대담하게 덤벼들었다. 타잔은 그녀의 표정에서 심지어 죽음 자체를 맞는다 해도 위축되지 않을 결단과 용기를 보았다. 그녀의 얼굴은 평온한 때조차 아주 흉측하고 무서웠는데, 격정에 사로잡혀 경련을 일으키자 끔찍하게 사악해 보였다. 심지어 타잔마저도 한 걸음 물러났는데, 그것은 두려움이라기보다는 혐오감 때문이었다. 타잔은 두려움을 몰랐다.

물고 발로 차는 발루를 겨드랑이에 끼운 채 타잔은 위쪽의 낮게 늘어진 가지들 속으로 사라졌고, 극도로 화가 난 아이어머니도 그를 잡아 싸움을 벌이기 위해 달려왔다. 여전히 발버둥 치는 전리품과 함께 정글 깊숙한 곳으로 나아가면서, 타잔은 고맹가니 남성의 용기가 여성의 것만큼 무시무시할 가능성에 대해 생각해 보았다.

일단 아기를 뺏긴 어미를 떨치고 그녀의 비명과 위협이 들리지 않는 안전한 거리까지 멀어지자, 타잔은 전리품을 점검하기 위해 잠시 멈추었다. 이제 아이는 완전히 겁에 질려서 버둥거리지도 않고 비명을 지르지도 않았다. 겁을 먹은 아이가 두려움 가득한 눈으로 타잔을 바라보았다.

타잔은 환하게 눈을 빛내다가 유인원의 언어로 말했다.

"나는 타잔이다. 나는 너를 해치지 않아. 너는 타잔의 발루가 될 거다. 타잔이 너를 보호해 주고 먹여 준다. 정글에서 가장 좋은 일이 타잔의 발루에게 일어날 거다. 타잔은 강력한 사냥꾼이니까. 너는 아무것도, 심지어 누마조차도 두려워할 필요가 없다. 타잔은 강력한 전사다. 케일라의 아들 타잔만큼 위대한 이는 없다. 두려워하지 마라."

그러나 아이는 훌쩍거리고 떨기만 했다. 유인원의 말을 이해하지 못했기 때문에 아이에게 타잔의 목소리는 야수가 으르렁거리고 짖는 소리나 다름없었다. 게다가 아이는 이 정글의 하얀 악신에 대한 이야기를 들은 적이 있었다. 그가 쿨롱가와 머봉가 전사들을 살육했다는 이야기였다. 이자는 밤의 어둠을 통해 은밀히 마을 속으로 들어와 마법으로 화살과 독을 훔치고 여자와 아이, 심지어 위대한 전사들까지도 두려움에 떨게 했다. 이 사악한 신은 꼬마들을 잡아먹는 게 틀림없었다. 그가 말썽을 피울 때마다 어머니가 그토록 충분히 말하지 않았던가! 어머니는 착하게 굴지 않으면 정글의 하얀 신에게 줘 버리겠다고 위협했다. 꼬마 흑인 타이보는 학질이라도 걸린 듯 몸을 떨었다.

"추우냐, 고부발루야?"

타잔은 더 나은 이름 대신에 흑인 남자아이에 해당하는 유인원 말로 불렀다.

"해가 떠 있는데 왜 떠는 거지?"

타이보는 이번에도 알아듣지 못했다. 그는 어머니를 부르며 울다가 자신을 놓아 달라고, 놓아주기만 하면 이제부터 착한 아이가 되겠다고 위대한 신에게 애원했다. 타잔은 머리를 저었다. 그 역시 아이의 말을 한마디도 알아듣지 못했던 것이다. 이렇게는 절대 안 되겠군! 그는 말처럼 들리는 언어를 가르쳐야만 했다. 고부발루가 지껄이는 것은 말이 아닌 게 확실했다. 어리석은 새들이 재잘거리는 것만큼이나 무의미한 소리였다. 타잔은 아이를 커책 부족에게 데려가 그들 사이에서 맹가니들이 주고받는 이야기를 듣게 하는 게 최선일 거라고 생각했다. 그러면 아이도 곧 이해할 수 있는 형태의 말을 배우게 될 것이다.

타잔은 자리에서 일어나 흔들리는 가지로 올라간 다음, 지면에서 상당히 높은 곳에서 멈추고 아이에게 따라오라는 몸짓을 했다. 그러나 타이보는 나무줄기에 딱 붙어 매달린 채 울기만 했다. 물론 아프리카에 사는 인간의 아이로서, 그는 전에도 무수히 나무에 올라 보았다. 그러나 경악스럽게도 그의 포획자가 그를 어머니로부터 빼앗아 달아날 때 그랬듯이 이 나무에서 저 나무로 건너뛰며 숲을 가로질러 나아간다는 것은 생각만으로도 타이보의 가슴을 공포로 가득 채웠다.

타잔은 한숨을 내쉬었다. 새로 얻은 그의 발루는 정말이지 배울 게 너무도 많았다. 그의 발루가 크기나 힘에서 뒤처진 것은 가엾은 일이었다. 타잔은 타이보를 따라오게 하려고 달래 보았다. 그러나 아이는 시도조차 하려 들지 않았다. 할 수 없이 타잔은 아이를 집어 등에 태웠다.

타이보는 더 이상 할퀴거나 물지 않았다. 도망은 불가능해 보였다. 심지어 땅 위에 있는 지금조차도 혼자서 머봉가 마을을 찾아 돌아갈 가능성이 거의 없다는 것을 그는 알고 있었다. 그게 가능하다 해도, 그 길에서 특히 어린 흑인 소년의 고기를 좋아하는 사자며 표범이며 하이에나를 만나기 십상이라는 것을 타이보는 너무도 잘 알고 있었다. 지금까지는 끔찍한 하얀 신이 그에게 아무런 해도 끼치지 않았다. 이 정도 배려만 해도 무시무시한 초록 눈의 식인 생물에게는 기대조차 하지 못한 일이었다. 그렇다면 처음에 그랬던 것처럼 할퀴고 물어뜯지 않고 하얀 신에게 들려 가는 것이 그나마 나은 선택일 터였다.

타잔이 빠르게 숲을 통과해 나가자 꼬마 타이보는 아래쪽의 끔찍한 심연을 더 이상 내려다보지 못하고 공포에 질려 눈을 꼭 감았다. 그의 전 생애에 걸쳐 이처럼 무서웠던 적은 없었다.

하지만 타잔에게 실려 가는 동안 불가해한 안전의 감각이 스며들었다. 저도 모르게 눈을 뜬 타이보는 이 야생 인간의 도약이 얼마나 정확한지, 손잡이가 되어 주는 흔들리는 가지를 그가 얼마나 확실하게 붙잡는지를 보면서 조금씩 안도하게 되었다. 그리고 무시무시한 사자들이 도약할 수 있는 거리보다 훨씬 위에 있다면 숲의 한중간에서도 안전할 터였다.

타잔은 커첵 부족의 유인원들이 먹을 것을 찾고 있는 공터에 도착하자 어깨에 딱 붙어 있는 자신의 새 발루를 그들 사이에 내려놓았다. 타이보가 거대한 털북숭이 형체를 알아채기도 전에, 유인원들이 타잔이 혼자가 아님을 알아채기도 전에, 그는 그들의 한복판에 있었다. 타잔의 등에 조그만 고맹가니가 타고 있는 것을 보고 그들 중 몇몇이 호기심에 입술을 말아 올리고 으르렁거리는 표정으로 다가왔다.

한 시간 전까지만 해도 타이보는 자신이 가장 깊은 공포에 빠져 있었노라고 말할 수 있었다. 그러나 이제 자신을 둘러싼 이 무시무시한 야수들을 보면서 앞서의 공포는 전혀 아무것도 아니었음을 깨달았다. 어째서 하얀 거인은 저렇게도 태연하게 서 있는 것일까? 이 끔찍한 털북숭이 나무 사람들이 덮쳐들어 갈가리 찢어 놓기 전에 도망치지 않고? 다음 순간, 타이보에게 망연자실할 기억이 닥쳐왔다. 머봉가 사람들 사이에서 전해지는 무서운 이야기였다. 이 거대한 정글의 악신은, 그들과 함께 있는 모습을 보인 적이 없을 뿐, 사실은 털 없는 나무 사람이라지 않던가?

타이보는 다가오는 유인원들을 그저 두려움이 가득한 눈을 크게 뜨고 바라볼 뿐이었다. 그들의 튀어나온 눈썹과 엄청난 송곳니와 사악한 눈을 보았다. 털가죽 아래 꿈틀거리는 그들의 강인한 근육도 보았다. 그들의 모든 태도와 표현은 위협적이었다.

타잔도 타이보가 본 것을 보았고, 아이를 자기 앞으로 끌어당겼다. 그는 가장 가까이에 있는 유인원에게 송곳니를 드러내 보이며 말했다.

"이것은 타잔의 고부발루다. 고부발루를 해치지 마라. 해쳤다가는 타잔이 죽일 것이다!"

"그것은 고맹가니다. 내가 그것을 죽이겠다. 그것은 고맹가니다. 고맹가니는 우리의 적이다. 내가 죽이게 해 다오."

가까이 있던 유인원이 대꾸했다.

"물러나라, 건토!"

타잔이 으르렁거렸다.

"내가 말하는데, 고부발루는 타잔의 발루다. 꺼져라, 건토! 그러지 않으면 타잔이 죽일 거다!"

그러면서 그는 다가온 유인원의 앞으로 한 발짝 나아갔다.

개가 다른 개를 만나 꼬리를 말고 도망치기에는 자부심이 강하고 싸우기에는 용기가 모자랄 때 그러듯이 건토는 슬금슬금 옆걸음질을 쳤다.

다음으로 나선 것은 호기심 가득한 티카였다. 그녀 옆에는 가잔이 팔짝팔짝 뛰고 있었다. 그들도 다른 이들과 마찬가지로 깜짝 놀란 듯했다. 그러나 티카는 송곳니를 드러내지 않았다. 타잔이 그것을 보고 그녀에게 가까이 오라고 몸짓했다.

"타잔도 이제 발루가 있어. 고부발루는 티카의 발루와 함께 놀 수 있을 거야."

"그건 고맹가니야, 타잔. 그게 가잔을 죽일 거야. 그걸 데려가, 타잔."

티카의 대답에 타잔은 웃음을 터트렸다.

"이 녀석은 팜바(쥐) 한 마리도 해치지 못해, 티카. 그냥 겁먹은 꼬마 발루일 뿐이지. 가잔하고 놀게 해 줘."

티카는 여전히 두려웠다. 강력한 난폭성에도 불구하고 이 고등 유인원은 조심스러웠다. 그러나 결국 타잔에 대한 굉장한 신뢰감으로 그녀는 안심하고 가잔을 흑인 꼬마 앞으로 밀었다. 가잔이 본능대로 조그만 송곳니를 드러내고 두려움과 분노가 뒤섞인 비명을 지르며 어머니를 향해 물러났다.

타이보 역시 가잔과 가까이하고 싶은 기색은 전혀 보이지 않았다. 그래서 타잔도 당분간은 애쓰지 않기로 했다.

그 주의 이어지는 날들 동안, 타잔은 자기만의 시간을 좀처럼 가질 수가 없었다. 그의 발루는 생각했던 것보다 훨씬 많은 책임감을 요구했다. 녀석은 한순간도 그의 곁을 떠나지 않으려 했다. 타잔이 끊임없이 지켜보고 있지 않다면, 모든 유인원 가운데 티카만이 이 불운한 흑인 꼬마를 살해하지 않을 것이었기 때문이다.

타잔은 사냥하러 갈 때도 고부발루를 데려가야만 했다. 그것은 귀찮은 일이었다. 게다가 이 흑인 꼬마는 너무나 아둔하고 두려움이 많은 것 같았다. 녀석은 저보다 작은 정글 동물에 맞서서도 꽤나 무력했다. 타잔은 이 녀석이 대체 어떻게 살아남았는지가 궁금할 지경이었다. 그는 녀석을 가르치려 해 보았지만, 고부발루가 유인원의 말 몇 가지를 완전히 익혔고 높게 걸린 가지에 비명을 지르지 않고 매달릴 수 있다는 사실에서 일말의 희망을 찾을 수 있었을 뿐이다.

무엇보다 아이에게는 타잔을 걱정시키는 뭔가가 있었다. 타잔은 종종 머봉가 마을의 흑인들을 지켜보곤 했는데, 놀고 있는 아이들은 거의 언제나 웃음을 그치지 않았다. 그러나 꼬마 고부발루는 결코 웃지 않았다. 타잔 자신 또한 웃지 않는 것은 사실이었다. 때로 험악하게 미소를 짓기는 했지만 소리 내어 웃는 것은 그에게도 낯설었다. 하지만 흑인들은 웃어야만 한다는 것이 타잔의 생각이었다. 그것이 고맹가니의 방식이었다.

또한 타잔은 이 꼬마가 먹을 것도 제대로 먹지 않아서 나날이 야위어 가는 것을 알았다. 가끔은 혼자서 훌쩍거리는 것을 보고 놀라기도 했다. 타잔은 아이를 편안하게 해 주려고 애썼다. 심지어 자신이 발루였을 때 사나운 케일라가 해 주었던 방법도 써 보았지만 다 소용없었다. 고부발루는 더 이상 타잔을 두려워하지 않았지만, 그게 전부였다. 그는 정글의 살아 있는 다른 모든 것을 무서워했다. 그에게 정글의 낮은 어지럼증 나는 나무 꼭대기에서 보내는 기나긴 외유일 뿐이었다. 마찬가지로 그는 아래쪽을 배회하는 거대한 육식동물의 으르렁거림과 컥컥거림을 들으며 땅에서 멀찍이 높은 위험천만한 잠자리에서 흔들리며 자야 하는 정글의 밤도 두려워했다.

타잔은 어떻게 해야 할지 알 수가 없었다. 고부발루가 자신이 바랐던 게 아님을 인정할 수밖에 없었으나 영국인의 피라는 유산이 계획을 포기할까 하는 생각조차도 어려운 일로 만들었다. 스스로 부과한 과제에 대한 믿음도 있었고, 자신이 고부발루처럼 자랐다는 것도 알고 있었지만, 타잔은 티카가 가잔에게, 고부발루의 흑인 어머니가 그에게 보여 주었던 것 같은 격렬하고 강한 애정을 자신도 느끼고 있다고 스스로를 속일 수가 없었다.

타잔을 볼 때마다 공포로 움츠러들던 흑인 꼬마는 이제 어느 정도 신뢰와 존경을 느끼게 되었다. 하얀 악신의 손에서 그가 받은 것은 오직 다정함뿐이었다. 하지만 그의 친절한 포획자가 다른 이들에게 얼마나 사납게 구는지 역시 보았다. 그는 자신을 납치해서 죽이려고 끈질기게 시도하던 어떤 수컷 유인원에게 타잔이 덤벼들던 모습을 기억하고 있었다. 타잔의 강력한 흰 이빨이 적의 목 줄기를 꽉 무는 것과 싸움 중에 그의 강한 근육이 꿈틀거리는 것도 보았다. 사나운 짐승의 으르렁거림과 전투의 고함도 들었다. 그는 떨면서, 자신의 보호자와 털북숭이 유인원들 간의 차이를 변별할 수 없음을 깨달았다.

그는 타잔이 마치 누마처럼 사슴을 잡는 것도 보았다. 사슴의 등에 올라타고 목 줄기에 송곳니를 박아 넣는 모습이었다. 타이보는 그 모습에 몸을 떨면서도 흥분되는 것 역시 느꼈다.

우둔한 흑인 아이의 마음에 생전 처음으로 자신의 양아버지를 따라 하고 싶다는 모호한 바람 같은 것이 생겨났다. 그러나 흑인 소년 타이보에게는 백인 소년이었던 타잔에게 허용된 신성의 불꽃—험악한 정글의 삶 속에서 스스로를 훈련시켜 나아갈 수 있게 도와준—이 부족했다. 그에게 필요한 것은 상상력이었고 상상력은 지능 이상의 것이었다.

상상력은 다리를 짓고 도시를 만들고 제국을 건설하는 힘이다. 짐승에게는 전혀 없고 이 소년에게는 조금밖에 없었지만, 그것이야말로 세상의 유일한 지배적인 종에 주어진 하늘의 선물이었고, 그 덕분에 인류는 지상에서 멸망하지 않을 수 있었다.

타잔이 고부발루의 미래에 대해 곰곰이 생각하고 있는 동안, 운명은 그의 손에서 중요한 문제를 가져가 버렸다. 아이를 잃은 슬픔에 빠져 있던 타이보의 어머니 모메야는 부족의 주술사에게 상담했지만 아무 소용도 없었다. 그의 주술은 좋은 주술이 아니었다. 모메야가 염소를 두 마리나 값으로 치렀으나 타이보는 돌아오지 않았고, 심지어 그를 찾으려면 어디로 가야 하는지조차 알려 주지 못했다. 모메야는 성질이 급한 데다 부족이 달랐기 때문에 남편 부족의 주술사에 대한 존경심이 별로 없었다. 그래서 그가 더 강한 주술을 베풀어 주겠다며 염소 두 마리를 더 요구했을 때, 그녀는 즉각 더러운 욕을 퍼부었다. 주술사는 기꺼이 얼룩말 꼬리와 약 솥을 들고 사라져 버렸다.

그가 가 버리고 나자 모메야는 조금 화를 가라앉히고 타이보가 납치당한 뒤로 종종 그랬듯이 깊은 생각에 잠겼다. 그녀는 결국 어떤 그럴듯한 방법으로 타이보를 찾을 수 있으리라는, 적어도 아이가 살았는지 죽었는지는 알 수 있으리라는 막연한 희망을 품고 있었다. 흑인들에게는 타잔이 인간의 살을 먹지 않는다고 알려져 있었다. 타잔이 부족 사람들을 죽이긴 했지만 어떤 경우에도 그들의 살을 맛보지 않았기 때문이다. 또한 시체들은 구름 속에서 던져진 듯이 마을 한복판에 떨어져 내리곤 했다. 하지만 타이보의 몸은 아직 발견되지 않았기 때문에 모메야는 아이가 아직 살아 있을 거라고 믿었다. 그렇다면 어디에 있는 걸까?

문득 그녀의 마음속에 부정한 자 부카와이에 대한 기억이 떠올랐다. 그는 북쪽 언덕의 동굴에 사는 자로, 사악한 은신처에서 악령을 대접하는 것으로 알려져 있었다. 부카와이를 만나려 할 만큼 무모한 자는 있다고 해도 극소수였는데, 우선은 그의 흑마술에 대한 두려움과 사람들이 악령의 화신이라고 믿는 하이에나 두 마리가 그와 함께 살고 있다는 점 때문이었다. 둘째로는 부카와이가 추방당한 이유, 즉 얼굴을 조금씩 갉아먹는 혐오스러운 질병 때문이었다.

모메야는 타이보의 행방을 아는 자가 있다면 그것은 바로 신과 악령들과 교류한다는 부카와이일 것이라는 확신이 들었다. 그녀의 아이를 훔쳐 간 자는 신이거나 악령일 것이기 때문이었다. 하지만 그녀의 엄청난 모성애조차도 당장에 부정한 자

부카와이와 그의 악령들이 산다는 으스스한 은신처를 찾아 검은 정글을 뚫고 먼 언덕을 향해 나아갈 용기를 불러일으키지는 못했다.

모성애는 불가항력의 존엄성에 몹시 가까운 인간의 열정 중 하나였다. 그것은 무력한 여인이 연약한 몸으로 영웅적인 행동을 하도록 몰고 가기도 했다. 더구나 모메야는 신체적으로 힘이 없지도, 허약하지도 않은 무지하고 미신적인 아프리카의 야만족 여인이었다. 그녀는 악령을 믿고 흑마술을 믿었다. 그녀에게 정글은 사자나 표범보다 훨씬 더 끔찍한 것들, 순수한 외피 아래 무시무시한 파괴적인 힘을 감추고 있는 공포스러운 이름 모를 것들이 사는 곳이었다.

모메야는 부카와이의 은신처를 우연히 마주친 적이 있다는 마을 전사에게서 그곳을 찾을 수 있는 방법을 알아냈다. 그는 두 개의 언덕 사이에 있는 작은 바위투성이 협곡에서 솟아나는 샘 근처를 찾아보라 했다. 동쪽 끝 정상에는 거대한 화강암 바위가 있어서 알아보기 쉽고, 서쪽 사면은 동쪽보다 낮고 식물이 별로 없는 데다 정상 조금 아래 자귀나무만 한 그루 있다고 했다.

그 두 개의 언덕은 멀리서부터 보아도 남자가 말한 딱 그대로의 모습을 하고 있어서 그녀를 목적지로 안내할 탁월한 길잡이가 되어 줄 터였다. 그러나 전사는, 너 스스로도 너무나 잘 알고 있지 않느냐고 강조하면서, 그렇게 어리석고 위험한 모험은 단념하라고 경고했다. 만약에 그녀가 부카와이와 그 악령들의 손에 아무런 해도 입지 않고 돌아올 수 있다 해도, 거기까지 갔다 오는 동안 통과해야 하는 정글의 대형 육식동물들을 피할 만큼 운이 좋지 못할 거라는 이야기였다.

전사는 심지어 모메야의 남편에게도 가 봤지만 그는 자신이 선택한 성질 더러운 여자에 대한 권위랄 것이 별로 없어서, 다음으로 추장 머봉가에게 찾아갔다. 추장은 모메야를 불러다가 그런 불경스러운 여행을 떠났다가는 무서운 벌을 받게 될 것이라고 협박했다. 이 문제에 있어서 늙은 추장의 판단은 오직 교회와 정부 사이에 존재하는 오래된 동맹에 근거한 것이었다. 자신의 주술이 다른 누구의 것보다 뛰어나다고 믿는 이곳의 주술사는 흑마술을 쓴다는 다른 모든 이들을 질투했다. 그는 오래전부터 부카와이의 힘에 대해 들어 왔고, 그가 모메야의 아이를 되찾아오는 데 성공해서 부족의 후원과 사례가 그 부정한 자에게 돌아가 버릴까 두려웠다. 머봉가는 추장으로서 주술사가 받는 사례의 일정 부분을 취해 왔지만 부카와이로부터는 아무것도 기대할 수 없었기에, 마음과 영혼을 다해 정통 신앙에 몰두해 있었다.

모메야가 용감하게 정글을 뚫고 나가 두렵기만 한 부카와이의 은신처를 방문할 수 있는 여자라면, 지금도 속으로는 경멸하고 있는 늙은 머봉가의 처벌받게 되리라는 협박 따위에는 단념하지 않을 가능성이 높았다. 그러나 그녀는 그의 명령을 받아들이는 듯 조용히 자기 움막으로 돌아갔다.

모메야로서는 밝은 낮에 출발하는 것이 더 좋았지만 이제 그것은 불가능한 일이었다. 그녀는 음식과 무기 종류를 가지고 길을 나서야 하는데, 낮에 그런 것들을 지니고 마을 밖으로 나가려 했다가는 궁금증을 품은 이들의 질문을 받지 않을 수 없을 것이고, 그런 일은 즉각적으로 추장의 귀에 들어갈 게 확실했기 때문이다.

그래서 그녀는 밤까지 기다렸고, 마을 문이 닫히기 직전에 어둠을 뚫고 정글로 숨어들었다. 그녀는 몹시 두려웠지만 결연한 표정으로 북쪽을 향해 나아갔다. 이따금 걸음을 멈추고 숨도 멈춘 채 그녀가 가장 두려워하는 대형 고양잇과 짐승이 있지나 않은지 귀를 기울여야 했다. 그럼에도 불구하고 그녀는 몇 시간 동안이나 차근차근 나아갔다. 하지만 어느 순간, 오른쪽 뒤편에서 나지막한 신음이 들려와 그녀를 갑작스럽게 멈추게 했다.

두근거리는 가슴을 부여잡고 멈춰 선 그녀는 감히 숨도 제대로 내쉬지 못했다. 아주 희미했지만, 그녀의 예민한 귀는 두툼한 발이 나뭇가지와 풀을 짓밟으면서 은밀히 웅크리고 다가오는 소리를 들었다.

모메야가 열대 정글의 거대한 나무에 대해 아는 것이라고는 덩굴들과 이끼들로 뒤덮여 있다는 것뿐이었다. 그녀는 가장 가까이에 있는 가지를 붙잡고 유인원처럼 나무를 오르기 시작했다. 그러자 그녀 뒤에서 거대한 덩치가 갑자기 뛰어나와 땅을 울리는 위협의 포효를 내질렀다. 그리고 그녀가 매달린 바로 그 가지의 아랫부분에 충돌했다.

모메야는 이파리 무성한 가지 사이로 몸을 끌어 올린 다음, 말려서 줄에 꿴 사람의 귀를 목에 걸고 나오게 한 선견지명에 감사했다. 그녀는 그 귀가 좋은 주물呪物이라는 것을 알고 있었다. 그녀가 소녀일 때 그녀 부족의 주술사에게 받은 것으로 머봉가 주술사의 빈약하고 조악한 주술과는 전혀 달랐다.

사자는 잠시 후 다른 먹이를 찾으러 가 버렸지만 모메야는 밤새 가지 위에 달라붙어 내려오지 못했다. 그 사자나 비슷한 부류를 또 만나게 될까 두려웠기 때문에 감히 어둠 속으로 내려올 수가 없었던 것이다. 하지만 날이 밝자 아래로 내려왔고 다시 길을 나아갔다.

타잔은 자신의 발루가 부족의 유인원이 있을 때면 경계심을 결코 놓지 않는다는 것과 어른 유인원들 대부분이 고부발루에게는 끊임없는 위협이라는 사실을 알게 되었다. 그래서 그들 사이에 감히 홀로 남겨 두지 못하고 점점 더 멀리까지 흑인 소년을 데리고 사냥하러 다니게 되었다. 그러자 자연스럽게 그들을 떠나 있는 시간도 점점 더 길어졌고, 마침내는 전에 사냥을 와 본 적 없는 훨씬 멀리 떨어진 북쪽에 이르렀다. 그곳에는 물과 거대한 사냥감과 과일이 풍부해서 부족에게 돌아갈 생각도 들지 않았다.

고부발루도 삶에 훨씬 흥미를 느끼는 게 분명했다. 녀석의 흥미는 커첵 부족으로부터의 거리에 비례해서 커지는 것 같았다. 고부발루는 타잔이 땅 위를 걸을 때면 뒤에서 종종거리며 따라 걸었고, 나무 위에서도 강력한 양아버지를 따라잡으려고 최선을 다했다. 하지만 아이는 여전히 슬프고 외로웠다. 그의 여위고 왜소한 몸은 타잔을 따라다닌 이래로 점점 더 빈약해졌다. 그는 어린 식인종으로서 먹는 문제에 있어서 까다롭지는 않았지만, 미식가 유인원들 사이에서는 미각을 기쁘게 할 만한 기묘한 것들이 그의 위장이나 입맛에 항상 맞지는 않았던 탓이다.

그의 커다란 눈은 이제 정말로 똥그래졌고 뺨은 쑥 꺼졌으며, 수척해진 그의 몸은 갈비뼈 하나하나가 다 드러나 보여서 누구라도 세어 보고 싶을 지경이었다. 아마도 끊임없는 공포가 부적절한 섭식만큼이나 그의 신체에 나쁜 영향을 끼쳤으리라. 타잔도 그런 변화를 알아챘고 몹시 걱정스러워졌다. 그는 자신의 발루가 튼튼하고 강하게 자라나는 모습을 보고 싶었기 때문에 실망감이 엄청나게 컸다. 오로지 유인원의 언어를 순조롭게 배워 나가고 있다는 한 가지 측면에서만 고부발루는 진척을 보였다. 심지어 이제 그와 타잔은 부족한 유인원 언어를 보완해 주는 신호들을 섞어 가며 상당히 만족스러운 방식으로 대화를 나눌 수 있게 되었다. 하지만 대부분의 경우 고부발루는 타잔이 던지는 질문에 대답만 할 뿐, 그저 조용히 있었다. 그의 슬픔은 아직도 너무나 생생하고 너무나 가슴 아픈 것이어서 잠시라도 한쪽으로 치워 둘 수 없었다. 그는 모메야를 사무치게 그리워했다. 아마도 당신이나 나에게는 그녀가 잔소리 많고 흉측하며 혐오스러운 존재로 보이겠지만, 타이보에게 그녀는 어머니였다. 이기심이란 전혀 알지 못하며 그 자신의 일에만 몰두하는 법이 결코 없는 위대한 사랑의 화신인 것이다.

둘이서 사냥을 할 때에도, 타잔이 사냥을 하고 고부발루는 그저 그의 자취를 따르기만 할 때에도, 타잔은 많은 것을 주의 깊게 보고 많은 것을 생각했다. 한번은 그들이 길게 자란 풀숲에서 신음하는 세이버를 마주친 적이 있었다. 세이버 근처에는 두 개의 털 공이 뛰어다니며 돌고 있었는데, 정작 그녀의 눈은 거대한 앞발 사이에 누워 있는, 지금도 뛰어놀지 못하고 앞으로도 뛰어놀지 못할 또 다른 털 공에 고정되어 있었다.

타잔은 거대한 암고양이의 비통함과 괴로움을 제대로 읽을 수 있었다. 그는 지금껏 그녀를 사냥할 생각을 해 왔고 이제 드디어 기회가 왔기에 나무들을 건너서 그녀의 거의 위까지 은밀히 다가갔다. 그러나 암사자가 죽은 새끼 때문에 슬퍼하는 것을 알아챈 순간 뭔가가 타잔을 붙잡았다. 눈을 돌려 그것이 고부발루임을 확인한 타잔은 책임감과 함께 그 즐거움을 빼앗긴 부모의 슬픔을 깨닫게 되었다. 그는 몇 주 전만 해도 그랬을 것 같지 않게 세이버에게 마음이 쓰였다. 그녀를 지켜보는 동안, 천만뜻밖에도 그의 눈앞에 모메야의 모습이 떠올랐다. 콧날을 꿰뚫은 꼬챙이와 아래로 당겨지는 무게 때문에 늘어져 대롱거리는 아랫입술 따위의 추한 겉모습을 떠올린 게 아니었다. 그는 오직 세이버의 것과 같은 비통함을 보았고 움츠러들었다. '연상'*이라고 불리는 이 이상한 마음의 작용은 타

* association of ideas : 하나의 관념이 관련되는 다른 관념을 불러일으키는 심리

잔의 정신적 시야에 티카와 가잔의 모습을 불러다 놓았다. 누군가 티카에게서 가잔을 빼앗아 간다면? 타잔은 마치 가잔이 자기 것이라도 되는 듯이 낮고 불길한 으르렁거림을 내뱉었다. 고부발루는 타잔이 적을 발견한 줄 알고 불안하게 이리저리 힐끔거렸다. 세이버가 갑자기 두 발로 몸을 일으키더니 황록색 눈을 빛내며 귀를 쫑긋 세우고 꼬리를 세게 내리쳤다. 그리고 코를 들어 올려 만약의 위험을 탐지하려는 듯 공기의 냄새를 맡았다. 뛰어놀고 있던 두 마리 새끼도 어미 곁으로 후다닥 달려오더니 그녀의 앞다리 사이로 들어가 조심스럽게 밖을 내다보았다. 녀석들의 커다란 귀가 위로 쫑긋 세워지고 조그만 머리가 갸웃거렸다.

울적한 마음의 충격을 고개를 저어 흩어 버린 후 타잔은 돌아서서 다른 방향으로 사냥을 이어 갔다. 그러나 하루 종일 그의 머릿속에는 객관적인 마음의 경계 위로 세이버와 모메야와 티카의 기억이 번갈아 떠올랐다. 하나는 사자, 하나는 식인종, 하나는 유인원이었지만, 타잔에게 그들 모두는 모성이라는 하나의 모습을 가지고 있었다.

세 번째 날 정오가 되어서야 부정한 자 부카와이의 동굴이 모메야의 시야에 들어왔다. 그 늙은 주술사는 포식자들로부터 동굴의 입구를 감추려고 가지를 엮어 만든 틀을 장치해 놓았

작용을 의미하는 철학 용어.

다. 지금은 그것이 한쪽으로 밀려나 있고, 그 너머로 검은 동굴이 신비롭고 혐오스럽게 입을 벌리고 있었다. 동굴 근처에 생명의 흔적은 보이지 않았지만, 모메야는 보이지 않는 눈이 자신에게 해를 끼치려 하는 듯한 으스스한 감각을 느끼고 몸을 떨었다. 그녀가 떼어지지 않는 걸음을 억지로 들어 동굴을 향해 나아가려 애쓰고 있는데, 그 깊은 곳에서 야수의 것도 인간의 것도 아닌 무시무시한 소리가 흘러나왔다. 억지웃음과 비슷한 소리였다. 모메야는 튀어나오려는 비명을 억누르며 몸을 돌려 정글 속으로 달아났다. 백 미터쯤 달리고 나서야 그녀는 간신히 공포를 가라앉히고 멈추어 귀를 기울였다. 여기까지 오는 동안의 그 모든 공포와 위험, 자신의 노고를 다 허사로 돌려야 한단 말인가? 그녀는 마음을 단단히 먹고 동굴로 돌아가려 했다. 하지만 다시 공포가 덮쳐 왔다.

슬픔과 낙담에 빠져 모메야는 머봉가 마을로 향하는 길을 되짚어 갔다. 젊은 그녀의 어깨가 수년 동안 축적된 고통과 슬픔의 엄청난 짐을 져 온 노파의 것처럼 처졌다. 그녀는 지친 발을 억지로 떼며 멈칫거리는 걸음을 옮겼다. 청춘의 봄은 모메야로부터 떠나가 버렸다.

다시 백 미터쯤 지친 걸음을 옮기는 동안, 그녀는 뇌가 반쯤 마비되어 공포와 고통조차 무감각해졌다. 그러자 그녀의 젖을 빨던 어린아이의 기억이 밀려들었다. 곁에서 웃음을 터트리며 뛰어놀던 그녀의 아이 타이보의 기억이었다!

모메야의 어깨가 똑바로 펴졌다. 그녀는 머리를 세차게 내젓고는 부정한 자 부카와이, 주술사 부카와이의 동굴을 향해 대담하게 걷기 시작했다.

다시금 동굴 내부에서 흉측한 웃음, 웃음 같지 않은 소리가 들려왔다. 이번에는 모메야도 그것이 하이에나의 이상한 울음소리임을 알아챘다. 그녀는 더 이상 떨지 않고 손에 창을 쥔 채 부카와이에게 밖으로 나오라고 소리쳤다.

부카와이 대신에 혐오스러운 하이에나의 머리가 나타났다. 모메야는 창으로 그것을 찔렀고, 추악하고 음침한 야수가 성난 으르렁거림과 함께 뒤로 물러났다. 그녀는 다시 부카와이를 불렀다. 이번에는 짐승의 것보다 간신히 인간의 것에 가까운 웅얼거리는 듯한 대답이 돌아왔다.

"누가 부카와이를 부르나?"

목소리가 물었다.

"나는 모메야다. 머봉가 마을에서 온 모메야다."

여인이 대답했다.

"뭘 원하지?"

"좋은 주술을 원한다. 머봉가 마을의 주술사가 할 수 있는 것보다 더 나은 주술을 원한다. 정글의 하얀 거인 신이 타이보를 훔쳐 갔다. 타이보를 돌아오게 할 주술, 아니면 내가 가서 찾아오도록 타이보가 숨겨진 곳이라도 알려 줄 주술이 필요하다."

"타이보가 누구지?"

부카와이가 다시 묻자, 모메야는 대답해 주었다.

"부카와이의 주술은 매우 강력하다. 염소 다섯 마리와 새 잠자리 깔개를 합해야 겨우 부카와이의 주술과 교환할 수 있을 것이다."

"염소 두 마리면 충분해."

모메야가 받아쳤다. 흑인들의 핏속에는 물물교환의 기질이 뿌리 박혀 있었기 때문이다. 가격을 두고 흥정을 벌이는 즐거움은 부카와이를 동굴 입구로 나오게 만들기에 충분한 미끼였다. 모메야는 그를 보았을 때, 그에게 남아 있는 것이 거의 없다는 사실에 안쓰러움을 느꼈다. 말로 표현하기에는 너무나 끔찍하고 너무도 흉측하고 너무나 혐오스러운 무언가가 있다면 그것이 바로 부카와이의 얼굴이었다. 모메야는 그를 본 순간 어째서 그의 말투가 어눌하게 들렸는지 이해했다.

소문대로 그의 곁에는 그의 유일하고 영원한 동반자인 하이에나 두 마리가 있었다. 그들 셋은 가장 혐오스러운 인간과 함께 있는 가장 혐오스러운 야수라는 점에서 굉장한 트리오를 이루었다.

"염소 다섯 마리와 새 잠자리 깔개다."

부카와이가 우물거리듯 말했다.

"살찐 염소 두 마리와 새 잠자리 깔개."

모메야가 가격을 올렸다. 그러나 부카와이는 고집이 셌다. 그가 반시간가량을 '염소 다섯 마리와 새 잠자리 깔개'를 고수하는 동안, 하이에나들이 킁킁거리고 으르렁거리고 흉측한 웃음소리를 냈다. 모메야는 어쩔 수 없이 부카와이가 요구한 대로 다 줘 버리기로 마음먹었다. 그러나 흥정은 흑인 물물교환

자에게 둘째가는 천성과도 같았고, 마지막에 가서 그것이 그녀에게 보답을 주었다. 살찐 염소 세 마리와 새 잠자리 깔개와 구리 한 줄로 최종적인 협상에 도달했던 것이다.

"오늘 밤에 다시 와라. 달이 하늘에 두 시간 동안 있을 때다. 내가 타이보를 네게 돌려줄 강한 주술을 펼칠 것이다. 살찐 염소 세 마리와 새 잠자리 깔개와 어른 팔 길이의 구리 한 줄을 꼭 가져와야 한다."

부카와이가 말했다.

"내가 가져올 수는 없다. 당신이 받으러 와야지. 타이보를 내게 돌려준 후에, 당신이 머봉가 마을로 와서 받아 가야 한다."

모메야의 대답에 부카와이는 머리를 내저었다.

"염소와 깔개와 구리를 받을 때까지 나는 주술을 완성하지 않을 것이다."

모메야는 간청도 하고 협박도 했지만 아무런 소용이 없었다. 결국 몸을 돌린 그녀는 머봉가 마을을 향해 정글 속을 걷기 시작했다. 어떻게 세 마리 염소와 새 잠자리 깔개를 가지고 마을에서 정글을 지나 부카와이의 동굴까지 올 것인지는 알지 못했지만, 어떻게든 그 일을 해내리라고 생각했다. 그 일을 해내든가, 죽든가였다. 타이보는 그녀에게 돌아와야 했다.

고부발루와 함께 천천히 정글 속을 걷던 타잔은 바라의 냄새를 맡았다. 그의 미각을 대단히 기쁘게 해 줄 고기는 아니었지만, 그는 바라의 고기를 먹고 싶었다. 고부발루를 데리고 바라를 추적할 수는 없었으므로 타잔은 아이를 두꺼운 잎들이 가려 줄 만한 나무의 벌어진 가지 틈에 숨겨 두고 재빨리 그러면서도 은밀하게 바라의 자취를 쫓았다.

타이보는 혼자 있을 때가 유인원 무리와 함께 있을 때보다 더 무서웠다. 실재하는 명백한 위험이 상상의 위험보다 덜 불안했던 것이다. 오직 그의 부족의 신만이 타이보가 얼마나 상상을 많이 하는지 알 터였다. 타잔이 그를 숨기고 간 지 얼마 되지도 않았는데, 무언가 정글을 통해 접근해 오는 소리가 들렸다. 타이보는 앉아 있던 가지에 바짝 웅크리며 타잔이 어서 빨리 돌아오기를 빌었다. 그의 커다란 눈이 움직이는 생명체를 찾으려는 듯 정글을 훑기 시작했다.

그의 냄새를 맡은 표범이라면 어찌할 것인가? 놈이 당장이라도 덤벼들 것만 같았다. 뜨거운 눈물이 타이보의 커다란 눈을 넘어 흘러내렸다. 정글 이파리의 장막이 바스락거리는 소리가 바로 가까이에서 들려왔다. 놈이 그가 숨은 나무에서 겨우 몇 발짝 떨어진 곳에 있었다.

하지만 이제 곧 덩굴들과 줄기들 사이로 으르렁거리는 머리를 불쑥 내밀 무서운 존재의 모습을 본 순간, 타이보의 눈이 까만 얼굴에서 거의 튀어나오다시피 커졌다. 장막이 갈라지고 한 여인이 모습 전체를 드러냈다. 타이보는 헐떡거리는 울음을 터트리며 숨어 있던 곳에서 굴러 나가 그녀를 향해 달렸다.

모메야는 일순 뒤로 물러나 창을 들어 올렸지만, 거의 곧바로 창을 던져 버리고 강한 두 팔로 아이의 여윈 몸을 붙잡았다.

아이를 으스러져라 끌어안은 채 그녀는 웃다가 울다가 웃으면서 울었다. 뜨거운 기쁨의 눈물이 타이보의 눈물과 섞여 그녀의 벌거벗은 가슴 사이로 간지럽게 흘러내렸다.

근처 잡목 사이에서 자고 있던 사자 누마가 너무나 가까운 곳에서 들려온 소음에 깨어났다. 그는 엉킨 덤불 사이로 흑인 여자와 그녀의 아이를 보았다. 입을 핥은 그는 그들과 자신 사이의 거리를 가늠해 보았다. 짧은 돌진 한 번에 긴 도약 한 번이면 그들을 덮칠 수 있을 것 같았다. 그는 꼬리 끝을 뒤채며 한숨을 내쉬었다.

떠도는 미풍이 잘못된 방향에서 소용돌이치면서 타잔의 냄새를 바라의 예민한 코에 실어다 주었다. 바라가 깜짝 놀라 근육이 경직되고 귀를 쫑긋거리더니, 갑작스럽게 달아났다. 그렇게 타잔의 고기는 사라져 버렸다. 타잔은 화가 나서 머리를 흔들며 고부발루를 숨겨 둔 곳을 향해 몸을 돌렸다. 그는 부드럽게 길을 되짚어 갔다. 하지만 그곳에 도착하기도 전에 이상한 소리가 들려왔다. 여인의 울음소리와 웃음소리 그리고 둘이 섞여 나오는 소리가 훌쩍거리는 아이의 발작적인 울음과 섞여 들었다. 타잔은 서둘렀다. 타잔이 서두를 때면 오직 새들과 바람만이 그보다 빨랐다.

소리를 향해 다가가던 타잔은 또 다른 소리, 깊은 한숨을 들었다. 모메야도 듣지 못했고 타이보도 듣지 못했지만, 타잔의 귀는 바라의 것과 다르지 않았다. 그는 그 한숨을 듣자마자 알아챘고, 그래서 등에 매달고 있던 무거운 창을 풀었다. 나뭇가지 사이를 관통해 빠르게 달리고 있었음에도, 당신이나 내가 한가한 시골길을 무심히 산책하다가 주머니에서 손수건을 꺼내는 것처럼 간단히, 어떤 비상사태에 대해서라도 준비가 되어 있다는 듯이 가죽끈에서 창을 뽑아냈다.

누마는 미친 듯이 공격하며 덤벼들지 않았다. 그는 다시 한 번 생각했고 이미 먹잇감은 그의 것이라고 결론을 내렸던 것이다. 그래서 그는 거대한 덩치를 나무줄기 사이로 밀어 넣고 서서 사악하게 눈을 빛내며 자신의 고기를 바라보았다.

모메야가 누마를 보고 날카로운 비명을 지르며 타이보를 가슴 가까이 끌어당겼다. 아이를 찾자마자 다시 잃게 되다니! 그녀는 창을 들어 올리며 어깨 너머 뒤쪽으로 한껏 당겼다. 누마가 포효하며 천천히 앞으로 나아왔다. 모메야는 무기를 던졌다. 창이 누마의 황갈색 어깨 위를 스치며 살갗에 상처를 냈지만 그것은 육식동물의 잔인한 야수성을 한껏 돋우었을 뿐이다. 누마는 그대로 돌진했다.

모메야는 눈을 감으려 했지만 감을 수 없었다. 그녀는 거대한 죽음이 빠른 속도로 번쩍이며 다가오는 것을 보았다. 그리고 무언가 다른 것도 보았다. 강력한 하얀 벌거숭이 사람이 하늘에서 떨어진 듯, 돌진하는 누마의 진로를 가로막은 것이다. 나무 이파리를 통해 여과되어 얼룩져 보이는 거대한 팔뚝의 근육이 열대의 태양 빛을 받아 번쩍였다. 무거운 사냥 창이 공기를 뚫고 날아가 도약 중인 사자를 꿰뚫었다.

누마는 웅크린 채 일어나려고 애를 쓰고 끔찍하게 포효하며 가슴을 꿰뚫은 창을 쳐 댔다. 그의 강력한 앞발에 창이 구부러지고 비틀렸다. 타잔은 사냥칼을 손에 쥐고 몸을 숙인 채 경계하며, 미친 듯이 날뛰는 사자 주위를 맴돌았다. 모메야는 눈을 크게 뜨고 그 자리에 뿌리박힌 듯 서서 그 광경을 지켜보며 황홀함을 느꼈다.

갑자기 성난 누마가 타잔에게 몸을 던졌다. 그러나 강단 있는 타잔의 몸은 어설픈 누마의 돌진을 재빨리 피해 버렸고, 그의 적만 헛되이 달려든 꼴이 되었다. 사냥칼이 두 번 더 허공에서 번뜩였다. 두 번 다 누마의 등에 떨어져 내렸고, 이미 창을 맞아 약해져 있던 누마는 심장 가까이에 꽂히는 칼날을 피하지 못했다. 두 번째 칼질은 짐승의 척추 깊숙이까지 박혀 들었다. 한차례 발작적으로 휘저은 최후의 앞발이 공격자에게 닿지도 못한 채 누마는 땅바닥에 엎어졌다. 그리고 그대로 마비되어 죽어 갔다.

어떤 보상금도 놓치고 싶지 않았던 부카와이는 모메야를 뒤쫓았다. 그녀가 다시 돌아오려면 주술의 대가로 미리 구리 장식과 철 장식을 놓고 가야만 한다고 설득할 생각이었다. 그의 주술을 선택한 것에 대한 지불은 말하자면 변호사에게 착수금을 지불하는 것과 같았다. 변호사처럼 부카와이는 자기 주술의 가치를 알고 있었고, 가능한 한 착수금을 많이 받아 둘 생각이었다.

주술사는 타잔이 사자의 돌격을 막아서는 순간 그 현장에 도착했다. 그는 모든 것을 보았고 경탄했다. 그리고 즉시 저자가, 모메야가 오기 전에 모호한 소문으로만 들었던 이상한 하얀 악령임에 틀림없다고 추측했다.

사자가 더 이상 그녀나 그녀의 아이에게 해를 입힐 수 없게 되었기에 이제 모메야는 새로운 두려움을 담은 눈으로 타잔을 바라보았다. 그는 그녀의 타이보를 훔쳐 간 자였다. 다시 그녀에게서 아이를 훔쳐 가려 할 것이 분명했다. 모메야는 아이를 꽉 끌어안았다. 그녀는 또다시 타이보를 빼앗기는 고통을 당하느니 차라리 이번에는 죽고 말리라고 결심했다.

타잔은 조용히 그들을 바라보았다. 어머니에게 매달려 훌쩍거리는 소년의 모습은 그의 야만적인 가슴에 우울한 외로움을 불러일으켰다. 이제 타잔에게 매달리는 이는 아무도 없다. 그는 누군가, 무언가 사랑할 대상을 진실로 갈망했다.

정글 전체에 고요함이 내려앉았기 때문에 마침내 타이보가 고개를 들었다. 그리고 타잔을 보았다. 하지만 그는 움츠러들지 않았다.

"타잔."

아이가 커첵 부족의 말로 입을 열었다.

"내 어머니 모메야예요. 어머니에게서 나를 빼앗아 가지 마세요. 제발 나를 털북숭이 나무 사람들이 있는 곳으로 다시 데려가지 마세요. 나는 타그도 건토도 다른 이들도 다 무서워요.

나를 모메야와 함께 있게 해 주세요. 오, 정글의 신 타잔! 제발 나를 어머니와 살게 해 주세요. 그러면 우리가 죽는 날까지 당신을 위해 축복을 빌어 줄게요. 당신이 결코 배고프지 않도록 머봉가 마을 앞에 먹을 것을 바칠게요!"

타잔은 한숨지었다.

"가라. 머봉가 마을로 돌아가. 타잔은 너에게 아무런 해가 닥치지 않는지 보기 위해서 따라만 갈 거다."

타이보는 어머니에게 타잔의 말을 옮겨 주었다. 그리고 둘은 타잔을 등지고 마을을 향해 출발했다. 모메야는 몹시 두려웠지만 한편으로는 기쁘고 의기양양하기도 했다. 그녀는 신과 함께 걸어 본 적이 없었고, 이처럼 행복해 본 적도 없었다. 모메야가 타이보를 꼭 끌어안고 아이의 여윈 뺨을 가만히 쓰다듬었다. 타잔은 그 모습을 보고 다시 한숨을 지었다. 그리고 혼잣말처럼 중얼거렸다.

"티카에게는 티카의 발루가 있어. 세이버에게도, 고맹가니 암컷에게도, 바라에게도, 마누에게도, 심지어 팜바에게도 다들 자기만의 발루가 있지. 하지만 타잔에게는 누구도 있을 수가 없구나. 짝도, 발루도……. 타잔은 타맹가니니까. 타맹가니는 홀로 살아가야 하는 것이 틀림없어."

부카와이는 그들이 떠나는 것을 지켜보며 썩어 가는 얼굴로 뭔가를 우물거렸다. 그는 살찐 염소 세 마리와 새 잠자리 깔개와 구리 한 줄을 받아 내겠다고 굳은 맹세를 하고 있었다.

6. 주술사의 복수

그레이스토크 경, 타잔의 사촌동생인 윌리엄 세실 클레이턴*은 사냥 중이었다. 아니, 정확히 말하면 케스턴—헤딩에서 꿩을 쏘고 있었다. 그레이스토크 경은 적절하면서도 빈틈없이—그는 가장 사소한 부분까지 유행을 따르는 사람이었다— 차려입었다. 기술이 부족한 걸 봤을 때 그는 총을 겨누고 선 사람들 가운데 사냥을 즐기는 쪽이 아니라 그저 얼굴을 내미는 부류인 게 분명했다. 그래도 틀림없이 그날 하루가 저물 무렵이면 많은 새들—그런 적은 별로 없지만 배가 고플 때조차 아침 식사 자리를 그냥 넘겨버리기 일쑤인 그로서는 한 해 동안 먹기에 너무나 많은—을 잡았을 터였다. 그에게는 총이 두 자루나 있

* 타잔은 죽은 것으로 알려져서 세실이 작위를 계승했다.

었고, 영민한 총알 장전자가 그와 함께하고 있었기 때문이다.

몰이꾼—스물세 명이나 되는 그들은 하얀 작업복을 입고 있었다—이 금작화밭 속으로 막 새들을 몰아왔고, 이제 사수들 쪽으로 몰아주기 위해 반대 방향으로 선회하고 있었다. 그레이스토크 경은 전에 없이 흥분해 있었다. 이 스포츠에는 부인할 수 없는 흥분감이 있었다. 몰이꾼들이 새들에게 점점 가까워지자 그는 혈관 속을 짜릿하게 질주하는 피의 흐름을 느꼈다. 다소 모호하고 어느 정도 어리석은 방식이긴 했지만, 그레이스토크 경은 그런 경우 언제나 느꼈던 것처럼 선사시대로 회귀하는 것과 비슷한 종류의 감각—사냥으로 먹고사는 털북숭이 반라의 고대 선조들의 피가 자신에게 전해져 뜨겁게 흐르는 듯한 감각이었다—을 경험할 수 있었다.

그곳에서부터 머나먼 열대 정글에서는 또 다른 그레이스토크 경, 진짜 그레이스토크 경이 사냥을 하고 있었다. 그가 알고 있는 기준에 의하면 그 역시 유행—첫 번째 추방* 이전의 원시 조상들의 유행을 철저히 따르는—에 뒤지지 않았다. 날이 무더워 표범 가죽을 남겨 두고 나왔던 것이다. 진짜 그레이스토크 경에게는 확실히 두 자루는커녕 한 자루 총도 없었고, 영민한 총알 장전자도 함께 있지 않았다. 하지만 그는 총이나 총알 장전자, 심지어 스물세 명의 흰옷을 입은 몰이꾼보다도 엄청나게 효과적인 무언가를 갖고 있었다. 타잔에게는 식욕과 정

* 에덴동산에서 아담과 이브가 쫓겨난 것.

글 생활에 대한 불가해할 정도로 노련한 기술 그리고 강철 같은 근육이 있었다.

그날 늦게 영국의 그레이스토크 경은 그가 죽이지 않은 것들을 배불리 먹고 소리 없이 코르크를 따서 병에 든 것을 마셨다. 그는 눈처럼 흰 식탁용 냅킨으로 입술을 두드려 희미하게 남은 식사의 흔적을 지웠다. 자신이 사칭자라는 사실을 아주 잊어버린 듯한 태도였다. 그가 차지한 고귀한 신분의 정당한 주인은 머나먼 아프리카에서 그때까지도 아직 식사를 끝내지 못했다. 물론 타잔은 냅킨도 사용하지 않았다. 대신에 구릿빛 팔뚝을 들어 입술을 쓱 문지르고 피 묻은 손가락은 허벅지에 닦았다. 그러고 나서야 천천히 정글을 통과해 물 마시는 곳으로 갔다. 거기서 그는 그의 동료들이나 정글의 다른 모든 짐승들처럼 네발로 엎드려 물을 마셨다.

그가 갈증을 풀고 있을 때, 음울한 정글의 다른 주민이 그의 뒤쪽 길로 다가왔다. 황갈색 몸뚱이에 검은 갈기를 가진 누마였다. 그는 사악한 눈길로 타잔을 노려보다가 낮게 으르렁거리더니 포효를 토해냈다. 타잔은 누마가 시야에 들어오기도 한참 전에 그의 소리를 들었다. 하지만 그대로 배가 부를 때까지 물을 마셨다. 그러고 나서야 야생 존재들의 생득권인 듯한 최대한의 위엄을 담은 단순하고 우아한 동작으로 천천히 일어났다.

누마가 걸음을 멈췄다. 왕이 물을 마시는 바로 그 자리에 서 있는 인간을 노려보면서 그의 턱이 벌어지고 잔인한 눈이 번득였다. 그는 으르렁거리며 천천히 앞으로 나아갔다. 인간 역시 으르렁거리더니, 그의 머리가 아닌 꼬리에 시선을 고정한 채 천천히 옆으로 물러났다. 신경의 경련 같은 움직임만으로도 경계 태세가 될 수 있었다. 갑작스레 일어서거나 몸을 펴거나 굳히는 것으로도 공격 혹은 도주의 신호가 될 수 있는 것이다. 그러나 둘 다 그러지 않았다. 그래서 타잔은 그저 뒤로 물러났고 사자는 그가 서 있는 곳에서 오 미터도 안 되는 자리로 내려가 물을 마셨다.

내일이면 그들은 서로의 숨통을 노릴지도 몰랐다. 하지만 오늘은 정글의 야수들 사이에서 종종 보이곤 하는 그 이상하면서도 불가해한 휴전 상태였다. 누마가 물을 다 마시기 전에 타잔은 숲으로 돌아왔고, 흑인 추장 머봉가의 마을을 향해 나무를 타고 나아갔다.

타잔이 고맹가니의 마을을 찾은 것은 적어도 한 달 만이었다. 꼬마 타이보를 슬픔에 빠진 어미에게 돌려준 뒤로 별로 그럴 기분이 들지 않았던 것이다. 그 발루를 자기 것으로 만들려 했던 일은 타잔에겐 이미 끝난 사건이었다. 그는 여전히 티카가 그녀의 발루에게 퍼붓는 것처럼 애정을 쏟을 무언가를 찾고 있었지만, 흑인 소년과의 짧은 경험은 그들 사이에 그런 애정이 존재할 수 없음을 꽤나 분명하게 보여 주었다.

타잔이 흑인 꼬마를 데려다가 한동안 자기의 진짜 발루처럼 대하긴 했지만, 그 일은 그가 케일라의 살해범들로 여기는 자들에 대한 복수심을 전혀 바꿔 놓지 않았다. 고맹가니는 그에게 불구대천의 적이었으며 그 이외의 다른 어떤 것도 될 수 없었다. 오늘도 그는 흑인들을 골탕 먹이면서 느끼는 재미가 자기 존재의 단조로움에 작은 위안이 되어 주기를 기대했다.

그가 마을에 도착해서 말뚝 울타리 위로 늘어진 거목의 가지에 자리 잡았을 때는 아직 날이 어두워지기 전이었다. 근처의 움막 깊은 곳에서 엄청난 울부짖음이 들려왔다. 그 컥컥거리고 끼익거리는 소리는 타잔의 귀에 몹시도 거슬렸다. 그는 소리가 그칠 때까지 한동안 다른 곳에 가 있기로 했다. 하지만 두 시간쯤 후에 돌아왔을 때도 그 울부짖음은 여전히 계속되고 있었다.

폭력을 써서라도 그 짜증 나는 소리를 멈추게 할 생각으로 타잔은 조용히 나무 아래 그늘로 미끄러져 내려갔다. 은밀하게 움막들 사이로 몸을 숨겨 가며 계속 나아간 그는 비탄의 소리가 솟구치고 있는 곳으로 다가갔다. 마을의 다른 움막들과 마찬가지로 그곳도 문간에서 밝은 모닥불이 타고 있었다. 몇몇 여자들이 그 주변에 쪼그리고 앉아 주창자의 소리에 이따금 각자의 애절한 울부짖음을 더했다.

타잔은 자신이 펄쩍 뛰어 활활 타오르는 모닥불과 여자들 가운데로 뛰어들면 다들 깜짝 놀라 자빠질 것이라 생각하며 미소를 지었다. 그러고 나면 그 혼란의 와중에 움막으로 뛰어 들어가 시끄러운 울음의 주인공을 목 졸라 죽인 다음 흑인들이 공격 의지를 그러모으기 전에 정글로 돌아가면 되었다.

타잔은 이미 몇 번이나 머봉가 마을에서 비슷한 일을 벌인 바 있었다. 그의 신비스럽고 예기치 못한 등장은 매번, 미신을 믿는 가엾은 흑인들의 가슴에 맹렬한 공포를 불러일으켰다. 그들은 타잔의 모습에 절대로 익숙해지지 않는 것 같았다. 이런 모험에서 그의 인간 정신이 갈망하는 흥미와 즐거움을 부여해 주는 것은 바로 두려움이었다. 죽음의 광경에 익숙해져 버린 타잔은 거기서 아무런 즐거움도 찾지 못했다. 케일라의 죽음에 대해서는 이미 오래전에 복수했지만 그 일을 이루는 과정에서 그는 흑인들을 도발하는 데서 오는 흥분과 즐거움을 배웠다. 그것만은 결코 지겨워지지 않았다.

타잔이 막 사나운 포효를 내지르며 앞으로 튀어 나가려는 순간, 움막 문간에 형체 하나가 나타났다. 바로 그가 조용하게 만들려 했던 울부짖는 자였다. 앞이마와 뺨과 가슴에 이상한 문신들을 새기고, 진흙과 철사로 틀어 올린 멋진 머리 장식을 했으며, 콧날에 나무 꼬챙이를 꿰고 아랫입술에 무거운 금속 장식을 매단 젊은 여자였는데, 아래로 처진 그녀의 입술이 흉하고 혐오스럽게 일그러져 있었다.

모닥불이 갑자기 화르륵 타올라 빛을 던지자 괴기한 형체가 두드러져 보였고 타잔은 그녀를 알아보았다. 타이보의 어머니 모메야였다. 그 빛은 아주 잠깐 타잔이 숨어 있는 그림자 아래까지 비춰 사방을 둘러싼 어둠 가운데 그의 구릿빛 몸체를 잡아냈다. 모메야는 타잔을 보았고 그를 알아보았다. 그녀가 울음을 터트리며 앞으로 뛰어나왔고, 타잔도 그녀를 맞으러 나갔다. 다른 여자들도 고개를 돌려 그를 보았다. 그러나 그에게 다가오는 대신 한 명은 벌떡 일어났고, 다른 한 명은 날카로운 비명을 질렀으며, 나머지 한 명은 그대로 달아났다.

모메야가 타잔의 발치에 몸을 던지고 간청하듯 들어 올린 손을 내밀며, 기괴하게 변형된 입술로 폭포처럼 말을 쏟아 냈다. 하지만 타잔은 하나도 이해할 수 없었다. 그는 한동안 위로 쳐들린 사나운 여인의 얼굴을 내려다보았다. 그는 그녀를 죽이려 했지만, 놀람과 경외감으로 가득한 압도적인 말의 급류가 그를 멈추게 했다. 타잔은 주변을 둘러보고는 다시 여자에게 시선을 주었다. 혐오감이 그를 사로잡았다. 그는 타이보의 어미를 죽일 수 없었고 말의 홍수를 마주하고 서 있을 수도 없었다. 자신의 저녁 오락거리를 망쳐 버린 데 대해 못 참겠다는 짧은 몸짓을 날린 타잔은 몸을 돌려 어둠 속으로 뛰어들었다. 잠시 후 그는 캄캄한 밤의 정글 속으로 나무를 건너가고 있었다. 모메야의 울음과 비탄은 점점 희미해져 갔다.

더 이상 소리가 들리지 않는 지점에 이르러서야 타잔은 안도의 한숨을 내쉬고 마음을 가라앉히며 꿈 없는 잠을 위해 나무들 사이에서 편하게 쉴 갈라진 가지를 찾으러 갔다. 그 아래쪽에서는 사자가 이리저리 배회하며 끙끙거리고 컥컥거리는 소리를 내고 있었다. 머나먼 영국 땅에서는 다른 그레이스토크 경이 하인의 도움을 받아 로브를 벗고 창 아래에서 야옹거리는 고양이에게 짜증스럽게 욕을 내뱉으며 티 한 점 없는 시트 사이로 기어 들어갔다.

다음 날 아침 타잔은 멧돼지 호타의 자취를 추적하다가 고맹가니 둘의 흔적과 마주쳤다. 하나는 크고 하나는 작았다. 그는 감지되는 모든 것을 깊이 탐색하는 데 익숙했기 때문에, 이번에도 사냥 길의 부드러운 진흙에 쓰인 이야기를 읽으려 걸음을 멈추었다. 당신이나 나라면 별 흥미를 못 느꼈을 테지만, 설령 흥미를 느꼈다 해도 볼 수 있는 게 별로 없었으리라. 아마도 누군가 그것을 가리켜 보인다면 진흙에 찍힌 자국을 알아봤겠지만, 무수히 많은 자국이 있는 데다 여기저기 혼란스럽게 겹쳐 있어 전혀 아무 의미도 알아내지 못했을 것이고.

그러나 타잔에게는 각각의 자국이 저마다의 이야기를 들려주었다. 코끼리 탄토는 태양이 세 번 뜨고 지기 전에 이곳을 지나갔고, 누마는 지난밤 여기서 사냥을 했으며, 멧돼지 호타는 한 시간 안쪽에 이 길을 따라 천천히 지나갔다. 그러나 타잔의 주의를 끈 것은 고맹가니의 자취였다. 그 자취는 하루 전에 늙은이 하나가 아이 하나를 데리고 하이에나 두 마리와 함께 북쪽으로 갔음을 알려 주었다.

타잔은 믿을 수 없는 사실에 당황해 머리를 긁적였다. 그는 짐승들의 겹쳐진 발자국이 두 사람을 쫓는 게 아님을 알아보았다. 때로는 둘이 앞뒤로 가기도 했고, 둘 다 앞장설 때도 있었으며 둘 다 뒤따른 때도 있었다. 그것은 참으로 이상하고 설명하기 어려운 일이었다. 특히 하이에나의 자취가 가까이 붙은 두 인간을 두고 길 양쪽에 넓게 자리 잡고 걸은 형태였기 때문이다. 또한 타잔은 작은 고맹가니의 자취에서 그의 양쪽을 스치는 짐승에 대한 공포심으로 위축된 긴장을 읽었다. 하지만 늙은이 쪽은 공포의 흔적을 보이지 않았다.

처음에 타잔은 댕고와 고맹가니의 자취가 놀랄 만큼 나란히 나아가는 것에만 주목했다. 그러나 나중에는 그의 예리한 눈이 작은 고맹가니의 흔적에서 무언가를 확인했고 그는 갑자기 걸음을 멈추었다. 그것은 마치 당신이 길에서 편지를 줍고 거기서 익숙한 친구의 손 글씨를 갑자기 알아보는 것과 같은 상황이었다.

"고부발루!"

타잔은 소리쳤다. 어젯밤의 기억이 머릿속에 번쩍이며 돌아왔다. 머봉가 마을에서 그 앞에 몸을 던지며 모메야가 알 수 없는 말과 함께 보여 준 행동이었다.

즉시 모든 것—비탄의 울음, 흑인 여자의 애원, 불가에 모여 있던 여자들의 동정 어린 외침 등등—이 납득되었다. 꼬마 고부발루를 다시 도둑맞은 것이다. 이번에는 타잔이 아닌 다른 자에게! 그 어미는 틀림없이 타잔이 힘을 보여 주리라 생각해서 자신의 발루를 되찾아 달라고 애원하고 호소했던 것이다.

그렇다. 이제는 모든 것이 꽤나 명백해졌다. 하지만 이번에는 누가 고부발루를 훔쳐 갔단 말인가? 타잔은 궁금했다. 그리고 댕고의 존재에 대해서도 궁금했다. 그는 조사해 보기로 했다. 그 흔적은 하루 지난 것으로 북쪽으로 향하고 있었다. 타잔은 흔적을 따라 출발했다. 많은 짐승들이 지나가 흔적이 완전히 지워져 버린 곳도 있었고 바위투성이라 그조차 거의 당황스러웠던 곳도 있었다. 하지만 오직 타잔처럼 고도로 훈련된 감각으로만 감지할 수 있는, 인간에게 달라붙어 있는 희미한 체취가 여전히 있었다.

꼬마 타이보에게 갑자기 예상치 못하게 닥친 그 모든 일은 해가 두 번 뜨고 지기 전에 시작되었다. 우선 주술사 부카와이, 부정한 자 부카와이가 너덜거리는 살점이 달린 썩어 가는 얼굴을 하고 나타났다. 그는 대낮에 홀로, 모메야가 매일 몸을 씻고 타이보를 씻기는 강가 자리로 찾아왔다. 모메야에게서 아주 가까운 덤불 뒤에서 그가 앞으로 나오자 꼬마 타이보는 겁에 질려 비명을 지르며 어머니의 두 팔 안으로 달려갔다.

모메야는 놀라긴 했지만 궁지에 몰린 암호랑이의 사납고 난폭한 기세로 그 끔찍한 것을 향해 몸을 돌려 마주 섰다. 그리고 그것이 누구인지 알아보자 조금은 안도가 섞인 한숨을 내쉬었다. 그래도 여전히 타이보는 꽉 끌어안고 있었지만 말이다.

부카와이가 단도직입적으로 말했다.

"나는 살찐 염소 세 마리와 새 잠자리 깔개와 키 큰 어른 팔 길이만큼의 구리를 받으러 왔다."

"당신에게 줄 염소는 없어! 잠자리 깔개도 없고, 구리도 없어! 당신은 주술을 펼쳐 주지 않았잖아. 하얀 정글의 신이 나의 타이보를 돌려주었지. 당신과는 아무 상관 없어!"

모메야는 쏘아붙였다.

"그것은 내가 한 일이다."

살점이 없는 턱으로 부카와이가 우물거리며 말했다.

“내가 하얀 정글의 신에게 명령해서 너에게 타이보를 돌려주게 한 것이야.”

모메야는 그의 면전에 대고 웃음을 터트렸다.

“거짓말쟁이! 당신의 더러운 소굴로 돌아가! 더러운 하이에나한테나 가시지! 가서 고약한 냄새 나는 얼굴이나 감추라고! 그 꼴을 본다면 태양이라도 구름 속으로 들어가고 말 테니까!”

“나는 살찐 염소 세 마리와 새 잠자리 깔개와 키 큰 어른 길이만큼의 구리를 받으러 왔다.”

부카와이가 되풀이했다.

“너는 그 모두를 너의 타이보를 돌려준 내게 갚아야 한다.”

“어른 팔 길이 말이겠지.”

모예야가 그 와중에도 말을 바로잡았다.

“너는 아무것도 받지 못해, 이 늙다리 도둑놈아! 네가 선금을 가져오기 전에는 주술을 펼치지 않겠다고 했잖아. 나는 마을로 돌아오는 길에 위대한 정글의 신을 만났어. 그분이 나의 타이보를 돌려주셨지. 누마의 턱에서 말이야. 그분의 주술은 진짜배기야. 네놈의 것은 얼굴에 구멍 난 늙은이의 약한 주술에 불과해.”

부카와이가 끈덕지게 입을 열었다.

“나는 살찐 염소 세 마……”

그러나 모메야는 이미 외우듯이 알고 있는 이야기를 더 들으려 하지 않았다. 타이보를 옆에 낀 채 그녀는 서둘러 머봉가 마을을 향해 가 버렸다.

다음 날, 모메야가 플랜틴밭에서 부족의 다른 여인들과 일하고 있을 때, 꼬마 타이보는 정글 끄트머리에서 완전한 어른 전사가 될 머나먼 미래를 기대하며 작은 창을 던지면서 놀고 있었다. 그곳에 부카와이가 나타났다.

타이보는 나무줄기 위로 날쌔게 올라가는 다람쥐를 보았다. 그의 유치한 마음에 적대감 넘치는 전사의 악의적인 성질이 피어났다. 꼬마 타이보는 조그만 창을 들어 올렸다. 아이의 심장이 그의 종족 특유의 사나운 피의 갈망으로 가득했다. 그는 마음속으로 자기 부족의 여인들이 만찬을 준비하고 있는 동안 자신이 죽인 시체 주위를 돌며 춤추는 밤의 잔치를 떠올렸다.

하지만 그가 던진 창은 다람쥐는커녕 나무도 맞히지 못하고 정글의 뒤얽힌 덤불 사이로 사라져 버렸다. 금지된 정글의 미로 안으로 몇 발짝만 걸어가면 창을 찾을 수 있을 것 같았다. 여인들은 모두 들판에 있었다. 전사들도 소리치면 달려올 만한 거리에서 경계를 서고 있었다. 그래서 꼬마 타이보는 어두운 정글 그늘로 대담하게 모험을 떠났다.

덤불과 두꺼운 잎들로 가려진 그 바로 뒤에는 끔찍한 세 개의 형체가 숨어 있었다. 나병으로 얼굴의 반이 날아가 버리고 원래 입과 코가 있던 자리에는 뻥 뚫린 구멍만 남아 그 사이로 육식동물의 날카롭게 갈린 누렇고 혐오스러운 이빨들이 드러나 보이는 칠흑처럼 검은 늙은이와 마찬가지로 흉측한 두 마리의 강력한 하이에나, 썩은 고기와 어울려 지내며 썩은 고기만 먹는 것들이었다.

타이보는 머리를 숙이고 두껍게 자란 덤불들을 뚫고 나가며 자신의 작은 창을 찾느라 그들을 보지 못했다. 그리고 그들을 보았을 때는 이미 늦었다. 그가 부카와이의 얼굴을 올려다본 순간, 주술사는 그를 붙들고 팔뚝으로 입을 덮어 비명 소리를 막아 버렸다. 타이보는 발버둥 쳤지만 소용없었다.

잠시 후 그는 어둡고 무시무시한 정글 사이로 끌려갔다. 끔찍한 늙은이가 여전히 그의 비명을 막고 있었고, 두 마리의 추악한 하이에나가 나란히 보조를 맞추고 있었다. 하이에나는 앞으로 나서거나 뒤를 따르기도 했지만 언제나 그의 곁을 배회하며 으르렁거리고 딱딱거리고 그르렁거렸다. 가장 나쁜 것은 흉측한 웃음 비슷한 소리였다.

평생에 걸쳐 몇 번 있을까 말까 한 경험을 겨우 십 년 남짓한 짧은 인생 동안 다 겪고 있는 타이보에게 북쪽으로의 여행은 끔찍한 악몽 그 자체였다. 그는 이제야말로 거대한 하얀 정글의 신이 나타나 줄 때라고 생각했다. 그래서 온 마음을 다해, 털북숭이 나무 사람들과 어울리는 흰 피부의 거인과 함께하던 때로 돌아가게 해 달라고 기도했다. 그때도 공포에 질려 있었지만, 주변을 둘러싼 모두가 지금 그가 견뎌야 하는 것에 비하면 아무것도 아니었다.

늙은이는 타이보에게 거의 말을 걸지 않았다. 다만 하루 종일 끊임없이 웅얼거릴 뿐이었다. 타이보는 살찐 염소와 잠자리 깔개와 구리 어쩌고 하는 이야기가 반복되는 것만 알아들었다.

"살찐 염소 열 마리…… 살찐 염소 열 마리…… 살찐 염소 열 마리……."

늙은 흑인은 그 소리만 계속해서 웅얼거렸다.

그걸 듣고 타이보는 자신의 몸값이 올랐음을 짐작했다. 열 마리 염소라고? 살이 쪘든 말랐든 열 마리 염소를 그의 어머니가 어디서 구한단 말인가? 그것도 불쌍한 꼬마 하나를 되사기 위해서 말이다. 머봉가는 결코 염소를 내주지 않을 것이고, 타이보가 알기로 그의 아버지는 인생을 통틀어도 염소를 세 마리 이상 한꺼번에 가져 본 적이 없었다. 열 마리 살찐 염소라니! 타이보는 훌쩍거렸다. 염소들은 결코 오지 않을 것이고, 저 냄새 고약한 늙은이는 그를 죽이고 잡아먹을 것이다. 늙은이는 그의 뼈를 하이에나에게 던져 주고 말리라. 타이보는 몸을 떨었다. 온몸의 힘이 빠져 넘어지려는 아이를 부카와이가 그의 귀를 찰싹 치고는 자기 쪽으로 휙 잡아챘다.

타이보에게는 영원 같은 시간이 흐른 후에, 그들은 두 개의 언덕 사이에 있는 동굴 입구에 도착했다. 입구는 낮고 비좁았다. 생가죽 끈으로 묶인 어린 나무 몇 그루가 떠돌아다니는 야수들로부터 입구를 가려 주고 있었다. 부카와이는 그 조잡한 문을 치우고 타이보를 안으로 밀었다. 하이에나들이 그를 지나 달려갔지만 어두운 안쪽으로는 아무것도 보이지 않았다. 부카와이는 나무들을 제자리로 돌려놓고 타이보의 팔을 거칠게 붙잡아 좁고 구불구불한 길로 끌고 갔다. 바닥은 비교적 부드러웠는데, 두껍게 흙이 깔린 데다 고르지 못한 부분이 거의 남지 않을 때까지 무수한 발이 밟고 지나간 덕분이었다.

통로가 너무 어둡고 벽이 거칠고 울퉁불퉁해서 타이보는 몇 번이나 부딪치고 긁혀서 멍이 들었다. 하지만 부카와이는 대낮에 익숙한 길을 가로지르는 것처럼 빠르게 걸어갔다. 그는 어미가 자기 아이의 얼굴을 알듯이 동굴 안의 모든 꺾임과 돌아듦을 알고 있었다. 그는 다소 서두르는 기색으로 가엾은 꼬마 타이보를 자꾸만 잡아챘는데, 자기와 보조를 맞추려는 것 이상으로 가능한 한 조금이라도 더 무자비하게 다루고 있었다. 이 병들고 배척받고 증오받는 끔찍한 늙은 주술사, 인간 사회로부터 추방당한 자에게 착한 마음은 너무나 거리가 먼 이야기였다. 자연은 그에게도 약간이나마 인간의 다정한 특성들을 주었지만 운명이 그것들을 완전히 빼앗아 버렸다. 그래서 이제 부카와이는 오직 약삭빠르고 교활하고 잔인하고 복수심 가득한 주술사일 뿐이었다.

그가 자신의 희생자들에게 가한 잔혹한 고문에 대한 끔찍한 이야기들이 소문으로 떠돌았다. 어른들은 아이들을 복종하도록 겁주기 위해 그의 이름을 위협처럼 들먹였다. 타이보도 종종 그런 위협을 당했고, 이제 그는 어머니가 아무 의도 없이 뿌려 놓은 그 씨앗으로부터 소름 끼치는 공포의 수확을 맞고 있는 셈이었다. 어둠과 무시무시한 주술가의 존재, 타박상의 고통, 머릿속을 떠도는 미래에 대한 불길한 예감 그리고 하이에나들에 대한 두려움이 모두 합해져 아이를 거의 마비 상태에 빠트렸다. 그가 발을 헛디뎌 비틀거리자 부카와이는 결국 그를 질질 끌고 가기 시작했다.

이내 타이보는 그들 앞쪽이 희미하게 밝아지는 것을 보았고, 다음 순간 원형에 가까운 굴이 나타났다. 바위 천장의 갈라진 틈으로 빛이 조금 새어 들고 있었다. 하이에나들은 그들보다 먼저 도착해서 기다리고 있었다. 부카와이가 타이보와 함께 들어서자 짐승들이 노란 송곳니를 드러내고 슬그머니 다가왔다. 배가 고팠던 그들은 타이보를 향해 다가왔고 그중 하나가 아이의 맨다리를 잡아챘다. 부카와이는 바닥에서 막대기를 집어 들고 저주의 웅얼거림을 퍼부으며 짐승을 거세게 내리쳤다. 하이에나가 몸을 숙이고 굴의 반대쪽으로 달아나더니 거기 멈추어 으르렁거렸다. 부카와이가 짐승을 향해 한 발짝 내딛자 놈이 분노해서 털을 곤두세웠다. 놈의 사악한 눈에서 두려움과 증오가 쏘아졌지만, 부카와이에게는 다행스럽게도 두려움 쪽이 더 강했다.

한 놈에게 주의가 쏠린 틈을 타 다른 놈이 타이보를 노리고 재빨리 덤벼들었다. 아이는 비명을 지르며 주술사 뒤로 달려갔고, 주술사의 주의가 두 번째 놈에게로 향했다. 놈은 주술사의 무거운 막대기가 닿는 거리에 있었기 때문에 주술사는 놈을 마구 내려치며 벽으로 몰았다. 하이에나들이 동굴을 빙 돌기 시작했다. 인간 고기, 그들의 주인은 이제 악마 같은 격노의 완벽한 광란 상태에 빠져 앞뒤로 달리면서 곤봉을 휘두르고, 그들의 끔찍한 몰골을 조상의 불명예라고 욕하고, 기억할 수 있는 온갖 신과 악령을 부르며 저주를 퍼부었다.

몇 번이나 두 마리 하이에나가 번갈아 주술사에게 맞섰고,

그때마다 타이보는 공포에 질려 숨을 삼켜야 했다. 그의 짧은 생애 동안 인간이든 짐승이든 그처럼 무시무시한 증오를 담은 모습은 본 적이 없었기 때문이다. 그러나 두려움은 언제나 야생의 분노를 이기는 법이었다. 그래서 타이보가 하이에나들이 부카와이의 목 줄기를 노리고 덤벼들 거라고 확신했을 때 그들은 그저 으르렁거리며 송곳니를 드러냈을 뿐이다.

마침내 주술사는 하이에나들을 쫓아 버리려는 헛된 노력에 지치고 말았다. 그가 하이에나의 것이나 다를 바 없는 야수의 으르렁거림을 내뱉으며 타이보를 향해 돌아섰다.

"나는 네 어미가 너를 돌려받는 주술의 대가로 내놓을 살찐 염소 열 마리와 새 잠자리 깔개와 구리 두 조각을 받으러 간다. 너는 여기 있어야 한다. 저기……"

그는 굴을 따라 이어진 통로를 가리켜 보이며 말을 이었다.

"저기 하이에나들을 남겨 두고 갈 것이다. 네가 도망치려 들면 놈들이 너를 먹어 치울 것이야."

그는 곤봉을 한쪽으로 던져 버리고 짐승들을 불렀다. 놈들이 꼬리를 다리 사이에 넣고 으르렁거리며 슬금슬금 다가왔다. 부카와이는 그들을 통로로 이끌어 그 안으로 몰아넣었다. 그리고 대충 만든 격자문을 세워 놓고 그 밖으로 나갔다.

"이것이 너를 저놈들에게서 지켜줄 것이다. 하지만 내가 살찐 염소 열 마리와 다른 것들을 받지 못하면…… 내가 널 해치우고 난 후에는 저놈들도 뼈 몇 조각은 얻어먹겠지."

그는 암시가 넘치도록 담긴 자신의 말뜻을 소년에게 곰곰이 생각하도록 두고 나가 버렸다.

주술사가 떠나자 타이보는 땅바닥에 몸을 던지고 공포와 외로움에 질려 흐느껴 울었다. 그는 자기 어머니가 열 마리 살찐 염소를 갖고 있지 않으며, 따라서 부카와이가 돌아오면 자신은 죽임을 당하고 잡아먹히리라는 것을 알았다. 얼마나 거기 그렇게 있었는지 알지 못했지만, 그는 하이에나의 으르렁거림을 듣고 일어났다. 그들이 통로를 거슬러 돌아와서 격자문 너머로 그를 보려보고 있었다. 타이보는 그들의 노란 눈이 어둠 속에서 타오르는 것을 볼 수 있었다. 놈들이 격자문에 몸을 걸치고 발톱으로 긁어 댔다. 타이보는 몸을 떨며 굴 반대쪽으로 물러났다. 짐승들의 공격에 격자문이 축 처지고 흔들렸다. 금방이라도 무너져 짐승들이 덮쳐올 것만 같았다.

공포에 질린 시간은 지친 걸음처럼 느리게만 흘러갔다. 밤이 내렸고 타이보는 잠깐 잠이 들었다. 그러나 배고픈 짐승들은 결코 잠들지 않는 것 같았다. 놈들은 격자문 바로 너머에 지키고 서서 흉측한 울음소리와 흉악한 웃음소리를 끊임없이 흘리고 있었다. 타이보는 머리 위 울퉁불퉁한 바위 천장의 좁은 틈으로 몇 개의 별이 반짝이고 달이 지나가는 것을 보았다. 그리고 다시 날이 밝았다. 타이보는 전날 아침 이후로 이곳까지 오는 긴 여정 동안 한차례 물을 마셨을 뿐 아무것도 먹지 못했기 때문에서 너무나 배가 고프고 목이 말랐다. 그가 처한 상황의 공포 때문에 배고픔과 목마름조차 거의 잊고 있었던 것이다.

타이보가 지하 공동의 벽에서 두 번째 통로를 발견한 것은 한낮 무렵이었다. 하이에나들이 굶주린 시선으로 그를 노려보고 있는 곳과 거의 반대쪽이었다. 그것은 암벽에 난 좁은 틈에 불과했다. 몇 미터에 불과할 수도 있었고 자유로 이어질 수도 있었다. 타이보는 가까이 다가가서 그 안을 들여다보았다. 아무것도 보이지 않았다. 그는 팔을 어둠 속으로 길게 뻗어 보았지만 감히 더 멀리까지 나아가 볼 수는 없었다. 주술사가 탈출로를 남겨 두었을 리는 없기 때문에 이 통로는 아무 데로도 이어지지 않거나 오히려 더한 위험으로 이어지리라고 생각한 것이다.

그를 위협하는 진짜 위험—부카와이와 하이에나—에 대해 느끼는 공포가, 너무나 두려워 이름조차 부를 수 없는 다른 많은 것들에 대한 미신들에 더해졌다. 사자나 표범, 뱀, 하이에나, 무수한 독충들만으로는 세상에서 가장 무시무시한 곳에 던져진 이 가엾고 단순한 존재의 마음에 공포를 가득 채워 넣기에는 충분치 않다는 듯이 말이다. 흑인들의 삶은 정글 낮의 그림자에서부터 정글 밤의 공포에 이르기까지 이미 위협적인 것들로 가득 찬 숲에, 낯설고 근거 없는 형태의 것들을 흉흉하게 채워 넣곤 했다.

그래서 꼬마 타이보는 실제 위협뿐 아니라 상상의 위협에도 움츠러들 수밖에 없었다. 그는 부카와이가 어떤 끔찍한 정글의 악령에게 명령해 자신을 지켜보게 하고 있을지도 모른다고 생각했고, 이런 망상은 심지어 탈출로가 될 수 있는 길로 나아가는 모험조차 두렵게 느끼게 만들었다.

그러나 실제의 위협이 갑자기 소년의 마음에서 상상의 위협을 몰아내 버렸다. 낮이 되자 배고파 미칠 지경이 된 하이에나들이 먹잇감과 자신들을 가르고 있는 허술한 장벽을 부숴 버리기로 마음먹은 모양이었다. 놈들은 뒷발로 몸을 세우고 격자문을 할퀴고 내리쳤다. 타이보는 눈을 크게 뜨고 격자문이 요동치고 부서져 가는 것을 바라보았다. 문은 오래지 않아 강력하고 단호한 그 두 마리 짐승의 공격을 견디지 못할 터였다. 이미 한 귀퉁이가 원래 자리를 벗어나 울퉁불퉁한 입구를 보이고 있었다. 털투성이 앞발이 그 사이로 불쑥 들어왔다. 타이보는 끝이 가까워졌음을 알고 몸을 떨며 주저앉았다. 그리고 벽 쪽으로 물러나 짐승이 닿지 못하도록 가능한 한 벽에 바짝 붙었다. 격자문이 조금 더 뜯겨 나갔다. 사납게 으르렁거리는 머리가 그곳으로 내밀어지더니 그를 향해 웃음 짓는 듯 딱딱거리며 턱을 맞부딪쳤다. 애처로이 매달려 있던 격자문의 약한 부분이 이제 금방이라도 안으로 무너지고 놈들이 그를 덮쳐 뼈에서 살을 찢어 내고, 뼈를 갉아 먹으며, 내장을 서로 차지하려고 싸울 것이었다.

부카와이는 머봉가 마을의 말뚝 울타리 바깥에서 모메야를 만났다. 그를 보자마자 여자가 혐오감을 느끼며 물러섰지만, 다음 순간 이빨과 손톱을 세우고 덤벼들었다. 그러나 부카와이는 창을 들어 안전한 거리를 유지하도록 여자를 위협했다.

"내 아이는 어디 있지? 내 아이 타이보는 어디 있어?"

그녀가 소리쳤다.

부카와이는 짐짓 놀란 척 눈을 크게 떴다.

"네 아이라고? 내가 그걸 왜 알아야 하지? 하얀 정글의 신으로부터 아이를 구해 내고도 대가를 받지 못했다는 점은 그만두고라도 말이야. 나는 염소들과 잠자리 깔개와 어깨부터 손가락 끝까지 어른 팔 길이만큼의 구리를 받으러 왔을 뿐이다."

"하이에나 창자 같은 놈!"

모메야가 새된 소리로 외쳤다.

"내 아이를 도둑맞았다! 너, 썩어 가는 인간 부스러기 같은 네놈이 내 아이를 훔쳐 갔지! 내 아이를 돌려줘! 돌려주지 않으면 네 눈알을 뽑고 네 심장을 들개들에게 먹이로 던져 주고 말테다!"

부카와이는 어깨를 으쓱했다.

"내가 네 아이에 대해 뭘 알겠나? 나는 아이를 데려가지 않았다. 네가 아이를 도둑맞았다고 해서 그 일에 대해 부카와이가 알아야 할 게 뭐가 있어? 부카와이가 전에도 네 아이를 훔쳐 갔나? 아니지, 하얀 정글 신이 훔쳐 갔지. 그자가 이미 한 번 훔쳤다면 다시 훔친 것도 그자겠지. 나와는 아무 상관 없는 일이다. 나는 네 아이를 찾아 줬고 그 대가를 받으러 온 것뿐이야. 아이가 또 사라졌다고? 부카와이가 이번에도 찾아 주지. 너는 아이를 돌려받을 것이다. 살찐 염소 열 마리와 새 잠자리 깔개와 키 큰 남자 어깨부터 손가락 끝까지 길이의 구리 두 조각을 내놓는다면, 네가 첫 번째 주술의 대가로 치러야 할 염소와 잠자리 깔개와 구리에 대해서는 더 말하지 않겠다."

"살찐 염소 열 마리라고!"

모메야가 소리쳤다.

"몇 년이 지나도 살찐 염소 열 마리는 못 내놓는다. 열 마리 살찐 염소라고, 정말!"

"살찐 염소 열 마리와 새 잠자리 깔개와 키 큰 남자 어깨부터……."

부카와이가 다시 되풀이했다.

"잠깐!"

모메야는 참을 수 없다는 듯 그를 제지했다.

"나에게는 염소가 없어. 너는 숨을 낭비하는 거다. 내 남편을 데려올 테니 여기서 기다려 봐. 그에게는 염소가 세 마리 뿐이지만, 어찌어찌해 볼 수 있을 테니까…… 기다리고 있어!"

부카와이는 나무 아래 앉았다. 그는 대가를 받든가 복수를 하든가, 둘 중 하나는 하게 될 줄 알았기에 꽤나 만족스러웠다. 그는 저들이 자신을 두려워하고 증오해야 한다는 것을 잘 알고 있었지만, 부족이 다른 저들의 손에 해를 입을 걱정은 하지 않았다. 나병 때문에라도 저들은 그에게 손끝 하나 대지 않을 것이고, 주술사로서의 명성이 더욱더 굳게 그를 보호해 줄 터였다.

모메야가 돌아왔을 때, 부카와이는 저들에게 염소 열 마리를 자기 동굴 입구까지 몰고 오게 시켜야겠다는 계획을 짜고 있었다. 그녀는 세 명의 전사, 즉 추장 머봉가와 주술사 라바케가 그리고 타이보의 아버지 이베토와 함께 왔다. 그들은 평상시에도 잘생긴 얼굴들은 아니었지만, 누구의 마음이든 공포로 자극을 받으면 그렇듯이 온 얼굴에 분노를 드러내고 있었다. 하지만 부카와이는 공포를 느꼈다 해도 드러내지 않았다. 그 대신 그들이 자신에게 경외감을 느끼도록 거만하게 노려보며 그들을 맞았다. 그들은 그 앞에 둘러앉았다.

"이베토의 아들은 어디 있지?"

머봉가가 물었다.

"내가 어찌 알겠나? 틀림없이 하얀 악신이 데리고 있겠지. 하지만 대가를 치른다면 내가 강력한 주술을 펼칠 것이다. 그러면 이베토의 아들이 어디 있는지 알게 될 것이고, 그를 되찾아올 수 있을 것이다. 지난번에 아이를 되찾아 준 것도 나의 주술이었지. 그러나 나는 대가를 받지 못했다."

"나에게도 주술을 펼칠 주술사가 있다."

머봉가가 근엄하게 말했다.

부카와이는 비웃음을 흘리며 일어섰다.

"아주 좋아. 그럼 그자에게 주술을 펼치게 해서 이베토의 아들이 돌아올 수 있는지 어디 두고 보지."

그는 몇 발짝 뒤로 물러나 화난 얼굴로 돌아섰다.

"그의 주술은 아이를 돌아오게 하지 못할 것이다. 내가 안다. 너희가 아이를 찾았을 때는 어떤 주술로도 너무 늦었다는 것을 알게 되리라. 아이는 이미 죽었을 테니까. 나는 안다. 조금 전까지만 해도 몰랐던 사실이지만 내 아버지의 누이가 내게 와서 알려 주었지."

머봉가와 라바 케가는 자신들의 주술에 대해 그다지 믿지 않을지도 모른다. 심지어 다른 이들의 주술에 대해서도 회의적일지 모른다. 그러나 그 안에 뭔가가 존재할 가능성은 언제나 있었다. 특히 그것이 그들 자신의 것이 아니라면 말이다. 늙은 부카와이는 악령들과 소통한다고 알려져 있었다. 심지어 하이에나의 형상을 한 그들 중 둘과 함께 살고 있기도 한 것이다! 그렇다고 해도 너무 서둘러 인정하지는 말아야 했다. 보수를 고려해야만 했다. 머봉가는 전사의 가치를 얻기도 전에 천연두로 죽어 버릴 수도 있는 꼬마를 돌려받는 대가로 열 마리 염소를 쉽사리 내놓을 의사는 전혀 없었다.

"기다려라. 너의 주술을 먼저 좀 보자. 그것이 좋은 주술인지 아닌지 알 수 있을 것이다. 보수에 대해서는 그다음에 이야기하지. 라바 케가도 주술을 약간 펼칠 것이다. 누구의 주술이 최고인지 보자. 앉아라, 부카와이."

추장이 말했다.

"보수는 열 마리 염소, 살찐 염소 열 마리와 새 잠자리 깔개, 키 큰 남자 어깨부터 손가락 끝까지 길이의 구리 두 조각이고, 선불로 치러야 한다. 그리고 염소는 내 동굴까지 몰고 와야 한다. 그러고 나면 주술을 펼쳐 주지. 그다음 날 아이는 그 어미에게 돌아올 것이다. 그렇게 강한 주술을 펼치기 위해서는 시간이 필요하다. 더 빨리는 불가능하다."

"지금 조금이라도 주술을 펼쳐 봐라. 네가 펼치는 주술이 어떤 것인 보여 줘야 한다, 부카와이."

머봉가가 말했다.

"불을 가져와라. 그러면 내 주술을 조금 보여 주지."

부카와이가 대답했다.

모메야가 불을 가져오기 위해 보내졌고, 그녀가 없는 사이 머봉가와 부카와이는 가격을 흥정했다. 추장은 열 마리 염소는 건강한 전사에게도 너무 높은 가격이라고 말했다. 또한 머봉가는 매우 가난해서 그의 부족도 가난하다는 것과, 새 잠자리 깔개와 구리는 말할 것도 없고 열 마리 염소는 적어도 지불할 수 있는 가격보다 여덟 마리나 많다는 것을 지적했다. 그러나 부카와이는 꿈쩍도 하지 않았다. 그의 주술은 매우 비싸고, 주술을 도와준 신들에게 적어도 염소 다섯 마리는 바쳐야 한다고 주장했다. 모메야가 불을 가지고 돌아왔을 때까지도 그들은 논쟁을 계속하고 있었다.

부카와이는 그 앞의 땅에 불을 조금 놓고 옆구리에서 주머니를 꺼내 가루 한 줌을 덜어낸 다음, 그것을 잉걸불에 뿌렸다. 연기구름이 뭉게뭉게 피어났다. 부카와이는 눈을 감고 앞뒤로 몸을 흔들었다. 그리고 허공을 허우적거리는 몸짓을 한 다음 황홀경에 빠진 척했다. 머봉가와 다른 이들은 깊은 인상을 받았다. 라바 케가는 초조해졌다. 그는 자신의 평판이 깎이는 것을 느낄 수가 있었다. 모메야가 가져온 그릇에는 불이 좀 남아 있었다. 그는 아무도 보지 않는 사이 그릇을 쥐고 마른 나뭇잎을 한 줌 쥐어 그 안에 떨어뜨렸다. 그리고 무시무시한 비명을 질러 부카와이의 주술을 바라보는 청중의 주의를 자기에게로 끌어왔다. 이 소리는 꽤나 놀랍게도 부카와이의 황홀경까지 깨뜨렸다. 그러나 늙은 주술사는 자신을 방해한 것이 무엇인지 알아차리고, 누구도 자신의 실수를 알아채기 전에 재빨리 무의식의 상태로 돌아왔다.

라바 케가는 머봉가와 이베토의 주의가 자신에게로 돌아온 것을 보고 갑자기 그릇을 훅 불었다. 그 결과, 나뭇잎에서 나온 연기와 그을음이 마치 그가 쥔 그릇에서 나오는 것처럼 보이게 되었다. 라바 케가는 조심스럽게 그릇을 쥐고 누구도 마른 잎을 보지 못하게 가렸다. 자기 마을 주술사의 힘을 입증하는 놀라운 광경에 사람들의 눈이 커졌다. 라바 케가는 신이 나서 앞으로 나아가 무시무시한 표정을 지으며 펄쩍펄쩍 날뛰었다. 그리고 그 안에 든 영혼과 소통하는 것처럼 보이도록 그릇 가까이에 얼굴을 숙였다.

한동안 그러고 있자 부카와이도 황홀경에서 빠져나올 수밖에 없었다. 호기심에 사로잡혔던 것이다. 그에게 신경 쓰는 이는 아무도 없었다. 그는 화가 나서 눈을 껌뻑거리다가 역시 큰 소리로 괴성을 지르기 시작했다. 그리고 머봉가가 자신을 돌아보는 것을 확인한 순간, 몸을 딱딱하게 굳히고 팔다리를 경련하듯 떨었다. 그가 소리쳤다.

"아이가 보인다! 아이는 멀리 있다. 하얀 악신은 그를 건드리지 않았다. 아이는 혼자 있다. 위험에 처해 있다! 그러나……."

부카와이가 덧붙였다.

"살찐 염소 열 마리와 나머지 것들을 나에게 얼른 가져오면 아직 아이를 구할 시간은 있다!"

라바 케가도 귀를 기울이느라 잠시 멈춰 있었다. 머봉가가 그를 바라보았다. 추장은 어찌할 바를 몰랐다. 그는 어느 쪽의 주술이 더 나은지 알 수가 없었다.

"너의 주술은 뭐라고 하는가?"

머봉가가 라바 케가에게 물었다.

"나도 아이가 보인다!"

라바 케가가 소리쳤다.

"아이는 부카와이가 말한 곳에 있는 게 아니다. 아이는 죽어서 강바닥에 있다."

그 소리를 듣고 모메야가 울부짖었다.

타잔은 노인과 두 하이에나와 꼬마 흑인의 자취를 따라 두 언덕 사이의 바위투성이 계곡에 있는 동굴 입구에 다다랐다. 그는 부카와이가 설치해 둔 가리개 앞에 잠시 멈추어 귀를 기울였다. 동굴 깊숙한 곳에서부터 희미하게 으르렁거리는 소리가 들려왔다. 또한 타잔의 예민한 귀는, 짐승의 울음에 섞여 희미하게 들려오는 아이의 고통에 찬 신음을 잡아냈다.

타잔은 더 이상 머뭇거리지 않았다. 가리개를 한쪽으로 밀어 치우고 어두운 동굴 안으로 뛰어들었다. 좁고 어두운 통로가 나타났다. 하지만 정글의 밤, 지옥 같은 어둠 속에서 오랫동안 눈을 써 온 덕분에 그는 어린 시절부터 함께 지낸 야생동물들이 가진, 밤에도 볼 수 있는 힘 같은 것을 갖게 되었다. 어둡고 낯선 데다 구불구불한 통로를 그는 재빨리 그러면서도 조심스럽게 나아갔다.

앞으로 나아갈수록 하이에나의 사나운 으르렁거림과 그에 섞여 앞발로 나무를 때리고 긁는 소리가 점점 커져 갔다. 아이의 신음도 높아졌다. 타잔은 그 소리가 분명 자기의 발루로 삼으려 했던 흑인 소년의 것임을 확신했다.

타잔은 어떤 일이 일어나기도 전에 히스테리에 빠져 본 적이 없었다. 정글에서는 생명이 사라지는 것이 너무나 일상적인 일이라 그가 아는 이의 죽음조차 대단한 흥분을 일으키지는 않았다. 그러나 전투의 욕망은 언제나 그를 자극했다. 그는 야수의 심장을 가졌으며, 그 야수의 심장은 전투를 예감할 때만 격렬하게 고동쳤다.

꼬마 타이보는 배고픔에 광분한 야수들로부터 가능한 한 멀어지려고 벽으로 물러나 낮게 몸을 움츠렸다. 격자문이 하이에나의 미친 듯한 발톱질에 찢겨 나갔다. 아이는 이제 곧 저 혐오스러운 것들의 누런 송곳니에 자신의 보잘것없는 삶이 꺼져 버릴 것을 예감했다.

힘센 야수들의 공격에 격자문이 안으로 우그러들더니 마침내 깨져 나가고 육식동물들이 소년을 노리고 들어서도록 길을 내주었다. 타이보는 잠깐 공포에 질린 시선을 던졌을 뿐, 눈을 꼭 감고 팔 사이에 얼굴을 묻은 채 애처롭게 흐느꼈다.

하이에나들은 잠시 멈추어 있었다. 조심성과 겁이 곧장 덮치는 것을 막았기에 그들은 그렇게 서서 아이를 노려보다가 천천히 몸을 웅크리고 슬금슬금 다가가기 시작했다. 바로 그 순간 타잔이 그들을 보았다. 그는 재빨리 그리고 조용히 굴속으로 뛰어들었다. 하지만 예민한 짐승들의 귀는 그가 다가오는 것을 알아채고 말았다. 놈들이 타이보를 등지고 돌아서서 타잔을 향해 사납게 으르렁거렸다. 타잔은 미소를 띤 채 놈들을 향해 천천히 다가갔다. 둘 중 한 놈은 슬슬 물러났지만 다른 한 놈은 단단히 버티고 서서 그에게 맞섰다. 그러나 경멸스러운 댕고 따위를 상대로 사냥칼을 뽑아 드는 것은 자존심 상하는 일이었다. 맨손으로 몸을 날린 타잔은 놈의 목덜미를 움켜쥐고, 이미 굴복해서 몸을 낮추고 도망가고 있던 다른 놈에게 던져 버렸다.

타잔은 얼른 다가가 아이를 안아 들었다. 타이보는 하이에나의 발톱과 송곳니 대신 인간의 손을 느끼고 믿기지 않는 듯 놀라 눈을 떴다가 타잔을 보았다. 순간, 아이의 입에서 안도의 흐느낌이 터져 나왔다. 아이의 손이, 하얀 악신이 정글에서 가장 무서운 존재라는 사실도 잊은 듯이 타잔을 꽉 움켜쥐었다.

타잔이 동굴 입구로 나왔을 때 하이에나는 어디에도 보이지 않았다. 그는 근처의 샘으로 가 아이의 목마름을 풀어 준 후에, 아이를 어깨에 올려놓고 빠른 걸음으로 정글을 향해 달리기 시작했다. 타잔은 짜증스럽게 울리던 모메야의 비통한 울음을 가능한 한 빨리 멈추게 해 주기로 마음먹었다. 그녀의 발루를 데려다주면 모예야의 비탄도 사라질 터였다.

"아이는 죽어서 강바닥에 있는 게 아니다!"

부카와이가 소리쳤다.

"이자가 주술에 대해 뭘 안단 말이냐? 대체 이자가 누구이기에 부카와이의 주술이 좋은 주술이 아니라고 말하는 것이지? 부카와이는 모메야의 아들을 보았다. 그는 먼 곳에서 혼자 위험에 처해 있다. 서둘러 살찐 염소 열 마리와……."

그러나 그는 더 말을 잇지 못했다. 그들이 쪼그리고 앉은 곳 바로 위의 나뭇가지에서 갑작스러운 방해자가 나타났기 때문이다. 다섯 흑인은 위를 올려다보고 두려움에 거의 기절할 뻔했다. 거대한 하얀 악신이 그들을 내려다보고 있었다. 하지만 그들이 도망칠 생각도 하기 전에 다른 얼굴이 하나 더 나타났다. 그것은 잃어버렸던 꼬마 타이보였고, 아이는 몹시 행복한 얼굴로 웃고 있었다.

타잔은 주저 없이 그들 사이로 뛰어내렸다. 그리고 등에 태우고 있던 아이를 어미 앞에 내려놓았다. 모메야와 이베토와 라바 케가와 머봉가, 모두가 동시에 아이를 둘러싸고 모여들어 질문을 퍼부었다. 갑자기 모메야가 부카와이를 향해 덤벼들 태세로 사납게 몸을 돌렸다. 아이가 자신이 겪은 모든 고난은 저 잔인한 늙은이의 손에 당한 것이라고 말했기 때문이다. 그러나 부카와이는 이미 사라지고 없었다.

부카와이는 타이보가 일단 이야기를 들려주고 나면 더 이상 자신을 믿게 하려고 재주를 부려 봤자 아무 소용 없을 것을 알았다. 그리고 모메야 근처에 있다가는 좋은 꼴을 보지 못하리라고 확신했다. 그래서 지금 그는 두 다리가 허용하는 가장 빠른 속도로 머나먼 은신처를 향해 정글을 뚫고 달리고 있었다. 흑인들이 감히 거기까지는 자신을 쫓아오지 못하리라는 걸 알고 있었기 때문이다.

타잔도 어느새 사라지고 없었다—그가 흑인들을 혼란시키기 위해 늘 그랬듯이 슬그머니 모습을 감추었다. 그러자 모메야는 라바 케가를 노려보며 눈을 빛냈다. 마을의 주술사는 그녀의 눈 속에서 무언가 자신에게 좋지 않은 조짐을 읽어 내고는 한발 물러났다.

여자가 새된 목소리로 소리쳤다.

"그래, 내 타이보가 죽어서 강바닥에 있단 말이지? 아니면 멀리 혼자 있고 위험에 처해 있다고? 그래? 주술이란 말이지!"

모메야가 그 한탄에 응축시켜 담은 경멸은 일류 연극배우의 대사처럼 울렸다.

"대단한 주술이었다! 자, 그럼 이제 모메야가 네놈에게 주술을 좀 보여 주지!"

그녀는 부러진 나뭇가지를 집어 들고 라바 케가의 머리를 내리쳤다. 마을의 주술사가 고통의 비명을 내지르며 몸을 돌려 도망쳤다. 모메야는 마을길을 따라 그를 쫓아가며 나뭇가지로 마구 두들겨 팼다. 운 좋게 그 굉장한 볼거리를 목격한 전사들과 여자들과 아이들은 굉장히 즐거워했다. 그들은 하나같이 라바 케가를 두려워했고, 두려움은 곧 증오로 이어지기 마련이었다.

그리하여 타잔은 소극적인 다수의 적에 두 명의 적극적인 적을 더하게 되었으며, 그들은 둘 다 자신들을 조롱거리로 만들고 오명을 던져 준 하얀 악신에게 복수할 계획을 짜느라 밤이 깊도록 잠들지 못했다. 하지만 그들의 가장 악랄한 계획도 진짜 공포와 경외심과 섞여 실행에까지는 이르지 못할 터였다.

젊은 그레이스토크 경은 그들이 자신을 노리는 음모를 꾸미고 있다는 사실을 알지 못했고, 알았다 해도 개의치 않았으리라. 사실 그는 여느 때처럼 그 밤에도 깊이 잠들어 있었다. 머리 위에 지붕도 없고 침입자를 막아 줄 문도 없었지만, 영국에 있는 그의 고귀한 친척들—그들 모두는 저녁 식사 때 바다가재를 너무 많이 먹고 와인을 너무 많이 마셨다—보다 훨씬 잘 자고 있었다.

7. 부카와이의 최후

타잔은 아이 때부터 많은 것을 배웠지만, 그중에서도 특별한 것은 섬유질 풍부한 정글 식물로 유연한 밧줄을 만드는 방법이었다. 어린 타잔이 만든 밧줄은 유난히 튼튼하고 질겼다. 양아버지 투블랫이라면 그 어린 타맹가니에 대해 그 외에도 많은 이야기를 들려줄 수 있으리라. 애벌레 한 줌으로 슬슬 꼬이면 좀 더 누그러져서 타잔이 밧줄을 가지고 그를 조롱거리로 만들었던 수많은 장난질 중에서 몇 가지도 들려줄지 모른다. 다만, 투블랫은 밧줄이나 타잔에 대해 생각하다 보면 언제나 미친 듯한 격노에 사로잡히기 때문에 그의 이야기를 들을 때는 너무 가까이 있지 않는 편이 안전할 것이다.

전혀 생각지도 못한 순간에 그 뱀 같은 올가미에 목이 걸리고 우스꽝스럽고도 고통스럽게 발목이 잡히는 일을 너무나 자주 당했기 때문에, 투블랫의 야만적인 마음에 피부가 흰 양아들과 그의 발명품에 대한 애정이 차지할 공간이 부족했다 하더라도 별로 놀랄 일은 아니리라. 투블랫이 올가미에 목이 걸린 채로 공중에 무기력하게 매달려 죽음을 눈앞에서 응시하고 있는데 꼬마 타잔은 가까운 가지 위에서 춤을 추면서 그를 비웃고 조롱하며 까불거린 적도 있었다.

밧줄과 관련해서 투블랫에게 유쾌한 기억으로 남은 일—밧줄이 중요한 역할을 했다—이 하나 있긴 했다. 타잔은 몸만큼이나 두뇌도 활동적이어서 언제나 새로운 놀잇거리를 찾아내곤 했다. 사실 어린 시절 그가 배운 많은 것들이 놀이를 통해 얻은 소득이었다. 그날도 그는 분명 뭔가를 배웠다. 그리고 그것을 배우는 동안 목숨을 잃지 않았다는 사실은 타잔에게는 굉장히 놀라운 일이었지만, 투블랫에게는 그 사건의 옥의 티라 할 만한 대목이었다.

그날, 타잔은 머리 위 나뭇가지에 앉아 있는 친구를 노리고 올가미를 던졌지만 튀어나온 나뭇가지에 걸리고 말았다. 밧줄을 흔들어 봐도 올가미가 벗겨지기는커녕 점점 더 조여들기만 했다. 타잔은 가지에서 올가미를 빼내려고 밧줄을 타고 오르기 시작했다. 그가 반쯤 올라갔을 때, 장난기 많은 놀이 친구가 땅 위에 늘어져 있던 밧줄을 붙잡고 갈 수 있는 한 멀리까지 달아났다. 타잔이 그러지 말라고 소리치자 어린 유인원은 밧줄을 놓아주는가 싶더니, 다시 더 세게 잡아당겼다. 그 결과 몸이 좌우로 흔들리게 된 타잔은 갑자기 새롭고 즐거운 놀이 방법 한

가지를 생각해 냈다. 그는 친구에게 밧줄의 길이가 허용하는 한 멀리까지 흔들리게 해 달라고 부탁했다. 하지만 그걸로는 충분하지 않았다. 어린것들의 놀이에 필요한 흥분을 주기에는 땅으로부터의 높이가 대단치 않았던 것이다.

타잔은 올가미가 걸려 있는 가지로 올라가서 밧줄을 끌어 올린 다음, 훨씬 높은 곳에 멀리까지 뻗어 있는 길고 튼튼한 가지로 기어올랐다. 거기서 그는 밧줄을 가지에 묶고 올가미를 손에 쥔 채 밧줄의 길이가 허용하는 한 멀리까지 가지를 따라 재빨리 내려왔다. 그리고 그 끝에 매달려 몸을 흔들었다. 하지만 이번에는 그의 유연하고 어린 몸이 뒤집히고 비틀리면서 지면에서 십 미터쯤 되는 지점에서 까딱거리는 인간 추의 꼴이 되고 말았다.

아, 하지만 이 얼마나 짜릿한가! 그것은 정말이지 최상급 재미를 줄 만한 새로운 놀이였다. 타잔은 도취되었다. 곧이어 그는 오락가락하는 가운데 속도를 줄이거나 높일 수 있도록 적당한 시점에 딱 맞는 방법으로 몸을 비트는 요령을 찾아냈다. 물론 소년답게도 그는 가속하는 쪽을 택했다. 이윽고 타잔은 넓은 폭으로 멀리까지 줄을 타고 몸을 흔들 수 있게 되었다. 그사이 아래쪽에서는 커첵 부족의 유인원들이 가벼운 감탄을 연발하며 그를 올려다보고 있었다.

당신이나 내가 엮은 밧줄 끝에 매달려 흔들려 본다면, 지금 타잔처럼은 절대로 할 수 없을 것이다. 우리는 그렇게 오래 매달리는 것 자체가 불가능할 테니 말이다. 그러나 타잔은 두 다리로 서는 것만큼이나 편안하게 손으로 매달려 흔들릴 수가 있었다. 완전히 똑같지는 않더라도 거의 그랬다. 어쨌든 타잔은 평범한 동물들이 신체적 부담으로 감각이 없어지는 지경에 이르고도 한참이 지날 때까지 피로를 느끼지 못했다. 그리고 그것이 결국 그가 당한 낭패의 원인이 되었다.

투블랫도 부족의 다른 이들처럼 타잔을 지켜보고 있었다. 모든 야생의 존재들 가운데 투블랫만큼 저 흉측하고 털 없는 흰 피부의 우스꽝스러운 유인원을 진심으로 증오하는 이는 없었다. 그러나 타잔의 민첩함과 케일라의 격렬한 모성애에서 비롯된 열정적인 감시 때문에 오랫동안 투블랫은 자신의 가계에 오점으로 기억될 불명예를 없애 버리고 싶은 갈망만을 불태워야 했다. 타잔이 부족의 일원이 된 지도 꽤나 시간이 흘렀기에 그는 저 정글의 부랑아가 자기 가족이 된 상황을 잊어버렸다. 그래서 지금은 타잔을 진짜 자기 자식이라 여기고 있었고, 다만 대단히 원통하게 생각하는 것뿐이었다.

넓은 진폭으로 흔들리던 타잔이 마침내 밧줄이 그리는 호의 정점에 도달했다. 그 순간, 그때까지 나뭇가지의 거친 껍질에 쓸려 해지고 있던 밧줄이 끊어지고 말았다. 아래쪽의 유인원들은 부드러운 구릿빛 몸뚱어리가 바깥쪽으로 쏘아지듯 날아가다가 곤두박질치듯 추락하는 것을 보았다. 투블랫은 인간으로 치면 환희의 탄성이라 할 만한 소리를 내지르며 펄쩍 뛰어올랐다. 그것은 타잔의 최후 그리고 투블랫의 골칫거리 대부분의 종지부일 터였다. 이제부터는 평화롭고 안전한 삶을 살아갈 수 있으리라.

타잔은 등을 아래로 해서 두꺼운 덤불로 십 미터가량이나 떨어져 내렸다. 흉포하고 흉측하고 사랑 넘치는 케일라가 제일 먼저 그의 곁에 도착했다. 그녀는 몇 년 전에 자신의 발루가 꼭 그처럼 추락해 죽는 모습을 보았다. 똑같은 식으로 다시 아이를 잃는단 말인가! 타잔은 덤불 속 깊이 몸을 묻은 채 꼼짝도 하지 않았다. 케일라는 한참이나 걸려서 얽힌 덤불들을 풀어내고 그를 밖으로 꺼낼 수 있었다. 물론 타잔은 죽지 않았다. 심지어 크게 다치지도 않았다. 덤불이 추락의 충격을 상당 부분 덜어 주었던 것이다. 다만 뒤통수에 찢긴 상처가 있었는데, 관목의 가지에 부딪쳐 생긴 것으로 의식을 잃은 것도 그 때문인 듯했다.

몇 분이 지나자 타잔은 언제나처럼 쌩쌩해졌다. 투블랫은 격분했고, 분을 못 이겨 상대가 누군지도 확인하지 않고 동료 유인원을 쳤다. 그 못된 성질 탓에 그는 심한 상처를 입고 말았다. 분을 풀겠다고 택한 상대가 하필 가장 정력적인 한때를 맞은 덩치 크고 호전적인 젊은 수컷이었던 것이다.

어쨌든, 타잔은 새로운 것을 배웠다. 마찰을 계속하면 밧줄 가닥이 해진다는 사실이었다. 몇 년 후에는 이러한 교훈이 한 번에 너무 오래 매달려 흔들리면 안 된다는 것, 밧줄 끝에서 지면까지 거리가 너무 멀면 안 된다는 것 이상으로 도움을 주게 되었다.

그리고 그날이 왔다. 한번 죽을 지경까지 몰아넣은 바로 그것이 목숨을 살리는 수단이 된 그날 말이다.

타잔은 더 이상 아이가 아니라 정글의 강력한 수컷이었다. 이제 그를 걱정하고 지켜봐 주는 이는 아무도 없었고, 그는 그런 것을 필요로 하지도 않았다. 케일라는 죽었다. 투블랫도 죽었다. 그를 진정으로 사랑하는 존재는 케일라의 죽음과 함께 사라졌지만, 투블랫이 조상들에게로 떠난 후에도 그를 미워하는 존재들은 여전히 많았다. 그들이 타잔을 싫어한 것은 그가 자신들보다 더 잔인하고 더 사나워서가 아니었다. 타잔은 그들이나 짐승들과 마찬가지로 잔인하고 사나웠지만 때때로 친절했기 때문이다. 그들로서는 절대로 그럴 수 없었다. 아니, 타잔을 좋아하지 않는 이들 사이에서 그의 악평을 드높인 가장 큰 이유는 그들에게는 없고 그들이 이해할 수도 없는 특성—즉, 인간의 유머 감각—이 그에게는 있었고 그가 그걸 행동으로 보여 준다는 점이었다. 타잔의 경우에는 이것이 좀 더 폭넓게, 아마도 친구들에 대한 조잡하고 짓궂은 장난에서부터 적을 도발하고 사냥하는 방식으로까지 표현되었다.

그러나 그 어느 쪽도, 머봉가 마을 북쪽에서 먼 두 개의 언덕 사이 동굴에 살고 있는 주술사 부카와이의 원한을 살 일은 아니었다. 부카와이는 타잔을 시기했고, 그를 파멸에 빠트리려고도 해 보았다. 하지만 복수는 진정으로 요원해 보였기에 지난 몇 달 동안 증오만을 품고 있었다. 타잔이 그의 은신처에서 몇 킬로미터나 떨어진, 정글의 반대쪽에만 머물렀기 때문이다. 부카와이는 딱 한 번 악신—흑인들 사이에서 가장 많이 불리는 대로—을 제대로 보았는데, 그날 그자는 자신에게서 두둑한 보수를 강탈해 갔으며 자신의 주술을 형편없는 것으로 만들었다. 복수할 기회는 올 것 같지 않았지만, 그 모든 것을 부카와이는 절대로 잊을 수 없었다.

그리고 기회가 왔다. 그것도 전혀 예기치 못한 순간에. 타잔은 먼 북쪽에서 사냥을 하고 있었다. 성년이 가까워질수록 그는 부족으로부터 떨어져 며칠씩이나 혼자서 사냥하는 날이 늘어갔다. 아이였을 때는 그도 친구 유인원들과 함께 뛰어놀고 돌아다니는 것을 즐겼지만, 이제 그 놀이 친구들은 다 자라서 무뚝뚝하고 음울한 수컷이 되었거나, 무력한 발루를 빈틈없이 보호하느라 까다롭고 의심 많은 어머니가 되어 있었다. 그래서 타잔은 커책 부족의 누구도 되어 주지 못했던 훌륭한 동반자를 자신의 인간 정신에서 찾았다.

사냥을 하고 있는 동안 하늘이 서서히 흐려졌다. 갈라진 구름들이 나무 꼭대기 위로 너덜너덜한 띠처럼 낮게 움직여 갔다. 마치 배고픈 사자의 돌진을 피해 달아나는 겁먹은 영양 떼처럼 보였다. 가벼운 구름들은 빠른 속도로 달리고 있었지만, 정글에는 움직임이 없었다. 이파리 한 장도 떨리지 않고 오직 고요만이 견딜 수 없을 만큼 삼엄한 무게로 내려앉아 있었다. 심지어 곤충들까지도 무언가 무시무시한 것이 임박했음을 두려워하는 듯—거대한 것일수록 소리가 없는 법이므로— 꼼짝도 하지 않았다. 아마도 신이 세상을 생명으로 채우기 전, 들을 귀가 없으니 소리도 없던 그때, 상상할 수도 없이 머나먼 옛 시절의 숲, 그 시절 정글의 모습이 바로 그랬으리라.

채찍질당하듯 흘러가는 구름들을 뚫고 창백하고 흐릿한 황토색 빛이 그 모든 것 위에 내려앉았다. 타잔은 그런 광경을 전에도 몇 번이나 본 적이 있었지만, 그때마다 느껴지는 이상한 기분은 피할 수가 없었다. 그는 두려움을 몰랐지만 자연이 보여 주는 잔인하고 헤아릴 길 없는 힘의 징후를 마주할 때면 스스로가 너무나 작게만 느껴졌고 못 견디게 외로웠다.

그때, 멀리서 낮게 신음하는 듯한 소리가 들려왔다.

"누마들이 사냥감을 쫓고 있구나."

그는 혼잣말을 중얼거리며 빠르게 흘러가는 구름들을 다시 올려다보았다. 신음 소리가 확 커졌다.

"그들이 온다!"

타잔은 이파리 무성한 나무로 피난처를 찾아갔다. 신이 하늘 위에서 손을 뻗어 세상을 손바닥으로 꽉 누른 듯이 너무나 갑자기 나무 꼭대기들이 동시에 구부러졌다.

"그들이 지나간다!"

타잔은 속삭였다.

"사자들이 지나가고 있어!"

다음 순간, 번개가 눈부시게 번쩍이고 귀가 먹먹해지는 천둥이 뒤를 이었다.

"사자들이 사냥감을 덮치고, 그 위에 올라서서 포효한다!"

이제 나무들이 사방으로 거세게 흔들리고 있었다. 철저하게 사악한 바람이 정글을 가차 없이 두들겼다. 그리고 비가 내리기 시작했다. 우리가 사는 북반구에 내리는 비가 아니라 갑작스럽게 시작되어 숨이 막히고 눈을 뜰 수 없을 만큼 쏟아지는 폭우였다.

"살해당한 것들의 피로구나!"

타잔은 그렇게 생각하면서, 비를 피해 찾아든 거목의 줄기에 더욱 바짝 매달렸다.

그는 정글의 경계 가까이에 있었고, 폭풍이 몰아치기 전에 거기서 조금 떨어진 두 개의 언덕을 보았다. 하지만 지금은 아무것도 보이지 않았다. 내리치는 빗줄기를 뚫고 그 언덕들을 찾아보면서, 위쪽에서부터 급류가 쏟아져 그들을 쓸어버리는 광경을 상상하는 것은 흥미로운 일이었다. 그러나 머지않아 비가 그치고 태양이 다시 나올 것이며 모든 것은 그 전과 마찬가지로 돌아갈 것임을 타잔은 알고 있었다. 가지가 몇 개 부러지고 여기저기서 오래되고 썩은 나무들이 뭉개져—아마 수세기 동안 그래 왔듯이— 땅을 비옥하게 만들겠지만 말이다. 사방에서 나뭇가지와 나뭇잎 들이 공중으로 거세게 흔들리거나 땅에 떨어지거나, 바람의 힘과 빗줄기의 무게에 찢겨 나갔다. 무언가의 앙상한 사체 하나가 몇 미터 떨어진 곳에 쓰러져 있었다. 그러나 타잔은 정글의 생존 기술이 가르쳐 준 대로, 젊고 튼튼한 거목의 넓게 펼쳐진 가지 사이에서 그 모든 위험으로부터 안전하게 보호받았다. 단 하나 위험이 존재하긴 했지만, 멀리 있었고, 아직은 오지 않았다. 비가 그치고 태양이 나오자 타잔은 몸을 뻗고 누웠다. 아무런 경고 없이 그의 머리 위 나무에 번개가 떨어졌다. 그 순간, 그를 보호해 줬어야 마땅할 정글의 거목이 쪼개졌고 그는 얼굴을 위로 한 채 가지와 함께 떨어져 내렸다.

비와 폭풍이 지나가자 부카와이는 동굴 입구에 나와 바깥을 내다보았다. 그의 눈은 하나만 성한 채로 남아 있었다. 하지만 그에게 눈이 열 개 있었다 해도 새로운 활기를 되찾은 정글의 신선한 모습에서 아름다움을 발견하지는 못했으리라. 그런 일에 관해서라면 타고난 기질상 그의 뇌는 반응하지 못했다. 심지어 그에게 코—몇 년 전에 이미 없어져 버렸지만—가 있었다 해도 맑게 씻긴 공기에서 즐거움이나 달콤함을 맛보지는 못했을 것이다.

그의 양쪽에는 유일하고 변함없는 동반자 하이에나 두 마리가 가만히 선 채로 공기의 냄새를 맡고 있었다. 이내 그들 중 하나가 낮게 으르렁거리더니 머리를 낮추고 무언가를 찾아 조심스레 나아가기 시작했다. 다른 놈도 그 뒤를 따랐다. 부카와이도 호기심을 느끼고 손에 무거운 곤봉을 쥔 채 그들을 따라갔다. 하이에나가 타잔이 엎어져 있는 곳에서 몇 미터쯤 떨어져 멈춘 채 킁킁거리고 으르렁거렸다. 부카와이는 천천히 하이에나 곁으로 다가갔다. 처음에 그는 자기 눈으로 본 것을 믿을 수가 없었다. 하지만 그것이 정말 악신임을 확인한 순간 분노가 한정 없이 치솟았다. 타잔이 죽은 줄만 알고, 그토록 꿈꾸던 복수의 기회를 빼앗겼다고 생각한 것이다.

하이에나들이 송곳니를 드러낸 채 타잔에게 다가갔다. 부카와이는 어눌한 고함을 내지르며 그들에게 달려가 곤봉으로 마구 내리쳤다. 죽은 듯이 보이는 상태라 해도 어쩌면 아직 생기가 남아 있을지도 몰랐기 때문이다. 짐승들은 주인이자 박해자에게서 반쯤 몸을 돌리고 물어뜯을 듯이 으르렁거렸지만 오랜 공포가 썩어 가는 그의 목 줄기를 물어뜯지 못하게 막았다. 그들은 슬금슬금 몇 미터 밖으로 떨어져 엉덩이를 붙이고 앉은 채 증오와 좌절감이 담긴 탐욕스러운 시선을 쏘아 보냈다.

부카와이는 몸을 굽히고 타잔의 가슴에 귀를 대 보았다. 아직 심장 뛰고 있었다! 부카와이의 허물어진 얼굴도 즐거움을 표현할 수 있었고, 지금처럼 표현하기도 했다. 다만 그 모습이 보기 좋지 않을 뿐. 타잔 곁에는 그의 밧줄도 놓여 있었다. 부카와이는 타잔의 팔을 뒤로 해서 묶고 그를 한쪽 어깨로 들어 올렸다. 늙고 병들긴 했지만 그는 여전히 힘센 남자였다. 주술사가 동굴 쪽으로 향하자 하이에나들도 일어나 그를 뒤따랐다. 부카와이는 제물을 짊어지고 길고 어두운 통로를 지나 깊은 곳으로 계속 나아갔고 하이에나들도 계속 그의 뒤를 따랐다. 지하 동굴 전체가 구불구불한 통로들로 연결되어 있었기 때문에 부카와이는 짐의 무게로 비틀거렸다. 하지만 어느 순간 통로 한쪽으로 돌아들자, 갑자기 햇빛이 쏟아지고 고대에 화산의 분화구였던 듯 위가 열린 조그만 원형 분지가 나타났다. 산이라고 할 정도는 전혀 아니고 그저 지표면에 뚫린, 용암으로 테를 두른 구멍 같은 곳이었다.

구멍의 테두리는 경사가 가파른 벽을 이루었다. 유일한 출구라고는 부카와이가 지나온 그 통로뿐이었다. 성장이 지체된 나무 몇 그루가 돌투성이 바닥에서 자라나 있었다. 삼십 미터쯤 위로 지옥의 생기 없는 아가리가 거친 입술을 열고 있는 것처럼 보이는 곳이었다.

부카와이는 타잔을 나무에 기대 세우고 손은 자유롭게 두되 절대로 매듭에 닿을 수 없도록 밧줄로 묶었다. 하이에나들이 앞뒤로 슬금슬금 다가와 낮게 으르렁거렸다. 부카와이는 그들을 증오했고, 그들은 부카와이를 증오했다. 부카와이는 하이에나들이 자신이 무력해지거나 자신에 대한 놈들의 증오가 놈들을 위축되게 만드는 공포를 극복할 만큼 치솟을 그때를 기다리고 있음을 알고 있었다. 그의 마음 깊은 곳에도 그 혐오스러운 짐승들에 대한 공포가 적지 않게 있었다. 그 공포 때문에 부카와이는 언제나 그들을 잘 먹였고, 그들이 먹잇감을 찾지 못하면 대신 먹을 것을 구해다 주기도 했다. 하지만 미개하고 병든 야수들이 으레 그러하듯이 잔인하고 모질게 그들을 다룬 것만은 틀림없었다.

부카와이는 그 하이에나들을 새끼 때부터 데리고 있었다. 놈들은 그와 함께한 삶 이외의 것은 알지 못했고, 사냥을 나가도 반드시 돌아왔다. 요즘 들어 부카와이는 놈들이 돌아오는 것이 습관만은 아니고 최후의 복수를 포기하느니 온갖 굴욕과 고통에 굴복하겠다는 사악한 인내심 때문이라고 믿게 되었다. 그 복수가 어떤 것이 될지를 그려 보는 데는 상상력이랄 것도 그다지 필요하지 않았다. 오늘 그는 자신의 최후가 어떻게 될지 직접 볼 수 있을 터였다. 물론 그의 역할은 다른 이가 대신하겠지만 말이다.

타잔을 단단히 묶고 난 주술사는 하이에나들을 앞세워 통로로 돌아갔다. 그리고 밤새 안전하게 잠들 수 있도록 동굴과 분화구 사이에 경계 삼아 세워 둔 격자문—이 문을 닫아 두면 그가 어둠 속에서 잠이 들더라도 놈들이 몰래 그를 덮칠 염려는 없었다—을 닫았다. 동굴 바깥으로 나온 부카와이는 조그만 협곡 가까이에 있는 샘에서 길어 온 물을 그릇에 채운 다음 분화구로 돌아왔다. 하이에나들이 격자문 근처에서 타잔을 탐욕스러운 시선으로 노려보았다. 그들은 전에도 이런 식으로 배를 채운 적이 있었던 것이다.

물그릇을 들고 타잔에게 다가간 주술사는 그의 얼굴에 물을 조금 끼얹었다. 타잔의 눈꺼풀이 파르르 떨렸다. 주술사가 물을 더 끼얹자 타잔이 눈을 뜨고 그를 쳐다보았다.

"악신아!"

부카와이는 소리쳤다.

"나는 위대한 주술사다! 나의 주술은 강력하다! 너의 주술은 보잘것없다. 그렇지 않다면 네가 왜 여기 이렇게 사자 미끼로나 쓰는 염소처럼 묶여 있겠느냐!"

타잔은 주술사의 말을 전혀 이해할 수 없었기 때문에 아무 대답도 하지 않았다. 그저 차갑고 침착한 시선으로 그를 똑바로 바라보았을 뿐이다. 하이에나들이 그의 뒤에서 슬금슬금 다가왔다. 타잔도 그들이 으르렁거리는 소리를 들었지만 고개조차 돌리지 않았다. 타잔은 인간의 정신을 가진 일종의 야수였다. 그 안의 야수가 인간의 정신이 이미 불가피한 결과라고 인정한 죽음 앞에서 두려움을 드러내기를 거부했다.

하지만 부카와이는 아직 짐승들에게 자기 제물을 내줄 준비가 되지 않았기 때문에 곤봉으로 그들을 몰아 치웠다. 언제나 그렇듯이, 짐승들이 다시 밀려난 것에 저항하는 바람에 잠시 난투가 이어졌다. 타잔은 그들의 모습을 지켜보면서 두 짐승들과 흉측한 몰골의 남자 사이에 존재하는 증오를 알아챘다.

하이에나들이 다시 굴복하자 부카와이는 타잔을 조롱하기 위해 돌아왔다. 그러나 타잔이 자신의 말을 전혀 이해하지 못한다는 사실을 깨닫고는 결국 그만두고 말았다. 그는 통로로 물러나 격자문을 닫은 다음, 잠자리 깔개를 입구 근처에 깔았다. 거기서라면 편안하게 누워 쉴 수도 있고, 나중에 복수의 광경을 지켜볼 수도 있을 터였다.

하이에나들이 슬그머니 주위를 돌아다녔다. 타잔은 죽고 싶지 않았다. 하지만 전에도 몇 번이나 아무런 두려움 없이 마주했던 죽음을 예감할 수 있었다. 그는 한동안 묶여 있었고, 그사이 자신을 묶은 것이 누마를 잡았을 때 썼던 밧줄임을 알아챘다. 밧줄을 당겨 보자 그것이 쓸리는 느낌으로 조그만 나무를 둘러 묶여 있음을 알 수 있었다. 스크린에 비춰진 영사기의 섬광처럼 장면 하나가 그의 기억 창고에서 마음의 시야에 떠올랐다. 유연한 소년의 몸이 지면으로부터 한참 높은 허공에서 밧줄 끝에 매달려 흔들리는 모습이었다. 많은 유인원들이 아래에서 그를 지켜보고 있는 광경과 밧줄이 끊어져 소년이 곤두박질치는 모습도 보였다. 타잔은 미소를 지었다. 그리고 곧장 밧줄을 나무줄기를 가로질러 앞뒤로 빠르게 당기기 시작했다.

하이에나들이 용기를 얻었는지 차츰 가까워졌다. 놈들은 그의 다리에 코를 대고 킁킁거리며 냄새를 맡았지만 타잔이 자유로운 팔로 내리치자 슬그머니 물러났다. 하이에나들은 아직 배가 고프지 않았다. 그러나 배고픔이 커지면 놈들은 분명 공격해 오리라. 타잔은 냉정하게, 서두르지 않고 끈질기게, 작은 나무의 거친 둥치에 대고 밧줄을 앞뒤로 당겼다.

부카와이는 잠을 청했다. 짐승들이 제물을 공격하기에 충분한 용기를 얻거나 그만큼 배고픔을 느끼기까지는 얼마 걸리지 않으리라. 그들의 으르렁거림과 제물의 비명이 그를 깨워 줄 터였다. 그동안 쉬어 두는 편이 좋으리라 생각하면서 그는 잠이 들었다.

그렇게 낮이 저물었다. 타잔을 묶고 있는 밧줄은 그가 소년 시절 만들었던 것보다 훨씬 튼튼했다. 예전의 것이었다면 거친 나무껍질에 쓸려 진작에 끊어졌을 텐데 말이다. 그사이 짐승들의 배고픔은 점점 커져 갔고, 밧줄 가닥은 차츰 얇아져 갔다. 부카와이는 잠들어 있었다.

늦은 오후가 되자, 식욕이 더해져 안절부절못하던 짐승들 중 한 놈이 으르렁거리며 타잔에게 덤벼들었다. 그 소리가 부카와이를 깨웠다. 그는 재빨리 일어나 앉아 분화구 안에서 무슨 일이 벌어지는지 지켜보았다. 배고픈 하이에나가 타잔에게 달려들어 무방비 상태의 목 줄기를 노렸다. 타잔이 팔을 뻗어 으르렁거리는 짐승을 붙잡은 사이, 두 번째 놈이 그의 어깨를 노리고 뛰어올랐다. 거대하고 부드러운 타잔의 몸이 강력한 힘으로 들썩였다. 타잔이 온 힘을 다하고 체중을 실어 몸을 숙이자 구릿빛 가죽 아래서 꿈틀거리던 근육이 단단하게 뭉쳐지더니 매듭이 끊어졌다. 두 마리 짐승과 인간은 그대로 뒤엉켜 분화구 바닥을 구르며 으르렁거리고 물어뜯고 찢어발겼다.

부카와이는 벌떡 일어났다. 악신이 그의 종자들을 압도할 수도 있을까? 불가능했다! 타잔은 무장도 하지 않았고 지금 두 마리 하이에나가 그를 바닥에 누인 채 그 위에 올라타고 있었다. 그러나 부카와이는 타잔을 알지 못했다.

하이에나 한 놈이 그를 무너뜨리려고 미친 듯이 물어뜯고 있는데도, 타잔은 손가락으로 다른 한 놈의 목덜미를 꽉 쥐고 무릎을 세웠다. 그렇게 한 손으로 한 놈을 잡은 채 다른 손을 앞으로 뻗어 두 번째 짐승을 떼어 냈다. 싸움이 자기편에게 불리하게 돌아가는 것을 본 부카와이가 곤봉을 휘두르며 달려왔다. 타잔은 양손에 하이에나 한 마리씩을 잡은 채 두 발로 일어섰다. 그리고 거품을 물고 있는 한 놈을 주술사의 머리를 향해 곧장 던졌다. 둘이 한 덩이로 넘어지는가 싶더니 하이에나가 으르렁거리며 부카와이를 물어뜯었다. 타잔은 두 번째 하이에나도 분화구 바닥에 던져 버렸다. 그사이 첫 번째 놈이 주인의 썩어 가는 얼굴을 물어뜯고 있었다. 타잔은 혐오감을 느끼며 그놈을 걷어차 동료 쪽으로 쫓아 버리고 엎어져 있는 주술사를 두 발로 서게 잡아 일으켰다.

부카와이는 여전히 의식이 있었고, 타잔의 냉정한 눈을 보고 끔찍한 죽음이 임박했음을 읽어 냈다. 그래서 필사적으로 타잔에게 덤벼들려 했다. 타잔은 피부가 너덜너덜해진 얼굴이 가까이 오자 몸서리를 쳤다. 하이에나들은 이미 동굴로 이어지는 통로를 따라 사라지고 없었다. 타잔은 별 어려움 없이 부카와이를 제압하고 묶었다. 그리고 좀 전까지 자신이 묶여 있던 바로 그 나무로 끌고 갔다. 타잔은 부카와이가 자신이 했던 식으로 도망치는 것은 절대로 불가능하도록 확실히 묶어 두고 그대로 몸을 돌렸다.

구불구불한 통로를 다 지나왔지만 거기에도 하이에나는 없었다.

"놈들은 돌아올 거야."

타잔은 중얼거렸다.

높이 솟은 벽 안 분화구 바닥에서 부카와이는 공포의 냉기에 몸을 떨었다.

"놈들이 돌아올 거다!"

그는 두려움 가득한 비명처럼 소리쳤다.

그리고 놈들이 돌아왔다.

8. 사자

누마는 강이 소용돌이치며 굽이를 이루는 물웅덩이 근처의 가시덤불 뒤에 웅크리고 있었다. 강 끄트머리에서 한참 떨어져 넓게 펼쳐진 그곳에는 얕은 여울목이 있고 양쪽으로 잘 다져진 길이 나 있어, 수세기 동안 정글과 초원의 주민들—육식동물들은 두려움 없이 위풍당당하게, 초식동물들은 겁먹고 주저하면서 조심스럽게—이 물을 마시러 오곤 했다.

누마는 배가 고팠다. 너무나 배가 고파서 그렇게 숨죽이고 있는 것이다. 물웅덩이까지 오는 동안에는 신음하기도 하고 조금 으르렁거리기도 했지만, 지금은 아니었다. 사슴 바라와 멧돼지 호타를 비롯해서 달콤한 살코기를 지닌 많은 먹잇감들이 물 마시러 오기를 기다리고 있는 동안 그는 아무 소리도 내지 않았다. 그저 사나운 황록색 눈을 빛내며 이따금 짧게 꼬리를 요동쳤을 뿐이다. 그래서 지금 그곳에는 음산하고 으스스한 고요만이 내려앉아 있었다.

첫 번째로 나타난 것은 얼룩말 파코였다. 누마는 화가 치밀어 터져 나오려는 포효를 간신히 참았다. 그 모든 초원의 주민들 가운데 파코보다 조심스러운 것은 없었다. 얼룩말들은 언제나 우두머리 수컷 뒤에 삼사십 마리의 토실토실하고 사나운 무리가 따르기 마련이었다. 그 우두머리 수컷은 강이 가까워지자 잠시 멈추더니, 어딘가 숨어 있을지도 모르는 무서운 포식자의 흔적을 찾기 위해 귀를 쫑긋 세우고 주둥이를 들어 올려 부드러운 바람결의 냄새를 맡았다.

누마는 갑작스럽게 달려들어 잔인하게 공격할 준비를 하면서, 불편한 자세를 바로잡아 하반신을 바닥에 붙이고 한껏 당겼다. 그의 눈이 탐욕스러운 불길을 쏘아 내고, 강인한 근육이 순간의 흥분으로 떨렸다.

파코가 조금 더 다가와서 다시 멈추고 코를 킁킁거리더니, 휙 몸을 돌리고 달아났다. 뒤이어 부산한 발굽 소리가 들려오고 무리도 사라져 버렸다. 그러나 누마는 움직이지 않았다. 그는 파코의 방식에 익숙했다. 그들이 돌아올 것을 알고 있었다. 암컷들과 새끼들까지 이끌고 정말로 물을 마시러 올 용기를 낼 때까지 몇 차례나 그런 식으로 달아나겠지만 말이다. 파코가 완전히 겁에 질려 떠나 버릴 가능성도 있긴 했다. 누마는 전에도 이런 상황을 겪은 적이 있었다. 그래서 그들이 물 마시는 것을 포기하고 초원으로 달아나 버리는 일이 벌어지지 않도록 이제 거의 꼼짝도 하지 않고 굳어져 있었다.

파코와 그의 무리는 몇 번이고 다가왔다가 달아났다. 하지만 매번 조금씩 강에 가까워지고 있었다. 그리고 마침내 우두머리가 부드러운 코를 우아한 동작으로 물에 담갔다. 나머지 무리도 조심스럽게 우두머리 곁으로 다가왔다. 누마는 기름지게 살이 오른 암말 하나를 점찍고, 배불리 먹을 일을 생각하며 탐욕스럽게 눈을 빛냈다. 그에게 파코 고기보다 더 맛있는 것은 별로 없었다. 어쩌면 모든 초식동물들 가운데 가장 사냥하기 힘들기 때문인지도 몰랐다.

누마는 천천히 몸을 일으켰다. 그러다가 그의 거대하고 두툼한 앞발에 잔가지 부러지는 소리가 나고 말았다. 누마는 점찍은 암말을 노리고 발사된 총알처럼 돌진했다. 그러나 잔가지 부러지는 소리는 소심한 얼룩말들을 놀라게 하기에 충분했다. 그들은 누마의 돌진과 거의 동시에 달아나기 시작했다.

우두머리가 마지막으로 달아났다. 누마는 엄청난 도약으로 몸을 날려 우두머리를 덮쳤다. 하지만 그의 강력한 갈고리발톱이 얼룩말의 토실토실한 엉덩이를 할퀴어 아름다운 털가죽에 네 줄기 선홍색 자국을 남겼을 뿐, 결국 저녁거리는 사라져 버렸다.

누마는 화가 치솟아 더 이상 숨죽이고 기다릴 수가 없었다. 분에 휩싸여 더욱 위험스러워지고 더욱 허기진 채로 그는 먹이를 찾아 정글로 향했다. 이제 입맛에 맞고 안 맞고는 상관없었다. 배고파 죽을 지경인 지금이라면 댕고라도 맛있는 한입 거리가 될 것 같았다. 누마가 커첵 부족의 유인원들과 마주쳤을 때는 바로 그런 상태였다.

이렇게 늦은 아침에는 누구도 누마를 마주치리라 예상하지 않을 터였다. 보통 때 같았으면 지금쯤 그는 지난밤의 사냥물 곁에 누워 잠들어 있었으리라. 하지만 지난밤 누마는 아무것도 잡지 못했다. 그래서 전에 없이 배고픈 상태로 아직도 사냥 중인 것이다.

유인원들은 공터를 어슬렁거리며 하루 중 가장 강력한 아침의 첫 배고픔을 달래고 있었다. 누마는 그들을 눈으로 보기 훨씬 전부터 그들의 냄새를 맡았다. 여느 때라면 그대로 몸을 돌려 다른 사냥감을 찾으러 갔을 것이다. 누마조차도 커첵 부족 수컷들의 강력한 근육과 날카로운 송곳니는 무시할 수 없었다. 그러나 오늘 그는 콧수염을 곤두세우고 사납게 으르렁거리며 그들을 향해 계속 다가갔다. 그리고 유인원들이 그를 볼 수 있는 지점에 이른 순간, 주저 없이 돌진했다. 작은 공터에 여남은 마리의 털북숭이 유인원들이 있고, 그 한쪽 나무 위에 피부가 구릿빛인 젊은것이 하나 앉아 있었다. 그가 누마의 돌진을 제일 먼저 알아챘다. 곧 유인원들이 몸을 돌려 도망치기 시작했다. 거대한 수컷들이 조그만 발루들을 밟아 뭉개며 달아나는 와중에 오직 암컷 하나만이 사자의 돌진에 맞서려는 듯 그 자리에 버티고 있었다. 젊은 암컷은 새로 생겨난 모성애에 취해 자신의 발루가 도망칠 수 있도록 스스로를 희생하려는 듯했다.

타잔은 공터에서 달아나는 약삭빠른 수컷들과 사방의 나무 위에 안전하게 쪼그려 앉아 있는 나머지 동료들에게 고함을 치며 바닥으로 뛰어내렸다. 수컷들만 자리를 지키고 있으면, 누마가 엄청난 분노로 들끓거나 참을 수 없는 배고픔으로 송곳니가 근질거리지 않는 한 계속해서 덤벼들지는 않을 터였다. 심지어 그렇게 덤벼든다 해도 그들에게서 무사히 벗어나지는 못할 터였다.

부족의 수컷들은 타잔의 소리를 들었지만, 대응이 너무 늦었다. 그들이 마음을 가라앉히고 동료를 지키기 위해 한데 모일 용기를 내기도 전에 누마가 아이어머니를 정글로 끌고 가버린 것이다. 타잔의 성난 목소리는 그들의 가슴에도 분노를 일으켰다. 그들을 너도나도 사납게 울부짖으며 누마가 사라져간 정글의 미궁 속으로 달려갔다. 타잔이 앞장을 섰다. 그는 빠르게, 그러면서도 경계를 늦추지 않은 채 나아갔다. 누마가 어디 있는지를 알려 줄 만한 정보를 찾는 데는 눈보다 귀와 코를 써야 한다는 것을 그는 잘 알고 있었다.

흔적을 추적하는 것은 쉬웠다. 누마가 사냥물을 끌고 가며 길이 생겨났고, 점점이 핏방울이 떨어져 냄새가 또렷하게 풍겨왔기 때문이다. 당신이나 나처럼 둔감한 존재라 해도 쉽게 추적할 수 있었으리라. 타잔과 커첵 부족의 유인원들에게 그런 흔적은 포장된 보도나 마찬가지였다.

타잔은 누마가 앞쪽에서 위협조로 으르렁거리는 소리를 듣기도 전에 놈이 가까이에 있음을 알아챘다. 그는 동료들에게 자신을 따르라고 신호하면서 나무 위로 몸을 날렸고, 잠시 후 누마는 으르렁거리는 유인원들로 둘러싸이게 되었다. 송곳니가 닿을 정도로 가깝지는 않지만 시야에 확연히 잡히는 거리에서 놈은 상반신으로 암컷 유인원을 누르고 있었다.

타잔은 그녀가 이미 죽은 것을 알았다. 하지만 가슴속 깊은 곳의 무언가가, 이제는 소용없게 된 저 몸뚱이를 반드시 적의 마수에서 되찾고 누마 놈을 벌해야 한다고 소리쳤다. 타잔은 누마에게 욕과 조롱을 퍼부으며 손에 잡히는 대로 나뭇가지를 꺾어 던졌다. 유인원들도 그를 따라 했다. 누마가 분노와 짜증으로 거칠게 포효했다. 몹시도 배가 고프건만 그런 상황에서는 맘 놓고 먹을 수가 없었던 것이다.

내키는 대로 하게 두었더라면 유인원들은 죽은 암컷을 위해 나서는 대신 사자가 편하게 식사를 즐기도록 두고 떠나지 않았을까? 누마에게 나뭇가지를 던진다고 그녀를 되살릴 수는 없었다. 그러니 순순히 원래 자리로 돌아가 자기들끼리 평화롭게 아침 식사를 이어 갔을지도 몰랐다. 그러나 타잔의 마음은 달랐다. 누마를 벌하고 쫓아 버려야 했다. 설사 맹가니를 죽일 수는 있다 해도 먹어서는 안 된다는 것을 가르쳐 줘야 했다. 유인원은 오직 즉각적인 현재만을 인식하지만 인간의 정신은 미래를 내다본다. 그들은 오늘도 누마의 위협을 피했다는 데 만족하겠지만, 타잔은 앞으로 다가올 날들을 안전하게 지킬 필요성과 그 방법을 생각했다. 그래서 그는 동료들을 더 부추겼다.

하지만 누마는 쏟아지는 나뭇가지 세례에 머리를 낮추고 사나운 저항의 포효를 내지르면서도 여전히 사냥물을 붙들고 있었다. 타잔은 나뭇가지를 아무리 많이 던져 봤자 상처를 입히기는커녕 별로 아프지도 않으리라는 것을 깨달았다. 좀 더 효과적인 던질 것을 찾아 주변을 둘러보던 그는 누마에게서 멀지 않은 곳에 흩어져 있는 돌멩이들을 발견했다. 커다란 바위에서 떨어져 나온 조각들로 나뭇가지보다 훨씬 더 고통스러운 충격을 줄 것이 분명했다.

동료들에게 누마를 잘 지키라고 신호를 보낸 타잔은 조용히 땅바닥으로 미끄러져 내려가 돌 조각을 주워 모았다. 그는 일단 돌 조각을 들고 가서 누마에게 던지는 모습을 보여 주면 그렇게 하라고 시키는 것보다 동료들이 훨씬 빨리 따라 하리라는 것을 알고 있었다. 타잔은 커첵 부족의 우두머리가 아니기 때문이었다. 몇 년 후에는 그렇게 되겠지만 말이다. 이미 그는 맹수들의 세계에서 혼자 힘으로 자리를 얻어 낸 이상한 운명의 주인이었지만, 어쨌든 아직은 커첵 부족의 젊은것들 중 하나일 뿐이었다. 부족의 음울한 늙은 수컷들은, 짐승들이 수상한 존재를 그 이질적인 냄새로 알아채고 적이라 여기며 증오하듯이 여전히 타잔을 증오했다. 물론 어린 시절 놀이 친구로 함께 자랐던 젊은 수컷들은 타잔의 냄새에 익숙해져서 부족의 다른 이들이나 마찬가지로 대했다. 부족의 다른 수컷보다 딱히 수상할 것도 없다고 느꼈기 때문이다. 그러나 그들 역시 타잔을 좋아하지는 않았다. 원래 그들은 짝짓기 철—이때만은 다른 수컷에 대한 본능적인 적개심이 두드러졌다— 이외에는 누구도 좋아하지 않으니 특별한 일도 아니었다. 분명 그들 가운데 인간성의 원시적인 싹이라 할 만한 것들이 움트고는 있었지만, 그래 봐야 한 무리의 음울하고 성질 급한 수컷들이었을 뿐이다. 타잔으로서는 종종 두 발로 걷고 놀고 있는 손으로 무언가 할 일을 찾음으로써 인간성을 향해 첫 발짝을 떼었던 고대의 조상들과 함께하는 것이나 마찬가지였으리라.

어쨌든, 아직 타잔은 동료들에게 명령할 수 있는 위치가 아니었다. 다만 흉내 내기 좋아하는 유인원의 성향을 이미 오래전에 알아챘고 적당한 때 써먹을 줄도 알았던 것이다. 그는 돌조각을 가득 안은 채 나무 위로 올라갔다. 그리고 잠시 후, 동료들이 자신을 따라 하는 모습을 즐겁게 바라보았다.

유인원들이 돌 조각을 모으느라 공격을 멈춘 사이, 누마는 식사 준비를 마쳤다. 그러나 채 한입 맛보기도 전에 타잔이 던진 돌 조각이 그의 뺨을 때렸고, 곧장 유인원들의 폭격이 뒤를 이었다. 고통과 분노가 담긴 누마의 포효는 돌 조각을 던지던 유인원들의 기세를 누그러뜨렸다. 누마가 거대한 머리를 흔들고 눈을 빛내며 공격자를 노려보았다. 저들은 한참 동안 그를 쫓았고, 그가 가장 빽빽한 잡목 숲으로 사냥물을 끌고 왔음에도 여전히 먹을 틈을 주지 않고 돌 조각과 나뭇가지를 던져 대며 계속해서 그를 몰아붙였다.

그중에서도 인간의 냄새를 풍기는 털 없는 젊은것이 최악이었다. 심지어 놈은 무모하게도 땅바닥으로 내려와 정글의 주인인 그에게서 얼마 떨어지지 않은 곳을 지나가기도 했고, 상당한 힘이 실린 돌 조각을 정확하게 던져 대기도 했다. 누마는 몇 번이나 갑작스럽게 그를 노리고 사납게 덤벼들었지만 그는 매번 가볍게 공격을 피해 냈다. 유연하고 활력 넘치는 타잔의 몸은 지칠 줄을 몰랐다. 분노에 사로잡혀 허기마저 잊어버린 누마는 한참 동안 타잔을 잡으려 헛되이 애쓰다 결국 포기하고 말았다.

타잔과 유인원들은 공터까지 누마를 쫓아갔다. 거기서 마지막 저항을 하기로 결심한 듯, 누마는 공터 한가운데 자리 잡고 서 있었다. 나무들로부터 멀리 떨어져 있어서 유인원들이 뭔가를 던진다 해도 미치지 않을 지점이었다. 물론 타잔은 누마에게 가장 끈질기고 짜증스러운 적답게 그를 쫓아왔다.

타잔은 이 상황이 마음에 들지 않았다. 누마가 유인원들이 던지는 돌 조각이며 나뭇가지에 잠깐 으르렁거리기만 하고는 늦어진 식사를 위해 자리 잡고 앉았기 때문이다. 타잔은 뭔가 더 효과적인 공격 방법이 있을까 머리를 긁적이며 궁리했다. 그는 누마가 어떤 식으로든 부족을 공격하지 못하도록 해야겠다고 마음먹었다. 털북숭이 유인원들이 저 태곳적부터의 적에 대해 오직 지금 이 순간의 증오에 불타고 있을 때, 그의 인간 정신은 미래를 생각하고 있었다. 그는 누마가 커책 부족을 먹잇감으로 삼아도 괜찮다고 생각하게 되면 그들의 삶이 끔찍스러운 악몽이 되리라고 짐작했다. 누마는 맹가니를 죽였다가는 즉각적인 보복이 뒤따를 것이며 아무런 소득도 얻을 수 없음을 배워야만 했다. 몇 번 그렇게 가르쳐 주면 부족은 완전히 안전해지리라. 힘과 민첩함이 떨어지고 사냥할 능력도 없는 늙은 사자를 대상으로 일을 벌이면 좀 쉬워질 터였다. 하지만 사자 한 마리가 부족 전체를 쓸어 버릴 수도 있다는 것은 여전히 부인할 수 없는 사실이었다. 그가 존재한다는 것만으로 부족의 삶은 불안정하고 공포스러운 것이 될 터였다.

'그래, 고맹가니를 사냥하게 해주자. 놈은 그들 사이에서 먹잇감을 더 쉽게 찾을 수 있을 터니까. 나는 저 흉포한 누마 놈이 맹가니를 사냥하지 못하도록 가르칠 수 있을 거야!'

타잔은 생각했다.

그러나 당장은 식사 중인 저 누마에게서 희생물을 어떻게 빼앗느냐가 먼저 해결해야 할 문제였다. 타잔은 계획을 세웠다. 그것은 타잔이 아니라면 다른 누구에게라도 위험한 일이었을 것이다. 어쩌면 타잔에게조차 위험한 계획이었을지 모른다. 하지만 타잔은 이왕이면 위험 요소를 많이 품고 있는 일을 더 좋아했다. 어쨌든, 당신이나 나라면 화나고 배고픈 사자를 좌절시키는 유의 계획을 세우지는 않았으리라.

타잔이 그 계획을 실행에 옮기려면 도움이 필요했고, 도와줄 이는 그만큼 용감하고 민첩해야 했다. 타잔은 타그를 돌아보았다. 타그는 어린 시절 놀이 친구이자 첫사랑의 라이벌이었으며 이제는 부족의 모든 수컷들 가운데 유일하게, 인간으로 치자면 우정이라 할 만한 것을 그에 대해 품고 있었다. 무엇보다 타그는 용감하고 젊고 날렵하고, 굉장한 근육을 갖고 있었다.

"타그!"

타잔이 소리쳐 부르자, 벼락 맞은 나무에서 죽은 가지를 비틀어 떼고 있던 타그가 고개를 들었다.

"누마에게 가까이 가서 좀 괴롭혀 줘. 덤벼들 때까지 귀찮게 해 봐. 맘카의 시체를 놔두게 만드는 거야. 할 수 있는 한 그렇게 시간을 끌어 줘."

타그가 고개를 끄덕였다. 그리고 곧바로 타잔의 곁을 떠나 공터를 가로질렀다. 누마에게 다가간 그는 좀 전에 나무에서 떼어 낸 가지로 바닥을 두드리며 으르렁거리고 욕을 퍼부었다. 누마가 불안한 듯 머리를 들고 올려다보더니 몸을 일으켰다. 그의 꼬리가 빳빳하게 선 순간, 타그는 몸을 돌려 달아났다. 그것이 돌진의 경고신호임을 알고 있었기 때문이다.

누마의 뒤쪽에서 타잔이 맘카의 시체가 있는 공터 중앙으로 재빨리 달려갔다. 누마는 타그에게 집중하고 있던 터라 타잔을 보지 못했다. 대신에 그는 달아나는 유인원을 쫓아 쏘아져 나갔다. 타그는 쫓아오는 악마와 여남은 걸음 간격을 두고 달아났다. 그리고 가장 가까운 나무에 고양이처럼 가볍게 뛰어올랐다. 누마의 갈고리발톱은 겨우 한 뼘 차이로 그를 놓쳤다.

잠시 동안 누마는 나무 아래 서서 유인원을 노려보며 땅이 흔들리도록 으르렁거렸다. 그러고 나서야 이미 잡아 놓은 사냥물을 향해 돌아섰다. 순간, 누마의 꼬리가 다시 한 번 빳빳하게 섰다. 그는 올 때보다 더 사나운 기세로 달리기 시작했다. 그 털 없는 젊은것의 구릿빛 몸체가 자신의 먹잇감인 피투성이 사체를 짊어지고 반대쪽 나무를 향해 달려가고 있는 것을 보았기 때문이다.

유인원들은 안전한 나무 위에서 그 무자비한 경주를 지켜보면서 누마에게는 조롱을 퍼붓고, 타잔에게는 경고의 신호를 보냈다. 하늘 꼭대기에 걸린 태양이 주연 배우들에게 쏟아지는 무대조명처럼 공터를 뜨겁고 눈부시게 비추고 있어서, 이파리 무성한 나무 그늘에 앉은 관중에게 그들의 모습이 또렷하게 보였다. 벌거벗은 젊은이의 구릿빛 육체는 죽은 암컷의 털북숭이 사체에 거의 가려지고 붉은 핏자국 아래로 부드럽게 꿈틀거리는 근육만 이따금 보일 뿐이었다. 검은 갈기를 휘날리는 정글의 왕이 머리를 낮추고 꼬리를 내뻗은 채 태양이 내리쬐는 공터를 가로질러 그를 뒤쫓고 있었다.

아, 그것이야말로 삶이었다! 타잔은 죽음을 뒤꽁무니에 단 채로, 살아 있음의 환희에 전율했다. 하지만 그렇게나 가까이에서 쫓아오는 사나운 죽음을 뿌리치고 과연 무사히 도망칠 수 있을까?

바로 앞쪽 나뭇가지에 거꾸로 매달린 건토가 경고와 충고를 한꺼번에 외치며 몸을 흔들었다.

"나를 잡아 줘!"

타잔이 소리치며 무거운 짐을 진 채로 도약했다. 건토는 털북숭이 앞발로 그들—타잔과 암컷의 시체—을 붙잡은 다음, 반동을 이용해서 타잔이 가까운 가지를 잡을 수 있도록 던져 올렸다. 바로 아래쪽에서 누마가 몸을 날렸지만, 무겁고 둔해 보이는 건토는 실제로 마누만큼이나 민첩했기 때문에 누마의 갈고리발톱은 그의 털북숭이 팔뚝에 겨우 한 줄기 붉은 자국을 남겼을 뿐이다.

타잔은 맘카의 사체를 짊어진 채로 시타조차 닿을 수 없는 높은 가지까지 올라갔다. 사냥감도 잃고 복수의 기회도 잃은 누마가 사납게 으르렁거리며 나무 아래를 오락가락 서성였다. 누마는 진정으로 흉포한 맹수였지만, 그의 적수는 절대로 닿을 수 없는 곳에 있었다. 유인원들은 그에게 이것저것 집어 던지며 조롱과 욕을 퍼붓다가 나무를 타고 정글 속으로 떠나가 버렸다.

타잔은 그날의 작은 모험을 귀한 경험이라고 생각했다. 앞으로 그 사나운 육식동물이 커책의 부족을 만날 때면 훨씬 더 신중을 기하게 될 것이다. 누마가 처음 공격해 왔을 때 부족원들이 너도나도 제 살길을 찾아 난리 법석을 피우며 달아났던 것에 대해서도 생각했다. 엄숙하고 장엄한 정글에는 유머랄 게 별로 없었다. 야수들은 유머라는 개념 자체를 거의 혹은 전혀 갖고 있지 않았다. 하지만 이 영국인 젊은이는 동료들이 우스운 점을 전혀 느끼지 못하는 많은 것들에서 유머를 보았다. 유인원들에게는 상당히 안된 일이지만, 타잔은 아주 어린 시절부터 재미를 찾아다녔다. 이번에도 그는 유인원들이 공포에 휩싸여 난리 법석을 피운 것과 누마가 당황과 분노로 날뛰었던 것에서 재미를 느꼈다. 맘카가 목숨을 잃고 부족의 많이 이들이 위험에 빠졌던 이 심각한 사건에서조차 말이다.

그러나 덤불숲에 숨어 있던 시타가 아기어머니가 먹을 것을 찾고 있는 사이 갑자기 들이닥쳐 어린 발루를 채 갔던 것이 불과 몇 주 전의 일이었다. 시타는 아무런 공격도 받지 않고 그 작은 전리품을 챙겨 달아났다. 한 달 안에 누마와 시타가 부족원을 둘이나 살해했다는 사실을 생각하며 타잔은 격노했고, 한가하게 쉬고 있는 수컷들에게 다가가 소리쳤다.

"놈들이 우리 모두를 잡아먹고 말 것이다. 우리는 정글 어디에서 사냥을 하든 다가오는 적들에게 주의를 기울이는 법이 없다. 심지어 마누조차도 그러지 않는다. 그들은 두 번 세 번 적이 다가오지 않는지 확인한다. 파코도, 와피도, 무리 중 몇몇은 다른 이들이 먹는 동안 주변을 경계하지. 하지만 우리는, 우리 위대한 맹가니는 누마와 세이버와 시타가 자기네 발루를 먹이기 위해 우리를 사냥하도록 내버려 두고 있는 것이다."

"크러어어."

넘고가 불편한 신음을 냈다.

"우리가 무엇을 해야 하지?"

타그가 물었다.

"우리 중 두셋은 누마나 세이버나 시타가 다가오지 않는지 언제나 경계하고 있어야 한다. 너무나 조용히 미끄러져 다니는 히스타를 빼면 어떤 것도 두려워할 필요가 없다. 그리고 우리가 항상 경계하고 있다면, 설사 히스타가 다가온다 해도 알아챌 수 있을 것이다."

타잔이 대답했다.

그리하여 그 후로 커첵 부족의 유인원들은 사냥하는 동안 세 방향을 감시할 보초를 세우게 되었고, 따로 흩어져 돌아다니는 반경도 전보다 줄어들었다.

하지만 타잔만은 혼자 자유롭게 다니곤 했다. 그는 인간이었고, 즐거움과 모험, 엄숙하고 무시무시한 정글이 그것을 알고 두려워하지 않는 이들에게만 베풀어 주는 재미—호기심에 불타는 눈과 붉은 선혈로 얼룩진 기묘한 재미—를 찾아다녔기 때문이다. 다른 이들이 먹고 번식하며 살았다면, 타잔은 먹고 재미를 좇으며 살았다.

어느 날 타잔이 정글의 미개인 식인종 머봉가 마을의 방책 위를 돌아다니고 있을 때였다. 이미 여러 차례 그랬듯이 그는 들소 고르고의 가죽을 뒤집어쓴 주술사 라바 케가를 지켜보았다. 고맹가니가 고르고처럼 꾸미고 돌아다니는 모습을 구경하는 것은 재미있었지만 특별한 볼거리라고 할 수는 없었다. 그러나 머봉가 추장의 오두막 벽에 널려 있는, 머리가 그대로 달린 사자의 가죽을 본 순간, 타잔의 젊고 잘생긴 얼굴에 진한 미소가 떠올랐다.

정글로 돌아온 타잔은 놀랄 만큼 예민한 감각을 바탕으로 힘과 영리함과 민첩함과 우연의 도움을 받아 먹을 것을 구했다. 그가 만약 세상이 자신을 먹여 살려야 한다고 생각했다면, 그렇게 먹을 것을 베풀어 준 것 또한 세상임을 깨달았을 것이다. 정글을 통틀어 이 영국 귀족의 아들보다 뛰어난 사냥꾼은 없었다. 그는 선조들의 방식에 대해 들어 본 적조차 없지만, 오히려 선조들보다 더 잘 해냈다.

타잔이 머봉가 마을로 숨어들어 방책 위에 늘어진 나뭇가지의, 이제는 반들반들해진 예의 그 자리로 돌아온 것은 꽤 어둑어둑해진 때였다. 거리도 하나뿐이고 살아 돌아다니는 것들도 별로 없는 그 마을에 잔치를 벌일 만한 일은 별로 없었다. 고기와 자연산 발효 술로 푸짐한 저녁을 즐기는 정도가 그들이 할 수 있는 전부였다. 오늘 밤도 부족의 연장자들은 요리용 불을 피워 놓고 주위에 둘러앉아 이런저런 이야기를 나누고 있었다. 물론 그들도 젊었을 때는 야자 잎으로 지붕을 엮은 오두막 그늘로 짝을 지어 숨어들곤 했으리라.

타잔은 마을 안쪽으로 가볍게 뛰어내린 다음, 어둠이 짙은 그늘 속으로 몸을 숨겨 가며 머봉가 추장의 오두막을 향해 은밀히 다가갔다. 그가 찾으려는 것이 거기에 있었다. 사방에 전사들이 있었지만 무시무시한 정글의 신이 소리도 없이 그렇게나 자신들 가까이를 돌아다니고 있음을 누구도 알아채지 못했다. 타잔이 원하던 것을 가지고, 왔을 때처럼 소리 없이 빠져나가는 것 또한 아무도 보지 못했다.

그날 밤 늦게 잠자리에 웅크리고 누운 타잔은 오랫동안 반짝거리는 별들과 달 고로를 올려다보며 미소를 짓고 있었다. 그는 낮에 누마가 덮쳐들어 맘카를 잡아갔을 때 거대한 수컷들이 어처구니없게도 제각기 살길을 찾아 난리 법석을 피웠던 일을 떠올렸다. 하지만 타잔은 그들이 얼마나 사납고 용맹해질 수 있는지도 알고 있었다. 그들을 공황 상태로 몰아넣는 것은 언제나 갑작스러운 놀람의 충격이었지만, 거기까지는 그도 아직 충분히 이해하지 못했다—이제 곧 배우게 되겠지만 말이다.
그렇게 만면에 미소를 띤 채로 타잔은 잠이 들었다.

아침이 되자, 원숭이 마누가 타잔의 바로 위쪽 가지에 앉아 그의 얼굴에 콩깍지를 던졌다. 잠이 깬 타잔은 위를 올려다보고 다시금 미소를 지었다. 그는 전에도 몇 번이나 이런 식으로 깨어난 적이 있었다. 타잔과 마누는 꽤나 좋은 친구였고, 그들은 서로 도움을 주고받으면서 우정을 키워 왔다. 마누는 사슴 바라가 아주 가까이에서 식사 중이라거나 멧돼지 호타가 근처 진흙 구덩이에서 잠자고 있다는 것을 알려 주기 위해 이른 아침 그를 깨우러 달려오곤 했다. 타잔은 마누를 위해 딱딱한 견과류의 껍질을 깨 주기도 하고 뱀 히스타나 표범 시타를 겁줘서 쫓아 버리기도 했다.
태양이 얼굴을 내민 지도 한참이 지난 후라서 부족은 이미 먹을 것을 찾아 돌아다니고 있었다. 마누가 그들이 떠나간 방향으로 손을 휘젓고 꺅꺅거리는 작은 목소리로 짧은 피리 소리 같은 음을 내서 알려 주었다.
타잔은 말했다.
"가자, 마누. 이제 곧 네가 재밌어서 춤을 추고 네 조그맣고 쪼글쪼글한 머리가 떨어져 나가라 소리칠 만한 것을 보게 될 거야. 가자, 타잔을 따라가자."
마누가 알려 준 방향으로 타잔이 몸을 날리자, 그의 위쪽 가지에 앉아 있던 마누도 꺅꺅거리고 재잘거리며 펄쩍펄쩍 뛰었다. 타잔의 어깨를 가로질러 지난밤에 그가 머봉가 마을에서 훔쳐 온 것이 걸려 있었기 때문이다.

부족은 공터 곁의 숲에서 각자 뭔가를 먹고 있었다. 타잔과 건토와 타그가 하도 심하게 몰아붙여서 결국 누마가, 잡은 사냥감을 먹지도 못하고 도망가 버린 바로 그곳이었다. 그들 중 몇은 아직 공터에 남아 있었지만 대부분 배불리 먹은 만족감에 편안하게 늘어져 있었다. 타잔이 가르쳐 준 대로, 보이지는 않지만 무리를 둘러싸고 세 방향에서 경계를 서고 있는 보초들 덕분이었다. 타잔은 종종 바닷가 오두막을 다녀오거나 혼자서 며칠씩 사냥을 나가곤 했는데, 아직은 그들도 타잔의 경고를 잊지 않았던 것이다. 그는 이런 경계 서기를 조금만 더 오래 계속한다면 나중에는 부족의 관습이 되고 영구적으로 굳어질 수도 있으리라 생각했다.

하지만 타잔은 그들에 대해 그들 스스로보다 더 잘 알고 있었기 때문에, 자신이 부족을 떠나 있는 동안에는 그들이 경계 서기를 그만두게 될 것이라고 확신했다. 그래서 그들의 희생을 대가로—조금 재미도 볼 겸— 준비 태세의 중요성에 대한 교훈을 줄 계획을 세웠다. 사실 그것은 우리가 사는 문명화된 세계에서보다는 정글에서 훨씬 더 치명적인 문제였다. 따지고 보면 당신과 내가 오늘날 존재하는 것은 올리고세*에 살았던 털북숭

* Oligocene世 : 신생대 제3기의 세 번째 시대. 유공충류가 번성하고 포유류, 속씨식물이 번성했다.

이 유인원들의 준비 태세 덕분인 것이다. 물론 커첵 부족은 그들 나름의 방식으로 준비 태세를 갖추고 있었다. 타잔은 다만 거기에 새로운 안전장치를 덧붙이기를 바랐을 뿐이다.

건토는 오늘도 공터 북쪽을 경계하고 있었다. 꽤나 먼 거리까지 정글의 북쪽을 조망할 수 있는 위치에 우뚝 솟은 나뭇가지 사이에서였다. 적을 처음 발견한 것이 바로 건토였다. 덤불 속에서 부스럭거리는 소리가 그의 주의를 끌었고, 다음 순간 나뭇잎 사이로 텁수룩한 갈기와 황록색 등의 일부분이 살짝 보였다. 건토는 즉시 튼튼한 폐를 한껏 부풀려 '크레에아!' 소리를 내질렀다. 위험과 주의를 알리는 신호였다.

곧바로 공터 사방에서 '크레아!' 소리가 정글을 뚫고 들려왔고, 그 소리는 건장한 수컷들이 건토의 방향으로 서둘러 모여들고 나머지 부족원들이 안전한 나뭇가지를 찾아 올라갈 때까지 계속되었다.

잠시 후 거대한 누마가 위풍당당하게 공터 안으로 들어섰다. 그는 잠시 신음하고 크륵거리는 소리를 내더니, 가슴속 깊은 곳에서부터 울려 나오는 포효를 내질렀다. 유인원들에게는 털북숭이 머리 꼭대기부터 강건한 척추를 따라 일제히 털이 곤두서게 만드는 소리였다.

하지만 누마가 공터 안으로 들어선 순간, 가까운 나무들 위에서 부서진 돌 조각이며 고목의 죽은 가지들이 무더기로 퍼부어졌다. 그리고 공격을 맞은 누마가 걸음을 멈추자, 유인원들이 땅바닥으로 내려와 바윗돌을 모아다가 다시금 무자비하게 던져 댔다. 누마는 몸을 돌려 달아났지만, 끝이 날카로운 뭔가에 얻어맞아 다시 멈추고 말았다. 그때, 공터 끝에서 거대한 털북숭이 타그가 자신의 머리통만큼이나 큰 바윗돌을 들고 달려와 누마의 머리를 노리고 힘껏 내리쳤다. 그야말로 정글의 왕을 기절시키는 한 방이었다.

커첵 부족의 유인원들은 날카로운 고함과 시끄러운 함성을 내지르며 누마를 둥글게 에워쌌다. 하지만 날카로운 송곳니를 드러내고 곤봉을 휘두르며 돌 조각으로 위협해도 사자가 꼼짝도 하지 않았다. 한때 모든 정글 생물들 가운데 가장 무시무시했던 존재는 이제 곧 유인원들에게 얻어맞고 갈기갈기 찢겨 부러진 뼛조각과 털이 엉겨 붙은 핏덩어리만 남게 될 터였다.

그러나 곤봉과 돌 조각이 위로 솟아오르고 여기저기서 강인한 송곳니가 누마의 살점을 찢기 위해 번득이는 그때, 체구가 조그맣고 길고 하얀 수염에 주름투성이 얼굴을 한 무언가가 나무 위에서 곤두박질치듯 떨어져 내렸다. 그것은 누마의 등에 내려앉아 몸을 쫙 펴더니, 마치 커첵 부족의 수컷들에게 맞서기라도 하겠다는 듯이 팔짝팔짝 뛰면서 새된 소리를 내질렀다.

유인원들은 그 갑작스러운 상황에 놀라 마비된 듯 그대로 멈추었다. 그것은 한 마리 마누였다. 겁쟁이 마누가 거대한 맹가니들에게 둘러싸인 채 누마의 몸뚱이를 타고 서서 건드리지 말라는 듯 꺅꺅거리고 있는 것이다.

그렇게 수컷들이 굳어져 있는 사이, 마누는 땅바닥으로 내려가 누마의 황록색 귀를 붙잡고 온 힘을 다해 끌어당겼다. 그러자 사자의 무거운 머리가 천천히 뒤집히더니 헝클어진 검은 머리와 깨끗한 윤곽의 구릿빛 얼굴이 드러났다.

늙은 유인원 몇몇이 그래도 이미 시작한 일을 끝내려 했다. 하지만 엄숙하고 강력한 수컷 타그가 재빨리 타잔 곁으로 몸을 날려 그들을 가로막았다. 그는 정신을 잃은 어린 시절 친구 앞에 버티고 서서 더 이상 다가오지 말고 물러나라고 경고했다. 그의 짝 티카도 앞으로 나와 타그 옆에 자리 잡고 선 채 송곳니를 드러냈다. 다른 이들도 하나둘 그들을 따랐고, 마침내 타잔은 누구도 그에게 접근할 수 없다는 듯이 버티고 선 털북숭이 동료들에게 완전히 둘러싸이게 되었다.

타잔에게 그것은 놀라운 경험이었고, 잘못을 깨닫게 해 준 경험이기도 했다. 잠시 후 정신이 들어 눈을 뜬 그는 자신을 둘러싸고 있는 유인원들을 바라보았다. 무슨 일이 일어났는지에 대한 깨달음이 서서히 돌아오면서, 타잔의 얼굴에 눈부신 미소가 번져 갔다. 그는 여기저기에 멍이 들고 온몸이 다 아팠다. 하지만 이 모험으로부터 얻은 것들은 그 모든 대가를 치를 만한 가치가 있었다. 우선, 그는 커첵 부족이 자신이 가르쳐 주는 것에 주의를 기울인다는 사실을 알았다. 그리고 아무런 감정도 없다고 생각했던 무뚝뚝한 야수들 가운데에도 좋은 친구들이 있다는 것을 알았다. 심지어 조그만 겁쟁이 마누까지도 자신을 지키기 위해 목숨을 걸지 않았던가!

그 모든 것들을 알게 되어 타잔은 몹시 기뻤다. 하지만 또 하나의 교훈을 생각하자 저도 모르게 얼굴이 붉어졌다. 타잔은 언제나 장난꾼이었다. 그것도 함께하기에 무자비하고 가혹한 장난꾼이었다. 그러나 이렇게 반죽음이 되어 땅바닥에 드러누워 있자니, 앞으로 짓궂은 장난은 영원히 삼가리라고 거의 맹세라도 하고 싶은 심정이 되었다. 거의—완전히는 아니고 말이다.

9. 악몽

머봉가 마을의 흑인들은 잔치를 벌이고 있었다. 타잔은 음울하고 끔찍한 기분으로 그들의 머리 위 거목에 앉아 있었다. 그는 배가 고팠고, 그래서 흑인들이 부러웠다. 그날의 사냥은 형편없었다. 가장 위대한 정글 사냥꾼에게도 풍족한 날만큼이나 궁핍한 날이 있기 마련이었다. 타잔 역시 이따금 하루 이상을 빈속으로 보내기도 했고, 한 달 내내 간신히 굶어 죽지 않을 정도로 버텨 낸 적—물론 자주는 아니었다—도 있었다.

한번은 초식동물들 사이에 병이 돌아서 초원이 황폐해지는 바람에 거의 몇 년간 사냥감이 드물었던 시기도 있었다. 그때는 육식동물 수가 너무나 빨리, 과도하게 늘어나기도 해서 그들의 먹잇감들—타잔도 여기에 포함되었다—은 상당 기간 공포에 떨어야 했다.

사실, 타잔은 대체로 잘 먹고 사는 편이었다. 하지만 오늘은 사냥감을 찾을 때마다 불운이 거듭된 탓에 아무것도 먹지 못했고, 그래서 잔치를 벌이는 흑인들을 내려다보면서 배고픔의 고통과 언제나 그의 가슴을 들끓게 하는 저 필생의 숙적들에 대한 증오로 이를 갈고 있는 것이었다. 고맹가니들이 음식—그것도 코끼리 고기였다!—으로 위장을 가득 채우고 있는 동안, 빈 위장을 끌어안고 구경만 하자니 미칠 지경이었다.

타잔은 탄토와 아주 사이좋은 친구였고, 코끼리 고기를 먹어 본 적이 없었다. 하지만 고맹가니들은 분명 코끼리를 죽여서 그 고기를 먹고 있었다. 만약 타잔이 그래야 하는 상황을 맞는다면 틀림없이 자기 행동의 윤리에 대해 몹시 괴로워할 터였다. 흑인들이 먹고 있는 것이 사실은 며칠 전에 병으로 죽은 코끼리의 시체라는 것을 알았다면 타잔도 그토록 예민하게 반응하지는 않았을지도 모른다. 그는 썩은 고기를 먹지 않았기 때문이다. 그러나 배고픔은 정상급 미식가의 입맛마저도 둔하게 만드는 법이고, 타잔은 별로 미식가라고 할 수도 없었다. 지금 이 순간 그는 굶주린 야수일 뿐이었다.

흑인 전사들로 둘러싸인 마을 중앙에서 거대한 요리 솥이 끓고 있었다. 타잔은 당장이라도 솥으로 달려가고 싶었지만, 잔치의 한복판에 맨몸으로 뛰어들었다가는 아무리 그라 해도 무사하기 어려울 터였다. 적어도 저들이 배불리 먹고 인사불성이 되도록 취할 때까지 기다릴 필요가 있었다. 남은 음식이라도 지금으로써는 최고의 한 끼가 될 터였다. 그러나 참을 수 없는 허기로 애타는 타잔이 보기에, 저 탐욕스러운 고맹가니들은 고기를 남기느니 차라리 먹다가 배가 터지고 말겠다는 듯이 잔치를 즐기고 있었다. 꾸역꾸역 먹기만 하던 것을 멈추고 한동안 사냥춤을 추기도 했는데, 그렇게 움직여 소화가 좀 되면 다시금 솥으로 달려가곤 했다. 하지만 그들 대부분이 코끼리 고기와 발효주를 엄청나게 먹고 마셔서 몸을 움직이기 힘들 만큼 둔해져 있었고, 아예 바닥에 드러누워 더 이상 일어날 수 없는 지경에 이른 이들도 있었다. 그 와중에도 요리 솥 근처에 자리를 잡아 거의 무의식중에 먹고 있긴 했지만 말이다.

한밤중이 지나도 잔치가 끝날 기미는 보이지 않았다. 잠에 빠지는 이들이 빠르게 늘어갔지만 아직도 몇몇은 끈질기게 버티고 있었다. 이쯤이면 몰래 마을로 들어가 고기 한 덩어리는 훔쳐 나올 수 있었다. 하지만 타잔이 원하는 것은 한 덩어리 정도가 아니었다. 속을 갉아 대는 듯한 이 엄청난 배고픔을 가라앉히려면 위장을 가득 채울 만한 음식이 필요했다. 그러자면 상당 시간을 더 참고 기다려야 하리라.

마침내 타잔이 원하던 때가 되었다. 전사 하나가 남아 있긴 했지만, 그는 얼마나 많이 먹었는지 원래는 쭈글쭈글했던 뱃가죽이 북통처럼 부풀어 올라 팽팽해진 늙은이였다. 속이 거북한 듯—고통스러운 것 같기도 했다— 무릎으로 몸을 끌며 솥단지까지 기어가 그 자세 그대로 고기를 집어 먹더니, 요란한 신음을 내면서 등을 대고 누워 소화되기를 기다리고 있었다.

그 늙은이가 죽을 때까지 먹든가, 아니면 다 먹어 치워 남은 고기가 하나도 없게 되리라는 것은 명백해 보였다. 타잔은 역겨움에 머리를 내저었다. 이 고맹가니들은 얼마나 혐오스러운 존재들이란 말인가. 그러나 정글의 모든 주민들 가운데 오직 그들만이 타잔과 생김새가 가장 비슷했다. 타잔도 인간이었고, 그들 역시 인간이었다. 원숭이 마누와 고릴라 볼가니와 유인원이 크기와 생김새와 습성이 다르긴 해도 분명 모두 하나의 거대한 가족인 것처럼 말이다. 그래서 타잔은 정글의 모든 야수들 가운데 인간이 가장 혐오스러운 존재—댕고와 함께—라는 사실이 부끄러웠다. 인간과 댕고만이 죽은 쥐처럼 배가 부풀어 오를 때까지 먹었다. 타잔은 댕고가 죽은 코끼리의 사체를 파고 들어가며 먹어 치우는 것을 본 적이 있었다. 놈은 너무 많이 먹는 바람에 들어간 구멍으로 다시 나오지 못했다. 이제 타잔은 기회만 주어진다면 인간도 똑같은 짓을 하리라는 것을 믿게 되었다. 인간은 또한 앙상한 다리며, 거대한 위장, 날카로운 이빨, 두껍고 붉은 입술까지 가장 흉하게 생긴 생물이었다. 인간은 역겨웠다. 타잔의 시선이 오물 위에서 뒹굴고 있는 흉측한 늙은이에게 고정되었다.

봐라! 고기를 더 먹으려고 무릎으로 기며 버둥거리고 있는 저 몰골을! 늙은이는 고통스러운 신음을 토하면서도 끈질기게 먹고 또 먹고 끝없이 먹고 있었다. 타잔은 배고픔도, 역겨움도 더 이상 참을 수가 없었다. 그는 조용히 나무줄기를 타고 땅으로 미끄러져 내려갔다.

늙은이가 고통으로 거의 몸을 반으로 접은 채 다시 요리 솥에 손을 뻗쳤다. 타잔은 소리 없이 그의 뒤쪽으로 재빨리 다가갔다. 강철 같은 타잔의 손가락이 늙은이의 목을 움켜쥐었을 때도 소리는 거의 나지 않았다. 저항은 짧았다. 상대가 늙은이인 데다 엄청나게 먹고 마셔서 이미 반쯤 몽롱한 상태였기 때문이다.

타잔은 정신을 잃은 늙은이를 떨궈 놓고, 요리 솥에서 커다란 고깃덩이 몇 조각—엄청난 배고픔을 충분히 만족시켜 줄 만큼—을 떠냈다. 그리고 늙은이를 들어 올려 요리 솥에 처넣었다. 다른 흑인들이 깨어나면 아마도 생각할 거리가 되어 주리라! 타잔은 소리 없이 활짝 웃었다. 고기를 챙겨 나무로 돌아가려던 그는 발효 술이 담긴 그릇을 보고 집어 들었다. 하지만 한 모금만에 뱉어 버리고 그릇을 내던졌다. 타잔은 댕고조차도 그처럼 고약한 맛의 액체는 거부하리라 확신했다. 인간에 대한 경멸감이 한층 더 커졌다.

나무를 타고 정글 속으로 한참을 건너간 타잔은 훔쳐 온 고기를 먹기 위해 자리 잡았다. 그는 고기에서 이상하고 불쾌한 냄새가 난다는 것을 알아챘지만, 불에 바로 구운 것이 아니라 물그릇에 들어 있었기 때문일 거라고 생각했다. 물론 타잔은 요리한 음식에 익숙지 않았고, 그런 음식을 좋아하지도 않았다. 하지만 너무나 배가 고팠기에 일단 먹기 시작했다. 그래서 치밀어 오르는 욕지기를 느끼고 멈추었을 때는 이미 꽤나 많은 양을 먹은 후였다. 그것은 상상했던 것보다 훨씬 더 그의 입맛에 거슬렸다.

남은 고기를 바닥에 던져 버린 타잔은 나뭇가지에 편하게 몸을 말고 잠을 청했다. 하지만 잠은 쉽게 와 주지 않았다. 보통 때 타잔은 벽난로 앞 깔개에 몸을 말고 누운 강아지처럼 금방 잠이 들곤 했다. 하지만 오늘 밤 그는 이리저리 자꾸만 몸을 뒤척이고 있었다. 명치께에서 무언가 이상한 감각이 느껴졌기 때문이다. 마치 위장 안에 든 코끼리 고기가 동료 코끼리들을 찾으러 가기 위해 밖으로 튀어나오려고 애쓰는 듯한 느낌이었다. 타잔은 이를 꽉 물고 올라오려는 것을 억누르며 단호하게 버텼다. 그토록 오래 기다려서 얻은 음식을 빼앗기고 싶지 않았던 것이다.

설핏 잠이 들었던 타잔은 사자의 울음소리에 눈을 떴다. 어느새 한낮이 되어 있었다. 그는 눈을 비비며 일어나 앉았다. 정말 잠을 자긴 한 걸까? 잘 자고 일어나면 느껴지기 마련인 새로운 활력 같은 것이 전혀 느껴지지 않았다. 그때, 무슨 소리가 들려왔고 타잔은 아래를 내려다보았다. 누마가 나무둥치 옆에서서 굶주린 시선으로 그를 노려보고 있었다. 타잔이 인상을 쓰자, 놀랍게도 누마가 가지를 타고 나무를 오르기 시작했다. 타잔은 누마가 나무를 타는 것을 한 번도 본 적 없었지만, 어째서인지 지금은 저 특별한 누마가 나무를 기어오르고 있다는 사실이 별로 놀랍지가 않았다.

누마가 서서히 그를 향해 다가오자, 타잔은 더 높은 가지로 올라가려고 했다. 하지만 오늘따라 나무를 잘 탈 수가 없었다.

자꾸만 손이 미끄러지고 몇 번이나 발을 헛디뎠다. 그러는 동안에도 누마는 꾸준히 올라오고 있었고, 둘 사이의 거리가 점점 가까워졌다. 타잔은 놈의 황록색 눈이 탐욕스럽게 빛나는 것을 보았다. 턱을 타고 흐르는 침과 그를 잡아 죽이려고 쩍 벌린 입안의 송곳니도 보았다. 필사적으로 나무를 긁어 댄 끝에 타잔은 겨우 약간의 거리를 벌릴 수 있었다. 그는 공중으로 뻗친 가느다란 가지에 올라앉았는데, 그 어떤 누마도 따라올 수 없는 위치였다. 하지만 누마는 악귀 같은 얼굴을 한 채 계속해서 다가왔다. 믿기지 않지만 사실이었다. 무엇보다 놀라운 것은, 그 모든 일이 절대로 불가능하다는 것을 타잔이 잘 알고 있음에도 불구하고 동시에 너무나 당연한 일처럼 받아들이고 있다는 점이었다. 첫째로 사자는 나무를 타지 못하는 게 맞고, 둘째로 타잔은 시타조차 감히 엄두를 못 낼 만큼 높은 곳까지 나무를 탈 수 있어야 맞았다.

타잔은 키 큰 나무 꼭대기를 향해 서툰 동작으로 기어올랐다. 누마가 음산하게 신음하며 여전히 그를 뒤쫓고 있었다. 이윽고 그는 숲이 다 내려다보일 만큼 높이 솟아 흔들리는 가지 끝에 간신히 균형을 잡고 섰다. 더 이상은 나아갈 데가 없었다. 바로 아래쪽에서 꾸준히 올라오고 있는 누마를 보며 타잔은 마침내 끝이 다가왔음을 깨달았다. 이렇게 가느다란 가지 위에서 사자와 싸울 수는 없었다. 게다가 이처럼 아찔한 높이에서 마치 땅 위를 걷듯 흔들리는 가지에 굳건하게 발을 내디디고 있는 누마를 상대로라면 말이다.

누마는 점점 더 가까워졌다. 이제 금방이라도 그 거대한 앞발을 뻗어 타잔을 끌어 내리고 끔찍한 아가리로 집어삼킬 듯했다. 그때, 위쪽에서 윙윙거리는 소리가 들려와 타잔은 불안한 시선으로 하늘을 올려다보았다. 거대한 새가 그의 머리 가까이에서 선회하고 있었다. 그렇게 큰 새를 본 것은 처음이었지만, 타잔은 즉시 알아보았다. 바닷가 오두막—이 고풍스러운 오두막은 젊은 그레이스토크 경에게, 누군지도 모르는 죽은 아버지가 남겨준 유산이었다—에 있던 책들 중 하나에서 수백 번도 더 본 새였기 때문이다.

그림책에서 본 그 새는 커다란 갈고리발톱으로 어린아이를 움켜쥐고 지면에서 굉장히 멀리 떨어진 상공을 날고 있었다. 지상에는 정신이 나간 듯한 어머니가 두 팔을 들고 서 있었다. 누마가 발톱을 세우고 타잔을 덮치려 다가드는 순간, 새가 급강하로 날아오더니 사자 못지않은 갈고리발톱으로 그의 등을 낚아챘다. 타잔은 날카로운 통증으로 온몸이 마비되는 듯했지만 누마의 발톱에서 벗어났다는 사실에 일말의 안도감을 느꼈다.

새가 엄청난 날갯짓 소리를 내며 빠르게 날아올랐다. 금세 숲이 저 아래로 멀어졌다. 너무나 높이 오른 탓에, 아래를 내려다본 타잔은 욕지기와 어지럼증을 느꼈다. 그는 눈을 꼭 감고 숨을 가다듬었다. 거대한 새는 점점 더 높이 올라갔고, 호기심을 참지 못한 타잔은 결국 눈을 떴다. 정글이 너무나 멀리 있어 흐릿한 초록색 형체로만 보였고, 머리 위로 상당히 가까이에 태양이 있었다. 타잔은 너무나 추웠기 때문에 손을 뻗어 그

온기를 느끼려 했다. 그 순간, 갑작스러운 광기가 그를 사로잡았다. 새는 그를 어디로 데려가려는 것일까? 이 거대한 날짐승이 하는 대로 그저 당하고만 있어야 하는가? 강력한 전사인 타잔이 자기를 지키기 위해 주먹 한 방 날려 보지 않고 순순히 죽어야 한단 말인가? 절대로 그럴 수는 없었다!

허리춤에 매달린 사냥칼을 뽑아 쥔 타잔은 머리 위 짐승을 노리고 한 번, 두 번, 세 번, 휘둘렀다. 거대한 새가 발작적으로 퍼덕거리다가 움켜쥐고 있던 발톱을 풀었고, 타잔은 그 엄청난 높이에서 정글을 향해 돌진하듯 떨어져 내렸다.

이파리 무성한 나무 꼭대기에 부딪칠 때까지 족히 몇 분은 흐른 것처럼 느껴졌다. 잔가지들을 부수며 떨어져 내린 그는 어느 순간, 지난밤 잠을 청하며 누웠던 바로 그 가지에 닿았다. 거기서 균형을 잡으려고 미친 듯이 버둥거리다가 다시 굴러떨어졌지만 간신히 가지를 붙잡고 매달릴 수 있었다. 타잔은 추락하는 동안 저도 모르게 감고 있었던 눈을 뜨고, 민첩하게 몸을 돌려 원래 가지 위로 올라섰다. 아래를 내려다보니 누마가 으르렁거리고 있었다. 그를 향해 탐욕스러운 시선을 보내는 놈의 황록색 눈이 정글의 어둠 속에서 달빛을 받아 빛났다.

타잔은 숨을 삼켰다. 온몸의 땀구멍에서 차가운 땀이 솟구치고 가슴 언저리에서 욕지기가 느껴졌다. 그는 처음으로 꿈을 꾸었던 것이다.

오랫동안 타잔은 그를 쫓아 나무에 오르려는 누마를 보고, 머리 위에서 울리는 거대한 새의 날갯짓 소리를 들으며 앉아 있었다. 타잔에게 꿈은 현실이나 다름없었기 때문이다.

그는 자신이 본 것을 믿을 수가 없었다. 하지만 그 믿을 수 없는 것들을 보았다는 사실이 너무나 분명했기에 자신의 감각을 불신할 수도 없었다. 생애를 통틀어 타잔의 감각은 주인을 기만한 적이 없었다. 그래서 그는 자신의 감각을 상당히 신뢰했다. 타잔의 뇌에 전달되는 감각 정보 하나하나는, 정확도의 차이는 있을망정 모두 진짜배기였다. 그렇기 때문에 그는 진실성이라고는 한 점도 없어 보이는 그 이상한 모험을 겪었을 가능성을 부인할 수가 없었다. 부패한 코끼리 고기를 먹고 속이 뒤집혔던 것이며, 잠이 들었던 것, 정글에서 으르렁거리던 사자, 그림책 등 그가 경험한 듯한 일을 세부 사항 하나까지 너무도 진짜같이 떠올릴 수 있다는 사실도 그의 이해를 완전히 넘어서는 것이었다. 그러나 타잔은 누마가 나무에 오르지 못한다는 것을 알고 있었고, 정글에는 그런 새가 존재하지 않는다는 것도 알고 있었으며, 그렇게 높은 곳에서 곤두박질치고서도 살아남을 수는 없다는 사실 또한 알고 있었다. 조금의 과장도 없이 말해서, 그는 완전한 혼란—어리둥절하고 심지어 메스껍기까지 했다—에 빠졌다.

타잔은 마음을 가라앉히고 다시 한 번 잠을 청했다. 하지만 그 밤의 이상한 사건이 자꾸만 머릿속을 맴돌아 저도 모르게 깊은 생각에 빠졌다. 그러는 와중에 또 다른 놀라운 일이 일어났다. 그것은 정말로 터무니없는 광경이었지만, 이번에도 타잔은 모든 것을 직접 눈으로 보았다. 아래쪽에서 히스타가 나무

줄기를 칭칭 감고서 미끄러져 올라오고 있었다. 그런데 이 히스타는 그가 요리 솥에 처넣었던—배가 북통처럼 팽팽하게 부풀어 오른— 노인의 머리를 달고 있었다. 타잔을 향해 고정된 생기 없는 눈을 한 끔찍한 노인의 얼굴이 점점 가까워지더니 턱을 쩍 벌려 그를 잡으려 했다. 타잔은 그 흉측한 얼굴을 미친 듯이 내리쳤다. 그러자 환영이 사라졌다.

타잔은 숨을 헐떡이며 눈을 번쩍 떴다. 한차례 몸을 떤 그는 가지 위에 똑바로 일어나 앉았다. 그리고 정글에 단련된 예리한 눈으로 사방을 둘러보았다. 노인의 얼굴을 한 히스타는 어디에도 보이지 않았다. 다만 어느 가지에서 떨어져 내린 듯한 애벌레 한 마리가 허벅지 위에서 꿈틀거리고 있었다. 타잔은 인상을 찌푸리며 놈을 어둠 속으로 튕겨 버렸다.

그렇게 밤이 깊어가는 동안 꿈이 또 다른 꿈으로 이어지고, 악몽이 또 다른 악몽으로 이어졌다. 타잔은 나뭇잎을 스치는 바람의 부스럭거림에도 정신이 산란해졌고, 정글의 정적을 뚫고 갑자기 터져 나온 댕고의 으스스한 웃음소리에도 겁에 질린 사슴처럼 펄쩍 뛰었다. 하지만 마침내 아침이 느릿느릿 다가왔다. 속이 메스껍고 열에 들뜬 채로 일어난 타잔은 꾸물거리는 걸음으로 눅눅하고 음침한 정글을 뚫고 물을 찾으러 갔다. 온몸이 통째로 불 속에 들어앉은 듯이 뜨겁고 목구멍에서 지독한 욕지기가 솟구쳤다. 거의 뚫고 들어갈 수 없을 만큼 빽빽하게 엉켜 있는 덤불숲을 본 그는, 포식자들의 공격으로부터 안전한 곳을 찾아 누구의 눈에도 띄지 않고 혼자 죽어 가기를 바라는 야생 짐승들이 그러듯이 죽을 자리를 찾아 기어 들어갔다.

그러나 타잔은 죽지 않았다. 한참 동안은 차라리 그러기를 바라기도 했지만, 대자연과 그 자신의 뒤집힌 속이 나름대로의 치료법으로 고통을 덜어 준 덕분에 한차례 심한 땀을 흘린 후에는 보통 때처럼 평온한 잠에 빠져들 수 있었다. 그리고 오후가 되어 깨어났을 때는, 기운이 좀 없기는 했지만 더 이상 아프지 않았다.

타잔은 다시 물을 찾으러 갔다. 그리고 실컷 물을 마셔 갈증을 씻은 뒤에는 바닷가 오두막으로 향했다. 외롭고 고통스러울 때면, 그 어디에서도 찾을 수 없는 고요와 평온을 찾아 그곳으로 가는 것이 그의 오랜 습관이었다.

타잔이 오두막으로 다가가 오래전에 그의 아버지가 직접 만들어서 달아 둔 걸쇠를 들어 올리고 있을 때, 근처의 덤불숲에 숨어 그를 지켜보는 조그맣고 충혈된 눈이 있었다. 툭 튀어나온 짙은 눈썹 아래 그 눈은 분명한 악의와 날카로운 호기심을 담고 있었다.

타잔은 오두막 안으로 들어와 문을 닫았다. 이제 온 세상이 단절되었고, 그는 여기서 누구의 방해도 받지 않고 아무런 염려도 없이 자기만의 시간을 보낼 수 있었다. 편하게 몸을 말고서 책이라는 이상한 물건에서 그림들만 찾아볼 수도 있고, 거기 나오는 단어들—타잔은 글자들을 어떻게 발음하는지도 알지 못하면서 혼자서 읽는 법을 배웠다—의 뜻을 헤아려 볼 수도 있었다. 그가 좋아하는 책을 들여다보며 완전한 미지의 세계에서 펼쳐지는 놀라운 이야기에 흠뻑 취할 수도 있었다. 누마와 세이버가 근처를 어슬렁거려도, 거센 비바람이 몰아쳐도, 최소한 여기서만큼은 경계를 완전히 풀어 버리고 그에게 가장 큰 즐거움을 주는 일에만 몰두하면서 즐거운 휴식을 취할 수가 있는 것이다.

오늘 타잔은 발톱으로 어린 타맹가니를 움켜쥐고 있는 거대한 새의 그림부터 찾았다. 그리고 눈썹을 찌푸린 채 그림을 꼼꼼히 살펴보았다. 그랬다. 그것은 전날 그를 낚아채 날아올랐던 바로 그 새였다. 타잔에게 꿈은 현실이나 똑같았기 때문에 그는 나무에 누워 잠든 후로 하루가 통째로 지났다고 생각하고 있었다.

타잔은 그 문제에 대해 생각하면 할수록 자신이 겪은 모험이 진짜라는 사실을 점점 더 믿기 어려워졌다. 하지만 그렇다면 어디에서 현실이 끝나고 비현실이 시작되는 걸까? 정말 고맹가니의 마을에 갔던 걸까? 그 늙은 고맹가니를 진짜로 죽였을까? 코끼리 고기를 먹었을까? 그래서 탈이 났던 걸까? 타잔은 아무래도 알 수가 없었다. 그는 헝클어진 검은 머리칼을 긁적이며 다시 곰곰이 생각했다. 그 모든 일은 굉장히 이상했지만, 자신이 나무를 타는 누마나 늙은 흑인의 머리를 단 히스타를 본 적이 없다는 것만은 분명했다.

결국 타잔은 한숨을 내쉬며 포기했다. 그로서는 불가해한 것을 이해하려 애쓰지 않기로 했다. 다만, 그의 마음 깊숙한 곳에서는 자신이 전에 경험해 본 적 없는 무언가, 이를테면 잠들어 있는 동안에만 존재하는 다른 삶 같은 것이 있어서 그것이 깨어난 이후까지 의식으로 이어졌음을 알고 있었다.

타잔은 문득, 잠들어 있는 동안 만났던 그 이상한 생물들이 자신을 죽이지 못한 이유가 궁금해졌다. 그때의 자신은 적을 보면 도망치려고만 하는 겁쟁이 바라 같았기 때문이다. 소심하고 무력한 데다 굼뜨기까지 한 그는 마치 자기가 아닌 또 다른 타잔 같았다.

그렇게 타잔은 깨어 있는 동안 한 번도 느껴 본 적 없는 두려움이란 것이 무엇인지 꿈에서 처음으로 맛보았다. 아마도 아주 먼 조상들로부터 처음에는 미신에 가까운 것이었다가 나중에는 종교의 형태로 후손들에게 전달된 그 무언가를 경험한 것일 터였다. 그로서는 밤에 본 그것들을 한낮의 감각이나 이성으로는 설명할 수가 없었고, 그래서 기이한 설명이라도 만들어 낼 수밖에 없었던 것이다. 마치 온갖 불가해한 자연현상의 원인을 유령 따위의 기괴한 형태라든가 기이하고 으스스한 힘에 사로잡혔다는 식으로 설명하고는, 매번 비슷한 일이 생길 때마다 놀라움과 공포감, 심지어는 경외감까지 더해서 그 설명에 대한 확신을 다져 가는 것처럼 말이다.

타잔은 이제 눈앞의 책장 위에 흩어진 조그만 벌레들—익히 아는바, 그것들은 다양한 의미를 갖고 있었다—에 주의를 집중했다. 책 속의 이야기가 그의 머릿속에 생생하게 펼쳐지기 시작했다. 그것은 사로잡힌 볼가니의 이야기였다. 책에는 그림도 들어 있었다. 실물과 그럭저럭 비슷한 볼가니가 우리에 갇혀 있고, 타맹가니처럼 보이는 많은 이들이 그 앞 난간에 기대서서 으르렁거리는 야수를 호기심 어린 눈으로 바라보는 그림이었다. 타잔도 즐겨 하는 일이라 놀랄 것도 없었다. 다만, 이상하기도 하고 쓸데없어 보이는 것이 있었는데 타맹가니의 몸을 덮고 있는 채색된 깃털 차림이었다. 타잔은 그들의 기괴한 모습을 볼 때마다 저도 모르게 웃음 지었다. 털 없는 몸이 부끄러워 그렇게 가린 것인지, 아니면 외모를 돋보이게 하려고 이상한 것을 걸친 것인지 궁금하기도 했다. 타잔은 특히 기괴한 머리 장식이 재미있었다. 몇몇 여자들이 높이 세워 올려놓은 머리 장식을 보면 대체 어떻게 균형을 잡는지 놀라웠다. 남자들의 머리에 얹혀 있는 그 웃기게 생긴 조그맣고 동그란 물건을 보았을 때는, 거의 소리 내어 웃음을 터트릴 뻔했다.

타잔은 다시 책장 위의 조그만 벌레들을 들여다보면서 새로운 의미를 찾기 시작했다. 하지만 오늘따라 벌레들의 움직임이 복잡하고 혼란스러웠다. 그는 갈피를 잡지 못하고 번번이 어리둥절해졌다. 자꾸만 시야가 흐려지자 타잔은 손등으로 거세게 눈을 비볐다. 하지만 벌레들이 조리 있고 이해할 수 있는 형태를 이룬 것은 아주 잠시뿐이었다. 점점 더 집중이 어려워졌고, 나중에는 눈을 뜨고 있는 것조차 힘들게 되었다. 사실, 그는 지난밤 제대로 자지 못한 것은 물론이고 열에 들떴고 복통에 시달렸다. 지쳐 나가떨어진 것도 당연했다.

타잔은 자신이 잠에 빠져들고 있음을 알아챘다. 하지만 지금 자세가 고통스러울 만큼 불편하다는 걸 의식하고 몸을 편하게 돌리려는 순간, 오두막 문이 열렸다. 대번에 잠이 깬 타잔은 방해자를 향해 재빨리 몸을 돌렸고, 일순 깜짝 놀라고 말았다. 문간에 거대한 덩치를 들이민 그것이 털북숭이 볼가니의 모습처럼 보였기 때문이다.

타잔은 자신의 오두막에 정글의 주민 누구도 들이고 싶지 않았지만, 그중에서도 볼가니가 특히 싫었다. 예리한 그의 눈은 언뜻 본 것만으로도 그 볼가니가 정글의 광증—덩치가 크고 더 사나운 수컷들이 주로 걸린다는—에 고통스러워하고 있음을 알아챘다. 하지만 별로 두렵지는 않았다. 볼가니들은 보통 갈등을 피하고 다른 정글 주민들을 피해 숨어 살기 때문에 가장 좋은 이웃이라고 할 수 있었던 것이다. 다만 공격을 받거나 광기에 사로잡혔을 때는 사정이 달라서, 정글을 통틀어 감히 그들과 싸우려 들 만큼 대담하고 난폭한 자는 없었다.

타잔이 도망칠 길은 없었다. 볼가니가 당장이라도 덤벼들어 그를 붙잡을 기세로 정면에서 충혈된 눈을 사악하게 빛내고 있었기 때문이다. 타잔은 탁자에 놓아둔 사냥칼을 향해 손을 뻗었지만, 길이가 조금 모자랐다. 칼의 위치를 확인하느라 흘끗 눈을 돌린 그의 시야에, 좀 전까지 들여다보고 있었던 책에 나온 볼가니의 그림이 잡혔다. 드디어 칼이 손에 만져졌다. 타잔은 칼을 잡으면서도 다가오는 볼가니에게 시선을 고정한 채 미소 지었다.

또다시 잠결에 마주친 허망한 것에 속아 넘어갈 수는 없었다! 이제 곧 저 볼가니는 탄토의 머리를 단 쥐 팜바로 변하고 말 것이다. 그런 이상한 일을 넘칠 만큼 겪은 지 얼마 되지 않았기 때문에 타잔은 앞으로 일어날 만한 일을 얼마쯤은 생각해 낼 수도 있었다. 그러나 볼가니는 무엇으로도 변하지 않고 그를 향해 천천히 다가왔다.

타잔은 조금 당황스러웠다. 무엇보다, 앞서의 기이한 모험에서 가장 뚜렷하게 느꼈던 '안전한 곳으로 달아나고 싶은 미칠 듯한 욕망'이 전혀 느껴지지 않았기 때문이다. 그는 이제 원래의 자신이었다. 필요하다면 언제든 싸울 준비가 되어 있었다. 그럼에도 여전히 눈앞의 볼가니가 피와 살로 이루어진 실체가 아닐 거라는 확신은 사라지지 않았다. 당장이라도 그것이 공기 중으로 푸스스 사라지거나, 아니면 다른 무언가로 변할 것만 같았다.

그러나 아니었다. 높이 달린 창을 통해 오두막을 가로질러 비치는 한 줄기 빛을 받아 불쑥 모습을 드러낸 것은 분명, 검은 털가죽이 생명력과 활기로 빛나는 거대한 볼가니였다. 하지만 타잔은 또 이것이야말로 자면서 겪는 모험 중에서 가장 진짜 같다는 생각을 하면서 다음에 일어날 놀라운 일을 그저 기다리고 있었다.

다음 순간, 볼가니가 덤벼들었다. 굳은살 박인 강력한 두 손이 타잔을 붙들고 날카로운 송곳니가 그의 목을 노리고 다가왔다. 육식동물의 목구멍에서 터져 나온 무시무시한 으르렁거림이 귓전을 울리고 뜨거운 숨결이 뺨에 훅 끼쳐 왔다. 타잔은 그대로 주저앉은 채 그 헛것을 향해 미소 지었다. 한두 번 속을 수는 있다. 그러나 이렇게 연달아 몇 번이나 속지는 않으리라! 그는 이 볼가니가 진짜가 아니라고 확신하고 있었다. 볼가니는 오두막에 들어온 적이 없고, 들어올 수도 없었기 때문이다. 오두막의 걸쇠를 여는 방법을 아는 것은 오직 타잔뿐이었다.

볼가니는 이 털 없는 짐승의 이상한 반응에 당황한 것 같았다. 타잔의 목 줄기 가까이에서 턱을 벌린 채 으르렁거리던 그가 갑자기 뭔가를 결정한 듯 그대로 멈추었다. 그리고 타잔을 들어 올려 털북숭이 어깨에 둘러메더니 —당신이나 내가 두 팔로 아기를 들어 올리는 것만큼이나 쉬워 보이는 동작이었다— 오두막을 뛰쳐나와 숲으로 달려갔다.

이제 정말로 타잔은 이것이 잠의 모험이라고 확신했다. 그래서 거대한 볼가니에게 실려 가면서도 아무런 저항도 하지 않고 활짝 웃고 있었다. 그는 머지않아 잠에서 깰 것이고 자신이 잠들었던 오두막에서 눈을 뜨게 될 것이라고 생각했다. 그러면서 뒤를 흘끗 본 순간, 깜짝 놀라고 말았다. 오두막의 문이 활짝 열려 있었기 때문이다. 그럴 수가 없었다! 타잔은 침입자를 막기 위해 언제나 걸쇠를 꼼꼼하게 걸어 두었다. 심지어 마누라 해도 다만 몇 분간 오두막에 들여놓았다가는 타잔의 보물들 가운데서 난리 법석을 피울 게 분명했던 것이다. 타잔의 머릿속에 다시 불가해한 의문이 솟아올랐다. 잠의 모험이 끝나고 현실이 시작된 지점은 대체 어디란 말인가? 오두막 문이 진짜로 열린 게 아니라고 어찌 확신할 수 있겠는가? 그 자신에 관해서라면 모든 게 정상인 것 같았다. 앞서 잠의 모험에서 일어났던 것 같은 기괴하게 과장된 감각이 전혀 없었다. 그렇다면 만약을 위해서라도 오두막 문을 확실히 닫아 두는 편이 나을 것이다. 심지어 지금까지 일어난 듯한 모든 일이 실제로는 전혀 일어나지 않았다 해도, 해가 될 것은 없으리라.

타잔은 볼가니의 어깨에서 내려오려고 버둥거렸다. 하지만 이 거대한 야수는 불길하게 으르렁거리며 그를 더욱 꽉 움켜잡을 뿐이었다. 결국 사력을 다해 몸을 비튼 타잔은 땅으로 미끄러져 내릴 수 있었다. 그러나 허깨비 볼가니가 거칠게 몸을 돌리더니 다시 그를 붙잡고 매끄러운 구릿빛 어깨에 날카로운 송곳니를 박아 넣었다.

순간, 타잔의 입술에서 비웃음 어린 웃음이 사라졌다. 타는 듯한 고통과 뜨거운 피가 전투 본능을 일으켰다. 잠들어 있건 깨어 있건, 이제 더 이상 장난이 아니었다! 그들은 물어뜯고 찢어발기고 사납게 으르렁거리며 함께 뒤엉켜 바닥을 굴렀다. 볼가니는 점점 더 화가 나 미친 듯이 날뛰었다. 몇 번이나 타잔의 경동맥을 노렸지만 번번이 그 매끄러운 어깨를 놓치고 말았던 것이다. 타잔은 전에도 이 치명적인 혈관부터 노리는 야수들과 싸워 본 적이 있었다. 그래서 매번 무사히 몸을 빼고는 오히려 상대의 목 줄기를 붙잡으려 애썼다. 타잔의 강건한 근육이 긴장하고 뱃가죽이 울퉁불퉁 솟았다. 마침내 놈의 목 줄기를 붙잡은 그는 온 힘을 다해 털북숭이 상반신을 밀어낸 다음, 다른 손에 쥔 사냥칼의 끝이 야수의 심장에 이를 때까지 천천히 미끄러뜨렸다. 그리고 강철 같은 그의 팔목이 한차례 빠르게 움직였다. 칼날은 단숨에 표적을 꿰뚫었다.

볼가니가 무시무시한 비명을 내질렀다. 놈은 타잔을 붙잡고 있던 손을 풀고 두 발로 일어서더니 비틀비틀 걸어갔다. 하지만 몇 걸음만에 땅바닥에 거꾸러졌다. 사지가 잠시 발작적으로 떨렸을 뿐 그대로 조용해졌다.

타잔은 천천히 일어나 자신의 사냥물을 내려다보았다. 헝클어진 머리칼을 긁적이던 그는 허리를 굽히고 볼가니의 시체를 만져 보았다. 고릴라의 선혈이 그의 손을 붉게 물들였다. 손끝을 코에 대고 냄새도 맡아 보았다. 그러고는 머리를 내저으며 오두막을 향해 몸을 돌렸다. 문은 여전히 열려 있었다. 그는 문을 닫고 걸쇠가 고정된 것을 확인한 다음, 볼가니의 시체 옆으로 돌아왔다. 그리고 다시 한 번 머리를 긁적였다.

이것이 잠의 모험이라면 현실은 무엇일까? 대체 그 둘을 어떻게 구별할 수 있단 말인가? 그의 일생에 일어난 모든 일 가운데 얼마큼이 현실이고 얼마큼이 비현실이었을까?

타잔은 볼가니의 시체에 발을 올리고 하늘을 향해 얼굴을 들었다. 그리고 수컷 유인원의 승리의 고함을 목청껏 내질렀다. 머나먼 곳에서 응답하듯 사자의 울음소리가 들려왔다. 그것은 분명한 현실이었지만 타잔은 이제 알 수가 없었다. 여전히 혼란스러운 채로 그는 정글을 향해 몸을 돌렸다.

그렇다. 타잔은 무엇이 현실이고 무엇이 현실이 아닌지 알지 못했다. 그러나 한 가지만큼은 확실했다. 다시는 코끼리 고기를 먹지 않으리란 것!

10. 티카를 위한 싸움

완벽한 날이었다. 열대의 태양마저 시원한 산들바람에 열기를 누그러뜨려 주었다. 몇 주 동안 부족 안에 평화가 가득했고, 그들의 영역을 침범하는 외부의 적도 없었다. 그 모든 것이 유인원의 정신에는 앞으로도 조금 전과 똑같은 상황이 계속되리라—유토피아가 영원하리라—는 증거가 되었다.

보초를 서는 것은 이제는 인습으로 굳어져 버려서, 기분 내키는 대로 경계를 늦추거나 아예 제 위치를 이탈해 버리는 이도 있었다. 부족은 음식을 찾으러 아주 넓게 흩어지곤 했다. 평화와 번영은 가장 문명화된 사회에서든 가장 원시적인 공동체에서든 그 안전을 약화시키는 법이었다.

심지어 부족원 각자도 덜 경계하고 덜 주의하게 되었다. 마치 누마와 세이버와 시타가 이 세상에서 완전히 사라졌다고 생각하는 듯했다. 암컷들과 발루들은 음침한 정글을 마음 놓고 돌아다녔고, 탐욕스러운 수컷들은 아주 멀리까지 먹을 것을 찾으러 다녔다. 티카도 마찬가지였다. 그녀는 보호해 주는 수컷도 없이 자신의 발루 가잔만 데리고 부족의 남쪽 경계까지 사냥을 나갔다.

훨씬 먼 남쪽 숲, 거대한 수컷이 이리저리 난폭하게 나무들을 헤치며 돌아다니고 있었다. 그는 혼자라는 것과 패배했다는 것에 미친 듯이 화가 난 상태였다. 그곳보다 더 먼 남쪽에 사는 부족의 일원인 투그는, 일주일 전 왕위를 놓고 싸움을 벌였다가 잔뜩 얻어맞고 —그때 입은 상처가 아직도 쑤셨다— 패해 쫓겨나고 말았다. 그래서 지금은 추방자로서 낯선 땅을 어슬렁거리고 있었다. 시간이 좀 지나면 부족으로 돌아가서 털북숭이 야수—그 자신이 그의 왕좌를 빼앗으려 도전하긴 했지만—의 뜻에 따르게 될 터였다. 하지만 한동안은 그럴 엄두도 낼 수 없었다. 그가 노렸던 것은 권좌만이 아니라 왕의 아내들까지였기 때문이다. 그런 짓에 대해 용서를 구하려면 적어도 한 달은 기다려야 할 터였다. 투그가 낯선 정글을 음울하고 끔찍한 기분으로 증오에 가득 차 헤매고 있는 것은 바로 그런 이유에서였다.

그가 혼자서 먹을 것을 찾고 있는 젊은 암컷을 우연히 본 것은 딱 그런 상태일 때였다. 낯선 암컷은 나긋나긋하고 강해 보였으며 몹시 아름다웠다. 투그는 숨을 죽이고 재빨리 길 한쪽으로 숨었다. 열대의 빽빽한 덤불숲 무성한 이파리 사이로 몸을 감춘 그는 은밀하게 티카의 사랑스러움을 감상했다.

하지만 티카에게만 주의를 기울인 것은 아니었다. 그는 근처에 그녀 부족의 수컷이나 암컷, 발루가 있지나 않은지 정글을 훑어보았다. 물론 주로 수컷을 경계하는 것이었다. 다른 부족의 암컷을 탐내는 자는 반드시 강력하고 사나운 털북숭이 보호자를 염두에 둬야 했다. 보호자는 자기가 지켜야 할 대상에게서 멀리 떨어지는 일이 거의 없고, 자기 짝과 자식은 물론이고 동료의 짝과 자식까지도 지키기 위해 낯선 이와 목숨을 걸고 싸울 것이기 때문이었다.

낯선 암컷과 그녀에게서 조금 떨어져 놀고 있는 어린 발루 외에는 주변에 아무도 없었다. 사악한 빛을 띤 투그의 충혈된 눈이 티카의 아름다움에 홀린 듯 반쯤 감겼다. 발루에 대해서는 걱정도 하지 않았다. 강력한 턱으로 꼬마 놈의 목덜미를 꺾어 버리는 것은 간단했다. 불필요한 경고를 발할 새도 없을 것이다.

투그는 잘생기고 덩치가 큰 수컷으로, 많은 면에서 티카의 짝 타그와 비슷했다. 둘 다 한창때였고, 둘 다 굉장한 근육과 완벽한 송곳니를 가졌으며, 특히 티카가 까다롭게 원하는 바대로 무시무시할 만큼 사나웠다. 투그가 그녀와 같은 부족이었다면, 짝짓기 때가 되었을 때 티카는 타그가 아니라 그를 택했을지도 모른다. 하지만 어쨌든 그녀는 타그의 짝이었다. 어떤 수컷이든 우선 타그와 일대일로 싸워 이기지 않고서는 티카를 얻을 수 없었다. 설사 이겼다 해도 티카 역시 나름의 권리를 갖고 있었다. 상대에게 호감을 느끼지 못한다면 자신에게 맞는 짝이 아니라고 표현하고 접근을 거부하는 식으로 그 권리를 행사하면 되었다. 즉 그녀 부족의 왕이 대단한 도움을 주지 않는다 해도, 수컷의 것보다 작을망정 그녀 자신의 송곳니를 충분히 효과적으로 쓸 수가 있는 것이다.

티카는 세상 모든 것을 잊고 딱정벌레를 찾는 일에 완전히 빠져 있었다. 부족의 다른 이들과 얼마나 멀리 떨어져 있는지도 깨닫지 못했고, 마땅히 세우고 있어야 할 경계를 위한 방어 감각도 느슨해져 있었다. 타잔이 가르쳐 준 대로 보초를 세워 부족을 보호하면서 아무 위험도 없이 보낸 지난 몇 달은 유인원들을 평화롭고 안전한 일상에 취하게 했고, 모두를 방심하게 만들었다. 이는 과거에도 문명화된 공동체들을 붕괴시켰고 미래에도 또 다른 공동체들을 붕괴시킬 근본적인 오류—즉, 지금껏 무사했으므로 앞으로도 무사하리라는 생각—라고 할 수 있었다.

근처에 오직 그녀와 그녀의 발루뿐이라는 점에 만족스러워하던 투그는 은밀히 앞으로 나아갔고, 티카의 등이 시야에 들어오자 달리기 시작했다. 하지만 임박한 위험이 드디어 티카의 감각을 깨웠다. 그녀는 상대가 지척에 이르기 전에 몸을 돌리고 낯선 수컷을 정면으로 마주했다. 투그는 그녀로부터 몇 걸음 떨어진 곳에서 멈추었다. 낯선 암컷의 매혹적인 여성스러움이 그의 분노를 날려 버렸다. 그는 암컷을 달래기 위해 넓고 납작한 입술로 쯥쯥거리는 소리—혼자서 키스하는 듯한—를 냈다.

그러나 티카는 송곳니를 드러내고 으르렁거리기만 했다. 꼬마 가잔이 어머니를 향해 달려오려 했지만, 그녀는 재빨리 '크레에아!' 소리로 경고했다. 키 큰 나무 위 높은 가지로 달아나라는 뜻이었다. 티카는 이 낯선 구애자에게 좋은 인상을 받지 못한 것이 분명했다. 투그도 그것을 알아챘고 그래서 방법을 바꾸었다. 그는 가슴을 크게 부풀리고 굳은살 박인 주먹으로 쿵쿵 두들긴 다음, 으스대는 걸음으로 그녀 앞을 왔다 갔다 했다. 그리고 자랑스럽게 말했다.

"나는 투그다! 나의 날카로운 송곳니를 봐라! 나의 두꺼운 팔과 단단한 다리를 봐라! 나는 너희 부족에서 가장 큰 수컷도 한 번에 물어뜯어 죽일 수 있다. 나 혼자서 시타를 죽인 적도 있다. 나는 투그다! 투그는 너를 원한다!"

투그는 자기 말이 불러올 효과를 기다렸지만, 오래 기다릴 것도 없었다. 티카가 그 육중한 무게를 생각하면 믿기 힘들 만큼 재빨리 몸을 돌리고 반대 방향으로 달아났던 것이다. 투그는 화가 나서 으르렁거리며 그녀를 뒤쫓기 시작했다. 하지만 더 작고 가벼운 암컷은 그가 따라잡기에 너무나 빨랐다. 얼마간 그녀를 쫓던 투그는 거품을 물고 으르렁거리며 멈춰 서서 단단한 주먹으로 바닥을 두들겼다.

가잔은 어머니의 경고대로 키 큰 나무 위에 앉아 있다가 낯선 수컷이 좌절감으로 울부짖는 것을 보았다. 아직 어린 데다,

무거운 수컷이 닿을 수 없는 높이에 있으니 안전하리라 생각한 그는 아래쪽의 수컷을 향해 욕을 퍼부었다. 하지만 때가 좋지 않았다. 투그가 위를 올려다보았고, 티카는 멀리 가지도 못하고 도망을 멈추었다. 그녀는 자신의 발루를 두고 달아날 수 없었다.

티카가 멈춘 이유를 재빨리 알아챈 투그는 그것을 이용해 먹기로 했다. 어린 발루가 쪼그리고 앉은 나무는 외따로 떨어져 있어서 높이 바닥으로 내려오지 않는 한 다른 나무로 건너갈 수가 없었다. 아이에 대한 사랑을 이용하면 그 어미를 얻을 수 있을 터였다. 투그는 그 나무의 낮은 가지로 몸을 날렸다.

꼬마 가잔이 시끄럽게 퍼붓던 욕을 멈추었다. 악귀 같던 그의 표정에 불안이 어렸다. 투그가 그를 향해 조금씩 가까워지자 아이의 표정은 공포로 물들었다. 티카가 더 높이 올라가라고 소리쳤고, 가잔은 어른 수컷의 무게를 견디지 못할 만큼 작은 가지 사이로 재빨리 올라갔다. 투그는 계속해서 나무를 오르고 있었다. 티카는 저 낯선 수컷이 가잔을 잡을 만큼 높이 오르지 못할 것을 알았기에 별로 걱정하지 않았다. 대신에 그 나무에서 조금 떨어진 곳에 주저앉아 정글식 욕—암컷으로서 그녀는 이 분야의 대가라 할 만했다—을 퍼붓기 시작했다.

하지만 티카는 투그의 조그만 두뇌 속에 들어 있는 악질적인 계략을 알지 못했다. 그녀는 저 수컷이 가잔을 향해 할 수 있는 한 높이 올라갔다가 아이에게 닿을 수 없다는 사실을 깨닫고 나서야 다시 그녀를 쫓아올 것이며, 그 역시 헛짓임을 알게 될 것이라고 너무나도 당연히 생각했다. 그처럼 아이의 안전을 확신하고 그녀 스스로 자신을 지킬 수 있으리라고 너무나도 굳게 믿었기에 부족의 다른 이들을 금세 달려오게 할, 도움을 청하는 소리도 지르지 않았다.

투그는 자신의 육중한 무게를 버텨 줄지 감히 시험해 볼 엄두도 나지 않는 가느다란 가지 아래서 멈추었다. 가잔은 여전히 한참 먼 높이에 있었다. 마음을 다잡은 투그가 힘센 손으로 굵은 가지 하나를 붙잡고 거세게 흔들기 시작했다. 티카도 그제야 저 흉악한 수컷의 의도를 깨닫고 질겁을 했다. 가잔은 흔들리는 가지에서 한참 바깥쪽에 매달려 있었다. 첫 번째 진동에 균형을 잃은 그는 완전히 바닥으로 추락한 것은 아니지만 네발로 간신히 매달렸다. 투그는 더욱 격렬하게 가지를 흔들었고, 그 진동에 결국 가잔이 매달려 있던 가지가 부러지고 말았다. 어떤 결과가 일어날지 티카는 너무나 분명히 알 수 있었다. 그녀는 깊은 모성애로 자신의 위험도 잊어버리고 나무를 향해 달려갔다. 자기 아이를 해치려 하는 저 끔직한 놈과 싸우기 위해서였다.

그러나 티카가 나무에 닿기도 전에 가잔이 한 줄기 비명을 지르며 무성한 이파리들을 뚫고 떨어져 내렸다. 아이는 붙잡을 곳을 찾아 헛되이 버둥거렸지만 소름 끼치는 소리와 함께 어미의 발치에 내리꽂혔다. 그리고 그대로 소리도 없고, 꼼짝도 하지 않았다. 티카는 신음하며 주저앉아 움직이지 않는 자신의 발루를 두 팔로 안아 들었다.

거의 동시에 투그가 그녀를 덮쳤다. 티카는 몸부림치고 물어뜯으며 사납게 싸웠지만 어른 수컷의 강인한 근육을 당해 낼 수는 없었다. 투그가 거칠게 때리고 거듭해서 목을 조르자 결국 그녀는 반쯤 의식을 잃고 말았다. 티카가 반항을 멈추자 투그는 그녀를 들어 올려 어깨에 메고 자기가 떠나온 남쪽 마을을 향해 길에 올랐다.

이제 그곳에는 어린 가잔만이 고요히 누워 있었다. 아이는 신음도 내지 않고 움직이지도 않았다. 태양이 하늘 꼭대기를 향해 천천히 떠올랐다. 지저분한 짐승 한 마리가 코를 들어 올리고 정글의 바람결에서 냄새를 찾으며 덤불 아래를 슬금슬금 기어 다니고 있었다. 댕고였다. 잠시 후 놈의 추악한 주둥이가 덤불을 뚫고 튀어나왔고, 놈의 잔인한 시선이 가잔의 몸에 고정되었다.

그날 아침 일찍 타잔은 바닷가 오두막에 갔다. 그 근방에서 부족원들이 돌아다니고 있을 때면 그는 거기서 시간을 보내곤 했다. 오두막 바닥에는 이십 년쯤 전에 커첵이 던져 둔 그대로 남자의 유골—전대의 그레이스토크 경은 그것밖에 남지 않았다—이 놓여 있었다. 흰개미들과 작은 설치류들이 강건한 영국인의 뼈를 깨끗이 청소한 지도 이미 오래였다. 수년 전 타잔은 유골이 거기 누워 있는 것을 보았고, 정글 어디에나 흩어져 있는 무수한 뼈들을 보고 지나치듯 그냥 지나쳤다. 침대에는 그보다 좀 작은 유골이 잠들어 있었다. 타잔은 그 역시 무심히 지나쳤다. 그들이 자신의 부모였음을 그가 어찌 알 수 있었겠는가? 조잡해 보이긴 해도 그레이스토크 경이 애정을 담아 손으로 만든 것이 분명한 요람에는 조그만 뼈 무더기가 있었다. 그 또한 타잔에게는 아무 의미도 없었다—언젠가는 그 작은 유골이 그의 고귀한 지위를 증명하는 데 결정적인 도움이 되리라는 사실은 오리온자리의 별들만큼이나 그의 시야에서 먼 이야기였다. 타잔에게 그것들은 그냥 뼈들일 뿐이었다. 살점이 하나도 남지 않았으니 아무 소용 없었고, 침대를 쓸 필요를 느끼지 않았으니 방해가 되지도 않았으며, 바닥의 유골은 그냥 넘어 다니면 되었다.

오늘 그는 어쩐지 좀이 쑤셨다. 이 책 저 책 들썩여 보고 외울 지경이 된 그림들도 들여다보았지만 이내 싫증을 느끼고 한쪽으로 던져 버렸다. 그는 무수히 뒤져 보았던 벽장에서 조그맣고 둥근 금속 조각들이 든 주머니를 꺼냈다. 지난 수년간 타잔은 셀 수도 없이 그것들을 가지고 놀았다. 다 놀고 나면 조심스럽게 주머니에 넣고, 주머니는 처음 발견했던 그 벽장 선반에 올려놓았다. 스스로 왜 그러는지도 모르면서 정돈을 하고 있었던 것이다. 정돈할 줄 아는 종의 유전적 특질이 이상한 방식으로 발현된 셈이었다. 유인원들은 무엇이건 흥미를 잃은 순간 그냥 아무 데—풀숲이든 높이 솟은 나뭇가지든—나 던져 버렸다. 그래서 가끔은 던져 버린 것을 우연히 다시 찾기도 했다. 하지만 타잔은 달랐다. 얼마 되지는 않아도 그의 소유물은 제각기 자리가 있었고, 그는 쓰고 나면 반드시 제자리에 돌려

놓았다. 조그만 주머니에 든 동그란 금속 조각은 언제나 흥미로웠다. 그 양면에는 양각으로 그림이 새겨져 있었는데, 물론 타잔은 그것이 어떤 의미인지 알지 못했다. 하지만 밝은색으로 빛나는 그 조각들을 탁자 위에 다양한 모양으로 늘어놓는 것은 재미있었고, 그는 그런 식으로 수백 번도 더 놀았다. 오늘도 그렇게 놀다가 노랗고 예쁜 조각 하나—일 파운드 금화였다—를 떨어뜨렸다. 그것은 한때 몹시도 아름다웠던 앨리스 부인의 유해가 누워 있는 침대 밑으로 굴러 들어갔다.

늘 그러듯이 타잔은 네발로 엎드려 침대 아래를 들여다보며 금속 조각을 찾았다. 이상하다면 이상한 일이지만, 그때까지 그는 침대 아래를 들여다본 적이 없었다. 타잔은 이내 금속 조각을 찾아냈고, 또 다른 무언가를 발견했다. 그것은 뚜껑이 달린 나무 상자였다. 둘 다를 끄집어낸 그는 금속 조각을 주머니에 넣고, 가방은 벽장의 예의 그 선반에 올려놓았다. 그러고 나서야 상자를 살펴보기 시작했다. 상자 안에는, 한쪽은 원추형이고 반대쪽은 판판한데 테두리가 튀어나온 원통형의 금속들이 꽤 많이 들어 있었다. 모두 다 세월의 녹에 덮여 흐릿한 녹색을 띠었다.

타잔은 그것들을 한 움큼 꺼내 쥐고 자세히 들여다보았다. 그중 두 개를 서로 문지르자 푸른 녹이 떨어져 나가고 표면이 드러났다. 전체 길이의 삼분의 이는 매끈했고, 나머지 원추형 부분은 어두운 회색이었다. 나뭇조각으로 녹을 다 벗겨 내고 보니 반짝거리며 광택이 나서 타잔은 기분이 좋아졌다.

타잔의 허리춤에는 그가 죽인 흑인 전사들 중 하나의 시체에서 빼앗은 주머니가 달려 있었다. 타잔은 한가할 때 그것들의 광을 내야겠다고 생각하면서 그 주머니에 새로 얻은 놀잇감을 집어넣었다. 물론 상자는 침대 아래 제자리에 돌려놓았다. 더 이상 재밋거리를 찾지 못한 타잔은 오두막을 나와 부족이 모여 있는 곳으로 향했다.

하지만 그들에게 도착하기도 전에, 앞쪽에서 대단한 소동이라도 난 듯 시끄러운 소리가 들려왔다. 흥분한 암컷들과 발루들의 비명과 성난 수컷들의 사나운 울부짖음이었다. 타잔은 즉시 속도를 올렸다. 뒤이어 '크레레아!' 하는 소리가 들려와 동료들에게 뭔가 일이 생겼음을 경고해 주었기 때문이다.

타잔이 죽은 아버지의 오두막에서 새로 발견한 보물들에 빠져 있을 때, 티카의 짝 타그는 북쪽으로 한참 더 나아간 곳에서 사냥을 하고 있었다. 마침내 배를 채운 그는 마지막으로 부족을 보았던 공터를 향해 느릿느릿 돌아갔다. 머지않아 하나씩, 두셋씩, 흩어져 있는 부족원들이 보였다. 하지만 티카와 가잔은 어디에도 없었다. 다른 부족원에게 그들이 어디 있는지 아느냐고 물어보기도 했지만 보지 못했다는 대답만 들었다.

하등동물은 상상력이 높은 수준으로까지 발달하지 않는다. 그들은 당신이나 나처럼 일어났을지도 모를 일에 대해 생생한 이미지를 떠올리지 못한다. 그래서 타그는 자신의 짝과 발루에게 불운이 닥쳤을지도 모른다고 염려하지는 않았다. 그저 얼른 티카를 찾아서 나무 그늘에 누워 아침에 먹은 것이 소화되는 동안 등을 긁어 달라고 할 생각뿐이었다. 그러나 소리쳐 부르고 여기저기 돌아다니며 만나는 이들마다 물어보기도 했지만 티카의 흔적조차 찾지 못했다. 가잔도 마찬가지였다.

타그는 점점 약이 오르기 시작했고, 티카를 찾으면 자신이 원할 때 곁에 없고 멀리까지 돌아다닌 것을 꾸짖어 주기로 마음먹었다. 그는 사냥 길을 따라 남쪽으로 나아갔다. 거대한 덩치에도 불구하고 굳은살 박인 타그의 발바닥과 손바닥은 아무런 소리도 내지 않았다. 그래서 반대쪽 공터에서 그가 댕고를 보았을 때, 썩은 고기나 먹는 그 짐승은 타그를 보지 못했다. 댕고의 눈은 나무 아래 땅바닥에 누워 있는 무언가에 고정되어 있었다. 놈은 종 특유의 경계심을 돋운 채 살금살금 그것을 향해 다가가고 있었다.

타그는 언제나 신중했고, 정글에서 잘 살아 나가려면 마땅히 그래야 한다고 생각했다. 그는 공터를 잘 볼 수 있도록 나무 위로 소리 없이 몸을 날렸다. 물론 댕고를 두려워하는 것은 아니었다. 그저 댕고가 무슨 짓을 하려고 저리도 은밀하게 구는지 보고 싶었다. 아마도 어느 정도는 호기심을 따라 움직였다고 할 수 있을 것이다.

타그가 가로막는 것 없이 공터를 내려다볼 수 있는 가지에 올라섰을 때, 댕고는 이미 그 아래에서 무언가의 냄새를 맡고 있었다. 다음 순간, 타그는 그 무언가가 자신의 발루 가잔이라는 것을 알아보았다.

너무나도 끔찍하고 무시무시한 한 줄기 울부짖음이 댕고를 마비시켰다. 놀란 하이에나를 깔아뭉개듯 타그가 육중한 덩치로 곧장 뛰어내렸다. 댕고는 비명을 지르며 이를 드러내고 공격자를 물어뜯으려 몸을 돌렸다. 그러나 참새가 매에게 덤비는 격이었을 뿐이다. 거대하고 옹이 진 타그의 손가락이 하이에나의 목덜미와 등을 움켜쥐었다. 그는 단번에 지저분한 놈의 목줄기를 물어뜯고 척추를 부러뜨렸다. 그리고 더러운 것을 만진 듯 놈의 사체를 던져 버렸다.

타그는 다시금 짝을 부르는 수컷 유인원의 소리를 내질렀다. 그러나 여전히 대답은 돌아오지 않았다. 그는 천천히 몸을 구부려 가잔의 사체에 코를 대고 냄새를 맡았다. 이 사납고 난폭한 야수의 가슴에도 미약할망정 무언가 꿈틀거리는 것이 있었고, 그것은 오늘날의 우리에게 깊은 영향을 미치는 부모의 사랑과도 같은 감정이었다. 우리조차도 그에 대한 실질적인 증거를 갖고 있지는 않지만 우리는 그것이 존재함을 안다. 그것이야말로 인간이라는 종이 여태껏 살아남을 수 있었던 이유를 설명해 주기 때문이다. 전지전능한 신이 미개한 수컷의 가슴에 가장 강력한 보호 본능인 부모의 사랑을 심어 주지 않았더라면, 종의 초기 단계에서 이미 수컷들은 이기심과 질투로 어린 것들이 세상에 나오기 무섭게 없애 버렸으리라.

타그는 보호 본능이 아주 강했다. 자식에 대한 애착도 마찬가지였다. 고비의 원주민들이 수군거리듯이, 그는 대단히 지적인 종족이자 인간과 비슷한 고등 유인원이었다. 타잔이 그들 사회로 가기 전까지는 어떤 백인도 본 적이 없고, 보았다 하더라도 살아서 그 이야기를 전해 주지는 못했지만 말이다.

타그는 아이를 잃은 인간의 아버지라면 느끼기 마련인 슬픔과 똑같은 감정을 느꼈다. 당신들에게 어린 가잔은 혐오스럽고 흉측한 생물로만 보이겠지만 타그와 티카에게 그는 당신의 아이 메리나 조안나, 엘리자베스, 앤과 마찬가지로 예쁘고 사랑스러웠다. 가잔은 그들의 첫아이이자 유일한 아이이자 아들—이 세 가지는 어린 유인원을 아버지가 가장 애지중지하는 대상이 되게 해 주었다—이었다.

그렇게 한동안 어린 발루의 냄새만 맡고 있던 타그는 혀로 아이의 헝클어진 털을 부드럽게 핥고 쓰다듬었다. 야수의 입술 사이로 낮은 신음이 터져 나왔다. 그러나 곧 슬픔의 뒤를 이어 압도적인 복수의 열망이 솟구쳤다.

벌떡 일어난 타그는 '크레에아!' 하는 경고의 신호를 보낸 다음, 미친 듯이 분노해서 강렬하게 복수를 갈구하는 수컷의 피를 얼어붙게 하는 고함을 연달아 내질렀다. 그의 신호에 응답하는 부족 수컷들의 소리가 울려왔고, 곧 그들이 나무를 타고 건너와 그의 곁에 모여들었다.

오두막에서 돌아오던 타잔이 들은 것도 바로 그 소리였다. 그는 즉시 응답의 소리를 외치고 속도를 올려 거의 나는 듯이 산비탈을 달렸다. 그리고 마침내 타그와 바닥에 고요히 누운 무언가를 둘러싸고 모여 있는 부족원들의 모습을 보았다. 타잔은 그들 가운데로 천천히 나아갔다. 여전히 분노의 고함을 내지르고 있던 타그도 타잔을 보았다. 순간, 그는 고함을 멈추고 몸을 굽혀 두 팔로 가잔을 안아 들었다. 그리고 타잔에게 보이도록 아이를 내밀었다. 부족의 모든 수컷 가운데 타그는 오직 타잔에게만 애정을 품고 있었다. 그는 더 현명하고 간계가 많은 타잔을 신뢰했고 우러러보기도 했다. 타잔에게는 타그가 발루 시절의 놀이 친구에서 이제 무수한 전투를 함께 치른 동지가 되어 있었다.

타그의 팔에 안긴 움직임 없는 작은 형체를 본 순간, 타잔의 입술을 뚫고 낮은 으르렁거림이 터져 나왔다. 그 역시 티카의 어린 발루를 몹시 사랑했다.

"누가 그랬지? 티카는 어디 있어?"

타잔이 물었다.

"나도 몰라."

타그가 대답했다.

"댕고가 여기 누워 있는 가잔을 먹으려는 걸 발견했을 뿐이다. 하지만 가잔을 죽인 것은 댕고가 아니야. 가잔의 몸에는 이빨 자국이 없다."

타잔은 가까이 다가가 가잔의 가슴에 귀를 대 보았다.

"아직 죽은 게 아니야! 이대로 죽지 않을 수도 있어!"

유인원들을 밀치고 나아간 그는 그들 주위를 한 바퀴 빙 둘러보고는 바닥을 차근차근 살피기 시작했다. 그러다 갑자기 멈춰 서더니 땅에 코를 대고 냄새를 맡았다. 갑자기 벌떡 일어난 그가 독특한 소리를 내질렀다. 타그와 다른 이들이 타잔 곁으로 다가왔다. 그 소리는 사냥감의 흔적을 발견했다는 의미였기 때문이다.

"모르는 수컷이 여기 있었다. 그놈이 가잔을 다치게 한 거야. 놈이 티카를 데리고 갔어."

타잔의 말에, 타그와 다른 수컷들이 너도나도 위협적으로 포효했다. 그러나 그뿐이었다. 그들은 더 이상 아무것도 하지 않았다. 그 낯선 수컷이 시야에 있었다면 그들은 분명 놈을 갈기갈기 찢어 버렸을 것이다. 하지만 그를 추적할 생각은 들지 않았다.

타잔이 다시 입을 열었다.

"부족 주위에서 수컷 셋만 경계를 서고 있었다면 이런 일은 일어나지 않았을 거다. 수컷 셋이 적을 경계하지 않는 한 이런 일은 계속 생길 거야. 정글은 적으로 가득한데, 너희는 자기 짝과 발루들을 지켜 주지도 않고 내버려 두었어. 이제 타잔은 티카를 찾으러 간다. 티카를 찾아서 데리고 오지."

그의 생각은 다른 수컷들의 관심을 끌었다.

"우리도 함께 간다!"

그들이 소리쳤다.

"아니, 너희는 가지 않아. 우리는 사냥하러 가거나 싸우러 갈 때 암컷들과 발루들을 데리고 갈 수 없어. 너희는 그들을 지켜야 해. 그러지 않으면 그들 모두를 잃게 될 거야."

수컷 유인원들은 머리를 긁적였다. 타잔의 충고에 담긴 지혜는 그들에게 분명히 전달되었다. 그들은 일단 새로운 계획—

적을 쫓아가서 벌하고 전리품을 빼앗아 온다는—에 흥분했다. 공동체의 본능은 오랜 세월의 관습을 통해 개개인의 성격에 스며들게 된다. 유인원들은 자신들이 왜 공격자를 쫓아가 벌주려고 하지 않았는지 알지 못했다. 그것이 개별자로서 행동해도 되는 정신적 단계에 아직 도달하지 못했기 때문임을 그들로서는 알 수 없었다. 비상시에는 공동체의 본능이 개개인을 응집된 무리가 되도록 몰아붙인다. 유인원의 경우라면 강인한 수컷들이 힘과 난폭성을 한데 모아 적을 상대해야만 스스로를 가장 잘 보호할 수 있게 되는 것이다. 적과 싸우기 위해 힘을 나눠야 한다는 개념은 아직 그들에게 낯설었다. 무리의 이익에 부합하지 않는 것처럼 보이기만 했고 관습이 되기에는 너무 이질적이었다. 하지만 타잔에게는 그것이 가장 먼저, 가장 자연스럽게 떠오른 생각이었다. 타잔은 티카와 가잔을 공격한 것이 수컷 하나뿐이었음을 알아챘다. 적이 하나라면 그를 벌하기 위해 부족 전체가 나설 필요는 없었다. 민첩한 수컷 둘이면 재빨리 놈을 따라잡아 티카를 구해 낼 수 있을 터였다.

유인원들은 때때로 부족의 암컷을 도둑맞곤 했지만 지금껏 그녀를 찾아 나설 생각은 해 본 적이 없었다. 누마나 세이버나 시타 혹은 떠돌아다니는 다른 부족의 수컷이 아무도 보지 않는 사이에 짝 없는 암컷이나 아이어머니를 데려가 버린다 해도, 그것으로 끝이었다. 암컷이 하나 줄었다, 그게 전부였다. 짝을 잃은 수컷 역시 분해서 하루 이틀 으르렁거리며 서성였을 뿐이다. 그가 충분히 강하다면 부족 안에서 새로운 짝을 찾았고, 강하지 못하다면 다른 부족에게서 짝을 훔칠 기회를 노리며 정글 속 깊이까지 돌아다녔다.

지금까지는 타잔도 도둑맞은 이들에게 아무런 관심이 없었기 때문에 그런 관습을 무심히 넘겼다. 그러나 티카는 그의 첫사랑이었고, 그녀의 발루는 타잔의 마음속에 그 자신의 발루처럼 자리 잡고 있었다. 딱 한 번, 적을 쫓아가서 복수하겠다는 열망에 사로잡힌 적이 있긴 했다. 몇 해 전, 머봉가의 아들 쿨롱가가 케일라를 죽였을 때였다. 타잔은 혼자 힘으로 그를 추적해서 찾았고, 죽여서 복수했다. 지금 그는 그때보다 정도는 덜할망정 똑같은 격정으로 움직이고 있었다.

그는 타그에게 말했다.

"가잔은 멈가에게 맡겨 둬. 멈가는 늙고 송곳니도 부러졌고 쓸모도 없지만, 티카가 돌아올 때까지는 가잔을 돌볼 수 있을 거다. 우리가 돌아왔을 때 가잔이 죽어 있다면……."

타잔은 멈가를 돌아보았다.

"너도 내 손에 죽는다."

"우리는 어디로 가지?"

타그가 물었다.

"티카를 되찾으러 간다. 그리고 티카를 훔쳐 간 놈을 죽일 거다. 가자."

타잔은 그렇게 말하고 낯선 수컷의 흔적이 향하는 곳으로 몸을 돌렸다. 훈련된 감각에는 너무나 분명히 잡히는 흔적이었기에 그는 타그가 뒤따라오는지 확인조차 하지 않고 걸음을 옮졌다.

타그는 가잔을 멈가의 팔에 안겨 주고 한마디 더했다.

"가잔이 죽으면 타잔이 너를 죽일 거다."

그리고 이미 정글 길을 따라 천천히 나아가고 있는 친구를 뒤따랐다.

커첵 부족의 수컷들 중에 타잔만큼 뛰어난 추적자는 없었다. 훈련된 감각에 고등동물의 지능이 더해졌기 때문이다. 사냥감이 이미 나 있는 길을 따라갔다고 판단한 타잔은 가장 뚜렷한 흔적만 주의해서 살폈다. 사실 오늘 투그가 지나간 길은, 당신이나 나에게 인쇄된 책장의 글자가 그런 것처럼, 분명하게 읽혔다.

거대한 털북숭이 유인원과 호리호리한 구릿빛 피부의 인간이 정글 길을 천천히 나아갔다. 그들은 한마디 말도 나누지 않았다. 두 개의 그림자처럼 조용히 숲의 무수한 그림자들 사이로 나아갈 뿐이었다. 타잔의 눈과 귀와 코는 극도로 예민한 경계 태세를 취하고 있었다. 흔적이 남겨진 지는 얼마 되지 않았지만, 커첵 부족 수컷들의 냄새 영역을 지났을 무렵에는 낯선 수컷과 티카의 냄새 흔적만을 따라가는 것이 좀 더 어려워졌다. 티카의 익숙한 냄새는 그녀가 이 길을 지났음을 알려 주었지만, 낯선 수컷의 냄새도 다른 이들의 것처럼 어느새 익숙해져 버렸던 것이다.

갑자기 먹구름이 태양을 가렸다. 타잔은 속도를 높이기 시작했다. 투그가 나무를 탄 곳에서는 그도 나뭇잎 무성한 구부러진 가지를 따라 달리는 다람쥐처럼 민첩하게 나무를 탔고, 투그가 이 나무에서 저 나무로 건너간 곳에서는 그도 마찬가지로 나무를 건넜다. 이제 그는 거의 날다시피 나아가고 있었다. 게다가 투그처럼 거추장스러운 짐도 없었기 때문에 더 빨리 움직일 수가 있었다.

그러나 냄새 흔적이 점점 더 강해져서 사냥감을 거의 다 따라잡았다고 생각한 그때에, 갑자기 번개가 숲을 가로질러 번쩍였다. 뒤이어 귀가 먹먹해지고 땅이 울릴 만큼 맹렬한 천둥의 포효가 하늘을 뒤덮었다. 그리고 비가 쏟아졌다. 우리가 사는 곳에 내리는 비 같은 게 아니라 천지를 집어삼킬 듯한 기세의 소낙비였다. 거대한 숲을 엎드리게 하고 그 그늘을 찾아든 생물들을 겁에 질리게 하는 폭풍우였다.

그리고 타잔이 예상했던 대로, 비는 땅 위에서 사냥감의 흔적을 지워 버렸다. 반시간쯤 급류 같은 폭우가 쏟아진 후에야 태양이 구름을 뚫고 나타났다. 숲이 백만 개의 보석으로 장식한 듯 반짝거렸다. 그러나 오늘만큼은 타잔도 정글의 놀라운 변모를 감상하기는커녕 주위를 둘러볼 생각도 하지 않았다. 오직 티카와 그녀를 납치한 놈의 흔적이 완전히 지워져 버렸다는 사실만이 머릿속을 가득 채우고 있었던 것이다.

심지어 나뭇가지들 사이에도 마치 땅 위의 길처럼 잘 다져진 길이 생겨나 있었다. 물론 나무에는 갈라지고 교차되는 부분이 훨씬 많아서 지면의 빽빽한 덤불 위보다 길이 쉽게 열리긴 했다. 타잔과 타그는 뚜렷이 구별되는 그런 길들 중 하나를 골라서 계속 나아갔다. 타잔이 그 도둑놈이 택했을 가능성이 가장 높다고 판단한 길이었다. 그러나 갈림길을 만났을 때는 그들도 당황하고 말았다.

타잔은 그대로 멈춰 서서 도주하는 유인원이 건드렸을지도 모를 가지 하나, 이파리 한 장을 신중하게 살펴보았다. 나무줄기의 냄새를 맡고, 사냥감의 흔적이 남아 있을지도 모를 나무껍질을 찾았다. 그것은 시간이 많이 걸리는 작업이었고, 그러는 동안에도 낯선 부족의 수컷은 그들과 거리를 벌리며 꾸준히 나아가고 있을 터였다.

타잔은 서두르지 않았다. 그는 자신이 알고 있는 정글의 온갖 생존 기술을 동원해서 두 개의 갈림길을 차례로 조사해 보았다. 하지만 다시금 당황하지 않을 수 없었다. 맹렬한 폭우가 냄새란 냄새는 말끔히 씻어 내 버렸기 때문이다. 그래도 타그와 타잔은 수색을 계속했고, 반시간쯤 더 흐른 후에 마침내 타잔의 예민한 코가 넓적한 이파리 뒷면에 희미하게 남은 투그의 냄새 흔적을 포착했다. 이파리 사이를 뚫고 가다가 어깨를 스친 모양이었다.

둘은 다시 추적을 시작했다. 그러나 이번에는 훨씬 더딜 수밖에 없었다. 가망이 없을 정도로 흔적이 지워져 버린 곳이 너무 많았고, 그때마다 멈춰 서서 새로 시작하듯 사방을 살펴야 했기 때문이다. 아마 당신이나 나였다면—심지어 비가 내리기 전이라 해도— 투그가 땅으로 내려와 길을 따라간 부분을 제외하고는 흔적 비슷한 것도 찾지 못했으리라. 그런 곳에는 간간이 거대한 손자국과 발자국이 보통 사람이라도 알아볼 수 있을 만큼 뚜렷하게 찍혀 있었다. 타잔은 그런 자국과 다른 몇 가지 점들을 고려해서 놈이 아직도 티카를 데리고 있음을 알아냈다. 우선 발자국 흔적이 보통 덩치 큰 수컷의 발자국보다 훨씬 깊이 찍혀 있었다. 티카와 그 도둑놈의 무게가 합해져서 생겨난 자국인 것이다. 또, 연달아 땅바닥에 찍힌 손자국이 하나뿐이라는 것은 놈이 남은 손을 다른 일—털북숭이 어깨에 포로를 짊어지는 것 같은—에 쓰고 있다는 의미였다. 타잔은 잠시 쉬어 갈 만한 곳에서 짐을 졌던 쪽의 발자국 깊이가 달라지고 손자국의 방향이 반대로 바뀐 것을 보고 놈이 티카를 다른 쪽 어깨로 옮겼음을 알아챘다.

상당한 거리를 인간처럼 두 발로 서서 나아간 흔적이 길을 따라 이어지기도 했다. 물론 그것은 같은 종의 다른 유인원이 남긴 자국일 수도 있었다. 침팬지나 고릴라와 달리 유인원은 손의 도움 없이도 꽤 쉽게 걸을 수 있기 때문이다. 하지만 그런 흔적들도, 이미 타잔과 타그에게 지워지지 않을 만큼 뚜렷이 각인된 냄새 특성과 함께 놈을 추적하는 데 도움이 되었다. 게다가 나중에 놈과 마주했을 때, 심지어 놈이 이미 티카를 처치해 버렸다 할지라도, 사진과 베르티용* 측정치로 도주자를 확

---

* Alphonse Bertillon(1853–1914) 파리 경찰의 감식반장으로 일하면서 범인을 확인하는 데 키, 앉은키, 머리 크기, 볼의 넓이 등 세밀한 신체 측정치를 이용하는 방법을 도입하였다. 그 공로로 '과학 수사의 아버지'라 불리긴 하지만, 그의 방법은 지문 감식법이 나온 후로는 거의 사용되지 않는다.

인하려는 현대의 탐정보다는 훨씬 유리한 위치를 점하게 해 줄 터였다.

그러나 커첵 부족의 두 수컷은 예민하고 정교하게 조율된 감각 능력을 최상으로 발휘하고도 종종 따라갈 방법이 전혀 없어 쓰라린 좌절을 맛봐야 했다. 결국 다음 날 오후가 될 때까지도 그들은 여전히 납치범을 따라잡지 못했다. 그런데 어느 순간부터 냄새가 강해졌다. 비가 그친 후에 남은 흔적 덕분이었다. 타잔은 오래지 않아 도둑놈을 마주치게 되리라는 것을 알았다.

타잔과 타그의 머리 위쪽에는 금속성의 목청으로 꽥꽥거리며 울어 대는 새들 무리와 나뭇잎에 부딪쳐 부스럭거리고 윙윙거리며 날아다니는 무수한 곤충들 그리고 그들이 은밀하게 나아가는 것만큼이나 시끄럽게 떠들어 대는 원숭이 한 마리가 있었다. 꼬리가 길고 회색 수염이 달린 그 조그만 원숭이는 흔들리는 가지에 앉아 그들을 내려다보며 깍깍 소리를 질렀다. 갑자기 녀석이 시끄럽게 떠들던 것을 멈추더니, 마치 날개 달린 시타에게 쫓기기라도 하듯 찢어지는 비명이 내질렀다. 어느 모로 보나 목숨을 구하려고 도망치는 겁에 질린 원숭이일 뿐이었다. 불길한 데라고는 조금도 없었다.

그사이, 티카는 어떻게 되었을까? 결국 자신의 운명을 받아들이고 사랑스럽고 온순한 반려에게 적합한 겸허한 자세로 새로운 짝과 함께하게 되었을까? 티카와 투그의 모습을 슬쩍 보는 것만으로도 가장 신랄한 비평가조차 완전히 만족할 만한 대답을 얻을 수 있을 것이다. 티카는 그녀를 굴복시켜 자기 의지에 따르게 하려는 투그에게 격렬히 저항하느라 여기저기 상처를 입어 피투성이가 되어 있었다. 투그 역시 저항하는 티카에게 물어뜯기고 찢겨 꼴이 말이 아니었지만, 고집스럽게도 이제는 거의 쓸모없어진 전리품을 붙들고 있었다.

투그는 자기 부족이 머무는 곳으로 방향을 정하고 억지로 걸음을 옮겼다. 그는 왕이 자신의 반역을 잊어버렸기를 바랐다. 그렇지 않다 해도 순순히 운명을 받아들일 터였다. 그 어떤 운명도 이 사나운 암컷과 단둘이 있으면서 고통 받는 것보다는 나을 것이기 때문이었다. 그리고 동료들에게 자신의 포로를 보여 주고 싶기도 했다. 어쩌면 왕에게 그녀를 바칠 수도 있을 것이다. 그런 가능성이 투그를 계속해서 나아가게 해 주었다.

마침내 그들은 수풀 사이에서 뭔가를 먹고 있는 두 수컷과 마주쳤다. 거대한 바위들—아마도 거대한 빙하들이 천천히 흘러들었다가 뜨거운 태양 빛으로 열대의 정글이 된 이곳에 남은, 잊힌 시대의 고요한 기념물 같은 것이리라—이 비옥한 토양에 절반쯤 몸을 묻은 채 점점이 박혀 있는 공원처럼 아름다운 곳이었다.

투그가 다가가자 수컷들이 고개를 들고 길고 날카로운 송곳니를 드러냈다. 투그는 두 친구를 알아보고 으르렁거렸다.

"투그다! 투그가 새 암컷을 데리고 돌아왔다!"

티카가 그들을 향해 으르렁거리며 송곳니를 드러내 보였다.

그녀는 그다지 보기 좋지 않은 몰골을 하고 있었지만, 피와 증오로 뒤범벅이 된 상태도 그녀의 아름다움을 지워 버리지는 못했다. 두 수컷도 그녀의 아름다움을 알아보았고 투그에 대해 질투를 느꼈다. 맙소사, 그들은 티카가 어떤 암컷인지 전혀 몰랐다.

그때, 회색 수염이 달린 긴꼬리원숭이가 나무 사이를 뚫고 그들을 향해 달려왔다. 그들의 머리 위 나뭇가지에서 멈춘 그 조그만 녀석은 몹시 흥분해 있었다. 녀석이 소리쳤다.

"모르는 수컷 두 놈이 다가온다! 하나는 튼튼한 맹가니이고, 다른 하나는 털도 없고 흉측하게 생긴 놈이다! 놈들이 투그의 흔적을 쫓아왔다. 내가 놈들을 봤다!"

네 유인원은 금방 투그가 지나온 길로 시선을 돌렸다가 다시 서로를 바라보았다.

"가자. 우리는 공터 너머 덤불 사이에서 놈을 기다린다."

투그의 두 친구 중 몸집이 큰 쪽이 말했다. 그는 몸을 돌려 어기적거리며 공터를 가로질러 갔고, 나머지도 그의 뒤를 따랐다. 원숭이 녀석은 완전히 흥분해서 그들 주위를 폴짝폴짝 뛰어다녔다. 그의 삶에서 주된 오락거리는 정글의 거대한 주민들이 피를 튀기며 싸우게 만들고 자기는 안전한 나무 위에 앉아 그 광경을 구경하는 것이었다. 이 조그만 회색 수염 원숭이는 전형적인 싸움광 늙은이이자 유혈극의 애호가였다. 그 유혈이 다른 이들의 것인 한 말이다.

투그와 친구들은 낯선 수컷 둘이 다가온다는 길목으로 가서 그 곁의 관목 숲에 몸을 숨겼다. 티카는 흥분으로 몸을 떨었다. 그녀도 원숭이의 말을 들었고, '털도 없고 흉측하게 생긴 놈'은 타잔이 틀림없으며 다른 고맹가니는 아마도 타그일 것이라고 생각했다. 이런 식의 구조는 전혀 기대하지 못했던 일이다. 그녀의 유일한 바람은 혼자 힘으로 도망쳐서 커책 부족으로 돌아가는 것뿐이었다. 그러나 투그가 이렇게 가까이에서 감시하고 있는 한은 실질적으로 불가능한 바람 같기만 했다.

타그와 타잔은 투그가 친구들을 만났던 바로 그 지점에 도착했다. 냄새 흔적이 너무나 강해졌기 때문에 둘 다 사냥감이 가까이에 있음을 알았고, 그래서 더욱 조심스럽게 나아갔다. 놈이 자신들을 알아차리기 전에 놈을 덮치려면 뒤쪽에서 접근해야 유리할 터였다. 그들은 조그만 회색 수염 원숭이가 이미 선수를 쳤음을 알지 못했고, 세 쌍의 사나운 눈이 그들의 움직임을 지켜보면서 그들이 근질거리는 주먹과 침이 뚝뚝 떨어지는 턱의 사정거리 안에 들어오기를 기다리고 있음도 알지 못했다.

타잔과 타그가 풀숲을 지나 빽빽한 정글 너머로 이어지는 길로 들어섰을 때, 갑자기 '크레에아!' 하는 새된 비명이 바로 앞에서 터져 나왔다. 그것은 너무나도 익숙한 티카의 목소리였다. 투그와 그 친구들의 조그만 뇌에는 티카가 자신들을 배신할지도 모른다는 생각조차 들어 있지 않았다. 그래서 더욱 화가 치솟은 투그는 그녀를 사납게 후려쳐 넘어뜨렸다. 그리고 셋이 함께 적을 맞으러 달려 나갔다. 어느새 나뭇가지 위에 자리 잡고 앉은 원숭이 녀석이 폴짝폴짝 뛰면서 기쁨의 환성을 내질렀다.

정말이지 원숭이가 기뻐할 만했다. 그것은 굉장한 싸움이었다. 예고도 없고, 소개도 없고, 격식도 없었다. 다섯 수컷은 곧장 뒤엉켜 붙어서 좁은 사냥 길을 구르고 길옆의 관목 숲을 뭉갰다. 저마다 사납게 으르렁거리고 끔찍한 소리로 울부짖어 기괴한 화음을 만들어 내면서, 송곳니로 물어뜯고, 발톱을 세워 할퀴고, 주먹을 쥐고 후려쳤다. 그들이 서로를 찢어발기며 피를 흘리는 동안, 회색 수염 원숭이도 미친 듯이 날뛰면서 새된 고함을 내질렀다. 그 의미는 언제나 '죽여라!'였다. 그는 누군가 죽는 것을 보고 싶었다. 적이 죽든 친구가 죽든 상관없었다. 그가 원하는 것은 피, 피와 죽음이었다.

타그는 투그와 또 다른 수컷에게 공격받고 있었고, 타잔은 세 번째 놈—들소의 힘을 갖춘 거대한 야수였다—과 싸우고 있었다. 그 세 번째 수컷은 이렇게 미끈미끈하고 털도 없는 이상한 생물과는 싸워 본 적이 없었다. 타잔의 구릿빛 피부는 피와 땀으로 덮여 있어 유난히 더 미끄러웠다. 반대로 타잔은 그 덕분에 몇 번이나 거대한 유인원의 손에서 빠져나올 수 있었다. 그는 사냥칼을 뽑고 싶었지만 상대가 곧장 다시 엉겨 붙었기 때문에 쉽지 않았다.

사력을 다한 끝에 칼을 뽑는 데 성공한 타잔은, 손을 내밀어 털북숭이 목 줄기를 단단히 쥐고 다른 손으로 날카로운 칼날을 찔러 올렸다. 세 번의 빠르고 강력한 칼질에 거대한 수컷이 신음을 흘리며 사지를 늘어뜨렸다. 타잔은 죽은 수컷을 놓아 버리고 즉시 타그를 도우러 달려갔다. 투그가 타잔이 다가오는 것을 보고 몸을 돌렸다. 돌진의 충격으로 타잔은 칼을 놓쳤고 그대로 투그와 맞붙었다. 이제 싸움이 이 대 이로 공평해졌다.

그사이, 투그의 한 방에 넘어져 기절했던 티카가 정신을 차렸다. 그녀는 도움을 줄 기회를 엿보며 슬금슬금 싸움판으로 다가갔다. 그러다가 바닥에 떨어진 타잔의 칼을 보고 얼른 집어 들었다. 티카는 칼을 써 본 적이 없지만, 타잔이 그것을 어떻게 쓰는지는 알고 있었다. 그녀는 탄토의 거대한 엄니가 그의 적들을 죽음에 몰아넣듯이, 가장 강력한 정글의 주민도 간단히 죽음에 이르게 만들곤 했던 이 물건을 언제나 두려워했다.

티카는 또 타잔의 옆구리에 매달려 있던 주머니가 끊어지는 것을 보았다. 위험과 흥분이 넘치는 와중에도 유인원의 호기심이 완전히 사라지지 않았기에 그녀는 주머니 역시 집어 들었다.

이제 수컷들은 엉겨 붙었던 몸을 떼고 마주 보며 서 있었다. 다들 얼굴이 선홍빛으로 물들었고 옆구리에서는 피가 줄기를 이루며 흘러내렸다. 회색 수염 원숭이는 완전히 넋을 잃고 구경하느라 괴성을 지르는 것도, 팔짝팔짝 뛰는 것도 잊어버린 듯했다. 극도의 환희로 몸이 굳어진 채 그저 싸움판만 뚫어지게 바라보고 있었다.

타잔과 타그가 적에 밀려 풀숲을 거꾸로 가로질렀다. 무엇을 해야 할지 알 수 없었던 티카는 그저 천천히 그들을 따라갔다. 그녀는 그동안 겪은 무시무시한 고난으로 온몸이 상처투성이가 되었고 다리까지 절었으며 완전히 지쳐 버렸다. 무엇보다 그녀에게는 자기 짝과 자기 부족의 다른 수컷이 지닌 기량에 대한 여성으로서의 확신이 있었다. 그들은 저 낯선 수컷들과의 싸움에 그녀의 도움을 필요로 하지 않으리라는 믿음이었다.

싸움판의 포효와 고함이 정글을 통해 울려 퍼져 저 멀리 언덕까지 메아리를 깨웠다. 그때, 타잔을 상대하던 수컷의 목구멍에서 '크레에아!' 하는 소리가 터져 나왔다. 그리고 기다렸다는 듯이 응답이 돌아왔다. 곧 그의 뒤쪽 풀숲에서 으르렁거리며 위협하는 한 무리의 거대한 수컷들이 나타났다. 투그의 부족 전사들이었다.

티카가 먼저 그들을 보고 타잔과 타그에게 경고를 보냈다. 하지만 다음 순간 그녀는 공포에 질려 공터 반대쪽으로 도망쳤다. 티카가 그때까지 겪었던 엄청난 시련을 감안한다면 누구도 그녀를 비난할 수는 없으리라.

투그의 부족 전사들이 싸움판으로 서서히 다가왔다. 한순간, 타잔과 타그는 갈기갈기 찢겨 나중에 저 야만적인 것들의 잔치에 주요리로 나가겠구나 싶었다. 티카가 걸음을 멈추더니 흘끗 뒤를 돌아보았다. 그리고 자신의 보호자들에게 임박한 운명을 알아챘다. 그녀의 미개한 가슴에 갑자기 순교의 불꽃 같은 것이 맹렬하게 치솟았다. 그것은 유인원 티카에게나 인간 귀부인에게나 마찬가지로 공동의 조상이 전해 준 어떤 것, 자신의 남성을 위해 죽음도 불사하게 만드는 힘 같은 것이었다.

티카는 새된 비명을 내지르며 싸움판을 향해 달렸다. 타잔과 세 유인원이 풀숲에 점점이 박힌 거대한 바위들 가운데 하나 아래에서 한 덩어리가 되어 구르고 있었다. 그러나 티카가 대체 무엇을 할 수 있겠는가? 사냥칼을 들고 있긴 했지만 힘이 약한 그녀로서는 유리하게 쓸 수가 없었다. 문득, 타잔이 무언가를 던지면서 싸우는 것을 본 기억이 났다. 어린 시절 놀이 친구로서 타잔에게 배운 여러 가지 것들 중 하나이기도 했다. 티카는 뭐든 던질 만한 것을 찾았다. 마침 그녀의 손에 타잔의 주머니에 든 딱딱한 물체가 만져졌다. 그녀는 주머니를 찢어 열고 반짝이는 원통형의 무언가를 한 움큼 집어 꺼냈다. 크기에 비해 무거웠지만 던지기에는 맞춤해 보였다. 티카는 바위 아래 싸움판을 향해 온 힘을 다해 그것을 던졌다.

그 결과는 싸우던 수컷들뿐 아니라 티카까지도 놀라게 했다. 매캐한 연기와 함께 귀가 먹을 만큼 엄청난 폭발이 일어났다. 그 누구도 들어 본 적 없는 무시무시한 소리였다. 낯선 수컷들은 공포에 질린 비명을 지르며 펄쩍 뛰어오르더니 자기 부족이 모인 곳으로 달아났다. 반면에 타그와 타잔은 천천히 정신을 수습한 다음, 다리를 절고 피를 흘리면서도 두 발로 섰다. 아마도 그들 역시 눈앞에 사냥칼과 주머니를 손에 든 채 서 있는 티카를 보지 못했다면 도망쳤을지도 모른다.

"그게 뭐였지?"

타잔이 물었다.

티카가 머리를 흔들더니, 한쪽 끝이 원추형이고 흐릿한 회색을 띤 원통형 금속을 한 움큼 앞으로 내밀었다.

"내가 저 수컷들에게 이걸 던졌어."

그것을 본 타잔은 머리를 긁적였다.

"그게 뭐야?"

타그가 물었다.

"나도 몰라. 그냥 찾은 거야."

타잔이 말했다.

회색 수염 원숭이는 한참이나 도망친 후에도 이파리 무성한 나무들 사이에 몸을 웅크린 채 공포에 떨고 있었다. 물론 그는 타잔의 죽은 아버지가 이십 년의 세월을 거슬러 올라와 아들의 목숨을 구했음을 알지 못했다.

타잔도 알지 못했다.

11. 정글식 장난

타잔은 지루함을 느끼는 법이 거의 없었다. 똑같은 날들이 이어진다고 해서 반드시 단조로워야 하는 건 아니었다. 그 똑같은 날의 연속은 이런저런 식으로 죽음을 피했다는 혹은 죽음을 안겨 줬다는 의미도 되었기 때문이다. 그런 삶의 방식에는 일종의 묘미가 있었다. 특히 타잔의 삶은 스스로 만들어 낸 여러 가지 '즐길 거리'들로 채워졌다.

타잔은 이제 그리스 신의 우아함과 강인한 수컷의 근육을 갖춘 완전한 성인이 되어 있었다. 유인원'다움'에 대한 모든 가르침을 충실히 따르자면 엄숙하고 무뚝뚝하고 음울해야 했지만, 사실 이 부분만은 전혀 그렇지 않았다. 그의 정신은 아무래도 나이를 먹지 않는 것 같았다. 그는 여전히 장난치기 좋아하는 아이였다. 그러한 사실은 동료 유인원들에게 몹시도 곤란한 일이었다. 그들은 어른이 되면 금세 어린 시절과 그때의 놀이들을 잊어버리기에 타잔을 이해하지 못했다.

타잔 역시 그들을 잘 이해할 수 없었다. 몇 달 전만 해도 어린 시절 그대로 자기를 내던지고 재밌는 전쟁놀이로 타그의 발목에 밧줄을 건 채 고함을 지르며 뛰어다니고 뒹굴었는데, 오늘 똑같은 타그를 보고 뒤에서 잡아채 풀밭에 넘어뜨리자 장난치기 좋아하는 유인원 아이 대신 힘세고 난폭한 야수가 대번에 목 줄기를 노리고 달려드는 이상한 일이 벌어졌다.

물론 타잔이 덤벼드는 타그를 간단히 피해 버리자 그 분노는 금세 사라졌다. 하지만 타그는 재밌어하지도 않았고 장난으로 되갚아 주려 하지도 않았다. 이 덩치 큰 수컷 유인원은 한때 분명히 지니고 있었던 온갖 유머 감각을 완전히 잃어버린 듯했다. 실망감으로 잠시 투덜거렸지만 타잔은 곧 다른 일에 주의를 돌렸다. 검은 털 한 가닥이 그의 눈을 가로질러 흘러내렸다. 그는 손바닥으로 머리털을 치우고 머리를 휙 젖혔다. 그 순간, 다음 할 일이 생각났다. 타잔은 번개 맞아 쪼개진 나무줄기의 빈 공간에 숨겨 놓은 살통을 찾으러 갔다. 살통을 꺼내 거꾸로 뒤집은 그는 화살은 물론이고 그 아래 있던 것들—타잔의 보물 몇 가지—까지 땅바닥에 쏟아 냈다. 그중에는 납작한 돌멩이와 아버지의 오두막 근처 바닷가에서 주운 조개껍질도 있었다.

타잔은 조심스럽게 조개껍질을 쥐고 그 부드러운 끝이 날카롭게 될 때까지 납작한 돌에 대고 문질렀다. 마치 이발사가 면도날을 가는 듯한 모습이었는데, 사실 비슷한 일이긴 했다. 다만 그의 능숙함은 오랫동안 고되게 노력한 끝에 얻은 결과물이었다. 타잔은 어떤 도움도 없이 혼자서 조개껍질의 날을 세우는 자기만의 방법을 찾아냈던 것—심지어 엄지의 도톰한 살에다 날을 시험해 보기도 했다—이다. 원하는 만큼 날이 서자, 그는 눈 위로 흘러내린 머리칼을 왼손 엄지와 검지로 한 움큼 쥐고 조개껍질로 슬근슬근 잘라 냈다. 그렇게 머리 전체를 빙 둘러 가며 찰랑거리는 단발 정도로 자른 다음, 앞머리도 대충 눈을 가리지 않게 쳐 냈다. 타잔은 외모가 어떻게 보이는지에 관심이 없었다. 하지만 안전과 편안함은 대단히 중요한 문제였다. 잘못된 순간에 머리칼이 눈앞으로 흘러내리거나 한다면 생사가 갈릴 수 있었고, 등 뒤에 제멋대로 늘어진 머리채—특히 비나 땀으로 젖기라도 하면—는 아주 불편했다.

그렇게 정글식 이발사 노릇을 하고 있는 동안에도 타잔의 활발한 정신은 여러 가지 생각으로 분주했다. 그는 최근에 있었던 고릴라 볼가니와의 싸움과 그때 입은 상처가 아직도 낫지 않았다는 것을 생각했고, 난생처음 꾸었던 꿈과 그 기묘한 잠의 모험을 떠올리며 얼굴을 찌푸렸다. 그리고 유인원들에게 저지른 마지막 짓궂은 장난의 고통스러웠던 결과를 되새기며 쓴웃음을 지었다. 그날 누마의 가죽을 뒤집어쓰고 유인원들 사이로 뛰어들었던 타잔은 그 자신이 직접 오랜 숙적에게 대항하는 방법을 가르쳤던 바로 그 수컷들의 손에 거의 죽임을 당할 뻔했다.

만족스러울 만큼 머리칼도 쳐 냈고, 부족과 함께 있어 봤자 재미있는 일이 일어날 것 같지도 않자, 타잔은 한가롭게 나무를 타고 바닷가 오두막을 향해 나아갔다. 그렇게 가는 도중에 북쪽에서 흘러든 강렬한 냄새 흔적이 그의 주의를 끌었다. 고맹가니의 냄새였다.

인간과 유인원의 공통 유산이자 최고로 발달된 호기심은 언제나 타잔을 자극해서 기회가 될 때마다 고맹가니가 뭘 하는지 살펴보게 만들었다. 그들에게는 타잔의 상상력을 불러일으키는 뭔가가 있었다. 아마도 그들의 관심거리와 그들이 하는 일들이 다양했기 때문일 것이다. 유인원들은 먹고, 자고, 번식하기 위해 살았다. 그것은 정글에 사는 모든 주민들에게 진실이었다. 오직 고맹가니만이 달랐다.

그 흑인들은 춤을 추고 노래를 불렀다. 나무와 덤불을 밀어내고 그 땅을 갈아엎은 다음, 거기서 자라는 것들을 지켜보았고, 그것들이 익으면 잘라 내 움막에 넣어 두었다. 그들은 또 활과 화살과 창과 독과 요리 솥과 자신들의 팔다리에 걸 금속 장식을 만들었다. 검은 피부와 흉측한 외모만 아니었다면, 타잔은 그들의 일원이 되기를 바랐을지도 모른다. 그들 중 하나가 케일라를 죽였음에도 불구하고 적어도 가끔은 그런 생각이 들었다. 하지만 그때마다 이해할 수도 없고 해석할 수도 없는 이상한 역겨움이 치솟았다. 그래서 타잔은 고맹가니를 싫어했고, 그들의 일원이 되느니 차라리 히스타가 되는 게 낫다고 생각했다.

어쨌든 그들이 사는 모습은 흥미로웠고, 타잔은 그들을 염탐하는 데 싫증을 느끼는 법이 없었다. 그리고 스스로 깨달은 것보다 훨씬 더 많은 것을 그들에게 배웠다. 하지만 그의 생각은 주로 어떻게 하면 또 다른 새로운 방식으로 그들의 삶을 불행하게 만들 수 있을까를 알아내는 데 집중되었다. 그 흑인들을 골탕 먹이는 것은 타잔의 주요한 오락거리였다.

그는 흑인들이 멀지 않은 곳에 있으며 수가 많다는 것을 알아챘다. 그래서 더욱 조용히, 조심스럽게 움직였다. 공터의 무성한 수풀을 뚫고 소리 없이 나아간 그는 숲이 빽빽한 곳에 이르자 이 가지에서 저 가지로 매달려 건너갔고, 쓰러진 나무들이 뒤엉켜 한 덩어리를 이루며 땅을 뒤덮어 누구도 지날 수 없을 듯한 곳조차 가볍게 뛰어넘어 낮은 산비탈에 이르렀다.

이윽고 흑인 전사들이 시야에 들어왔다. 그들은 타잔에게도 익숙한 상대를 노리고 있었다. 다른 때 같으면 열심히 구경만 했겠지만, 그들은 누마를 잡기 위해 덫을 설치하는 중이었다. 바퀴 달린 우리 안에 새끼 염소를 묶어 놓고, 누마가 그 불운한 먹잇감을 덮칠 때 우리 문이 뒤에서 떨어져 내려 그를 가두도록 만든 덫이었다.

그것은 오래전 흑인들이 인적 없는 정글을 뚫고 새로운 땅을 찾아 도망쳐 오기 전에 살았던 곳에서 배운 방법이었다. 예전에 그들은 벨기에령 콩고에 살았다. 무자비한 압제자의 잔혹성이 그들로 하여금 자유를 찾아서 레오폴드*의 영토를 떠나

* 레오폴드 2세(1835-1909)를 말한다. 벨기에의 왕으로, 식민정책을 펼쳐 콩고 자유

이 원시림의 오지로 오게 만들었던 것이다. 예전의 삶에서 그들은 유럽 상인들을 위해 덫으로 동물들을 잡곤 했다. 그러면서 이처럼 자신들은 다치지 않고 심지어 누마조차 사로잡아 마을까지 비교적 쉽게 운반할 수 있는 몇 가지 재주를 배웠다.

그들에게 야생 동물을 사 갈 백인들의 시장은 더 이상 존재하지 않지만, 누마를 사로잡으면 여전히 충분한 이득을 취할 수 있었다. 첫째로, 정글에서 식인 동물을 없애는 일이었다. 대개 이 무시무시하고 끔찍한 골칫거리가 마을을 약탈하고 난 후에 사자 사냥대가 만들어지기 마련이었다. 둘째로, 사냥이 성공했음을 축하하는 잔치를 벌이기 위한 일종의 핑곗거리가 되었다. 그런 잔치에서는 살아 있는 사냥감을 고문으로 죽이는 판이 벌어져 즐거움이 배가되곤 했다.

타잔은 그 잔인한 의식을 본 적이 있었다. 그 자신이 잔인한 고맹가니 전사들보다도 더 잔인했기 때문에 그들의 잔인함에—마땅히 그래야 하는 만큼— 충격을 받은 것은 아니었다. 다만 타잔은 그때마다 자신을 사로잡는 역겨움 비슷한 이상한 기분을 이해할 수 없었다. 그는 누마를 좋아하지도 않았다. 하지만 흑인들이 적에게 그처럼 모욕을 주고 상처 입히는 것을 볼 때면 격노가 차오르곤 했다.

이미 두 번이나 타잔은 흑인들이 돌아와서 사냥이 성공했는지 확인하기 전에 누마를 덫에서 풀어 준 적이 있었다. 오늘도

국을 왕의 사유지로 만들었다.

그렇게 할 참이었다. 그들의 의도를 깨달은 즉시 그렇게 마음먹었다.

물웅덩이 근처의 넓은 코끼리 길 한가운데 덫을 다 설치한 흑인들은 자기네 마을을 향해 돌아섰다. 그들은 다음 날에나 돌아올 터였다. 떠나가는 흑인들의 뒷모습을 눈으로 좇는 타잔의 입술에 저도 모르게 조소가 떠올랐다. 그들은 이파리 무성한 가지를 늘어뜨린 초목들과 고리를 이루며 축제의 장식 꽃처럼 늘어진 덩굴풀 아래를 한 줄로 걸어가고 있었다. 인간의 눈으로 보기에는 불가해하기만 한 대자연이 지나치게 풍성한 은혜를 베풀었다고 느껴질 만큼 아름다운 꽃들이 그들의 검은 어깨를 부드럽게 쓸었다. 타잔은 눈을 가늘게 뜨고 마지막 전사까지 길을 돌아들어 사라져 가는 것을 지켜보았다. 순간, 그의 표정이 변했다. 갑자기 떠오른 생각이 새로운 충동을 불러일으킨 듯, 무자비한 미소가 천천히 그의 입술을 스쳤다. 타잔은 우리 속의 미끼를 내려다보았다. 새끼 염소는 공포와 무구함과 무력한 자신의 존재를 그대로 드러내며 파랗게 질려 힘없이 울고 있었다.

바닥으로 뛰어내린 타잔은 덫 가까이로 다가갔다. 그리고 적당한 때가 되면 떨어져 내리도록 장치된 문을 건드리지 않도록 조심하면서 우리 안으로 들어갔다. 그는 살아 있는 미끼를 묶은 끈을 풀어내 챙긴 다음, 염소를 팔 아래 끼우고 역시 조심해서 우리 밖으로 나왔다.

사냥칼로 겁에 질린 동물의 숨통을 끊은 타잔은 길을 따라

핏자국을 남기며 그 사체를 물웅덩이로 끌고 갔다. 여느 때처럼 침착한 그의 얼굴에는 반쯤 어린 미소가 끈질기게 매달려 있었다. 타잔은 물웅덩이 끝에 주저앉아 사냥칼로 빠르고 능숙하게 동물의 내장을 제거했다. 그리고 진흙 구덩이를 파서 먹지 않는 부분을 묻어 버린 다음, 남은 사체를 어깨에 둘러메고 숲으로 돌아왔다.

잠시 동안 흑인 전사들의 흔적을 살펴보던 타잔은 댕고를 비롯한 정글의 육식동물과 새들의 약탈에서 안전할 만한 곳을 찾아 사냥감을 파묻었다. 그는 배가 고팠다. 타잔이 다른 모든 야수들과 마찬가지였다면 일단 먹기부터 했을 것이다. 하지만 인간의 정신은 배고픔보다 더 강력한 충동을 즐길 수 있었고, 앞으로의 계획을 생각하는 타잔의 입술에는 미소가 떠올랐다. 그의 눈은 기대감으로 번쩍이고 있었다. 그 계획은 배고픔조차 잊게 만들었다.

고기도 안전하게 숨겨 두었겠다, 타잔은 코끼리 길을 따라 고맹가니를 추적하며 거침없이 나아갔다. 덫이 놓인 곳으로부터 한참이나 떨어진 숲에서 그들을 따라잡은 타잔은 그때부터 나무를 타고, 기회를 엿보며 뒤따랐다.

흑인들 중에 주술사 라바 케가가 있었다. 타잔은 고맹가니를 싫어했고 그를 특히 더 싫어했다. 구불구불한 길을 따라 한 줄로 나아가는 동안 게으른 라바 케가는 점점 뒤처지고 있었다. 그것을 알아챈 타잔의 얼굴이 만족감으로 음산하고 끔찍한 빛을 띠었다. 그는 마치 사신처럼, 아무것도 모르는 흑인 위를 맴돌았다.

라바 케가는 마을이 가까워지자 안심하고 또 쉬기 위해 주저앉았다. 아! 잘 쉬기를, 라바 케가여! 그대의 마지막 휴식일지니!

타잔은 저 잘난 맛에 사는 뚱뚱한 주술사가 누워 있는 자리 위의 나뭇가지를 향해 은밀하게 기어갔다. 그는 너무나도 조용히 움직이고 있어서 인간의 무딘 귀에는 숲을 가득 채운 나뭇잎 사이로 살랑거리는 부드러운 정글의 산들바람 소리로만 느껴질 터였다. 타잔이 멈춘 곳은 주술사 바로 위쪽, 이파리 풍성한 가지와 무성한 덩굴에 잘 가려진 부분이었다.

라바 케가는 타잔을 마주 보는 위치에서 나무둥치에 등을 기대고 늘어져 있었다. 먹잇감을 노리는 야수에게는 껄끄러운 자세였다. 타잔은 과일이 익어 딸 때가 되기를 기다리듯이, 마치 벽에 새겨진 그림처럼 꼼짝 않고 웅크린 채, 야생 사냥꾼의 무한한 인내심으로 기다렸다. 어디선가 날아온 독충 한 마리가 윙윙거렸다. 놈이 얼굴 근처를 맴돌자 타잔도 놈을 보았고, 무엇인지 알아챘다. 놈의 침에 든 독은 타잔보다 작은 동물이라면 죽일 수도 있었다. 그의 경우 며칠간 고통스럽게 앓아야 할 터였다. 어쨌든 타잔은 움직이지 않았다. 번뜩이는 눈으로 날개 달린 고문자의 존재를 흘끗 보기만 했을 뿐, 라바 케가에게 다시 시선을 고정한 채 꼼짝도 하지 않았다. 대신에 예리한 그의 귀가 곤충의 움직임을 쫓고 있었다. 놈이 이마에 내려앉은 순간에도 근육조차 움찔거리지 않았다. 타잔의 경우, 근육도 두뇌의 명령을 따랐던 것이다. 그 끔찍한 곤충은 이마에서부터 코를 타고 넘어 입술과 턱을 지나 목에서 멈추더니, 몸을 돌리고 온 길을 되밟아 올라갔다. 타잔은 여전히 주술사를 보고 있었다. 이제는 눈동자조차 움직이지 않았다. 오직 죽음만이 그의 모습에 필적할 법했다. 곤충은 타잔의 구릿빛 뺨을 타고 기어 올라가 더듬이로 아랫눈썹을 문질렀다. 당신이나 나였다면 분명 뒤로 펄쩍 물러나거나 눈가를 치거나, 적어도 눈은 감았을 것이다. 타잔과 달리 당신이나 나는 신경의 노예일 뿐 주인은 아닌 것이다. 하지만 설사 놈이 눈알 위를 기어갔다 해도 타잔은 눈을 크게 뜬 채로 굳어져 있었으리라. 어쨌든 놈은 그러지 않았다.

잠시 타잔의 아랫눈썹 근처를 어슬렁거리던 곤충이 홀연히 날아올라 윙윙거리며 떠나갔다. 놈은 바로 아래 누운 라바 케가를 목표로 잡았다. 주술사도 윙윙거리는 소리를 들었고, 곤충을 보았고, 당연히 때려잡았다. 하지만 곤충이 죽기 전에 주술사를 쏘았다. 고통과 분노로 울부짖으며 벌떡 일어난 라바 케가는 머봉가 마을로 이어지는 길을 향해 돌아섰다. 그의 널찍한 등판이 위에서 기다리고 있던 사냥꾼의 시야 그대로 담겼다.

주술사가 돌아선 순간, 타잔의 유연한 몸체가 그의 등판을 노리고 쏘아졌다. 육중한 충격으로 땅바닥을 뒹군 라바 케가는 곧바로 목덜미에서 강력한 힘을 느꼈다. 비명을 지를 사이도 없이 강철 같은 손가락이 목을 조였다. 뚱뚱한 주술사는 그 손에서 벗어나려고 몸부림을 쳤지만, 상대의 아귀힘에 비하면 어린아이의 발버둥이나 마찬가지였다.

타잔은 이내 손아귀를 늦추었다. 하지만 라바 케가가 비명을 지르려 하자 다시 잔인한 손가락이 고통스럽게 목을 졸랐다. 결국 주술사는 단념했다. 그의 등판을 무릎으로 누른 채 타잔이 반쯤 몸을 일으켰다. 라바 케가도 일어나려고 다시 몸부림쳤지만 타잔은 그의 얼굴을 코끼리 길의 흙바닥에 처박아 누른 다음, 흑인들이 새끼 염소를 잡아매 두었던 바로 그 끈으로 주술사의 팔목을 단단히 묶었다. 그리고 일어나서 죄수를 제 발로 서게 잡아채고는 머봉가 마을 반대 방향으로 길을 따라 나아가게 밀었다.

두 발로 서고 나서야 라바 케가는 자기를 덮친 자의 얼굴을 똑바로 볼 수 있었다. 상대가 하얀 악신임을 안 순간 그의 심장이 쪼그라들었고 두 무릎이 떨렸다. 하지만 악신이 그를 일으켜 세우고 길을 따라 나아가게 밀기만 했을 뿐 상처를 입히지도, 못살게 굴지도 않자 주술사의 영혼이 서서히 되살아나고 다시 용기가 솟았다. 아마도 악신은 그를 죽일 뜻이 없는 모양이었다. 그러고 보면 꼬마 타이보를 며칠 동안이나 데리고 있으면서도 아무런 해를 입히지 않았고, 아이어머니 모메야를 간단히 죽여 버릴 수 있을 텐데도 살려 주지 않았던가.

어느새 그들은 머봉가 마을 전사들이 누마를 잡기 위해 덫을 놓은 곳으로 돌아와 있었다. 라바 케가는 우리 안에 사자도 없고 문도 떨어져 내리지 않았는데 미끼가 사라지고 없는 것을 보고는 영문을 몰라 놀라고 말았다. 하지만 그의 우둔한 두뇌로도 이 상황이 하얀 악신의 포로로 잡혀 있는 자신과 어떤 식으로든 관계가 있으리라는 생각이 들었다.

라바 케가는 틀리지 않았다. 타잔이 그를 우리 안으로 거칠게 밀어 넣고 원래 새끼 염소가 묶여 있던 바로 그 자리에 단단히 묶는 순간, 그도 이해했다. 주술사는 차가운 땀이 전신에 솟는 것을 느끼며 학질에 걸린 듯 몸을 떨었다. 라바 케가는 생애 처음으로 살려 달라고 애원했고, 나중에는 그저 덜 잔인한 죽음을 맞게 해 달라고 빌었다. 하지만 차라리 누마를 피하게 해 달라고 기도하는 편이 나았으리라. 그의 말을 전혀 이해하지 못하는 그 맹수가 이미 그들 쪽으로 다가오고 있었으니 말이다.

주술사가 끊임없이 주절거리자 타잔은 짜증이 났을 뿐 아니라 나중에라도 이자가 흑인들이 구하러 오기를 바라며 소리를 지를지도 모른다는 생각을 하게 되었다. 우리 밖으로 나가 풀 한 줌과 막대기를 들고 돌아온 타잔은 주술사의 입에 풀을 쑤셔 넣고 막대기를 가로로 끼운 다음, 그의 허리끈을 풀어 막대기를 단단히 조였다. 이제 라바 케가가 할 수 있는 일이라고는 눈알을 굴리고 땀을 흘리는 것뿐이었다. 그를 그렇게 남겨 두고 타잔은 우리를 나왔다.

다음으로 그는 염소의 사체를 숨겨 둔 곳으로 갔다. 염소 고기를 파내어 허기를 채우고 남은 것은 다시 묻은 그는 물웅덩이로 가서 두 개의 바위틈에서 솟아나는 시원하고 깨끗한 물을 실컷 마셨다. 야수들은 보통 고여 있는 물속에 마구 뛰어들어 갈증을 채우기 마련이지만 타잔은 그러지 않았다. 그런 문제에 대해 그는 아주 까다로웠다. 조금 하류로 내려가 얼굴에 묻은 짐승의 피를 닦아 내고 손에 남아 있는 고맹가니의 불쾌한 냄새도 말끔히 씻어 냈다. 게으른 대형 고양잇과 동물들이 하듯이 기지개를 편 타잔은 가까운 나무 위로 기어올라 잠이 들었다.

서쪽 하늘에만 희미한 빛이 남아 있을 뿐 사위가 어둑어둑해졌을 때, 타잔은 잠에서 깼다. 사자 한 마리가 낮게 그르렁거리며 물웅덩이를 향해 다가왔다. 타잔은 졸음 어린 미소를 짓고는 자세를 바꾸어 다시 잠에 빠져들었다.

머봉가 부족 흑인들은 마을에 도착해서야 라바 케가가 사라진 것을 알았다. 그리고 그대로 몇 시간이 지나자 그에게 무슨 일이 생겼으리라 생각하게 되었다. 부족 사람들 대다수는 그게 무슨 일이건 치명적인 것이길 바랐다. 그들은 주술사를 좋아하지 않았다. 애정과 공포는 짝을 이루기 어려운 법이다. 하지만 전사는 전사였기에, 추장 머봉가는 수색조를 꾸리게 했다. 그러고는 집으로 돌아가 잠자리에 든 것을 보면, 그 역시 별로 크게 애석하지는 않았던 것이리라. 수색을 나선 젊은 전사들도 반시간쯤은 확고한 목표를 갖고서 움직였다. 하지만 라바 케가에게는 불운하게도 벌새 한 마리—인간의 운명이란 지극히 사소한 것들에 좌우되기 마련이었다—가 그들의 주의를 끌었다.

전사들은 이미 배신자로 낙인찍힌 적도 있는 주술사를 잊어버리고 맛있는 꿀 저장고를 찾으러 갔다. 라바 케가의 운명은 그렇게 결정되었다.

수색조가 주술사도 없이 돌아왔을 때, 추장 머봉가는 격노했다. 하지만 그들이 가지고 돌아온 많은 양의 꿀을 본 순간 그의 분노도 가라앉았다. 게다가 젊고 민첩하며 얼굴을 무섭게 칠하고 다니는 사악한 투부토가 라바 케가의 지위와 특권을 이으려는 야망을 품고서 이미 어린아이에게 주술을 펼친 적도 있었다. 아마도 오늘 밤 그 늙은 주술사의 아내만은 애도의 울부짖음으로 지새우겠지만, 내일이면 모두 다 잊을 터였다. 삶이란 그런 것이고, 명성이란 그런 것이며, 권력이란 그런 것이다. 세상에서 가장 문명화된 대도시의 한복판에서든 미개한 정글의 흑인들 가운데서든, 언제나 어디서나 인간은 인간이었다. 육백만 년 전 티라노사우루스를 피해 바위틈 구멍으로 허둥지둥 달아난 이래로 인간*은 그 허울을 벗기면 크게 달라지지 않았다.

라바 케가가 사라진 다음 날 아침, 추장 머봉가는 전사들을 이끌고 누마를 잡기 위해 놓은 덫을 확인하러 갔다. 덫에 가까워지기도 한참 전부터 그들은 거대한 사자의 포효를 들었고 자신들의 사냥이 성공했으리라 짐작했다. 그래서 환호성을 지르

* 공룡 시대에는 인간은 존재하지 않았다. 티라노사우루스는 백악기에 살았으며 백악기는 약 1억 4550만 년 전부터 6600만 년 전 시대이다.

며 덫을 놓은 곳으로 달려갔다.

그렇다! 우리 안에는 엄청나게 멋진 사냥물이 갇혀 있었다. 거대한 검은 갈기 사자였다. 전사들은 환희로 날뛰었다. 거친 승리의 함성과 사나운 고함을 내지르며 이리저리 펄쩍펄쩍 뛰던 그들이 우리로 다가가 안을 들여다본 순간, 일제히 조용해졌다. 그들의 눈은 흰자위가 다 드러날 정도로 커졌고, 축 늘어진 아랫입술은 턱과 함께 더 아래로 처졌다. 우리 안의 광경은 전사들을 저도 모르게 물러서게 할 만큼 끔찍했다. 갈기갈기 찢기고 여기저기 살점이 흩어진 그것은 어제까지도 주술사 라바 케가의 것이었던 육체였다.

사로잡힌 사자는 너무나 화가 나고 분해서 잡은 사냥물도 먹지 않았다. 대신에 실컷 분풀이를 했다. 그 바람에 라바 케가의 사체는 보기에도 끔찍한 몰골이 되어 있었다.

근처 나무의 높은 가지에 자리 잡고 앉은 타잔은 흑인들의 모습을 지켜보면서 미소 지었다. 다시 한 번 짓궂은 장난을 성공적으로 해치웠다는 자부심이 어린 미소였다. 커첵 부족 유인원들 사이로 사자 가죽을 뒤집어쓰고 뛰어들었다가 고통스러운 상처만 입고 말았던 그 사건 이후로 한동안 잠들어 있었던 장난기였다. 그리고 이번 장난은 확실한 성공이었다.

공포에 휩싸인 몇 분이 지난 후, 흑인들은 다시 우리 가까이로 다가갔다. 공포는 어느새 분노로 바뀌었고, 분노는 곧 호기심과 자리를 바꾸었다. 라바 케가가 어째서 우리 안에 있었던 것일까? 새끼 염소는 어디로 갔을까? 우리에는 원래 미끼의 흔적이 전혀 없었다. 흑인들은 주술사의 사체가 자신들이 염소를 묶을 때 썼던 바로 그 끈으로 묶여 있는 것을 보고 다시금 겁에 질렸다. 누가 이런 짓을 저질렀단 말인가? 그들은 어리둥절해서 서로를 바라보았다.

투부토가 먼저 입을 열었다.

"하얀 악신이다."

그는 희망에 차서 그 아침의 원정을 따라나선 참이었다. 어디선가 라바 케가가 죽었다는 증거를 찾게 될지도 모른다는 희망이었다. 이제 그것을 찾았고, 영악한 그는 그에 대한 설명도 찾아냈다.

"하얀 악신이 저지른 짓이다!"

누구도 그에게 반박하지 않았다. 정말이지 그들 모두가 두려워하는 그 무시무시한 악신이 아니라면 누가 이런 일을 벌일 수 있겠는가? 다시 한 번 타잔에 대한 증오가 그에 대한 공포와 함께 커져 갔다. 그런 그들의 모습은 나무 위의 타잔을 기쁘게 했다.

라바 케가의 죽음 때문에 슬퍼하는 이는 아무도 없었다. 그러나 사로잡힌 사자가 든 우리를 끌고 넓은 코끼리 길을 따라 머봉가 마을로 돌아오는 내내, 흑인들은 자신들 중 누구라도 주술사가 당한 것과 비슷한 끔찍한 죽음을 맞을 수 있다는 생각으로 저마다 공포에 질려 가고 있었다.

사자 우리를 마을 안으로 들이고 방책 문을 닫은 후에야 그들은 비로소 안도의 한숨을 내쉬었다. 마을까지 오는 동안 공포를 부추길 만한 어떤 소리도 들리지 않았고 무엇도 보이지 않았지만, 덫을 놓은 자리를 떠나는 순간부터 누군가에게 감시당하는 듯한 감각이 느껴졌던 것이다.

우리 안에 사자와 함께 있는 사체를 보고 마을의 여자와 아이 들은 비탄의 울부짖음을 내뱉었지만 이내 환희에 찬 광란 상태로 빠져들었다. 그것은 이를테면 시간을 쪼개서 영화도 보고 장례식에도 참석하는 보다 문명화된 시대의 원형이라 할 만한 것으로 행복과 불행을 함께 느끼는 초월적인 상태였다.

방책 위로 늘어진 나뭇가지의 예의 자기 자리에서 타잔은 마을 안에서 벌어지는 일들을 지켜보았다. 미친 듯한 흥분에 빠진 여자들이 막대기와 돌멩이로 우리 안의 사자를 약 올리고 있었다. 포로를 다루는 흑인들의 잔인성은 언제나 타잔에게 경멸 어린 분노를 일으켰다. 그런 감정을 분석하려 들었다면 타잔이라 해도 어려움을 느꼈으리라. 고통과 잔인함에 익숙한 세상에서 살아왔기에 그 역시 잔인했다. 사실 정글의 모든 야수가 잔인했다. 그러나 머봉가 부족의 잔인성은 종류가 달랐다. 타잔과 다른 야수들의 잔인성이 필요와 격정에 의한 것인 반면에, 그들의 잔인성은 무력한 대상에 대한 이유 없는 고문 같은 것이었다.

고맹가니에 대해 치솟는 분노에 비례해서 누마에 대한 야생의 동정심이 피어났다. 누마는 필생의 적임에도 불구하고, 그에 대한 감정은 반감도 아니고 경멸도 아니었다. 타잔은 흑인들을 골탕 먹이고 사자를 풀어 주어야겠다고 마음먹었다. 어떤 식으로든 고맹가니들에게 엄청난 원통함과 당황스러움을 주면서 일을 해치워야 했다.

그때, 흑인들이 사자 우리를 두 개의 움막 사이에다 끌어다 놓는 모습이 보였다. 타잔은 그들이 저녁이 될 때까지 우리를 거기에 둘 것임을 알고 있었다. 그리고 때가 되면 포로를 잡은 것을 축하하는 한바탕 잔치를 벌일 계획인 것이다. 흑인 전사들이 우리 옆에 지켜 서서 누마를 괴롭히려고 다가오는 여자와 아이, 젊은 전사 들을 쫓아 버렸다. 그러다가 자칫 죽여 버릴 수도 있기 때문이었다. 저녁의 여흥거리로 쓸 때까지 사자는 살려 두어야 했다. 때가 되면 그들은 부족 전체의 흥을 돋우기 위해 더욱 잔인하고 효과적으로 고문할 터였다.

자라면서 상상력이 점점 풍부해지자 타잔은 가능한 한 극적인 방법으로 흑인들을 괴롭히는 걸 좋아하게 되었다. 그는 흑인들의 미신적인 공포, 특히 밤과 어둠에 대한 막연한 공포를 알고 있었기에 어둠이 내릴 때까지 기다리기로 마음먹었다. 밤이 되면 저들은 반쯤 미친 듯한 상태에서 춤을 추고 의식을 행할 터였다. 그사이에 타잔은 누마를 자유롭게 풀어 줄 계획이었다. 그는 그때까지 일어날지도 모를 여러 가지 일들에 가장 적합한 대응책을 생각해 보았다. 괜찮은 발상이 떠오르는 데는 오래 걸리지 않았다.

계획이 생각난 것은 정글을 돌아다니며 먹을 것을 찾고 있을 때였다. 타잔은 잠깐 미소를 지었지만 곧 미심쩍은 표정이 되었다. 거의 비슷한 방식으로 아주 멋진 계획을 실행했다가

지독한 결과를 냈던 생생한 기억이 떠올랐기 때문이다. 하지만 그는 원래 의도를 버리지 않았고, 잠시 후 먹는 것도 미루고 빠른 속도로 산중턱을 통과해 커책 부족이 모인 곳으로 달려갔다. 타잔은 종종 자기가 접근하는 것을 알리지 않고 그들 위 나뭇가지에서 갑자기 뛰어내려 유인원들이 놀라 시끄러운 비명을 터트리게 만들어 놓고 재미있어하곤 했다. 타잔이 그들을 대상으로 벌인 일들은 심각한 충격의 연속이었지만, 커책 부족에는 다행스럽게도 그들 종족은 심장마비를 일으키지 않았다. 물론 그렇다고 타잔의 특이한 장난 방식에 익숙해질 수 있는 것도 아니었지만 말이다.

이번에도 그들은 갑자기 나타난 자가 누구인지 알아보고 잠시 으르렁거리며 투덜거렸을 뿐, 이내 각자 하던 일—음식을 먹거나 낮잠을 자거나—로 돌아가 버렸다. 타잔은 그렇게 작은 즐거움을 맛본 후에, 장난꾸러기 꼬마 마누들과 동료들의 호기심 많은 눈과 손을 피해 자기 보물을 숨겨 둔, 속이 빈 나무를 찾아갔다. 거기서 그는 단단히 말아 놓은 가죽을 꺼냈다. 한때 주술사 라바 케가의 소유물이었던 것으로, 원시적이지만 나름 기발한 방식으로 말리고 머리를 이어붙인 누마의 가죽이었다. 물론 타잔은 그것을 머봉가 마을에서 훔쳐 냈다.

사자 가죽을 가지고 다시 흑인들의 마을로 가기 전에, 그는 우선 사냥을 해서 배를 채웠다. 오후가 되자 한 시간쯤 낮잠도 잤다. 이윽고 타잔이 마을 전체가 내려다보이는 예의 나뭇가지 위로 돌아왔을 때에는 이미 황혼이 내리고 있었다. 누마는 아직 살아 있었고 그를 지키던 전사들은 심지어 우리 곁에서 졸고 있었다. 사자가 많은 정글 세상에서 우리에 갇힌 한 마리 사자는 대단할 것도 없었다. 마을 사람들은 처음 그 맹수를 보고 두려워하면서 긴장했던 것도 어느새 잊어버리고 거의 주의를 기울지 않았으며 그저 밤의 의식만을 기다리고 있었다.

사위가 완전히 어두워지자 드디어 잔치가 시작되었다. 전사 하나가 작은 북의 리듬에 맞추어 몸을 도사렸다가, 다른 전사들이 커다란 원을 이루고 있는 중앙의 불빛 속으로 뛰어들었다. 여자와 아이 들은 여기저기 앉거나 서서 그들의 모습을 지켜보았다. 춤추는 전사는 온몸에 색칠을 하고 사냥을 위한 무장을 하고 있었으며, 그의 몸짓과 움직임은 사냥감의 자취를 찾는 전사를 흉내 낸 것이었다. 납작하게 몸을 접기도 하고 한 무릎만으로 버티기도 하면서 그는 사냥감의 흔적을 찾아 땅바닥을 훑었고, 간간이 조각상처럼 꼼짝 않고 서서 귀를 기울이기도 했다. 전사는 젊고 근육이 꽉 찬 데다 화살처럼 곧은 몸으로 유연하고 우아하게 움직였다. 불빛이 그의 검은 육체 위로 번쩍이며 기괴한 문양이 새겨진 그의 얼굴과 가슴과 배를 도드라져 보이게 했다.

땅에 낮게 몸을 붙였던 전사가 갑자기 공중으로 펄쩍 뛰어올랐다. 그의 표정과 몸짓이 냄새의 흔적을 찾았음을 여실히 드러내 주었다. 그는 즉시 동료 전사들에게 자기가 찾은 것을 알리고 사냥을 청하는 동작을 취했다. 그 모두는 무언극으로 이루어졌지만 동작 하나하나가 너무도 사실적이어서 타잔조차도 지극히 세부적인 부분까지 따라 할 수 있을 것 같았다.

이윽고 나머지 전사들도 각자의 사냥 창을 쥐고 두 발로 펄쩍펄쩍 뛰며 은밀하고 우아하게 '추적의 춤'에 합류했다. 그 모습은 매우 흥미로웠지만, 타잔은 자신의 계획을 성공적으로 끝내려면 이제 재빨리 움직여야 한다는 것을 깨달았다. 그 춤을 전에도 본 적이 있었고, 추적 다음에는 궁지에 몰린 사냥감이 실려 오고 곧바로 사냥감을 죽이는 과정이 이어진다는 것을 알고 있었던 것이다. 그렇게 되면 누마는 전사들에게 둘러싸여 가까이 가기도 어려워질 터였다.

사자 가죽을 한 팔에 걸친 채, 타잔은 나무 아래 그림자 짙은 땅바닥으로 가볍게 내려앉았다. 그리고 움막들 뒤로 돌아서 사자 우리를 향해 나아갔다. 누마는 신경질적으로 우리 안을 오락가락하고 있었다. 이제 우리 곁에는 아무도 없었다. 우리를 지키던 전사들도 춤추는 전사들 사이로 각자의 자리를 찾아갔던 것이다.

타잔은 우리 뒤에 쪼그리고 앉아, 커첵 부족의 유인원들이 그의 위장을 꿰뚫어 보지 못하고 대뜸 죽이려 덤벼들었던, 기억할 만한 그날처럼 사자 가죽을 뒤집어썼다. 그리고 두 손과 무릎으로 기어서 움막 사이로 나아간 다음, 춤추는 전사들에게 완전히 정신이 팔린 마을 사람들 뒤쪽 어둠 속에서 잠시 멈추었다.

흑인들은 이제 사자를 맞을 준비를 하며 돌격을 위한 흥분의 기세를 슬슬 끌어 올리고 있었다. 한순간 우리에 갇힌 사자와 가장 가까운 쪽에서 구경꾼들의 원이 깨지고 희생물이 한가운데로 굴러 들어갈 터였다. 타잔이 기다린 것은 바로 그 순간이었다.

드디어 때가 왔다. 추장 머봉가가 신호를 보내자 타잔 앞쪽에서 여자와 아이 들이 한쪽으로 비켜나면서 우리에 갇힌 사자를 향해 넓게 길을 열었다. 그와 동시에 타잔은 성난 사자가 위협하듯 낮게 으르렁거리며, 미친 듯이 춤추는 전사들을 향해 활짝 열린 길을 따라 천천히 나아갔다.

맨 먼저 그를 본 여인이 비명을 질렀다. 그 즉시 사방으로 공황 상태가 번져 갔다. 모닥불 빛에 사자의 머리가 완전히 드러나자, 타잔의 짐작대로 흑인들은 우리에 가둬 놓은 포로가 탈출한 것으로 믿어 버렸다.

타잔은 포효를 내지르며 앞으로 나아갔다. 흑인들이 공황 상태에 빠져 굳어진 것은 잠깐이었다. 그들은 사자를 사냥해서 튼튼한 우리에 가둬 놓았다. 그런데 지금 그 사자가 그들 사이로 자유로이 돌아다니고 있는 것이다. 상황이 완전히 달라졌고, 그들의 신경은 이런 비상시에 단련되어 있지 않았다. 여자와 아이 들이 먼저 가까운 움막—그다지 안전해 보이지도 않건만—으로 도망쳤다. 전사들도 얼마 안 가 그들의 뒤를 따랐다. 결국 마을 거리에는 타잔 혼자만 남았다.

하지만 오래는 아니었다. 사실 그렇게 혼자 남겨지는 것은 타잔이 바라던 바가 아니었다. 그런 상황은 그의 계획에 맞지 않았다. 다행히도 곧 가까운 움막에서 머리 하나가 슬쩍 밖을 내다보았다. 뒤이어 다른 머리가, 다시 또 다른 머리가, 이윽고 여남은 명의 전사들이 머리만 내밀고 타잔을 지켜보았다. 마을 사람들에게 덤벼들지, 아니면 마을 밖으로 도망칠지, 그의 다음 행동을 기다리는 듯했다.

흑인 전사들이 창을 손에 쥔 채 앞으로 나아갈 것인지 살길을 찾아 도망갈 것인지 망설이고 있을 때, 사자가 뒷발로 일어섰고 황록색 가죽이 미끄러져 내렸다. 그리고 똑바로 선 하얀 악신의 젊은 육신이 모닥불 빛을 받아 구릿빛으로 반짝였다.

흑인들은 너무나 놀라 잠시 동안 움직이지 못했다. 그들은 저 악신을 누마만큼이나 두려워했지만 지금이라도 전사들이 침착함을 되찾을 수만 있다면 힘을 합해 저것을 기꺼이 죽일 터였다. 그러나 공포와 미신으로 마비된 그들의 정신은 육체마저 꼼짝 못 하게 붙들었다. 타잔이 사자 가죽을 갈무리하고 몸을 돌려 마을 너머 어둠 속으로 사라져 가는 동안에도 그들은 그저 보고만 있었다. 한참 만에야 그를 추적할 용기를 끌어 올린 전사들이 창을 휘두르고 전투 함성을 지르며 쫓아갔지만 물론 타잔의 그림자도 보이지 않았다.

사실 타잔은 마을을 떠난 게 아니었다. 사자 가죽을 예의 그 나뭇가지에 걸쳐 둔 그는 거목의 나무줄기 반대쪽으로 기어가 다시 마을 안으로 뛰어내렸고 움막들의 그림자 속으로 숨어들어 사자 우리로 재빨리 달려갔다. 그리고 우리 위로 뛰어올라 문을 들어 올리는 끈을 힘껏 당겼다. 다음 순간, 힘과 정력의 절정기에 달한 검은 갈기 사자가 우리 밖으로 뛰쳐나왔다.

타잔을 찾지 못하고 돌아온 전사들은 분노가 채 식기도 전에 모닥불 빛 안으로 한 걸음 내디딘 누마의 모습을 보았다. 아! 악신이 그 사악한 성질대로 다시 돌아온 것이다. 그렇게 잠깐 사이에 똑같은 식으로 머봉가 사람들을 속일 수 있으리라 생각한 것일까? 이제는 본때를 보여 줘야 했다. 그들은 저 무시무시한 정글 신을 영원히 제거할 기회를 오랫동안 기다려 왔다. 흑인 전사들이 일제히 창을 들고 돌진했다. 여자와 아이 들도 악신을 살해하는 광경을 보고 싶어 너도나도 움막을 나왔다.

사자가 전사들을 향해 불타오르는 시선을 던지더니 앞장 선 전사를 노리고 몸을 날렸다. 흑인 전사들은 기쁨과 승리의 고함을 내지르며 창을 들고 그를 향해 다가갔다. 이제 악신은 그들의 것이었다!

다음 순간, 끔찍한 포효와 함께 누마가 덮쳐들었다.

머봉가 사람들은 누마에게 야유를 퍼부으며 전사들을 부추겼고, 근육질의 전사들은 단단하게 한 덩어리를 이루어 악신과 맞붙기를 기다렸다. 그러나 용감하게만 보이는 그들의 마음속에는 끊임없이 솟아오르는 공포—일이 자신들에게 좋게 돌아가지 않을지도 모른다는—가 숨어 있었다. 저 이상한 존재는 이미 그들의 무기에 상처 입지 않는다는 것을 보여 주었고, 반대로 그들의 뻔뻔스러움을 완벽히 벌할 수 있음을 증명해 보인 바 있었기 때문이다. 게다가 돌진하던 사자는 너무나도 진짜 같았다. 순간적으로 보았을 뿐이지만, 그 황록색 털가죽 아래에는 분명 백인의 부드러운 살이 있었다. 그것이 어찌 쏟아지는 전투 창들의 공격을 견딜 수 있단 말인가?

전사들의 맨 앞에는 스스로의 힘과 젊음에 대한 자만으로 가득 찬 건장한 젊은 전사가 서 있었다. 두렵냐고? 그는 마음속으로 단호히 외쳤다. 천만에! 누마가 돌진하는데도 그는 웃고 있었다. 웃으면서 사자의 가슴을 향해 창을 비스듬히 겨누었다. 다음 순간, 누마가 덮쳐들었다. 거대한 맹수의 앞발이 마치 사람의 손이 마른 가지를 쪼개듯 무거운 전투 창을 한 방에 분질러 버렸다.

젊은 전사는 그대로 나자빠졌고, 다시 한 방에 두개골이 뭉개졌다. 사자는 지체 없이 다음 전사를 덮쳤고, 그렇게 전사들의 한복판에서 무시무시한 갈고리발톱과 끔찍한 송곳니로 적들을 찢어발겼다. 전사들은 오래 버티지 못했다. 여남은 명의 전사들이 갈가리 찢기는 사이, 나머지가 간신히 도망칠 수 있었을 뿐이다.

공포에 질린 마을 사람들은 우왕좌왕 갈 데를 몰랐다. 누마가 방책 안을 돌아다니고 있으니 어떤 움막도 안전한 피난처가 되지는 못할 터였다. 마을 한가운데서 맹수가 사냥감을 짓누르고 눈을 빛내며 으르렁거리는 사이, 흑인들은 저마다 살길을 찾아 도망쳤다.

마침내 누군가 방책 문을 열어젖히고 나무들 너머 숲으로 달아났다. 다른 이들도 양 떼처럼 그를 뒤따랐다. 결국 마을 안에는 사자와 그가 죽인 사체들만 남았다.

사자는 거대한 머리를 숙여 사냥물 중 하나의 어깨를 물고는 위엄 있는 걸음걸이로 마을 거리를 따라 나아갔다. 그리고 열린 방책 문을 지나 정글 속으로 천천히 사라져 갔다. 나무 위로 도망쳐 숨은 흑인들이 그 모습을 보며 벌벌 떨고 있을 때, 다른 나무 위에 편하게 앉은 타잔은 미소 짓고 있었다.

사자가 먹잇감을 문 채 사라지고 나서도 한 시간은 족히 흐른 후에야 머봉가 사람들은 조마조마한 마음으로 나무를 내려왔다. 눈을 크게 뜨고 좌우를 살피며 마을 안으로 돌아온 그들은 정글 밤의 한기가 아닌 공포의 소름으로 몸을 떨고 있었다.

"처음부터 끝까지…… 그 악신이었던 거야."

누군가 웅얼거렸다.

"그자가 사자에서 인간으로 변신했다가 다시 사자로 변한 거지."

다른 이가 속삭였다.

"악신이 무위자를 숲으로 물고 갔어. 지금쯤 먹고 있을 거야."

세 번째 사람이 몸을 떨며 말했다.

"여기는 더 이상 안전하지 않아. 우리가 가진 것을 다 챙겨서 떠나자. 못된 악신이 돌아다니지 않는 곳으로 가서 새로 마을 자리를 찾아보는 거야."

네 번째 사람이 울먹이는 소리로 말했다.

그러나 아침이 오자 새로운 용기가 솟아났다. 전날 밤의 사건으로 타잔에 대한 두려움이 조금 더 커졌고, 그를 초자연적인 존재라고 믿는 마음이 좀 더 강해졌을 뿐이다.

그렇게 야생의 정글에 신비롭게 출몰하는 가장 강력한 야수로서 타잔의 명성과 힘은 점차 커져 갔다. 타잔에게는 강력한 근육과 흠잡을 데 없는 용기를 적절히 다스려 주는 인간의 정신이 있기 때문이었다.

12. 달을 구해 낸 타잔

달이 구름 없는 하늘에 나와 세상을 내리비추었다. 커다랗게 부풀어 오른 달은 살랑거리는 나무 꼭대기를 부드럽게 쓰다듬는 듯이 보일 만큼 지상 가까이에 내려와 있었다. 밤이었다. 강력한 전사이자 최고의 사냥꾼인 타잔은 정글에 나와 있었다. 왜 그가 흐릿한 숲의 어두운 그림자 사이로 건너다니고 있는지는 그 자신도 말해 줄 수 없을 터였다. 분명 배가 고파서는 아니었다. 그는 오늘 배불리 먹었고, 남은 사냥물은 새로 식욕이 돌아올 때를 대비해 안전한 은신처에 숨겨 두기까지 했다. 아마도 이 밤, 몸에 딱 맞게 익숙한 나무 위의 잠자리를 떠나게 그를 충동질한 것은 삶의 기쁨 같은 것이었으리라. 혹은 그의 감각이 정글의 밤을 거슬려 하는 것일 수도 있었다. 알고 싶다는 강렬한 욕망은 언제나 타잔을 부추겼다.

태양 쿠두가 다스리는 정글은 달 고로가 다스리는 정글과 아주 달랐다. 낮 동안의 정글은 자신만의 빛과 그림자, 자신만의 새들, 자신만의 꽃들, 자신만의 짐승들, 자신만의 모습을 갖고 있었다. 그 소리마저 낮의 소리였다. 밤사이 정글의 빛과 그림자는 달라졌다. 새들도, 꽃들도, 짐승들도 쿠두의 정글과는 다른 모습이었다. 마치 우리 세계의 빛과 그림자가 다른 세계의 빛과 그림자와는 다른 것처럼 그 둘은 서로 달랐다.

그리고 바로 그런 '다름' 때문에 타잔은 밤의 정글을 탐색하기를 좋아했다. 그저 다르기만 한 것이 아니라 더 풍요롭고 더 모험적이고, 심지어 더 위험스럽기도 했다. 타잔에게 위험은 삶의 양념 같은 것이었다. 사자의 포효, 표범의 울부짖음, 하이에나의 흉측한 웃음까지, 정글 밤의 소음은 타잔의 귀에 음악이나 다름없었다.

우리로서는 들을 수도, 냄새 맡을 수도, 거의 볼 수도 없겠지만, 타잔에게는 무시무시한 야수들의 부드럽고 두툼한 발이 풀숲과 나뭇잎을 밟고 지나는 부스럭거림, 어둠 속에서 타오르는 그들 눈의 오팔색 광채, 밤의 정글이 무수한 생명들로 들끓고 있음을 알려 주는 수만 가지 소리들이 너무나도 매혹적이었다.

오늘 밤 타잔은 커다란 원을 그리며 나무들을 건너다녔다. 처음에는 동쪽으로 갔다가 다음에는 남쪽으로 그리고 이제는 빙 돌아 북쪽을 향하고 있었다. 그러는 내내 그의 눈과 귀와 코는 끊임없는 경계 상태였다. 그가 잘 아는 소리에 낯선 소리들,

쿠두가 큰물 너머 저 끝의 제 은신처를 찾아 들어간 이후에는 들어 본 적 없는 이상한 소리들이 섞여 들었다. 그것은 고로에게 속한 소리, 고로가 지배하는 신비로운 시간의 소리였다. 그런 소리를 들을 때면 타잔은 깊은 생각에 빠져들곤 했다. 이 정글에 자신에게 익숙하지 않은 소리란 있을 수 없다고 믿었기에 그는 당황스러웠다. 어쩌면 색깔과 형태가 낮 빛 아래서 볼 때와 밤에 볼 때 달라지는 것처럼, 소리도 쿠두가 사라지고 고로가 나타나면 달라지는 것일지 몰랐다. 그렇게 생각하자, 모호하긴 하지만 하나의 가정이 그의 머릿속에 떠올랐다. 고로와 쿠두가 그런 변화에 영향을 미치는 것이라는 가정이었다. 타잔에게는 그 자신의 것만큼이나 태양과 달의 성격도 현실이었으니, 거기서 원인을 찾은 것도 자연스러운 일이었으리라. 태양은 살아 있는 존재로서 낮을 지배했다. 달 또한 두뇌와 신비로운 힘으로 밤을 지배했다.

그렇게 타잔은 훈련되지는 않았지만 기능을 다하는 인간의 정신을 통해, 만질 수도 없고 냄새 맡을 수도, 들을 수도, 볼 수도 없는 대자연의 미지의 힘에 대한 설명을 찾아가며 밤의 어둠 속을 탐색해 나갔다.

그가 한창 북쪽으로 나아가고 있을 때, 부드러운 밤바람을 타고 매캐한 나무 타는 냄새와 함께 고맹가니의 냄새가 흘러들었다. 그는 냄새가 풍겨 오는 방향을 향해 재빨리 움직여 갔다. 머지않아 그의 앞쪽 나뭇잎 사이로 불그스름한 불빛이 새어 나왔다. 타잔은 그 근처 나무에서 멈추었고, 대여섯 명의 흑인 전사들이 불 가까이에 옹송그리고 모여 앉아 있는 것을 보았다. 정글로 사냥을 나왔다가 어두워지는 바람에 결국 발이 묶인 머봉가 마을의 전사들이었다. 그들이 대형 육식동물의 접근을 막으려고 엉성하게나마 가시덤불로 방책을 둘러놓고 불을 피운 것이 분명했다.

하지만 그러고도 안전하리라는 확신은 없었는지 다들 눈을 크게 뜨고 쪼그려 앉아 벌벌 떨면서 너무나도 뚜렷한 공포를 드러내고 있었다. 그도 그럴 것이, 이미 그들 앞 정글에서 누마와 세이버가 으르렁거리고 있었던 것이다. 불빛이 미치지 않는 그림자 속에는 다른 것들도 있었다. 타잔은 그것들의 눈이 노랗게 빛나는 것을 보았다. 흑인들도 그것을 보고 몸을 떨었다. 그들 중 하나가 일어나 불타는 나뭇가지를 집어 눈들을 향해 던졌다. 그러자 즉시 눈들이 사라졌고 흑인도 다시 주저앉았다. 타잔은 조용히 그 광경을 지켜보고 있었다. 하지만 잠시 후, 눈들이 다시 나타났다. 처음에는 두 개였고 곧 네 개가 되었다.

그리고 사자 누마와 그의 짝 세이버가 모습을 드러냈다. 그들이 위협조로 으르렁거리기도 전에 점점이 흩어진 눈들이 오른쪽, 왼쪽에서 연달아 나타났다. 육식동물의 거대한 눈알들이 어둠 속에서 활활 타올랐다. 흑인들은 얼굴을 몸에 묻고 울먹이며 신음했다. 그러나 앞서 불타는 나뭇가지를 던졌던 자가 다시 일어나 이제는 배고픈 사자들의 면전에 대고 불붙은 가지를 던졌다. 이번에도 누마와 세이버는 물론이고 주변의 눈들까지 사라졌다. 타잔은 흥미를 느꼈다. 그는 흑인들이 밤마다 몸을 따뜻하게 하고 빛을 밝히고 요리에 쓰기 위해 불을 피운다는 것을 알고 있었지만 이제 새로운 이유를 알게 되었다. 정글의 야수들은 불을 두려워한다는 것이었다. 그래서 불은 어느 정도 보호책이 되었다. 타잔 자신도 불에 대해 어떤 경외감을 품고 있었다. 그는 예전에 흑인 마을에서 버려둔 모닥불을 자세히 살펴보려고 타고 있는 석탄을 집어 든 적이 있었다. 그때 이후로 그 같은 불을 보면 정중한 거리를 유지하게 되었다. 한 번의 경험으로 충분했던 것이다.

흑인이 불붙은 장작을 던진 후 한동안은 눈들이 나타나지 않았다. 그럼에도 불구하고 타잔은 주변에서 서성이는 부드럽고 두툼한 발들이 내는 소리를 들을 수 있었다. 이윽고 정글의 주인이 돌아왔음을 알리는 두 개의 불덩이가 다시 불을 밝혔다. 그보다 약간 아래쪽에서 그의 짝 세이버의 눈도 나타났다.

잠시 그것들은 정글의 밤을 수놓은 무시무시한 성좌처럼 흔들림 없이 고정된 채 멈춰 있었다. 하지만 곧 수사자가 가시덤불 방책을 향해 천천히 다가갔다. 방책 앞에는 흑인 하나만이 두려움에 떨면서도 몸을 도사리고 있었다. 그 외로운 전사는 누마가 접근하는 것을 보고 다시 불붙은 가지를 던졌다. 앞서처럼 누마와 세이버도 뒤로 물러났지만 이번에는 아주 멀리 가지 않았고 금세 돌아왔다. 그들은 돌아서자마자 시선을 불빛에 고정한 채 가시덤불 주위를 선회하기 시작했다. 점차 커져 가는 불쾌감을 드러내듯이 낮고 목쉰 소리로 으르렁거리면서. 사자들 너머에서 더 작은 것들도 눈을 빛내기 시작했다. 흑인들의 야영지를 둘러싸고 검은 정글 사방에서 작은 불빛들이 반짝이고 있었다.

흑인 전사는 계속해서 사자들을 향해 보잘것없는 장작개비를 던졌다. 하지만 타잔은 누마가 처음 몇 번을 물러선 후로는 그다지 개의치 않음을 알아챘다. 그리고 누마의 으르렁거림에서 배고픔을 감지한 그는 사자가 고맹가니를 잡아먹기로 작정했으리라 짐작했다. 그러나 과연 사자가 무시무시한 불을 향해 다가가려 할까?

타잔의 마음속에 그런 생각이 스쳐 간 순간에도, 계속해서 참지 못하고 서성이던 누마가 방책을 마주하고 멈추어 섰다. 한 번 빠르게 꼬리를 휘저은 것을 제외하면 사자는 한동안 그렇게 꼼짝도 않고 서 있었다. 그러다가 신중하게 앞으로 걸음을 내디뎠다. 암사자 세이버는 그가 남겨 둔 자리에서 여전히 앞뒤로 서성이고 있었다. 홀로 서 있던 흑인이 동료들에게 사자가 다가온다고 소리쳤다. 하지만 그들은 압도적인 공포에 질려 전보다 더욱 가까이 몸을 붙이고 더욱 크게 울먹이며 신음할 뿐이었다.

흑인 전사가 다시금 불타오르는 가지를 쥐고 사자의 얼굴을 노려 곧바로 던졌다. 누마는 화난 포효를 내지르며 단 한 번 도약으로 가시덤불을 쓸어버렸다. 그와 거의 비슷한 민첩함으로 흑인들이 반대 방향으로 몸을 날리더니 어둠 속에 숨어 있을지도 모르는 위험을 마지못해 감수하면서 가장 가까운 나무들로 달아났다. 누마는 덤불을 넘자마자 거의 곧바로 돌아 나왔다. 하지만 어느새 비명을 지르는 흑인 하나를 물고 있었다. 그는 사냥물을 질질 끌고 세이버에게 다가갔고, 둘은 나란히 어둠 속으로 사라졌다. 그들의 음침한 목울음이 죽음 직전의 공포에 질린 흑인 사내의 새된 비명에 섞여 들었다.

야영지에서 조금 떨어진 곳에 멈춘 사자들은 한동안 유난히도 사납게 으르렁거리며 포효를 내질렀다. 흑인 사내의 비명과 신음은 서서히 잦아들었고, 이내 완전히 멈추었다.

잠시 후 누마가 불빛 곁에 다시 나타났다. 사자는 두 번째로 방책을 넘었고, 또 다른 사냥물의 울부짖음과 함께 앞서의 소름 끼치는 비극이 재연되었다.

타잔은 몸을 일으키며 천천히 기지개를 폈다. 여흥거리가 지루해지기 시작했던 것이다. 길게 하품을 한 그는 나무로 둘러싸인 커첵 부족의 공터를 향해 돌아섰다.

익숙한 잠자리를 찾아들어 몸을 말고 잠들 준비를 마쳤음에도 자고 싶은 마음은 들지 않았다. 타잔은 그렇게 오랫동안 잠들지 못하고 이런저런 생각이며 상상을 했다. 하늘에는 달과 별들이 여전히 빛나고 있었다. 그는 문득 그것들의 정체가 무엇인지, 그것들을 하늘에서 떨어지지 않게 붙들어 주는 힘은 무엇인지 궁금해졌다. 타잔은 호기심이 많았고, 그의 머릿속은 언제나 자신을 둘러싸고 있는 세상에 대한 의문으로 가득했다. 하지만 그의 의문에 대답해 주는 이는 아무도 없었다. 어린 시절부터 타잔은 기존의 지식을 인정하기보다는 스스로 '알아내기'를 원했다. 어른이 된 지금도 그는 여전히 만족을 모르는 어린아이처럼 왕성한 호기심으로 가득 차 있었다.

타잔은 일이 일어나는 것을 그저 지켜보는 것만으로 만족하지 못했다. '왜' 그런 일이 일어나지를 알고 싶었다. 무엇이 그런 일을 일어나게 하는지 알고 싶었다. 삶의 비밀은 그를 강하게 끌어당겼다. 또한 죽음의 신비는 제대로 헤아릴 수가 없었다.

타잔은 사냥물을 잡아 그 안이 어떤 식으로 돌아가는지 들여다보곤 했다. 그중 몇 번인가는 가슴을 열었는데도 심장이 여전히 박동하는 것을 보았다. 그는 이 장기에 단 한 번 칼을 박아 넣는 것만으로 열에 아홉은 죽음을 불러올 수 있다는 것을 경험으로 배웠다. 반면에 다른 신체 부분들은 무수히 많은 칼질을 해도 불구로 만드는 것조차 쉽지 않았다. 그래서 그는 심장—그가 부르는 대로 하면 '숨 쉬는 붉은 것'—을 생명의 자리이자 근원이라고 생각하게 되었다.

그러나 뇌에 대해서는 아무것도 알 수 없었다. 모든 감각이 뇌로 전달되며, 거기서 해석되고, 분류되고, 이름 붙여진다는 것은 그의 사고를 완전히 초월하는 종류의 지식이었다. 그는 무언가를 만지면 손가락이 알고, 무언가를 보면 눈이 알고, 무언가를 들으면 귀가 알고, 무언가를 냄새 맡으면 코가 안다고 생각했다.

그는 또 목과 피부와 머리털을 주된 감정의 자리라고 생각했다. 케일라가 살해당했을 때는 기묘하게 숨 막히는 감각이 목 안에 차올랐다. 히스타와 스쳤을 때는 전신의 피부에 소름 같은 불쾌한 감각이 퍼져 갔다. 그리고 적이 접근할 때면 머리 위의 털이 쭈뼛 곤두서곤 했다.

할 수 있다면, 당신은 경이로움 가득한 자연에 대한 온갖 궁금증이 폭발하는 어린아이이고 주변에는 오직 당신의 질문을 산스크리트어만큼이나 낯설게 여기는 정글의 야수들뿐이라고 상상해 보라. 당신이 건토에게 무엇이 비를 내리게 하느냐고 묻는다면, 그 늙고 덩치 큰 유인원은 놀라움으로 멍한 눈을 한 채 잠시 당신을 바라보다가 그에게는 훨씬 흥미롭고 유익한 벼룩 찾기나 하러 가 버릴 것이다. 나이를 아주 많이 먹었고 그래서 아주 많이 현명할 법한 멈가—사실은 전혀 그렇지 않지만—에게 어떤 꽃들은 쿠두가 하늘에서 사라지고 나면 지는데 어떤 꽃들은 밤사이에만 피어 있는 이유를 물어본다면 어떨까? 당신은 그녀가—가장 살찐 굼벵이를 어디서 찾을 수 있는지는 거의 틀림없이 알아맞힐망정— 그렇게 흥미로운 현상을 전혀 알아채지도 못하고 살았다는 사실에 놀라게 될 것이다.

하지만 타잔에게 그런 일들은 불가사의였고, 그의 지능과 상상력을 끊임없이 자극했다. 그는 꽃들이 피고 지는 것을 보았고, 태양을 따라 얼굴을 돌리는 꽃과 바람이 불지 않는데도 움직이는 이파리, 거목의 가지와 줄기를 타고 꿈틀거리며 기어오르는 덩굴도 보았다. 그에게 꽃과 나무와 덤불은 모두 살아 있는 존재들이었다. 그는 종종 고로와 쿠두에게 말을 걸듯이 그들에게도 말을 걸곤 했다. 하지만 누구도 답하지 않았기에 실망만 했을 뿐이다. 타잔은 질문도 해 보았다. 물론 그들은 대답할 수 없었다. 다만 그는 나뭇잎들의 속삭임을 들었고 그것을 그들의 언어라고 생각하게 되었다. 그들도 자기들끼리는 이야기를 나누는 것이다.

바람이 부는 것은 나무와 풀 때문이었다. 타잔은 그들이 이리저리 흔들리면서 바람을 만들어 내는 것이라고 생각했다. 그런 현상을 설명할 다른 이유를 찾지 못했기 때문이다. 또 비가 내리는 것은 별과 달과 태양 때문이라고 생각했다. 물론 그의 가설에 낭만적이거나 시적인 부분은 전혀 없었다.

오늘 밤, 타잔이 누워서 생각에 잠겨 있는 동안 그의 풍부한 상상력 속으로 별과 달에 대한 멋진 생각이 뛰어들었다. 갑작스러운 생각에 몹시 흥분한 그는 근처 가지에서 자고 있는 타그 쪽으로 몸을 날렸다.

"타그!"

타잔이 소리치자, 밤의 호출에 위험을 감지한 거대한 유인원이 즉시 부스럭거리며 일어났다.

"저기를 봐, 타그!"

타잔은 별을 가리켜 보이며 말을 이었다.

"누마와 세이버와 시타와 댕고의 눈들이야! 저놈들이 고로를 잡아먹으려고 기다리고 있어! 고로의 눈과 코와 입이 보이지? 그의 얼굴이 빛나는 건 누마와 세이버와 시타와 댕고를 겁줘서 쫓아 버리려고 그가 피워 놓은 거대한 불 때문이야. 그를 둘러싸고 있는 모든 게 눈들이라고. 타그, 너도 보일 거야! 저

놈들은 고로에게 아주 가까이 다가가지는 않아. 고로 근처에는 눈들이 몇 개 없지? 저놈들은 불을 무서워하는 거야! 고로를 저 놈들한테서 지켜 주는 건 불이라고! 너도 저것들이 보이지, 타그? 하지만 언젠가는 누마가 너무 배고프고 화가 나서 고로를 둘러싼 가시덤불을 뛰어넘는 밤이 올지도 몰라. 그러면 쿠두가 자기 은신처로 가 버린 후에는 더 이상 빛이 없게 될 거야. 고로가 늦장을 부리고 늦게까지 자거나 낮 동안 하늘을 헤매고 다니다가 정글과 우리들을 잊어버렸던 날처럼 캄캄한 어둠만 가득한 밤이 될 거라고!"

타그는 멍청히 하늘을 쳐다보다가 다시 타잔을 바라보았다. 그때, 별똥별이 하늘을 뚫고 지나갔다.

"저 봐! 고로가 누마에게 불붙은 가지를 던졌어!"

타잔이 소리쳤다.

"누마는 저 아래 있잖아. 누마는 하늘에서 사냥하지 않아."

타그가 웅얼거리듯 말했다. 그러면서도 그는 마치 처음 보는 것처럼 호기심에 차서 —약간은 두렵기도 했다— 반짝이는 별들을 바라보았다. 사실 평생 동안 밤마다 머리 위에 있었던 것들이지만, 타그가 이렇게 별을 바라본 것은 분명 처음이었다. 그에게 별들은 정글 여기저기에 피는 예쁜 꽃들—먹을 수 없었고 그래서 무시했다—이나 마찬가지였다.

타그는 어쩐지 불안해졌고, 그날 밤 오랫동안 잠 못 이루고 별들을 쳐다보았다. 고로를 둘러싼 맹수들의 불타는 눈이라니! 유인원들은 고로의 빛 아래서 지상의 북소리에 맞추어 춤을 추곤 했다. 고로가 누마에게 먹혀 버린다면 더 이상 덤덤*도 없을 터였다. 생각만으로도 몸이 움츠러들었다. 그는 반쯤 두려움에 찬 눈으로 타잔을 흘끗 보았다. 왜 자신의 친구는 부족의 다른 이들과 그렇게나 다른 것일까? 타그가 아는 그 누구도 타잔처럼 특이한 생각은 하지 않았다. 그는 머리를 긁적이다가 타잔이 과연 같이 있기 안전한 친구인지 아닌지 고민하기 시작했다. 그에게는 몹시도 어려운 정신 과정이 진행되면서 서서히 몇 가지 일들이 떠올랐다. 타잔은 다른 어떤 유인원들보다도 그에게 잘해 주었다. 게다가 부족에서 가장 강력하고 가장 현명한 수컷이기도 했다.

타잔이 티카를 원한다는 걸 타그도 알고 있던 당시에 흑인들에게 잡힌 그를 구해 준 것도 타잔이었다. 타그의 어린 발루가 죽을 뻔한 것을 살려 준 이도 타잔이었고, 납치당한 티카를 구해 낼 수 있었던 것도 타잔 덕분이었다. 타잔은 타그를 위해 몇 번이나 싸우고 피를 흘렸다. 미개한 유인원일망정 타그는 그 무엇도 흔들어 놓을 수 없는 강렬한 충심을 마음속 깊이 품고 있었다. 타잔에 대한 그의 우정은 일종의 습성이자 거의 관례라 할 만한 것으로 타그가 살아 있는 이상 변함없이 유지될 터였다. 물론 그런 애착을 드러내 보인 적은 없었지만—먹고 있을 때 다른 수컷이 가까이 다가오면 으르렁거리듯 그는 타잔이 다가와도 마찬가지로 으르렁거렸다— 타그는 타잔을 위해

* 북소리에 맞춰 춤추는 일.

죽을 수도 있었다. 그리고 그가 그렇다는 것을 타잔도 알고 있었다. 하지만 그것은 유인원이 말로 표현할 수 있는 종류의 현상이 아니었다. 보다 미묘한 본능에 이르면 그들의 표현 방식은 단어보다 행동으로 이루어졌다. 이런저런 생각의 끝에서 타그는 걱정이 들기 시작했다. 다시 잠에 빠져들면서도 그는 여전히 친구가 한 이상한 이야기를 생각하고 있었다.

다음 날, 타그는 지난밤의 고민을 다시 떠올렸고, 건토에게 고로를 둘러싼 눈들과 조만간 누마가 고로를 잡아먹을지도 모른다는 타잔의 이야기—물론 타잔에게 불성실할 의도는 전혀 없었다—를 들려주었다.

유인원들은 자연의 모든 커다란 것들을 수컷으로 여겼다. 그러므로 밤하늘에서 가장 커다란 존재인 고로도 그들에게는 수컷이었다. 건토는 손가락 끝의 거스러미를 깨물면서, 언젠가 타잔이 나무들끼리도 대화를 나눈다고 했던 것을 떠올렸다. 고잔은 달빛 아래서 타잔이 시타를 앞에 두고 혼자서 춤추는 것—타잔이 그 맹수를 밧줄로 묶은 다음 정신이 들기 전에 나무에 붙들어 맸고, 놈이 뒷발로 서서 으르렁거리자 그 앞에서 펄쩍펄쩍 뛰며 약을 올렸다는 것을 그들이 어찌 알 수 있었겠는가—을 본 적이 있다고 말했고, 탄토의 등에 타고 다니는 타잔을 보았다는 이도 있었다. 흑인 소년 타이보를 부족으로 데려왔던 것, 바닷가 근처의 수상한 은신처—그들은 책을 이해하지 못했다. 타잔이 부족원 한둘에게, 심지어 그림이 들어간 책을 보여 주었는데도 그들의 뇌는 아무런 인상도 받지 못했고, 결국 타잔은 단념했다—를 드나든다는 이야기도 나왔다.

"타잔은 맹가니가 아니다."

건토가 입을 열었다.

"타잔이 누마를 데려와서 우리 모두를 잡아먹게 할 것이다. 타잔이 누마를 데려와서 고로를 잡아먹게 할 것이다. 우리는 그를 죽여야 한다!"

타잔을 죽인다고! 타그는 즉시 화를 뿜어냈다.

"너는 타그를 먼저 죽여야 할 것이다!"

그러고는 먹을 것을 찾으러 쿵쿵거리며 가 버렸다.

하지만 남은 이들은 음모를 꾸미기 시작했다. 그들은 타잔이 했던 여러 가지 일들—유인원은 하지 않고, 이해할 수도 없는 일들이었다—을 생각했다. 다시금 건토가 타맹가니를 죽여야 한다고 목소리를 높였다. 다른 이들도 저마다 들은 이야기로 두려움에 떨면서 타잔이 고로를 죽이려 한다는 것을 생각했고 건토의 제안에 동의를 표하며 으르렁거렸다.

그들 가운데는 세심히 귀 기울여 듣고 선 티카도 있었다. 물론 그녀는 건토의 계획에 찬성하는 데 소리를 더하지 않았다. 대신에 발끈해서 송곳니를 드러내고는, 뒤로 물러나 타잔을 찾으러 갔다. 하지만 티카는 그를 찾을 수 없었다. 타잔은 멀리까지 사냥하러 나가 있었다. 이리저리 돌아다니던 그녀는 결국 타그를 만났고, 그에게 다른 이들의 계획을 알려 주었다. 타그가 발을 쾅쾅 구르며 으르렁거렸다. 충혈된 그의 눈이 분노로 타올랐다. 윗입술이 말려 올라가 날카로운 송곳니가 드러나고 척추를 따라 수북한 털이 꼿꼿이 일어섰다. 그때, 설치류 한 마리가 공터를 종종거리며 가로질렀다. 타그는 반사적으로 놈을 잡으려 몸을 날렸다. 한순간 친구의 적들에 대한 분노도 잊은 듯했다—유인원의 정신이란 그런 것이다.

타잔은 탄토의 판판한 머리 위에 나른하게 누워 있었다. 날카로운 막대기 끝으로 거대한 코끼리의 귀 아래쪽을 슬슬 긁어 주면서 그는 머릿속에 가득한 온갖 생각들을 탄토에게 들려주었다. 물론 코끼리는 그의 말을 거의, 아니면 전혀 이해하지 못했다. 하지만 탄토는 이야기를 잘 들어 줄 줄 알았다. 사랑하는 친구가 귀를 긁어 주는 감미로운 감각에 흠뻑 빠진 그는 긴 코를 가볍게 흔들며 그렇게 서서 즐거운 한때를 보내고 있었다.

누마가 인간의 냄새를 맡고 조심스럽게 그 흔적을 쫓아왔다가, 먹잇감이 거대한 코끼리의 머리 위에 한가로이 누워 있는 것을 보고는 곧장 몸을 돌렸다. 나직이 으르렁거리고 목울음을 내면서 그는 더 쉬운 사냥감을 찾아 떠나갔다.

소용돌이처럼 다가온 산들바람에서 사자의 냄새를 감지한 탄토가 긴 코를 들어 올려 뿌우, 하는 소리를 내뿜었다. 코끼리의 거친 가죽 위에 사지를 뻗고 누운 타잔은 친구를 달래기라도 하듯 그의 등을 긁어 주었다. 파리들이 얼굴 근처로 윙윙거리며 몰려들었다. 타잔은 이파리 달린 가지를 꺾어 나른한 몸짓으로 놈들을 쫓아 버렸다.

"탄토, 살아 있다는 건 좋은 거야. 시원한 그늘에 누워 있는 것도 좋고, 푸른 나무들이랑 화사한 색깔의 꽃들을 보고 있는 것도 좋아. 부라무투무모가 우리를 위해 그 모든 것들을 여기에 놓아두었지. 그는 우리에게 참 잘해 줘, 탄토. 너한테는 부드러운 나뭇잎과 나무껍질과 무성한 풀을 먹으라고 줬고, 나한테는 바라와 호타와 히스타와 과일들과 견과들과 뿌리들을 먹으라고 줬지. 그는 모두에게 저마다 최고로 좋아하는 것들을 마련해 줘. 그리고 우리가 그런 것들을 찾아 먹을 만큼 충분히 강해지고 영리해져서 잘 살아가기를 바랄 뿐이지. 그래, 살아 있다는 건 좋은 거야. 탄토, 나는 죽는 걸 싫어해야 할 것 같아."

코끼리가 목청을 울려 작은 소리를 내고는 마치 손가락 끝으로 친구의 뺨을 쓰다듬듯이 긴 코를 말아 올렸다.

"탄토, 돌아서서 커첵 부족이 있는 쪽으로 가 줄래? 천천히 먹으면서 가도 돼. 그럼 타잔도 걷지 않고 네 머리 위에 탄 채로 집에 갈 수 있을 거야."

탄토가 몸을 돌리고 나무들이 아치를 이룬 넓은 길을 따라 움직여 갔다. 코끼리는 부드러운 나뭇잎을 따 먹기도 하고 가까이 스치는 나무의 껍질을 벗겨 먹기도 하면서 천천히 나아갔다. 타잔은 탄토의 머리와 등에 상반신을 걸치고 엎드렸다. 다리는 양쪽으로 대롱거리게 둔 채 친구의 널찍한 머리 위에 팔꿈치를 얹은 그는 손바닥을 펼쳐 편하게 머리를 받쳤다. 그렇게 그들은 커첵 부족이 모여 있는 공터를 향해 느긋하게 나아갔다.

그들이 북쪽으로부터 공터에 들어서기 직전에 남쪽에서 다른 형체가 나타났다. 건장한 흑인 전사였다. 그는 어디 숨어 있을지 모를 위험을 경계하며 모든 감각을 날카롭게 세운 채 조심스럽게 정글을 지나왔다. 그러나 공터에서 남쪽으로 이어지는 길을 조망하기 좋은 거목에 자리 잡고 경계를 서고 있던 유인원을 보지는 못했다. 커첵 부족의 남쪽 담당 보초는 고맹가니가 혼자인 것을 보고 그냥 지나가도록 내버려 두었다. 하지만 전사가 공터로 들어선 순간 '크레에아!' 하고 크게 소리쳤다. 즉시 사방에서 그의 신호에 응답하는 소리들이 이어지더니, 동료의 소환을 받은 건장한 수컷들이 나무들을 짓밟아 뭉개며 달려왔다.

흑인 전사는 첫 번째 고함에 멈춰 서서 주위를 둘러보았다. 아무것도 보이지 않았지만, 그는 그 소리가 자신의 동족이 두려워하는 털북숭이 나무 사람들의 것임을 알고 있었다. 흑인들은 그 야만 종족의 힘과 난폭성 때문만이 아니라 인간과 비슷한 그들의 외모가 불러일으키는 미신적인 공포 때문에도 그들을 두려워했다.

그러나 불라반투는 겁쟁이가 아니었다. 그는 자신을 둘러싸고 사방에서 유인원들이 다가오고 있음을 소리로 먼저 알았다. 도망칠 수 없다는 것을 잘 아는 그는 그대로 버티고 선 채 창을 들어 올리며 전투의 고함을 내질렀다. 머봉가 마을의 부추장으로서 불라반투는 값진 죽음을 기꺼이 맞을 작정이었다.

커첵 부족 보초의 첫 번째 경고가 고요한 정글을 뚫고 울려

왔을 때, 타잔과 탄토는 공터에서 약간 떨어진 곳에 있었다. 타잔은 순식간에 탄토의 등을 박차고 가까운 나무 위로 뛰어올랐고, '크레에아!' 소리가 채 사라지기도 전에 재빨리 나무를 타고 나아갔다. 공터에 도착한 그는 한 무리의 수컷들이 고맹가니 하나를 둘러싸고 있는 광경을 보았다. 타잔은 피를 얼어붙게 할 만한 무시무시한 고함을 내지르며 몸을 날렸다. 그는 유인원들보다도 더 흑인들을 증오했다. 그리고 이제 공공연하게 한 놈을 사냥할 기회가 눈앞에 있었다.

"저 고맹가니가 무슨 짓을 저질렀지? 우리 부족을 죽였나?"

타잔은 가까이 있는 유인원에게 물었다.

"아니, 저 고맹가니는 아무도 해치지 않았다. 고잔이 경계를 서고 있다가 저자가 숲을 지나는 걸 보고 부족에게 경고를 보냈다. 그게 전부다."

이야기를 들은 타잔은 수컷들이 이룬 원을 밀치고 들어갔다. 누구도 아직은 공격에 나설 만큼 흥분한 상태가 아니었다. 유인원들 앞으로 나선 타잔은 그제야 흑인 전사를 제대로 볼 수 있었고, 그 즉시 상대를 알아보았다. 지난밤 어둠 속에서 동료들이 겁에 질려 스스로를 지킬 엄두도 내지 못하고 그의 발치에 굽실거리고 있을 때 혼자서 맹수들과 맞섰던 바로 그자였다. 흑인 전사는 용감했고, 타잔은 그의 용기에 깊은 인상을 받았다. 흑인들에 대한 증오조차도 용기에 대한 애정만큼 타잔에게 강렬한 감정을 일으키지는 못했다. 타잔은 흑인 전사들과 싸울 때면 언제나 즐거움을 느꼈지만, 이자는 죽이고 싶지 않았다. 막연하게나마, 이 전사가 전날 밤 보여 준 용감함으로 목숨값을 벌었다고 생각한 것이다. 게다가 그 홀로 한 무리의 유인원들과 맞붙어서는 승산이 없을 텐데도 그는 용감하게 창을 들고 서 있었다.

타잔은 유인원들을 향해 돌아섰다.

"다들 가서 먹던 거나 마저 먹어라. 이 고맹가니는 그냥 자기 갈 길을 가게 두고. 이자는 우리에게 해를 끼치지 않았다. 그리고 나는 지난밤에 그가 정글에서 혼자 불을 들고 누마와 세이버를 상대로 싸우는 걸 봤다. 그는 용감하다. 우리가 왜 용감한 자를 죽여야 하지? 우리를 공격하지도 않은 자인데 왜 죽여야 하나? 그를 그냥 가게 두자."

갑자기 유인원들이 으르렁거리기 시작했다. 그들은 화가 나 있었다.

"고맹가니를 죽여라!"

그들 중 하나가 소리쳤다.

"그래, 고맹가니를 죽이자! 그리고 타맹가니도 죽이자!"

다른 하나가 고함을 더했다.

"하얀 고맹가니를 죽여라! 그는 맹가니도 아니다. 그저 껍질이 벗겨진 고맹가니일 뿐이다!"

고잔이 외쳤다.

"타잔을 죽이자!"

건토가 포효했다.

"죽여! 죽여!"

커첵 부족의 수컷들이 서서히 살육의 광기에 빠져들기 시작했다. 그러나 흑인 전사가 아니라 타잔을 향한 광기였다. 그때, 털북숭이 형체 하나가 수컷들을 뚫고 돌진하더니 힘센 어른이 아이들을 흩어 버리듯 손에 잡히는 대로 그들을 내던졌다. 그것은 타그, 거대하고 난폭한 타그였다.

"누가 타잔을 죽이자고 했지?"

그는 대답을 요구하듯 목소리를 높였다.

"타잔을 죽이려는 자는 타그도 죽여야 한다. 누가 타그를 죽일 수 있나? 타그는 그자의 배를 찢고 창자를 끄집어내 댕고의 먹이로 줄 것이다!"

"우리는 너희를 다 죽일 수 있다."

건토가 나섰다.

"우리는 수가 많고 너희는 적다."

그가 옳았다. 타잔도 그가 옳다는 것을 알았고, 타그 역시 알았다—물론 둘 다 그런 가능성조차 인정하지 않을 터였다 그것은 수컷 유인원의 방식이 아니었다.

"나는 타잔이다!"

타잔이 울부짖었다.

"나는 강력한 전사, 최고의 사냥꾼 타잔이다! 이 정글에 타잔만큼 위대한 자는 없다!"

유인원들도 저마다의 자랑과 능력을 차례로 외쳐 댔다. 그러는 사이, 양편은 조금씩 서로의 간격을 좁혀 가면서 전투에 돌입하기 적당한 시점을 향해 서서히 기세를 올리고 있었다.

건토가 다리를 빳빳하게 세우고 타잔에게 다가가며 송곳니를 드러내고 냄새를 맡았다. 타잔도 위협조로 낮게 으르렁거렸다. 그들은 그런 식으로 몇십 번도 더 싸워 보았다. 이제 곧 수컷 하나가 상대를 골라 덤벼들 것이고, 무리 전체가 서로를 물어뜯고 찢어발기며 뒤엉킬 터였다.

흑인 전사 불라반투는 타잔이 유인원들을 헤치고 앞으로 나선 순간부터 놀라 눈을 크게 뜬 채 서 있었다. 그는 털북숭이 나무 사람들과 어울려 다닌다는 저 악신에 대해 많은 이야기를 들어 보았다. 이렇게 환한 대낮에 정면으로 마주한 적은 없지만, 악신을 본 사람들의 묘사를 통해서 그리고 그 자신이 스치듯 본 적도 있기에 잘 알고 있었다. 이 약탈자는 몇 번이나 밤중에 머봉가 마을로 숨어들어 무시무시한 악행—타잔으로서는 장난이었지만—을 저질렀다.

불라반투는 물론 타잔과 유인원들 사이에 무슨 일이 벌어지고 있는지 전혀 이해하지 못했다. 다만 타잔과 덩치 큰 유인원이 나머지 유인원들과 말다툼 같은 것을 하고 있음을 알아챌 수는 있었다. 그들 둘은 등을 보인 채로 나머지 유인원들과 그 사이에 서 있었기 때문에 불라반투는 —희한한 일이긴 하지만— 그들이 자신을 편들고 있는 거라고 짐작했다. 그는 타잔이 머봉가 추장의 목숨을 살려 준 적도 있고, 타이보와 그의 어머니 모메야를 구해 준도 있음을 알고 있었다. 그러니 그가 자신을 도와준다는 것도 아주 불가능한 일은 아닐 터였다. 그러나 대체 어떻게 그런 일을 해낼 수 있을지는 짐작도 되지 않았다.

사실 승산이 너무 낮아서 가능할 것 같지도 않았다.

건토와 나머지 유인원들이 천천히 타잔과 타그를 압박해서 불라반투 쪽으로 물러나게 만들었다. 타잔은 조금 전 탄토에게 들려주었던 말들을 떠올렸다.

'그래, 살아 있다는 건 좋은 거야. 탄토, 나는 죽는 걸 싫어해야 할 것 같아.'

이제 그는 죽음이 눈앞에 와 있음을 알았다. 그를 향한 커첵 부족 수컷들의 분노가 빠르게 치솟고 있었기 때문이다. 그들 대부분이 언제나 타잔을 싫어했고, 그들 모두는 언제나 타잔을 의심스러워했다. 그들은 타잔이 다르다는 것을 알았고, 타잔 또한 스스로가 다르다는 것을 알고 있었다. 하지만 타잔은 자신이 좋았다. 자신이 '인간'이라는 것—타잔은 이 사실을 그림책에서 배웠다—이 좋았다. 그리고 그런 차이가 아주 자랑스러웠다. 이제 막 죽은 인간이 될 참이긴 하지만 말이다.

건토가 돌격을 준비하고 있었다. 타잔은 그 기색을 금방 알아챘다. 건토가 돌격하면 나머지 수컷들도 곧장 뒤를 이을 테고, 그러면 금방 끝이었다. 그때, 공터 반대쪽 초목 사이에서 무언가 움직였다. 건토가 도발하는 수컷 유인원의 사나운 고함을 내지르며 덤벼드는 순간, 타잔은 그것을 보았다. 하지만 그 역시 자기만의 고함을 내지르며 공격에 대비해 몸을 도사렸다. 타그도 마찬가지로 움직였다. 불라반투는 이제 그들 둘이 자기편에서 싸우고 있음을 확신하고 창을 비스듬히 겨눈 채 적의 돌격에 맞서기 위해 둘 사이로 끼어들었다.

그와 거의 동시에, 거대한 덩치가 돌진하는 유인원 수컷들 뒤쪽에서 공터 안으로 미친 듯이 달려왔다. 코끼리는 유인원들의 함성 위로 뿌우우 하는 우렁찬 소리를 뿜어냈다. 탄토였다. 그가 친구를 돕기 위해 공터를 가로질러 지축을 울리며 돌진해 왔다.

건토는 결국 타잔의 살 속에 송곳니를 박아 넣기는커녕 그의 근처에도 가지 못했다. 탄토가 뿜어낸 끔찍한 소리에 유인원들이 너도나도 시끄럽게 울부짖으며 허둥지둥 나무 위로 도망쳐 버렸던 것이다. 타그마저도 함께 달아났다. 공터에는 오직 타잔과 불라반투만이 남아 있었다. 불라반투는 악신이 도망가지 않는 것을 보았기에 자기도 그대로 자리를 지켰다. 이 흑인 전사는 분명 자신을 위해 죽음을 무릅쓴 이와 함께라면 그 어떤 끔찍한 죽음도 마주할 용기를 지니고 있었다.

그러나 거대한 코끼리가 타잔 앞에 딱 멈추더니 길고 구불구불한 코로 그를 다정하게 쓰다듬는 것을 보고 고맹가니는 정말로 놀라고 말았다.

타잔이 그를 향해 몸을 돌리고 머봉가 마을 쪽을 가리켜 보이며 말했다.

"가라."

물론 타잔은 유인원의 언어를 썼지만, 불라반투는 그 몸짓만으로도 이해했다. 사실 말이 아니었더라도 곧 그렇게 했을 것이다. 타잔은 흑인 전사가 사라질 때까지 그대로 서서 지켜보았다. 유인원들은 그를 뒤쫓아 가지 않을 터였다. 그는 탄토에게 말했다.

"태워 줘."

코끼리가 자기 머리 위로 그를 가볍게 던져 올렸다. 탄토 위에 올라앉은 타잔은 나무 위의 유인원들에게 소리쳐 말했다.

"타잔은 큰물 옆에 있는 자기 보금자리로 간다. 티카와 타그를 빼면 너희는 모두 마누보다 멍청하다. 티카와 타그는 타잔을 만나러 와도 된다. 하지만 나머지는 타잔의 보금자리 가까이로 오지 마라. 타잔은 커책 부족과는 이제 끝이다."

그러고는 굳은살 박인 발끝으로 탄토를 가볍게 찔렀다. 거대한 코끼리가 공터를 가로질러 달려 나갔다. 유인원들은 그들이 정글 속으로 사라질 때까지 나무에서 내려오지도 못하고 그저 지켜보고만 있었다.

그날, 밤이 내리기도 전에 타그는 타잔을 공격한 것을 두고 건토에게 싸움을 걸어 그를 죽였다.

한 달 동안 커책 부족은 타잔을 전혀 보지 못했다. 아마도 그들 대부분은 타잔에 대한 생각조차 하지 않았을 것이다. 하지만 타잔이 상상한 것보다 훨씬 더 그를 그리워한 이들도 있었다. 타그와 티카는 그가 돌아오기를 바랐고, 특히 타그는 여남은 번이나 타잔의 바닷가 은신처로 찾아가 그를 만나려고 마음먹었다. 그러나 이런저런 일들이 생겨 번번이 가지 못했다.

그러던 어느 밤, 타그는 별이 많은 하늘을 올려다보며 잠을 못 이루고 있었다. 타잔이 전에 했던 이야기가 떠올랐던 것이다. 저 빛나는 점들은 정글 하늘의 어둠 속에서 고로를 잡아먹으려고 도사리고 있는 맹수들의 눈이라는 이야기였다. 생각하면 할수록 마음이 술렁거려 타그는 점점 더 안절부절못했다.

그리고 이상한 일이 벌어졌다. 타그가 고로를 바라보고 있는데도 마치 무언가 갉아 먹은 듯이 달의 한쪽 끝이 사라졌던 것이다. 고로의 얼굴 한쪽에 생긴 구멍은 조금씩 커져 갔다. 타그는 비명을 지르며 펄쩍 뛰어 일어났다. 그의 미친 듯한 '크레에아!' 소리가 겁에 질린 부족 유인원들의 비명을 연달아 불러왔고, 이윽고 그들이 타그에게 다가와 시끄럽게 떠들어 댔다.

"봐!"

타그는 달을 가리키며 목소리를 높였다.

"보라고! 타잔이 말한 대로다! 누마가 불을 뚫고 건너가서 고로를 잡아먹고 있다! 너희는 타잔을 욕하고 부족에서 쫓아내 버렸지. 그가 얼마나 현명한 자인지 봐라! 타잔을 싫어한 너희가 가서 고로를 도와줄 테냐! 어둠 속 정글의 눈들이 모두 고로를 둘러싸고 있는 걸 봐라! 고로는 위험에 처했다. 누구도 그를 도울 수 없다! 타잔을 빼고는 누구도! 이제 곧 누마가 고로를 완전히 삼켜 버릴 것이다. 그러면 우리는 쿠두가 보금자리로 돌아가 버린 후에는 더 이상 빛을 가질 수 없을 것이다! 고로의 빛이 없다면 우리가 어찌 덤덤을 할 수 있겠나!"

유인원들이 몸을 떨며 흐느끼기 시작했다. 대자연의 힘을 실감할 때면 언제나 그들은 공포에 떨곤 했다. 그들로서는 도저히 이해할 수 없는 일들이었기 때문이다.

"가서 타잔을 데려와라!"

누군가 소리쳤다. 그러자 너도나도 '타잔!'을 소리쳐 불렀다.

"타잔을 데려와!"

"타잔이 고로를 구해 줄 것이다!"

그러나 누가 감히 밤의 정글을 뚫고 가 그를 데려올 수 있단 말인가!

"내가 간다!"

타그가 자원했다. 그는 곧바로 몸을 날려 바닷가 타잔의 은신처를 향해 지옥 같은 어둠을 뚫고 달려갔다.

그들이 돌아오기를 기다리는 동안 유인원들은 달이 서서히 사라지는 것을 지켜보았다. 이미 누마가 거대한 고로를 반쪽이나 먹어 치웠다. 이런 속도라면 쿠두가 나오기도 전에 고로는 완전히 사라져 버릴 터였다. 유인원들은 앞으로의 밤들이 영원한 어둠에 잠기리라는 생각에 몸을 떨었다. 잠을 이룰 수도 없었다. 그들은 안절부절못하고 나뭇가지 사이를 건너다니면서도 하늘의 누마가 벌이는 죽음의 만찬을 지켜보았고, 어서 빨리 타그가 타잔과 함께 돌아오기를 기대하며 귀를 기울였다.

유인원들이 기다리던 둘이 숲을 뚫고 다가오는 소리를 들었을 때, 고로는 거의 사라져 가고 있었다. 이윽고 타잔이 타그를 뒤따라 그들 근처의 나무로 건너왔다.

타잔은 쓸데없는 말로 시간을 낭비하지 않았다. 손에 긴 활을 들고 등에는 독화살—활도 화살도 머봉가 마을에서 훔쳐 낸 물건이었다—이 가득 든 살통을 멘 그가 거목 위로 높이 더 높이, 그의 무게에 아래로 휘어져 흔들리는 작은 가지까지 올라갔다. 거기에 서자 시야에 걸리는 것 없이 하늘을 볼 수 있었다. 배고픈 누마가 빛나는 고로를 삼켜 가는 모습이 또렷하게 보였다.

타잔은 달을 향해 고개를 들고 무시무시한 도발의 고함을 내질렀다. 그에 응답하듯 저 멀리서 희미하게 사자의 포효가 들려왔다. 타잔은 저도 모르게 몸을 떨었다. 하늘의 누마가 그에게 응답을 한 것이다.

타잔은 침착한 동작으로 활에 화살을 메겼다. 그리고 시위를 한껏 당긴 다음, 하늘에 누워 고로를 먹어 치우고 있는 누마의 심장을 똑바로 겨누었다. 타잔이 시위를 놓자, 팅 하는 소리와 함께 검은 하늘 속으로 화살이 쏘아져 갔다. 타잔은 다시, 또다시 누마를 향해 화살을 날렸다. 커첵 부족의 유인원들은 그저 공포에 떨며 옹송그리고 모여 앉아 있었다.

그리고 마침내 타그가 소리쳤다.

"봐라! 저길 봐! 누마가 죽었다! 타잔이 누마를 죽였다! 다들 보이지! 고로가 누마의 배 속에서 나오고 있다!"

말할 것도 없이 달은 점차 모습을 드러냈다. 달을 삼킨 것이 누마든, 지구의 그림자든, 다른 무엇이든 간—당신이 커첵 부족의 유인원들에게 그 밤에 고로를 삼킨 것은 누마가 아닌 다른 것이라고, 그 야만족의 빛나는 신과 신비로운 의식을 무시무시한 죽음으로부터 구해 준 것은 타잔이 아닌 다른 것이라고 설득하려 든다면 무척 고생스러울 것이다. 틀림없이 한바탕 싸워야 하리라—에 말이다.

그렇게 타잔은 커첵 부족으로 돌아왔다. 이 귀환으로 그는 왕위를 향해 큰 걸음—결과적으로야 왕이 되겠지만, 일단은 유인원들이 그를 우월한 존재로 우러러보게 된 계기였다—을 내디딘 셈이었다.

커첵 부족의 모든 유인원들은 타잔이 고로를 구했다는 이 놀라운 사건을 아주 미심쩍게 여기면서도, 그런 일을 할 만한 존재가 있다면—이상하게 보일지는 모르지만— 오직 타잔뿐일 거라고 수긍했다.

《타잔: 전설의 시작》 끝

해설

욕망의 왕, 타잔

《타잔: 전설의 시작》

서희원
(문학평론가, 동국대학교 다르마칼리지 강의초빙교수)

무엇이 좋은 이야기인가? 이 어리석은 질문에 답할 수 있는 하나의 보편적 해답은 존재하지 않을 것이다. 하지만 이 질문을 약간 변형하여, '무엇이 재밌는 이야기인가', 라는 말로 바꾼다면 여기에는 근사한 답변이 있을 수 있다. '반복'이 그것이리라. 아이들에게 하나의 장난감이 생기면 그들은 그것을 가지고 무수한 반복적 행위를 시작하며 이를 즐긴다. 그리고 이 반복이 지겨워질 쯤 장난감은 망각의 상자 속으로 들어간다. 이야기도 다르지 않다. 재밌는 이야기는 계속 되풀이되는 시간을 감내할 수 있는 어떤 힘을 가지고 있으며, 그 힘을 가지지 못한 이야기는 아주 빨리 망각 속으로 사라진다. 에드거 라이스 버로스가 쓴 《타잔》 시리즈는 이런 점에서 볼 때 20세기에 만들어진 가장 재미있는 이야기 중 하나임에 틀림없다.

버로스는 자신의 이름으로 총 24권의 《타잔》 시리즈—청소년을 위해 쓴 두 권의 《쌍둥이 타잔》 시리즈는 여기에 포함시키지 않았다—를 출간하였고, 이는 세계 각국의 언어로 번역되어 수천만 권 이상 판매되었다. 버로스는 여기에서 멈추지 않았다. 그는 1923년 에드거 라이스 버로스 주식회사를 세웠고,

장르를 바꿔 영화와 TV, 만화 등으로 이 밀림 사나이의 이야기를 재생산하였다. 심지어 타잔 인형과 타잔 풍선껌까지 만들어 팔았다고 한다. 이런 의미에서 "버로스는 개인의 글쓰기를 1인 복합 기업으로 바꿀 수 있다는 것을 간파한 최초의 작가라고 할 수 있다."*

20세기의 신화적 이야기라고 할 수 있는 《타잔》은 아이러니하게도 자본주의적 시장의 밀림에서 몇 차례 실패를 겪은 버로스의 궁핍과 곤궁에서 시작되었다. 1875년 미국 시카고에서 태어난 버로스는 아버지의 명령으로 직업군인이 되려하였지만 군인양성학교를 중도에 퇴학하고 육군사관학교마저 입학에 실패한다—어떤 책에는 버로스가 사관학교에 입학하는 데는 성공하였으나 적응하지 못하고 곧 퇴학당했다고 적혀 있다. 어찌되었든 버로스는 군복을 오래 입을 팔자는 아니었던 것 같다. 이후 버로스는 공장 사무원, 기병대원, 회계사 등을 전전하였으나 별다른 성공을 거두지 못한다. 1911년 버로스는 연필깎이 판매원을 하며 생계를 이어나가고 있었으나 생활은 여전히 불안정했다. 그러던 어느날 버로스는 연필깎이를 판매하는 것보다 그것으로 자신의 연필을 깎아 소설을 쓰는 것이 삶을 더 나은 방향으로 이끌 것이라는 생각을 갖게 되었고, 평소 즐겨 읽

* 존 맥스웰 해밀턴, 《카사노바는 책을 더 사랑했다—저술 출판 독서의 사회사》, 승영조 옮김, 열린책들, 2005, 102쪽. 에드거 라이스 버로스의 개인사에 대한 이야기는 이 책을 참조하였다.

던 펄프잡지들에 연재되던 소설을 자신만의 방식으로 새롭게 쓰기 시작한다. 그렇게 그는 1912년 자신의 첫 작품이자 바숨 시리즈(2012년 개봉한 〈존 카터: 바숨 전쟁의 서막〉의 원작)의 제1탄이 되는 《화성의 달 아래에서》—후에 단행본으로 발표될 때는 《화성의 공주》란 이름으로 제목을 바꾼다—를 쓰게 되었고, 《타잔》 시리즈의 첫 번째 편인 《유인원 타잔》을 발표하게 된다. 이후 버로스는 이 두 개의 시리즈 외에 지구공동설에 기반한 지저세계의 이야기인 《펠루시다》 시리즈도 발표한다. 그 결과는 모든 사람들이 다 알고 있는 것처럼 대성공이었다. 연필이 연필깎이 판매원의 궁핍한 삶을 구원하고, 그의 이름에 지워지지 않는 성공의 밑줄을 그은 것이다. 버로스에게 있어서는 적어도 펜이 칼보다 강했다라고 말할 수 있으리라.

《타잔: 전설의 시작》은 버로스가 1919년에 발표한 단편집으로 원제는 《타잔의 정글 이야기Jungle Tales of Tarzan》이다. 수록된 이야기들은 첫 번째 소설인 《유인원 타잔》에서 타잔이 자신의 유인원 수양모인 케일라의 죽음에 복수한 이후부터 그가 유인원 무리의 우두머리가 되기 전까지의 시간대를 다루고 있는 일종의 프리퀄prequel인 동시에 시퀄sequel로도 읽을 수 있는 작품이다. 다시 말하자면 《타잔: 전설의 시작》은 엄마 잃은 소년 타잔이 어린 시절 함께 자란 유인원 티카에 대한 이루지 못할 사랑의 아픔을 극복하고, 밀림의 냉혹한 생존게임을 통과해, 겉모습이 다르다는 이유로 자신에게 배타적이었던 유인원 무리의 리더가 되기까지의 이야기를 담고 있는 일종의 성장담이라고 할 수 있다. 성장의 이야기로 이 소설을 읽을 때 흥미로운 것은 타잔이 글자를 자신만의 방식으로 해독해가며 문명과 자연, 신과 인간에 대한 초보적인 지식을 얻는 해안가의 오두막—소설 속 타잔은 알지 못하지만 이 오두막은 그의 친부 그레이스토크 경의 것이다—은 메리 셸리의 《프랑켄슈타인》에서 이름을 얻지 못한 괴물이 언어를 습득하고 루소와 괴테의 책을 독학으로 읽으며 인간 사회에 대한 이해를 넓혀가는 어느 외딴 시골의 오두막에 비견될 만하다. 유인원 수컷 친구들이 무뚝뚝하고 음울한 어른으로 성장하는 것과는 달리 타잔이 쾌활함과 인간 정신의 특별함을 체화한 성인으로 자신을 지켜낼 수 있었던 것은 아버지의 사냥칼—타잔이 자신이 송곳니처럼 사용하며 항상 가지고 다니는—과 최소한의 문명이 보존된 이 오두막을 통해서이다.

잘 알려진 것처럼 버로스는 대부분의 소설을 상상을 통해 써 내려간 것으로 유명하다—이 표현은 '악명이 높다', 라는 말로 바꿔도 무방할 것이다. 버로스는 《타잔》 시리즈의 배경이 되는 아프리카를 단 한 번도 탐사하거나 이곳에 살고 있는 흑인들에 대한 인류학적 탐구를 깊이 있게 진행한 적이 없다. 이런 의미에서 버로스에게 아프리카의 정글은 사람의 상상에서만 존재하였던 화성이나 지저세계 와 다르지 않았다. 오리엔탈리즘과 포스트콜로니얼리즘의 관점에서 많은 비난을 받았던 것처럼 버로스는 아프리카와 그곳의 주민인 흑인을 타잔으로 대표되는 인간의 보편과 문명에 대한 철저한 '타자'로 묘사하였다. 그는 자신의 이야기에 경험—누구보다 용감한 군인이 되길 원했으나 그렇게 되지 못했던, 이윤이라는 한정된 먹이를 놓고 서로 다투는 냉혹한 자본주의 시장에서 성공하기를 원했으나 실패만을 겪었던—에서 우러나온 좌절과 이 모든 고난을 극복하는 고귀한 인간의 위대한 승리를 그려내려 했지만 그것은 '인간'의 이야기가 아니라 인종적 우월함에 기반하고 있는 '백인'—그것도 백인 남성으로 한정되는—의 판타지에 불과하였다. 버로스의 세계를 지탱하고 있는 어설픈 진화론과 사회학을 통해 말하자면, 타잔은 루소가 말하는, 인간이 사회와 인간 문명의 온갖 제도를 통해 타락하기 이전에 가지고 있던, 원시적 자연의 신성을 담고 있는 '고귀한 야만인noble savage'이다. 하지만 루소가 상상한 인간의 신화는 오직 타잔—타잔은 유인원의 언어로 '흰 피부'란 뜻을 가지고 있다—만을 비추는 찬란한 빛과 같다. 타잔이 마주친 또 다른 인간인 머봉가 부족의 흑인들은 사회를 통해 철저하게 훈육되고 길들여져야 하는, 홉스적 의미의 '잔인한 야만인brutish savage'인 동시에 아들의 목숨을 놓고도 본능적으로 주술사와 흥정을 시도하는 '모메야'의 에피소드에서 볼 수 있는 것처럼 경제적 이익만을 추구하는 이기적인 야만인에 불과하기 때문이다.

시카고의 별 볼일 없는 연필깎이 판매원 에드거 라이스 버로스가 어설픈 장사를 그만두고 그것으로 자신의 연필을 벼려 낸 이후 100년이 넘는 시간이 흘렀다. 그 사이 《타잔》 시리즈는 독자들의 열렬한 찬사와 혹독한 비난을 받았으며 무수하게 반복되었다. 아이러니하게도 《타잔》 이야기가 지닌 힘은 독자들의 찬탄에도 담겨 있지만 이 이야기가 기꺼이 감당해야 하는 비판에도 담겨 있다. 버로스는 《타잔》을 통해 역사와 문명의 손길이 미치지 못하는 태고의 원시림에서도 살아남는 위대한 인간 정신을 그려내려 했지만 정작 그가 창조한 것은 누군가에게는 한없이 친절하고 상냥한 동시에 누군가에게는 악마 같은 잔혹함으로 일말의 죄책감 없이 살행을 저지르는 "하얀 악신"이었다. 역설적이지만 독자들을 매혹시킨 것은 타잔이 지니고 있는, 한쪽 얼굴엔 천사와 같은 미소를 다른 쪽 얼굴엔 악귀와 같은 흉폭함을 동시에 담고 있는 야누스적 모습이었다. 이렇게 본다면 타잔의 정체를 가장 잘 파악한 첫 번째 독자는 그를 "하얀 악신"으로 부르며 두려워한 머봉가 흑인들이다. 타잔은 자본주의적 욕망으로 들끓는 현대적 밀림의, 아직도 인종적 · 젠더적 차별과 피부색을 통한 우월함이 인정받는 불평등한 세계의 왕이다. 아버지의 유산 상속과 성공적인 몇 번의 모험을 통해 크게 한몫 잡은 타잔이 은퇴한 이후 뉴욕의 펜트하우스 베란다에 해먹을 치고 안락하게 누워, 도시의 석양을 바라보며 그 옛날의 아프리카를 떠올리는 어떤 장면을 상상할 수 있다면, 그리고 이 장엄한 광경에 흐르는 배경음악은 분명 아바(ABBA)의 〈승자독식The Winner Takes It All〉일 것이다.